対訳・注解
研究社シェイクスピア選集 別巻

The Sonnets

ソネット詩集

大場建治
OBA Kenji

研究社

μεγάλων ἀπολισθαίνειν ὅμως εὐγενὲς ἁμάρτημα.

目　　　次

図 版 一 覧 ……………………………………………… iv

凡　　例 …………………………………………………… v

  1.　テキストについて ……………………………… v

  2.　注釈について ……………………………………… ix

  3.　翻訳について（題名訳） ……………………… xii

略 　語 　表 ……………………………………………… xiv

THE SONNETS ——————————————— 1

  Title-page ……………………………………………… 2

  Dedication ……………………………………………… 4

  Act 1　The Fair Youth ………………………… 10

    Envoy ……………………………………………… 276

  Act 2　The Dark Lady ………………………… 280

    Additional Twins ……………………………… 338

補遺──わがソネット ……………………………… 347

  1.　モリエールからダンテへ ………………… 347

  2.　ラウラ、カサンドル、エリザベス女王 … 352

  3.　gran volta──4.4.3.3. から 4.4.4.2. へ ……… 359

  4.　シェイクスピアの ‘Sonnet Trilogy’ ………… 369

  5.　「補遺」の補遺 ……………………………… 379

あとがき ………………………………………………… 381

図 版 一 覧

The Sonnets Q1 Title-page .... p. 2

The Sonnets Q1 Dedication .... p. 4

Mr. W. H. の候補 .... p. 15
　　［左］Henry Wriothesley, 3rd Earl of Southampton
　　［右］'Portrait of a Young Man Leaning against a Tree'

Time の手にする scythe .... p. 53
　　［上］'Time' by Crispijn de Passe the Elder (*c.* 1590)
　　［下］'Time's injurious hand' from Otto van Veen in *Emblemata Horatiana* (1612)

Holbein の 'The Ambassadors' (1533) .... p. 63
　　'Jean de Dinteville and Georges de Selve' ('The Ambassadors')

The Sonnets の 1 つの 'source' .... p. 136
　　Arthur Golding 訳 *Metamorphoses*, Title-page and p. 189

The Sonnets 執筆時のシェイクスピア .... p. 209
　　［左］'Soest Portrait of Shakespeare'
　　［右］'Chandos Portrait'

Sonnet 130 の絵画化？ .... p. 299
　　The Extravagant Shepherd (1654) より

[iv]

凡　　例

1.　テキストについて

　1.　*The Sonnets* の substantive edition は 1609 年出版の Quarto である。現存する 13 copies は、title-page での販売者名及び販売所を除いて、編纂上特に問題となるような substantive variation は認められない。本編纂の底本としたのは Rollins のリスト（vol.2, pp. 1–2）の（6）'The British Museum（B. H. Bright, C.21. C.44）' である。Praetorius の photo-lithography の復刻版（*A Facsimile Series of Sh Quartos* 68 ［Nan'un-do]）が手元にあるので利用しやすかった。なお *The Passionate Pilgrim* の variants については 138, 144（以下 *The Sonnets* の sonnet 番号）での頭注・補注で、manuscript variants copies については 2 の補注でそれぞれ説明した。

　2.　Q の publisher's copy（印刷所原本）は Sh の自筆原稿（草稿）ではなく scribe（筆耕）による転写原稿だったと推定される（cf. 26.12 補）。印刷に廻すに際しての筆耕の導入は、原稿を手に入れた出版者 Thomas Thorpe の出版への誠意、熱意を表すものと理解したい（cf. Title-page 注 p. 3）. 154 篇の order については多くの真摯な再配置の試みがなされているが、いずれも批評史での全面的な納得を得るには至っていない。本編纂者は、近年の諸版とともに Thorpe による配置を Sh によるものとして受け容れて、それを *The Sonnets* 解釈の出発点としている。Sh 自身による校正は、*V and A, Lucrece* の場合（両者とも出版者は Sh と同郷の Richard Field）とは違って行われなかった。

　印刷者 George Eld(e) の誠意も、Thorpe とのコンビの縁からもおそらく疑う余地はない。ただし植字を担当する compositor（植字工）には compositor としての独自性がある。*The Sonnets* の textual criticism は、*Hamlet* や *King Lear* を曲りなりにも編纂した者の経験からすると、いかにも頼りなく手薄の感は否めないが、その点 MacDonald P. Jackson の 'Punctuation and the Compositors of Sh's *Sonnets*, 1609'（*The Library*

[v]

5–30［1975］）はその手薄の分野にようやく1歩踏み込んだ分析として評価される。Jackson は spelling, punctuation 等の精査から Q の植字工を2人（A, B）とし、彼らの担当ページについても分別判定を試みた（A の担当は 20 ページ、B は 45 ページ）。その後の編纂者は、もちろん本編纂者も当然、なんらかの意味でこの Jackson に負うことになる。

3. 本版編纂の基本方針はこれまでの本選集全 10 巻に準ずる。すなわち、作者の 'intention'（の可能な限りの探求）の上に立ってのテキストの modernization. ただし modern と言っても Sh の英語は英語史的には（Early）Modern English に属するわけだから modernize の度合は編纂者によって異る。本編纂者の場合は、これまでの戯曲 10 巻と違って sonnet の詩集ということで、リズムへの配慮、とりわけ 3 quatrains ＋ couplet（4.4.4.2.）の詩型への対応を最も重要な課題として意識した。

　具体的にはまず punctuation の編纂——Q の punctuation は、George Wyndham や Martin Seymour-Smith のような基本的容認派もあるにはあるが、やはり問題が多い。ここで Jackson の分析を例に借りると、彼の 2 compositors の詩型への対応は、A では quatrain の最後に colon が圧倒的に多く、B は comma をより好んだ。特に 3rd quatrain から couplet への転換（volta）に、A は 1st, 2nd quatrains の場合よりも重い punctuation を用いる傾向があった——こうした例からだけでも、A も、B も、彼ら自身のリズム感、ひいては当の sonnet の解釈を punctuation の組みに反映させていたことがわかる。彼らの前に置かれたであろう publisher's copy にしてから、Thorpe の誠意にもかかわらず、やはり scribe 自身のリズム感が特に punctuation に反映されていたとしてもやむを得ない。この時代の punctuation はいまだ不安定な状況にあった。本版の punctuation は、いかにも対症療法的だが、本編纂者の解釈を、かなりの自由度であえて積極的に押し出している。詩型の上で特に重視したのは Sh の volta の感覚である。4.4.4.2. が 'Shakespearean form' と名づけられていることを本編纂者はつねに意識した（e.g. 121.9–14）. おそらく本版は、特に punctuation の編纂では、ほかのどの版にも増して冒険的に「シェ・イ・ク・ス・ピ・ア・のソネット詩集」になっていると思う。

　そのほか例示すれば、parentheses の commas への転換（cf. 29.11 補）。colon も特に 'namely', 'as follows' を意味する「説明」の場合を除いて

本版では用いられていない。Q の ? を ! に転換する編纂が多く行われているが、本編纂者は ? の rhetorical の感覚を重視する (e.g. 119)．なお Q では ! は 5 回だけ。これを Sh のリズム感覚として ! の使用は厳しく抑えられた（例外はたとえば 95）．

4. spelling の modernization——Sh の時代は orthography（正字法）がまだ確立されていなかった。Jackson の A, B でも、A の 'shalbe', 'ritch', 'dost', 'flowre', 'hour', 'eie', 'tis' に対し B は 'shall be', 'rich', 'doost', 'flower', 'hower', 'eye', ' 'tis' 等。こうした状況だから Present-day English (PE) への統一はしごく簡単なことのようにみえて、じつはひと筋縄では括れない。Q には Q なりの spelling 上の「表現」があるのだから。たとえば 114 の *l*. 2 では 'flattery'、*l*. 9 では 'flatry'．これは trisyllabic（3 音節）と dissyllabic（2 音節）の弁別を意図した spelling のはずで、これを PE の 'flattery' で統一するのは（注釈で断わるとしても）本編纂者には忍びないことに思われた。本版の編纂の *l*. 9 'flatt'ry' はその表れである。English sonnet は iambic pentameter を基本リズムとする。そのリズムに乗せて Q の spelling を PE の orthography に馴致させるためには、いまの 'flatt'ry' のように省略符号（apostrophe）の援用が 1 つの有効な手段となる。Q 'nere' → 'ne'er' (= never), Q 'ore' → 'o'er' (= over)．ほかにも -er- [(ə)r] での 'e' 省略の扱い、Q *Intrim* → 'int'rim', Q 'murdrous' → 'murd'rous', Q 'slandring' → 'sland'ring', Q 'watry' → 'wat'ry' など。Q にも apostrophe を交えた 'bett'ring', 'eu'ry' = 'ev'ry' などがあり、これは当然 Q のままでなければならない。

せっかくの apostrophe を、動詞の過去・過去分詞形の '-ed' で援用しようとしないのは double-standard ということになるのかもしれない。これは本選集全 10 巻の方針を *The Sonnets* でも踏襲したためで、'-ed' が音節化されない場合でも '-'d' とはせずに PE の orthography に従って '-ed' とし、これがリズムの上から syllabic の [-id] となる場合は '-èd' のように 'e' に grave accent を打つ形にした（'blessed', 'learned' は [-id] の発音が辞書化されているのでわざわざ '-èd' とはしない）。2 人称単数、3 人称単数の conjugation の '-(e)st', '-(e)th' についても syllabic の場合は特に '-èst', '-èth' とするが、'love' のように黙字の 'e' が語末の場合、あるいは 'run (→ running)' のように語末子音が重複する場合は、'love'st', 'runn'st' として apostrophy を使わざるを得ない。編纂という営為はつねに対症療法としての例外の連続に見舞われる。

なお当時の語源意識、発音の実際などを考慮して積極的に modernization からの例外とした Q の spelling には、'alcumy / alchumy', 'bankrout', 'burthen', 'carconet', 'huswife', 'marjerom', 'randon', 'vild (est)', 'wracked' などがある。この恣意的な選択は本編纂者の archaism への未練ということになるだろう。'new archaism' は Sh の翻訳に乗り出すに際しての木下順二氏の断固たる宣言だった。

5.　その他細かなことでは Q の italics. Jackson の分析では italics は A, B 両者の植字に区別なく跨っているところから、これを compositor の恣意ではなく Sh の「意図」に繋げようとする推測もできなくはないが、それでもやはり scribe の存在の「事実」は重い。本版はこだわることなくすべて romanize することで一貫した。

time, death, nature, love などの capitalization はすべて本編纂者の解釈による。それらはそれぞれの note にふれた。

6.　*The Sonnets* は 1609 年の Q から 30 年間再刊されることがなかった。1639 年末 (title-page では 1640 年) の John Benson 版 'The Poems: Written by Wil. Shake-speare. Gent.' に、ようやく 'The Sonnets' が 30 年ぶりに収録される。しかし詩集自体の麗々しい題名にもかかわらず、版権の関係から *V and A*, *Lucrece* が収録されていない。'The Sonnets' についても、Dedication だけでなく sonnets 8 篇を削って他の作家の作品も含めて別作品を加えたり、order をいじって小見出しの titles を付けたり、描写の男性を女性に変えたり、などなど、この散々の干渉版が Malone までの 1 世紀半もの間、Sh の 'The Sonnets' として通用することになった。Benson は Thorpe 版の明確な印刷上の誤りを 20 個所ほど訂正したが、代りに 50 個所もの誤りをあらたに付け加えた。それでも Benson による訂正は 'The Sonnets' での最初の「改訂」ということになるわけだから、本版の notes は必要に応じてそれらを記録に留めることとした。Benson に続く Charles Gildon (1709/10, 1714), George Sewell (1725, 1728), ほか Thomas Ewing (1771), Thomas Evans (1775) などの訂正も同じ扱いにした (Gildon, Sewell はそれぞれ Rowe, Pope の Sh 全集に収録)。それと、1711 年に Thorpe 版を reprint した Bernard Lintot(t) がその reprint

に書き込んだ Lintott 自身の訂正も 'Capell MS' を通して残されている。彼らは、Rowe や Pope, Johnson, あるいは Steevens や Capell と違って、Sh の批評史、編纂史上の人物ではないが、Lintott は Pope 訳 Homer の出版者、Gildon は（ここでも Pope だが）*The Dunciad* で槍玉にあげられるなど、いずれも当時の文芸界の著名人だった。もちろんその訂正は 'correction'（改訂）の次元に留まって、Malone 以降の 'emendation'（校訂）とはおのずと質を異にする。ここ「凡例」で彼らの姓名と年代にわざわざ言及しておくのは、notes での記録で名前だけに簡略化したためである。

　　＊ 同一編者が 2 つのテキストを持ち、第 1 と第 2 とで訂正が分れる場合は、たとえば Gildon[1], Gildon[2] のように名前右肩に数字を付した。数字のないのは両者共通の訂正。

　　＊＊ notes にしばしば引用される Evans は 3rd Cambridge edition（1996）の編注者 G. Blakemore Evans. Thomas Evans の方は T. Evans として区別した。

2.　注釈について

　1.　Edmond Malone による 'The Sonnets' のテキストは、はじめ Johnson–Steevens の Sh 戯曲全集全 10 巻（改訂版、1778）への補巻（全 2 巻、1780）に収録された（Malone[1]）．その際 Malone は、Lintott の書き込み版を利用した Edward Capell の 'Capell MS' を参照したであろう（26.12 補に 'Capell–Malone' とあるのはそのため）。Malone 自身の Sh 全集全 10 巻 11 冊は 10 年後の 1790 年、その第 10 巻に 'The Sonnets' が収録される（Malone[2]）．この Malone をもって 'The Sonnets' の校訂・注釈の歴史が始まる。なお 18 世紀の批評・編纂史上の有名人は「略語表」に特に加えることをしていない。各種辞典・注釈書等での常識だからである。

　Malone 以降現在まで約 2 世紀半の編纂の歴史は、大まかに 80 年ごとに区切って 3 期に分けることができるであろう。1860 年代の（1st）Cambridge 版全 9 巻（1863–66）が、*The Sonnets* だけのことではなく Sh の作品全体について、それまでの 80 年を統括する第 1 の区切りの達成だった。そのテキストを 1 巻にまとめたのが 1864 年、Sh 生誕 300 周年のいわゆる Globe 版（*Globe*）である（Globe は表紙の地球儀から）。それからまた 80 年後、1944 年の Hyder Edward Rollins の New Variorum edition 全 2 巻が、*The Sonnets* については第 2 の店卸し的区切りになった。その間第 2 期の editors は Dowden, Beeching, Pooler など多士済々、中でも本編纂者がとりわけ気にしたのは Sh の 'intention' へのこだわりから、いわば反面教師として、George Wyndham（次の第 3 期では Martin Seymour-Smith）. Rollins 以後の第 3 期には Ingram and Redpath, Booth, Kerrigan, Duncan-Jones, Evans 等がそれぞれへの敬意をこめて親しく並ぶ。なお本版の notes で「近年の」と言う場合は 2nd Cambridge 版の J. D. Wilson を含めて 1960 年以降の諸版を指している。Sh 全集を意識しての注記では遡って *Globe* から、Kittredge, Alexander, *Oxford*（*Norton*）, *Riverside*（2nd edition）等。

　注解についても、これまたごくごく大ざっぱな概観だが、Malone の 18 世紀末から 19 世紀へと徐々に高まって 20 世紀の中葉まで（そして現在に至るまでなお）綿々と続いてきているのは、結局のところ biographical なリアリズム批評である。その滔々たる流れに身をまかせるのは、一種文学的怠惰の安楽なのだろうが、本注者は無理してその流れに抗した嫌いがある。一方 20 世紀が深まるにつれて *The Sonnets* を全ヨーロッパ的な歴史的・文化的コンテクストの中にとらえようとする傾向が強まり、それにもちろん William Empson の 'ambiguity' に触発されて意味の重層性に没入しようとするこれまた「快楽」が時めいたが、本編注者は当然それら時分（じぶん）の方向に与（あずか）りながらも、そうした拡散を、むしろ Sh の 'intention' へと収斂させようとしたところがある。

　なお「略語表」で省略した諸家（たとえば Charles Knight, Howard Staunton, A. W. Verity など主に 19 世紀）からの引用に際しては、その年代を notes に記入することを原則としている。

　2.　Sh の作品からの引用は本選集の各巻によったが、選集に含まれていない作品については *The Norton Facsimile*（1968）の F1 のテキストを本編纂者の方針で modernize して用い、行数の表示は Norton TLN（through line number）によった。*Venus and Adonis*, *The Rape of Lucrece* はそれぞれ Q1 の modernization. なお題名に *LLL*, *R and J*, *M of V*, *1H IV*, *V and A*, *Lucrece* などの省略形を用いたが、特段説明するまでもないと思う。

　聖書の引用には Sh が座右にしたであろう *The Geneva Bible*（*A Fac-*

simile of the 1560 Edition, U. of Wisconsin P., 1969)を用いた。modernization は本編纂者の方針による。日本語訳を併記する場合は日本聖書協会の「文語訳」(1957)によった。聖書書名の abbreviation は研究社『新英和大辞典』第 5 版による。

Sh 以外の(詩)作品では手元の J. W. Lever, *Sonnets of the English Renaissance* (The Athlone Press, 1974)によったが、これに含まれていない作品も多く、手元のテキスト類を動員して適宜本編纂者の方針による編纂を行った。

Sh の proverbial な表現への意識には Morris Palmer Tilley の *A Dictionary of the Proverbs in England in the Sixteenth and Seventeenth Centuries* への参照が欠かせない。諸版とともに本版もその記録には念を入れた。

3.　本版の注釈でのおそらく新しいこだわりは rhyming である。たとえば、愛の詩ともなれば頻繁に現れる 'love / prove' 式の rhyme をわれわれは eye rhyme (視覚韻)として文字どおり軽く見逃しているが、その先をもう 1 歩踏み込むことを本版は大きなこだわりとした(10.10, 12 notes)．もちろん Sh の英語は(Early) Modern English に属しているのだから、*The Sonnets* だけのことでなく彼の作品全体を(そして彼と同時代の作品を) PE の発音で読んで、演じて、なんら不都合のはずはない。wind / mind の 'wind' を rhyme に合わせてわざわざ [waind] と読むのはどこか pedantic な気がして、教室では [wind] の方が 18 世紀の新入りの発音なのだがなどと言い訳じみた解説を付けて、[wind] と読んでしまう。だが、sonnet という詩型にとって rhyming は命である。Sh の 'sonnet form' への意識を正しく把握するためにも、問題となる rhyming への注釈は不可欠のように本編注者には久しく思われていた。参照したテキストの中では辛うじて Kerrigan だけが同様のこだわりをみせている。

本版がとりあえず準拠したのは、Helge Kökeritz, *Shakespeare's Pronunciation* (Yale U. P., 1953)である。だが一般に標準としてひろく推されているこの研究書も、英語音韻発達の研究史上、無限に茫漠たる蓄積の中では僅か一粒に過ぎぬだろう。A. J. Ellis や Henry Sweet, E. J. Dobson などの名前をはるかに意識しながら、それでも書名につられて Henry Cecil Wyld, *Studies in English Rhymes from Surrey to Pope* (1923, reissued by Russel and Russel, 1965)で補うことを試みたが、これとて

Wyld 自身の言う 'a little book' に過ぎない。それにせっかくの Kerrigan の注釈も、現在のイギリス地方方言の発音を頼りにしているので、本編注者には隔靴掻痒のもどかしさだった。

それでもとにかく問題となる rhyming について、対症療法的な手探りの注記の試みを一応試みてはみたが、'It is not surprising that the rhymes should reflect the prevailing *unsettled* state of pronunciation.'（Wyld p. 65, italics 本編注者）などを見るにつけても、'where angels fear to tread' の分野に迷い込んでしまった怖れは十二分に自覚している。発音記号にしても、Kökeritz の phonetic symbols をわたしの世代の英和辞書方式（Jones 式）に置き換えてみる無暴もあえてした。rhyming だけにこだわること自体一種の anachronism であることを承知の上で、まずはもっぱら自己満足のため、怖ず怖ずの第 1 歩を踏み出した 'fool' の試みとして大方のご寛恕を乞いたい。

4. cross-reference（前後注参照）の指示は、'fool' のこだわりから rhyming についてすべて洩れなく行った。その他の注記についても、特に The Sonnets は sonnet ごと個別に読まれる場合が多いはずなので、できるだけ参照の指示を付してある。monosyllabic や stressed など発音関係について参照だけですませず説明の重複を厭わなかったのは、rhyming とともに、本編注者のリズムの重視の表れである。

5. 1609 Q に収録された物語詩 'A Lover's Complaint' について——1980 年代の Kerrigan たちの熱心にもかかわらず、本版はこれをあえて除外した。その事情は本文最後の 154 FINIS の補注で説明してある。

3. 翻訳について（題名訳）

The Sonnets の題名訳は、坪内逍遥の全訳以来、全訳、抄訳をはじめ、解説書、研究書での言及など、ほとんどすべて『ソネット集』が一般である。しかし本訳者にはこの訳がどうしても不満だった。杓子定規でそっけなく、いかにも「詩ごころ」に欠ける。古い研究書、そして吉田健一の『英国の文学』では「十四行詩」。彼の抄訳集『十四行詩抄』ではその訳語の雅趣がぴったり納まるが、しかしそれを全訳に及ぼして『十四行詩集』とすると、仏教の経典めいてきて、どこか抹香くさくていただけない。本訳者が学生の頃から思っていたのは『ソネット詩集』だった。

sonnet 自体が詩の名称なのだからこれでは「詩」が二重になってしまうが、それでかえって題名のリズムが落ち着くように思われた。そんな次第で逍遙以来二番目の全訳の西脇順三郎訳(筑摩書房『世界古典文学全集』第45巻、1966所収。のちに同書房『シェイクスピア全集』第8巻所収)がその題名だったことをわたしは大いに喜んだ。

　西脇先生は1962年春慶応から明治学院に移ってこられ、わたしは当時英文学科の助手だったので研究室の引越しを手伝った。その頃の先生は読売文学賞受賞、芸術院会員、そしてノーベル文学賞候補を噂されるなど、詩人としての活動のまっ盛り、そのお忙しい中、われわれ若輩と親しく交わって、たとえば『詩経』の読書会を持ってくださった。『論語』は 'Logos' だなどとふと洩らされてわれわれはあっけにとられたが、ギリシャ語と漢語の比較研究に並々ならぬ興味をお持ちだったことをあとで知った。『ソネット詩集』翻訳のときも研究室がすぐ近くだったから、いかにも「馥郁タル火夫」の豪胆な訳筆の、迷いのない進行ぶりが颯爽と伝わってきた。1964年はシェイクスピア生誕400年の年で、出版界、演劇界ともあわただしく、われわれの研究室でも学科の小雑誌にシェイクスピア特集を企て、先生にも寄稿をお願いしたらあっさり引き受けられて、われわれは期日までに5枚ほどのエッセイを手にすることができた。「シェイクスピアのソネット」(筑摩書房『定本西脇順三郎全集』[全12巻別巻1]第9巻、1994所収)——「もしそれらのソネッツがみな事実起った自伝的なものであったとすれば、私はその方がかえって興味がある。けれどもその興味は芸術としての興味でなく自伝としての興味である。／逆にそうしたソネッツを純粋に文学作品として評価する場合は自伝的興味をはなれて、それらがみな作者の創作でなければならない。」そして断固たるその結びは、「シェイクスピアのソネッツの中でセンチメンタルなペトラルカ文学がウィットの大文学に変化したのであった。／要するに〈ソネッツ〉を自伝的に研究することは文学的研究ではない。」

　わたしはかねて The Sonnets にはじめてふれた頃から、この詩集を二幕構成の劇作品として読み通すことをしきりに考えていた。

略 語 表

1. 一般（辞書、主要参照文献を含む）

Abbott　E. A. Abbott, *A Shakespearian Grammar* (3rd ed.), Macmillan, 1870.

F1　The First Folio of Shakespeare, 1623.

Franz　Wilhelm Franz, *Die Sprache Shakespeares in Vers und Prosa* (4th ed.), Max Niemeyer Verlag, 1939.

Kökeritz　Helge Kökeritz, *Shakespeare's Pronunciation*, Yale U.P., 1953.

N　Through Line Number in *The Norton Facsimile : The First Folio of Shakespeare*, 1968.

OED　*The Oxford English Dictionary*.

Onions　C. T. Onions and Robert D. Eagleson, *A Shakespeare Glossary*, Oxford U.P., 1986.

Partridge　Eric Partridge, *Shakespeare's Bawdy*, Routledge and Kegan Paul, 1955.

PE　Present-day English.

Q　The Quarto of *The Sonnet*, 1609.

Rubinstein　Frankie Rubinstein, *A Dictionary of Shakespeare's Sexual Puns and Their Significance* (2nd ed.), Macmillan, 1989.

Schmidt　Alexander Schmidt, *Shakespeare Lexicon* (revised and enlarged by Gregor Sarrazin), 1901.

Sh　Shakespeare.

Tilley　Morris Palmer Tilley, *A Dictionary of the Proverbs in England in the Sixteenth and Seventeenth Centuries*, U. of Michigan P., 1950.

Wyld　Henry Cecil Wyld, *Studies in English Rhymes from Surrey to Pope*, 1923 (Reissued by Russell and Russell, 1965).

2. テキスト、注釈（*Globe* 以降）

Alexander　Peter Alexander (ed.), *The Complete Works of William Shakespeare*, Collins, 1951.

B and H　Douglas Bush and Alfred Harbage, *Shakespeare's Sonnets*

略　語　表　　xv

(Pelican Shakespeare), 1961.

Beeching　H. C. Beeching, *The Sonnets of Shakespeare*, Athenaeum, 1904.

Booth　Stephen Booth, *Shakespeare's Sonnets* (revised ed.), Yale U.P., 1978.

Brooke　Tucker Brooke, *Shakespeare's Sonnets*, Oxford U.P., 1936.

Burrow　Colin Burrow, *The Complete Sonnets and Poems* (Oxford Shakespeare), 2002.

Burto　William Burto, *The Sonnets* (Signet Classic Shakespeare), 1964.

D-Jones　Katherine Duncan-Jones, *Shakespeare's Sonnets* (3rd Arden Shakespeare), 1997.

Dowden　Edward Dowden, *The Sonnets of William Shakespeare*, Kegan Paul, 1881.

Evans　G. Blakemore Evans, *The Sonnets* (3rd Cambridge Shakespeare), 1996.

Folger　Barbara A. Mowat and Paul Werstine, *Shakespeare's Sonnets and Poems*, Folger Shakespeare Library, 2004.

Globe　W. G. Clark and W. A. Wright (eds.), *The Works of William Shakespeare* (Globe edition), 1864.

Hammond　Paul Hammond, *Shakespeare's Sonnets : An Original-Spelling Text*, Oxford U.P., 2012.

Harrison　G. B. Harrison, *The Sonnets and A Lovers Complaint* (Penguin Shakespeare), 1938.

I and R　W. G. Ingram and Theodore Redpath, *Shakespeare's Sonnets* (5th Impression), Hodder and Stoughton, 1985.

Kerrigan　John Kerrigan, *The Sonnets and A Lover's Complaint* (New Penguin Shakespeare), 1986.

Kittredge　George Lyman Kittredge (ed.), *The Complete Works of Shakespeare*, Ginn and Company, 1936.

Norton　Stephen Greenblatt (gen. ed.), *The Norton Shakespeare,* 1997.

Oxford　Stanley Wells and Gary Tayler (gen. eds.), *William Shakespeare: the Complete Works*, 1986.

Pooler　C. Knox Pooler, *The Sonnets* (1st Arden Shakespeare, revised ed.), 1931.

Ridley　M. R. Ridley, *The Sonnets* (New Temple Shakespeare), 1934.

Riverside   G. Blakemore Evans (gen. ed.), *The Riverside Shakespeare* (2nd ed., vol.2), 1997.

Rollins   Hyder Edward Rollins, *The Sonnets*, 2 vols. (New Variorum Edition of Shakespeare), 1944.

Rowse   A. L. Rowse, *Shakespeare's Sonnets (A modern edition, with prose versions, introduction and notes)*, Macmillan, 1964.

Sisson   Charles Jasper Sisson, *New Readings in Shakespeare*, 2 vols., Cambridge U.P., 1956.

S-Smith   Martin Seymour-Smith, *Shakespeare's Sonnets*, Heinemann, 1963.

Tucker   Thomas George Tucker, *The Sonnets of Shakespeare*, Cambridge U.P., 1924.

Wilson   John Dover Wilson, *The Sonnets* (2nd Cambridge Shakespeare), 1966.

Wyndham   George Wyndham, *The Poems of Shakespeare*, Methuen, 1898.

THE SONNETS

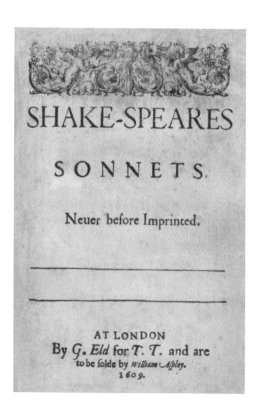

[Title-page]　*Shakespeare's Sonnets*（以下 *The Sonnets*）は Quarto（四つ折本）での出版．quarto（< L. *quartus* = fourth）は印刷用紙を 2 度折って 4 葉 8 ページにした書物のつくりを言う．略号 Q．Sh 時代の印刷用全紙の大きさはほぼ一定していたから，縦 24cm，横 18cm ほどになる．ついでに「二つ折本」は Folio（< L. *folium* = leaf），略号 F．*The Sonnets* Q は現在 13 copies の所在が確認されている．なお図版（pp. 2, 4）は Rollins のリスト（cf. p. v）の（4）'The Folger Sh. Library（Jolley-Utterson-Tite-Locker-Lampson）' から．

　当時の title-page には，印刷所のいわば「登録商標」としての printer's device（印刷所意匠）が大きく刷り込まれるのが普通であるが（p. 136 図版「左」参

照), ここにはその意匠がなく, 代りに上辺に ornament (縁飾り), その下に
作者名と作品名の 2 行, 3 行目に 'Neuer (= never) before Imprinted' (絶対初版)
の誇らしげな惹句. 下方は和書の「奥付」に相当する部分で, 出版都市, 印
刷者, 出版者, 販売者, 出版年が示されている. 出版者は T. T., すなわち
Thomas Thorpe. Sh より 6 歳ほど年少で 1594 年に徒弟から一人立ちしたが,
自身の出版所を持たず, もっぱら出版の企画, 原稿の取得, その刊行を業と
した. 印刷はその Thorpe のため (for), 印刷者 G. Eld (= George Eld) による
(By), とある. Eld–Thorpe のコンビの出版にはすでに Ben Jonson の戯曲など
があった. 販売者は (to be folde [= sold] by) William Aſpley (= Aspley). 行を変
えて最後に出版年. ただし The Sonnets Q で特殊なのは販売者が 2 人立てられ
ていることで, Aspley ではなく Iohn (= John) Wright の名前が印刷された copy
もある. この時代印刷の途中に校正を兼ねて活字を入れ替えることが行われ
た (title-page の例は Hamlet Q2 の出版年 1604 → 1605 の変更). 現存の 13 copies
のうち, Aspley が 4, Wright が 7 (Folger Library 所蔵のもう 1 つが Wright),
残りの 2 copies は title-page 欠落. 両販売者とも, それに印刷者の Eld(e) も,
Thorpe に比べて出版界では名のある存在だった. たとえば Aspley は Sh の最
初の戯曲集 The First Folio の出版に名を連ね, 晩年は Stationers' Company (書
籍出版業組合) の組合長であった.

　Thorpe がわざわざ販売者に 2 人を立てたのは売行きを狙ってのことだった
ろう. 発行部数も通常 (1000 部) より多かったのかもしれない. 10 年前, 麗々
しく Sh の作者名を冠した海賊版の The Passionate Pilgrim (「補遺」 p. 377 参照)
があるにもかかわらず, あるいはその海賊版の人気を知ればこそ, Thorpe は
'Neuer before Imprinted' の惹句を掲げ, 野心満々だった.

　出版の権利の確保のため, Thorpe は Stationers' Company への登録をすませ
ている (1609 年 5 月 20 日). 登録の書名は 'Shakespeares sonnettes (sic)'. Title-
page に大きく 2 行に印刷されたのはこの書名. Sh がこの出版に同意したかど
うかは Q のテキストの信頼度の問題と絡んでなかなか厄介なところである (本
編纂者の Q に対する立場は「凡例」1-2 でふれた). 19 世紀の伝記研究を代表
する Sidney Lee はこの Title-page の文言を 'exceptionally brusque and commercial
description' として, 出版に Sh の許諾がなかった 1 つの証拠とした (Elizabethan
Sonnets, 1904). その後 20 世紀の流れは Samuel Schoenbaum の 'All the signs
point to unauthorized publication; unauthorized, that is, by the writer (= Sh), not by
Stationers' Hall (i.e. Stationers' Company).' (Documentary Life, 1975) に代表され
る. その流れに投じられた一石が Katherine Duncan-Jones の 'Was the 1609
SHAKE-SPEARS SONNETS Really Unauthorized?' (The Review of English Studies
34, 1983) で, 近年は彼女の一石の波紋が徐々に広がりつつある. たとえば次
の Dedication などは Sh の「同意」の前提がなければ円滑十全の解釈が不可能
なのではないか. これを T. T. の名を借りた Sh 自身の執筆に想定することが,
The Sonnets 全体の解釈に向けての本編注者のそもそもの出発である.

TO.THE.ONLIE.BEGETTER.OF.
THESE.INSVING.SONNETS.
Mr.W.H. ALL.HAPPINESSE.
AND.THAT.ETERNITIE.
PROMISED.

BY.

OVR.EVER-LIVING.POET.

WISHETH.

THE.WELL-WISHING.
ADVENTVRER.IN.
SETTING.
FORTH.

T. T.

[Dedication] I. 読者・研究者を悩まし続けてきている献辞. 秘密めかした W. H. といい，表現のスタイルも奇妙と言えばまことに奇妙. 16年前の *V and A*, 15年前の *Lucrece* の献辞（「補遺」p. 371）に比べてその異様ぶりは一目瞭然である. *l.* 3 の Mr を除いて全綴りが capital, それぞれの語の後に period, これではまるで石碑の追悼文を思わせる. そのぶん意味がとりづらいところがあろうから，とりあえず spelling を PE に，語順を読み易く変え，さらに語注を加えて次に示す.

　　'To Mr W. H., the only begetter of these insuing sonnets, T. T., the well-wishing adventurer, in setting forth wisheth all happiness and that eternity promised by our ever-living poet.' **1. begetter** = procreator（*OED* では *figurative* and *transffered sense* の用例にこの個所が）．i.e. inspirer． **2. insving** = ensuing, following． **3. Mr** [máːstə] 'In the 16th and 17th c. used for Master in any of the applications of the word. *Obs*.'（*OED*）**W. H.** ⇨ 注 III． **4. that eternitie** *The Sonnets* の中で詩人がしばしば約束している「永遠の生」．e.g. 'So long as men can breathe or eyes can see, / So long lives this, and this gives life to thee.'（18.13–14） **7. ovr ever-living poet** i.e. Sh. **ovr** = our は「われら出版者の側からみての」．この Dedication が T. T. の名を借りた Sh 自身の執筆によるものだとすれば，**ever-living** は，10 年以上も前の若書きの sonnet sequence を今頃になって出版しようとする自分自身への照れ隠しに読める． **8. wisheth** -(e)th は 3 人称単数の語尾変化．主語は *l.* 13 の T. T．wisheth でいったん文章を切って W. H. を主語にとる読みも不可能ではないが，それだとやはり T. T. の署名の前の *ll.* 9–12 が大仰に浮き上ってしまう． **10. adventvrer** 出版業者を merchant adventurer に譬えて．*OED* がこの個所を用例に引いている． **11–12. setting forth** set forth = ① publish (a literary work).（*OED* 144e），② 前の adventurer の比喩を受けて = start,「旅（航海）に出立（出帆）する」． **13. T. T.** = Thomas Thorpe．主語を最後に置くのは epitaph 式．

これはおそらく，ただ単語を碑文状に並べたかに見せかけて，じつは絢爛を豪華に飾った態の献辞をみごとパロディ化した「戯文」である．Sh の筆によるものだとすれば，15–16 年前の華麗厚顔の献辞への，T. T. の名を借りた，いまは円熟の筆による，多少の苦味を伴ったパロディ．その調子を生かしてとりあえずの訳を試みるとすれば——

　ここに列（つら）なるソネット詩連作の唯一の生みの親たる W. H. 氏に祈念するは，すなわち幸せ万般（ばん）はもとより，われらが不滅の詩人の約せし永遠の生，いよよ出版冒険の船を出すに当り四海波静かならんことを祈りつつ，出版人 T. T. 謹白．

II. Thomas Thorpe が 9 年の年季をへて 1594 年に一人立ちしたときは 24 歳，Sh は 30 歳．それは，（本編注者が「補遺」4 で展開した見立てでは）*LLL* と *R and J* に並行して Sh がソネットの連作に熱中していた頃だったろう．その連作の terminus ad quem（下限）は本編注者の想定で 1596 年．Sh は *The Sonnets* 154 篇を書き終えてしまうと急激に詩作への興味を失い，本来の劇作に専念することになった．*The Sonnets* の原稿はそのまま筐底（きょうてい）に納められ，推敲の筆を加えられることもなく，10 数年の時をへた．念のため，1–154 の順番配置も当然 Sh の執筆時のまま．その筐を出版に向けて開かせたとは Thorpe もなかなかの才腕の持ち主というべきである．出版人としての Thorpe の評価は従来必ずしも好意的なものではなかった．Booth の 'a small-time entrepreneur' がその典型である．*The Sonnets* の場合も Sh の許諾について否定的な意見が大勢を占め，それを証拠立てるような Thorpe の過去が掘り出されたりした．↱

だが生馬の目を抜く当時の出版界である．William Jaggard の海賊出版の例はこれまた「補遺」p. 377 でふれたところだ．

　本編注者の見立て，想像を大胆に続ける．Sh の側にも Thorpe の申し入れを受け容れるだけの要因があったはずである．それは経済的な必要(D-Jones p. 13)などではなく，あくまでも劇作家 Sh の方向転換の模索，それに伴う旧詩作の整理とその決着．1608 年 8 月 Sh の劇団はロンドン市内に新劇場(the Blackfriars)を獲得した．その先には早速「ロマンス劇」が控えているが，本編注者はこのあたりにたとえば *Lear* の 'tragedy' への改訂を想定してみたい(本選集 *King Lear* pp. xxx–xxxi 参照)．一方家庭的な面では 1607 年 6 月ストラットフォードの長女 Susanna の結婚，翌 1608 年 2 月 Sh の初孫 Elizabeth の誕生．世代の交代というか，この際ひと区切りという思い．

　The Sonnets 出版の頃のロンドンはペスト猖獗の最中だった．Sh はロンドンを逃れてストラットフォードに在った，あるいはもっと伝記の詳細に踏み込んで 1608 年から 09 年にかけて Sh はストラットフォードでの訴訟(貸金の取立て)であわただしく，ロンドンを留守にしがちだったなど，Sh をこの Dedication との関わりから引き離そうとする推論も当然行われているが，この程度の長さの戯文なら，見送りの Thorpe を目の前に，旅の馬を待たせながらでもさっさと書ける．10 年前の自分自身への，T. T. の名を借りたほろ苦い献辞．献呈の相手はイニシャルで謎めかすとして，まず 'Will Sonnets' (135 頭注参照)から W がすぐ思いついたが，まさか次を S にしたのでは底が割れたお笑い草になってしまう――

　「そうだ，H がいい，模様の組合せも W とよく似合う」と Sh は言った．
　「W. H. ですか？　読者はなにかと憶測しますよ」と Thorpe が答えた．
　「それだけ売行きも伸びるだろうさ」
　「そんな無責任な．William Himself って読むのも出るかもしれない」
　「それは面白い，ぴったりだ」と Sh は暢気に笑った．

III.　だが *The Sonnets* の「生みの親」，創作の原点に想定された W. H. の，その「身元」確認の問題は，文学史上でも名だたる Gordian Knots の 1 つとして，*The Sonnets* の研究史に堅固頑強の謎の結び目を誇ってきた．それを，架空の座興に貶めてあっさりと断ち切ってしまうのは，それこそ Alexander 大王並みの蛮勇というものかもしれず，ここはやはり，その結び目をていねいに解きほぐそうとしたいくつかの試みをやや詳しく見ておくことにしたい．この先本文の注ともいずれ関わってくるはずだから．

　出版当初の反応はなんらの言及も記録もないから不明のままである．1640 年の Benson 版では Dedication は印刷されていない．その後の版もしばらくこれに倣った．ようやく 18 世紀も末近く，当代の碩学 Thomas Tyrwhitt が Q の 'A man in hew all *Hews* in his controwling' (20.7)の *Hews* から，W. H. を，具体的な人物を特定できぬまま W. Hughes と推測し，Edmond Malone もぐずぐずとこれに同意を示したがそれ以上深入りしようとしなかった．そうした消極的

な対応が 19 世紀が進むにつれて徐々に積極的なものに変化する．Sh 研究史上では実証の時代．'Scorn not the Sonnet' (Wordsworth) の 'with this key Sh unlocked his heart' の「雄たけび」('a sort of war cry' Rollins) が 1827 年．その雄たけびと相呼応するように W. H. 候補として颯爽と登場したのが *V and A, Lucrece* の被献呈者 Henry Wriothesley [ráiəθli / rɔ́tsuli / rízli], 3rd Earl of Southampton (1573–1624) である．このあたりで *The Sonnets* は宮廷の貴公子の世界に取り込まれることになった．Southampton の名前のイニシャルは H. W. であるが身元を隠すため Dedication ではわざわざ W. H. と逆にしたと説明される．Sh より 9 歳半年少だから本編注者の想定する *The Sonnets* の執筆時 (1592–96) には 10 代の終りから 20 代の半ばにかけて，女王の寵愛もめでたく青春のまっ盛り，彼の肖像画 (p. 15「左」) はいかにも 'The Fair Youth' そのものである．後見人 William Cecil の孫娘との結婚ばなしもどこ吹く風に聞き流しながら，女王の侍女 Elizabeth Vernon と密通．秘密結婚．女王の逆鱗にふれ短期間の入獄．政治的にも Cecil の政敵 Earl of Essex に心酔して 1601 年の反乱に加担，辛うじて死罪を免れてロンドン塔に幽閉され，James 一世即位の特赦によってようやく元の地位を回復した．ただし Sh とのその後の関わりはない．*The Sonnets* はその主題，内容によって明らかに 1–126 と 127–54 に 2 分される．これを Part 1, Part 2 として，それぞれの主役に 'The Fair Youth', 'The Dark Lady' を立てるのが一般である．'The Fair Youth' を W. H. = Southampton とすれば，彼の情事の相手 Elizabeth Vernon は 'The Dark Lady' に見立てられてしかるべきだが，結婚後の Countess of Southampton は夫への献身で聞こえた貞淑な女性だった．モデルがフィクションを超えることはなかなかむずかしい．

　Southampton 説の最初は，Rollins によれば Wordsworth の雄たけびに先立つ 1817 年 (Nathan Drake, *Sh and His Times*) である (26 頭注参照)．やがてそれから 15 年おくれて，宮廷社会を舞台にもう 1 人の有力候補 William Herbert, 3rd Earl of Pembroke [pémbruk] (1580–1630) が出現した (James Boaden, *The Gentleman's Magazine* 202.2)．こちらのイニシャルは W. H. どおり，Southampton より 7 歳若いからそれに応じて *The Sonnets* の創作年代も 17 世紀に向けて大幅にずれ込むことになる．Sh との縁はまず父親の 2nd Earl of Pembroke が劇団のパトロンで，Sh は当初その劇団に所属していたとする説が有力である．母親の Mary, Countess of Pembroke は Philip Sidney の実妹．*The Arcadia* との関連はもとより文芸の保護者として聞こえ，ソールズベリー郊外の Wilton House は当代のアカデミーの観を呈した．1603 年のペスト流行期に Sh の劇団はその邸宅で上演を行っている．邸内に Sh が滞在していたという証拠がかつて残っていたともいう．Sh との縁は死後も続き 1623 年の The First Folio はこの William と彼の弟 Philip Herbert, Earl of Montgomery に捧げられている．*The Sonnets* は小主題，小場面が無造作，無愛想に並べられているようにみえて，じつはそれら断片が，作者の計算というよりは作者の本能的な舞台感覚によってみごとに相関し照応しながら，作者 30 代の切実なテーマをドラマティックに歌い↱

上げていく．幕開きの 1–17 は 'The Marriage Sonnets'（「勧婚詩群」）と呼ばれ，美貌の青年（The Fair Youth）に結婚して子孫をつくるよう勧める内容である．それが宮廷社会から W. H. 候補として Earl of Southampton を連れ出す要因の 1 つになっていた．William Herbert にも当然結婚ばなしがあった．両親は貴族同士の結婚を画策するが息子は応じようとしない．そこで Pembroke 家のいわば「従者」である劇作家・詩人の Sh に勧婚のソネットをつくらせた．(しかしいつの時代でも貴族間の姻戚関係の話題など掃いて棄てるほどだったろう．なにも Sh を煩わせるようなことではなかろうに．) こちらの W. H. 候補にも女性問題があった．やはり女王の侍女 Mary Fitton を愛人にし，彼女は男児を死産．これまた女王の逆鱗にふれて彼は投獄，国外追放，帰国は女王の死後であった（なんとまあ大いなるマドンナ Elizabeth の威力！）．しかし一方の Fitton は Pembroke と結婚することなく奔放な浮名を流し続けた．王室会計監査官（Comptroller of the royal household）の要職にあった廷臣が 50 代半ばというのに彼女に恋着した．その人物が *Twelfth Night* の Malvolio のモデルであるという愉快な説まで出廻ったほど（本選集 *Twelfth Night* p. xxiv 参照）．

こうして 2 人の Earls は 20 世紀に入っても W. H. 候補としていよいよ熱心な探索の対象であり続けた．Pembrokists には E. K. Chambers や J. D. Wilson など錚々たる研究者が連なり，Southamptonites では歴史学者 A. L. Rowse が新説を披露するなど（*Sh, A Biography*, 1963）．この，学界としてはいささか興味本位の態度に対し，たとえば Schoembaum はまずもって Dedication の Mr が気になると言う，'unhonorific 'Mr.'' は貴族への title ではないはずだと（*Documentary Life*, 1975）．それは確かにその通りで，歴代の Pembrokists も Southamptonites もそこの不安を重大に感じていながら，あえてその Mr を，W. H. のイニシャル表現と共に，わざと着せかけた「隠れ蓑」ぐらいに考えて見逃してきたのではないか，いわば研究における不作為の罪．だがそうした用語の問題は本編注者にとってじつはごくごく小さな問題に過ぎない．この際どうしてもこだわらざるを得ないのは，大いなる虚構の世界の中での実在の人物の矮小化ということだ．どんなに詳細な伝記の肉づけを施されようと，巨大な想像・創作の舞台では，そんなかりそめの登場人物などただの影法師に過ぎない．

W. H. の問題はいったん踏み込むと興味底無しの泥沼のごとく，候補も続々となかなか抜けられない．もう少し続けざるを得ない．*l*. 1 の 'begetter' の語義を ＝ procreator（生みの親）ではなく，＝ obtainer ＜ beget ＝ to get, to acquire (usually by effort)（*OED* † 1）とすることで，これを「*The Sonnets* の原稿を手に入れてくれた人」の意味に解する示唆が，研究史上では Earls 説に先んじてすでに 18 世紀末尾に行われていた（George Chalmers, *A Supplemental Apology*, 1799）．Sh がこの Dedication の本当の作者だとすれば，彼の得意の wordplay（意味の多層の 'ambiguity'）をここでも言い立てたいところだ．やがて 19 世紀の後半，*l*. 3 の 'W. H. All.' を 'W. HALL.' の誤植とする説が行われ，これを受けて 19 世紀の伝記研究を集大成する Sidney Lee の Sh 伝（1898）が，当時の出

版界で原稿の取得など水面下で活躍した William Hall を探り出した．Lee に言わせれば Thorpe の同類の出版人である．しかしわずか 2 字のイニシャルだけが頼りなのだから泡沫候補はいくらでも出てくる．Sh の妻の実家から William Hathaway，Sh の妹の嫁ぎ先から William Hart などなど．もう 1 人だけ，Southampton 説との関連から取り上げておきたい W. H. 候補に Sir William Harvey（Hervey）がある．Mary, Countess of Southampton は夫（2nd Earl of Southampton）と死別したあと再々婚（！）するが，その相手が William Harvey．*The Sonnets* の原稿は 'The Fair Youth' の 3rd Earl of Southampton から，彼の母親である Mary の手で保管されていたが，彼女の死後（1607）William Harvey を経由して Thorpe の手に渡った．William Harvey は貴族ではなく勲爵士であった．Sir の身分であれば Mr の title も許容されるだろう（cf. 'Down to the 16th c. or a little later, *master* could be prefixed to the name of a knight or a bishop.' [*OED* 21a]）．ついでにこの William Harvey は，*Lear* の Cordelia のモデルとされる Cordell Annesley とこれまた再婚する（本選集 *King Lear* p. xxviii 参照）．実在の W. H. 候補をめぐる愛の「人生」のアラベスクはかくのごとく「芸術」さながら，そこを逆手に取ったフィクションが Oscar Wilde の *The Portrait of Mr. W. H.*（*Blackwood's Magazine* 1889, enlarged posthumous ed., 1921）である．18 世紀末 Thomas Tyrwhitt が示唆した W. Hughes 説以来，その示唆に基づく数多くの W. H. 候補が探り出されてきたが，Wilde がその中篇小説に連れ出したのは美形の少年俳優 Willie Hughes である．*The Picture of Dorian Gray* の「肖像画」をここでも小道具に，架空→真実→架空のテーマを推理小説ふうに展開して，折から James Joyce や André Gide の称讃を得たが，*The Sonnets* という大いなる愛のドラマを背景にしたのでは，ただの技巧倒れの浅薄卑小な 'Lying' の域にとどまったとしてもやむをえない．そもそも Q の *Hews* が capitalized italics だからといって，これを人名（Hughes）として読むのは，bibliographical な見地からは一足とびの無理なことだった．

IV. こうした Dedication をいわば 'Prologue' に，Sh の 'Sonnet Sequence' の幕が開く．となると，題名には，Title-page の SHAKE-SPEARES / SONNETS を生かして 'Shakespeare's Sonnets / A Dramatic Sequence of Love'（「シェイクスピアのソネット詩集／愛の劇場」）を掲げたいところである．154 篇の 2 部構成についても，Wilson の Section 1, Section 2 に倣って，本版ではそれぞれの冒頭に，Act 1（The Fair Youth），Act 2（The Dark Lady）を加える冒険をあえてした．

Act 1

The Fair Youth

1

From fairest creatures we desire increase,
That thereby beauty's rose might never die,
But as the riper should by time decease,
His tender heir might bear his memory. 4
But thou, contracted to thine own bright eyes,
Feedest thy light's flame with self-substantial fuel,
Making a famine where abundance lies,
Thyself thy foe, to thy sweet self too cruel. 8
Thou that art now the world's fresh ornament
And only herald to the gaudy spring,
Within thine own bud buriest thy content
And, tender churl, makest waste in niggarding. 12
    Pity the world, or else this glutton be,
    To eat the world's due by the grave and thee.

---

[1] *The Sonnets* 1–17 は 'The Marriage Sonnets' (「勧婚詩群」) と呼ばれる。The Poet が若くて美しい「男性」(The Fair Youth) を相手に「結婚」を慫慂する という開幕早々のこの設定は Petrarch 以来の sonnet の伝統からの思い切って ショッキングな反逆 (あるいはパロディ) である。なお友人は「友人」という だけで特に高位の貴公子を想定する必要はないと思う。cf. *l.* 5 note.
1. increase i.e. offspring.　**2. That** = so that.　**thereby** = by that, i.e. through increase. **rose** Q では capitalized italics. その印刷からここに宗教的神秘，思想的高遠を 読み込む解もありうるが，本注はとりあえず美の象徴の域にとどめて 'rose' の spelling とした．なお Earl of Southampton, Henry Wriothesley (cf. Dedication 注 III) の発音を [róuzli] として rose を結びつける注もあるが本編注者の採ると

11

第一幕

美しい若者

一

とりわけて美しいものには後継ぎが望まれるものだよ、

後を継ぐものがあれば薔薇の美は死に絶えることがない、

それは確かに萎えてしおれて地に落ちるのが時の定めだとしても、

4 若い新芽が萌え出れば面影はしかとこの世に留められるだろうさ。

なのに君は、煌めく自分の眸（ひとみ）に愛の誓いを立て、

自分の命を燃料にその明眸（めいぼう）を燃え上がらせている、

それは豊饒たるべき沃土を飢饉の砂漠に化するの行為、

8 己れを己れの敵に回すとは優しい己れへのなんという残酷。

ねえ、君はいま時代の青春の花飾りなのだよ、

華麗な春を率いる美の魁（さきがけ）なのだよ、

なんだって自分の可能性を蕾（うず）の奥底に埋め葬っているのだ、

12 若いくせにけちけちするやつは出し惜しみの浪費家というものだ。

さ、世界に憐れみを。それとも大食いの罪人（つみびと）で果てるつもりなのかい、

君の財産は全世界のもの、それを墓と自分とで食い尽くしてよいものか。

───────────

ころではない． **3. the riper** i.e. the older（roses）．cf. 'Soon ripe often rotten.'（Tilley R 133）**by time** 早速 敵（かたき）役 Tempus（Time）が示唆される．**4. His, his** = its. it の genitive は his が普通．his は OE 以来中性の所有格である．its の初出は *OED* で 1598 年（同じく *OED* によれば F1 で its が 1 回、it's が 9 回．ほかに of it, thereof の形が用いられている）．**tender** especially applied to immature youth.（Schmidt）**memory** *l.* 2 の die との rhyming から [mémərài]．もちろん現代の読者は [mémərì] で構わないと思う（「凡例」2-3 参照）．cf. 'Double pronunciations [əi] and [i:] were used for the substantival ending *-y* and the adverbial ending *-ly*.'（Kökeritz p. 219）**5. thou** 2 人称単数は thou [ðau], thy [ðai], thee [ði(:)], 所有代名詞 thine [ðain]．you は一応複数とされるが PE と同じく単数 ↱

12

2

When forty winters shall besiege thy brow
And dig deep trenches in thy beauty's field,
Thy youth's proud livery so gazed on now
Will be a tottered weed of small worth held.   4
Then, being asked, where all thy beauty lies,
Where all the treasure of thy lusty days,
To say within thine own deep sunken eyes
Were an all-eating shame and thriftless praise.   8
How much more praise deserved thy beauty's use,
If thou couldst answer 'This fair child of mine
Shall sum my count, and make my old excuse',
Proving his beauty by succession thine.   12
    This were to be new made when thou art old,
    And see thy blood warm when thou feelest it cold.

にも用いられる. thou と you (単数)の相違は一般的に thou の方が身分が下，その分愛情，親密，あるいは軽蔑の感覚が加わる (G. の *du* と *Sie*, F. の *tu* と *vous* の相違を参照). ここでは詩の用語として特に愛情と親近感. **contracted** = betrothed. 流れに映る自分の姿に恋した Narcissus の「変身」物語. ⇨ *l*. 6 note. **thine** 母音の前の thy は [n] 音が入り thine になる. my → mine も同じ (PE a → an 参照).　**6. Feedest**　2 人称単数 (thou) の動詞は -(e)st 変化. **self-substantial** = of his own substance. hyphen は Gildon[2].　cf. Ovid, *Metamorphoses* 'I am enamoured of myself, I do both set on fire, / And am the same that sweltèth (= burnth) too, through impotent desire.' (Arthur Golding's translation [cf. 60 補] 3.582–83)　**8. Thyself** Q は 'Thy felfe'. 2 語のままにして 'self' を強調する版 (近年では Wilson, Burrow 等) もあるがこの個所では 1 語に.　**9. the world's** i.e. the time's.　**10. only** = principal. **gaudy** 'not pejorative' (Wilson)　**11. content** = what is contained in thee, i.e. potential fatherhood. アクセントは rhyming からもちろん contént.　**12. , tender churl,** vocative としての前後の commas は Capell. **churl** = miser. **niggarding** = hoarding.　**13. glutton** gluttony は seven deadly sins の第 5.　**14. To eat** = by eating. Sh 時代の to-infinitive の用法は PE に比べてか

13

二

四十度（たび）もの冬が君の額（ひたい）を城攻めにして、

美の畑（はた）を戦場に、そこに深い塹壕（うが）を穿ち尽してしまえば、

そら、いま皆がほれぼれと見とれている君の青春の綺羅も、

4　ずたずたに踏みにじられた襤褸（ぼろ）っ切れも同然。

で、皆が囃し立てるだろうさ、君のあの美貌はどこへ行ったんだい、

君の潑剌の日々の財宝はどこに蔵（しま）ってあるんだいと。

そこでの答えがだね、ぼくのこの落ち窪んだ目の中にというのでは、

8　大食いが臍（はぞ）を噬（か）む無念の恥辱、過去に寄り縋った無益（むやく）の自讚。

それがこう答えたらどうだろう、「この美少年はぼくの子だ、

この子こそぼくの負債の清算人、ぼくの老齢の日毎（ごと）の弁明者」——

それでこそ君の美の投資は世の絶大な称讚の的になる、

12　彼の美貌が君からの相続を明示しているのだから。

こうして老齢の君はあらたにこの世に甦ることになるだろう、

冷え切った君の血はまた温かく脈打つことになるだろう。

なり自由（cf. Abbott 356 / Franz 655）．このように by + gerund の形に paraphrase することができる．　**the world's due** i.e. what you owe the world.（*Riverside*）**by the grave and thee**　grave と thee を説明の委細を抜いて and で結び，*l*. 13 の be との rhyming で結句をさっと切り上げた．monosyllable の連続といい，鮮やかな Sh の呼吸．

[2] **1. forty winters**　40 は漠然と多数．used indefinitely to express a large number.（Onions）**besiege**　以下歴史劇的な城攻めの比喩．　**2. field** = ① battlefield. しかし②として agricultural field のイメージが示唆される．　**3. proud** = splendid. **livery**　'A stock description of the face and its expression.'（Kerrigan）**4. tottered** Q の綴りのままを採る．totter は tatter の variant. *Obs*.（*OED*）**weed** = ① garment, ②「雑草」（cf. *l*. 2. note）．**held** be の後に続けて読む．**5–8.** *Matt.* 25.14–30 の talents の寓話参照．**8. Were** = would be. *l*. 13 の were も同じ．**all-eating** = consuming all of your faculties, i.e. gluttony（これで 1.13 と繋がる）．hyphen は Q. 'Sh's only use of this compound adj.'（Rollins）**thriftless** = unprofitable.　**9. deserved** = would deserve. simple form による subjunctive.（Abbott 361）**use** = ① investment, ② procreation. use もこれから重要な keyword（cf. 4.7 note）．**10–11.** ↱

quotation marks は Malone（ただし italics）． **11. sum** = even out. **count** = account. **old** ① i.e. when I am old, ② = frequent. **12. by succession thine** i.e. inherited from thee. rhyme の上からも thine を後置した（代名詞所有格は後置の場合しばしばこの形をとる）． **13. new** = newly.

補．1980 年，Peter Beal による *Index of English Literary Manuscripts, 1450–1625* (vol. 1 pt. 2) に *The Sonnets* の variant manuscripts 25 例が登録された．それら 25 例中 13 を占める Sonnet 2 の variant manuscripts についてその後多少の議論が行われているので，1980 年以降の *The Sonnets* 編注者の 1 人としては，その問題に一応の決着をつけておかなくてはならない．問題というのは，13 例から想定される Sonnet 2 の variant と，1609 年の Thorpe 版 Sonnet 2 との前後関係である．想定の variant が前だとすれば Thorpe 版の Sonnet 2 はそれの「改訂」，後だとすれば variant の方が Thorpe 版からの「派生」．これを決するに足る具体的な証拠（たとえば *The Passionate Pilgrim*［再版］での 1599 年という明確な出版年）がここでは不在である以上，判断は両者間の「表現」の差の解釈，つまりは編注者自身の読みの感覚によるほかない．Gary Taylor の 'Some Manuscripts of Sh's Sonnets'（*Bulletin of the John Rylands Library*, 68［1985–86］）に追随する形で Kerrigan と Evans は「改訂」派，しかし本編注者はこれに同じることができない．理由は当然 *The Sonnets* の創作年代に関わる．1592–96 年という 20 代末から 30 代にかけての Sh の滾り立つ表現の勢いが 154 篇の sequence を完成させた，その勢いが，まず冒頭の 'The Marriage Sonnets' の 2 番目で，改訂を必要とするような「表現」で躓くはずがない．たとえば 13 例中の 4 例に麗々しく掲げられている 'Spes Altera'（L. = Another Hope「次なる望み」）の題名．別例にはさらに 'A Song' の説明まで加えられている．ラテン語の題名の方を Taylor は Virgil, *Aeneid*（12.168）による Sh の 'authorial' としているが，滾り立つ勢いの Sh におよそふさわしからぬ小細工というべきであろう（'most uncharacteristic of Sh', D-Jones p. 455）．'A Song' の付加説明からも，その variant は，歌唱用の text として用意された「派生」と見るほかない．おそらく Jacobean よりは Caroline のものか．念のため他の 11 sonnets（1, 8, 32, 33, 68, 71, 106［2 例］, 107, 116, 128, 138）の variants も同様に「派生」．したがって，138, 144 ではそれぞれの注記に *The Passionate Pilgrim* の variant を引いて説明を加えたが，ここではその扱いをしない（なお 106.12 補では派生 variant の用語の 1 つを話題に取り上げている）．

Mr. W. H. の候補

　[左] Henry Wriothesley, 3rd Earl of Southampton.
　当代最高の盛名を馳せた宮廷画家 Nicholas Hilliard の細密画. 1594年の作とあるから Southampton は21歳. やがて 'The Fair Youth' に擬せられて当然の美青年ぶりである. 長く垂らした長髪は時代の流行になったという.
　[右] 同じく Hilliard の最も有名な作品 'Portrait of a Young Man Leaning against a Tree' (1590). Leslie Hotson は彼の唱道する Mr. W. H. こと William Hatcliffe を描いたものとした (*Mr. W. H.* [1964]. ただし現在これに賛同する研究者はまずいない).

3

Look in thy glass and tell the face thou viewest,
Now is the time that face should form another,
Whose fresh repair if now thou not renewest,
Thou dost beguile the world, unbless some mother. 4
For where is she so fair whose uneared womb
Disdains the tillage of thy husbandry?
Or who is he so fond will be the tomb
Of his self-love to stop posterity? 8
Thou art thy mother's glass and she in thee
Calls back the lovely April of her prime;
So thou through windows of thine age shalt see,
Despite of wrinkles, this thy golden time. 12
　　But if thou live rememb'rèd not to be,
　　Die single and thine image dies with thee.

---

[3] **1. in** = into. **glass** = looking-glass. **3. fresh repair** = youthful (renovated) condition. cf. in good (bad) repair. **4. beguile** = betray, trick. cf. 'To eat the world's due.' (1.14) **unbless some mother** i.e. deprive some woman of the blessing of motherhood. **5. uneared** = unploughed. 農耕と生殖の両義表現は Act 1 を通して執拗に現れる. **6. husbandry** = ① agricultural diligence, ② sexual performances of a husband. **7. fond** = foolish. 後に 'that he' を補って読む. **will** = is willing. **tomb** i.e. living sepulchre. **7–8.** cf. *V and A* 757–62. **8. self-love** i.e. narcissism. cf. 1.5 note. hyphen は Lintott. **9–10.** 'W. H.'s mother was evidently beautiful, and he was very like her.' (Wilson) は 'biographical fallacy' の典型. それは 'The selection of mother, rather than father, to exemplify the continuation of family traits may suggest a reference to a well-known mother.' (D-Jones) にまで及んでいる. 念のため, Earl of Pembroke の母親 Mary はその学識と共に美貌をもって聞こえた (cf. Dedication 注 III). **10. April** cf. 'In the April of one's age.' (Tilley A 310) **11. through windows of thine age** i.e. through your age-dimmed eyes. (Booth) 現在の透明なガラス窓は当時望むべくもなかった. **12. this thy** PE なら this ＿ of yours. **13. rememb'rèd** [rimémbrid] Q の remembred の綴りを生かし apostrophe (')

三

　鏡をとくと見た上でそこに映る顔に言いなさいよ、
　今がこの顔をちゃんと生き写すべき時なのだと、
　だって更新は潑剌の若さの時にこそ、時機を外せば君は
4 世の期待を裏切ることになる、母となる女性の祝福を奪うことになる。
　いったい夫としての君の鍬入れをすげなく拒否する、そんな
　美女がいるだろうか、未開の畑を頑（かたく）なに守り通そうとして。
　男だっても、自己愛が嵩じて子孫への繋がりを断乎絶ち切って
8 孤高の墓碑になりたがる、そんな阿呆がいるだろうか。
　君は君の母親の鏡なのだよ、母上は君を眺めて
　花の盛りの麗しの四月を思い起こす、
　だから君も、いずれは皺まみれの老年が訪れたとしても、
12 老いの霞んだ窓を通して金色（こんじき）に輝く君の青春に見（まみ）えることができる。
　まさか世に忘れられて生きることを望んではいないだろうね、
　ならどうぞ独身のまま、君の面影を抱きしめて葬られるがいいさ。

を補う．Capell の remember'd は採らない．ただし 'Q's spelling, "remembred",
embeds the word "bred" in remembering.'（Burrow）は読み込みが過ぎるか．
rememb'rèd not to be　i.e. only to be forgotten.

18

4

Unthrifty loveliness, why dost thou spend
Upon thyself thy beauty's legacy?
Nature's bequest gives nothing but doth lend,
And being frank she lends to those are free.   4
Then, beauteous niggard, why dost thou abuse
The bounteous largess given thee to give?
Profitless usurer, why dost thou use
So great a sum of sums yet canst not live?   8
For having traffic with thyself alone,
Thou of thy self thy sweet self dost deceive.
Then how, when Nature calls thee to be gone,
What acceptable audit canst thou leave?   12
    Thy unused beauty must be tombed with thee,
    Which usèd lives th'executor to be.

---

[4] 1. Unthrifty = ① prodigal, ② unprofitable (cf. 'thriftless' 2.8). ②を併せ持つことで2の主題と繋がる. **2. thyself** Qは2語. ⇨ 1.8 note. **3–4.** ここにも背景として *Matt.* 25.14–30. ⇨ 2.5–8 note. **3. Nature** 造化の女神「自然」(L. *Natura*). **4. frank, free** ともに = generous だが, 'the latter also implies sexual liberality.' (Kerrigan) **those** (who) **are** cf. Abbott 244. **5. abuse** = misuse. cf. *l.* 7 note. **6. bounteous** = liberally bestowed. **7. use** = ① spend (*l.* 1 の 'Unthrifty' との関連), ② lend for profit (前の usurer から). Sh は金融資本主義の成長期を背景にしたこの二重の意味の交錯に加えて, ③さらに sexual な意味 '(Of a man) copulate with' (Partridge) を組み込んだ. *OED* 10 b = have sexual intercourse with. *Obs.* except *dialectal*. **8. sum of sums** Latin tag の *summa summarum* を意識した Latinism. **live** = ① make a living, ② survive through posterity. **9. traffic** = dealings. ここの traffic with thyself の意味を sexual な次元にひろげて masturbation を示唆する解が近年みられるが (たとえば Booth, Kerrigan), 本注者は自分の欲情とだけ取引するただのドン・ファン的漁色の域に (あるいは 1.5–6 の narcissism の域に) とどまりたい. **thyself** Qは2語. ⇨ 1.8 note. ただし次行では2語とした. **alone** *l.* 11 の gone との rhyming から PE の [ou] よりは [ɔː]

四

益<small>やく</small>なき美の浪費家よ、なにゆえに君は

美の遺産をわがためにのみ費消するのか、

自然の遺贈は贈与ではなく貸与なのだよ、

4 あの気前のよい女神は、気前のよいぶん、貸与の先もみな気前よし。

とすれば美しい客嗇漢よ、君は女神からの心寛<small>ひろ</small>い贈り物の運用法を

誤っている、それはそもそも与えるために与えられたのだから。

ああ、利に疎<small>うと</small>い高利貸よ、莫大な美の巨額を用いながら、

8 どうして君は生計を永生に向けて維持できぬのか。

それはだね、君は自分だけと取引きをして、

君の分身たるべき子孫から生きた美の遺産を奪っているからだ。

それで果てはどうなると思う、自然の女神が君を召喚したときに、

12 いったいどんなご立派な決算書を後世に残せると思う？

君の美は投資されぬまま墓に葬られてしまうのさ、

投資しておけば美の遺産の管理者として生き永らえるだろうに。

に近かったか．　**10. thy self**　i.e. thy second self; thy offspring. self の強調のため，また次の 'thy sweet self' との対照から，ここでは Q の 2 語のままの編纂．**deceive** = cheat（with of. *Obs*.［*OED*］）. cf. deprive *a person* of *something*. of は前の '*of* thy self' に．　**11. how**　次行に What 以下があるから redundant.　**Nature** capitalization は本版．⇨ *l.* 3 note.　**12. acceptable**　諸版は W. G. Rolfe（1883）に従ってリズムの関係から異例の ácceptàble を支持しているが，この *l.* 12 の出は trochee にして 'Whát accéptable aúdit' でよいと思う．それよりも次行 *l.* 13 の出は normal な iambus として unused を（意味の上からも un- を強調して）únused と読みたい．　**audit** = balance-sheet, account.

5

Those hours that with gentle work did frame
The lovely gaze where every eye doth dwell
Will play the tyrants to the very same,
And that unfair which fairly doth excel.   4
For never-resting Time leads summer on
To hideous winter and confounds him there,
Sap checked with frost and lusty leaves quite gone,
Beauty o'er-snowed and bareness every where.   8
Then were not summer's distillation left,
A liquid prisoner pent in walls of glass,
Beauty's effect with beauty were bereft,
Nor it nor no remembrance what it was.   12
   But flowers distilled though they with winter meet,
   Leese but their show, their substance still lives sweet.

---

[5] 次の 6 との連作.
1. hours [áuəz] dissyllabic. 一刻一刻と過ぎていく「時」のイメージ. Time (*l.* 5) は *The Sonnets* 全篇を通しての強迫観念(敵役)である. **gentle** = mild, refined. それが *l.* 3 の 'play the tyrants' で逆転する. **frame** = make, construct. **2. gaze** = object of gazes. **3. same** i.e. lovely gaze. **4. unfair** = (v.t.) make unfair. 前の that が object で which 以下の antecedent. **fairly** 前の, いささか強引な unfair を強調する adv. = ① in beauty, ② completely. **5. never-resting** hyphen は Gildon². **leads … on** lead on = entice or beguile into going to greater lengths. (*OED* 20 a) **Time** capitalization は本版(ほかに Kerrigan, Burrow). Q では次の summer が逆に capital. cf. 'These irregularities are almost certainly compositorial rather than authorial.' (Burrow) **6. confounds** = destroys. PE より意味が強い. **him** i.e. summer. **7. gone** *l.* 5 の on との rhyming から short vowel. cf. Wyld pp. 120–21. **8. o'er-snowed** hyphen は Q. **every where** Q の 2 語をそのまま編纂. where が強調される. cf. 4.10 note. **9. were …** if-clause (主語と動詞の逆転). **summer's distillation** i.e. the essence of summer. ここでイメージされているのは rose-water. なお rose-water は当時薬用, 料理用に珍重された. 次行の A

五

目という目が釘づけになって見つめているその美しい姿、
その姿をみごとな技で造り上げたのは、なんと移ろう時なのだよ、
同じその姿に暴虐の限りを尽くすのも移ろう時、
4 類い稀なるその美貌を醜悪に造り変えるのも移ろう時。
時の歩みはしばしも留まることがない、夏を誘(いざな)って
忌むべき冬へとはるか連れ去れば、そこに待つのは完全なる死滅。
樹液は霜に凍(い)てつき、緑の若葉は散り果て、
8 美は悉皆(しっかい)豪雪の中、満目(まんもく)これ裸形(らぎょう)の蕭条。
そのときにだよ、夏のエキスの蒸溜水が瑠璃(り)に輝く
壜の中に囚人として捕えられていない限り、
美の所産は美の本体ともども跡形もない、
12 姿かたちから在りし日の思い出まで一切合切みな蒸発。
　だが、花々のエキスの蒸溜があれば、たとえ冬を迎えようとも
　失われるのはただ外形だけ、実体は変わることなく美しく生き続ける。

---

liquid ... glass は appositional phrase.　**10. walls of glass** i.e. marriage. もちろん marriage に伴う sexual なイメージ.　**10. glass**, **12. was** 'A perfect rhyme, both words using the short [a] still current in northern pronunciations of *glass*, and with the 's' of *was* like [s] not [z].' (Kerrigan)　**11. effect** = product. (*Riverside*)　**were** = would be.　**12. Nor ... nor** = neither ... nor.　**no** 前の nor と double negative (否定の強め).　行末に動詞 (たとえば would exit) を補う.　**13. meet** = should meet. **14. Leese** = lose. Sh ではこの古形はここ 1 回だけ. 'perhaps adopted here to assonate with *meet* and *sweet*.' (D-Jones)　**14. show**, **substance** cf. 'More show than substance.' (Tilley S 412) appearance 対 reality という Sh 的テーマがここで顔を出す.　**still** = forever.

6

Then let not winter's ragged hand deface

In thee thy summer ere thou be distilled;

Make sweet some vial; treasure thou some place

With beauty's treasure ere it be self-killed. 4

That use is not forbidden usury

Which happies those that pay the willing loan;

That's for thyself to breed another thee,

Or ten times happier be it ten for one. 8

Ten times thyself were happier than thou art

If ten of thine ten times refigured thee,

Then what could death do if thou shouldst depart

Leaving thee living in posterity? 12

    Be not self-willed for thou art much too fair,

      To be death's conquest and make worms thine heir.

---

[6] **1. Then** 5 から続けて. **ragged** [rǽgid] = rough, harsh. Q は 'wragged'. *OED* は obsolete, erroneous form of 'ragged' として唯一ここの 'wragged' を引いている. Benson は 'ragged', Capell は 'rugged'. 'ragged' への校訂が standard. こだわるようだがもう 1 度 *OED* の rugged の説明, 'precise relationship to *ragged* is not quite clear, but the stem is no doubt ultimately the same.' **deface** = disfigure (ここでは < de + face の face が利いている). **3. vial** 5.10 の 'walls of glass' を引き継ぐが, その形状から (次の some place と共に) 'womb (of some woman)' を暗示する. **treasure** (v.t.) = fill with treasure. object は some place. thou は命令法の呼び掛け. **4. treasure** (n.) i.e. semen. cf. 'pour our treasures into foreign laps.' (*Othello* 4.3.83) **self-killed** hyphen は Gildon. **5. That use** 次行の Which 以下を受ける. **use** i.e. intercourse. cf. 4.7 note. **forbidden usury** 利息を伴う金銭の貸付は聖書の権威を基に (Aristotle の金属不妊説 [cf. 'barren metal' *M of V* 1.3.126] を敷衍した Thomas Aquinas の権威も加わって) 教会法の禁ずるところであったが, 金融資本主義の進展と共に Henry VIII の時代に Usury Laws が制定され利子の取得が公認された. 1571, 1597 年には Elizabeth による再度の法制化があった. しかし中世来の usury への嫌悪感, 罪悪感は, 金融資本主

23

六

それだから、君のエキスが蒸溜されるその前に、冬の荒くれた手が
君の夏の面影を醜悪に歪めるようなことをさせてはならない、
どこぞふさわしい壜を美しく瑠璃に飾って、その中の奥深く
4 君の宝を仕込むことだよ、宝の持ち腐れになるその前に。
君の貸付は禁じられた高利などであるものか、
相方が高利を喜んで支払ってそれで幸福になるというのだから。
君だってももう一人の君が君に生まれてくる、
8 それで利息が最高の十となればしあわせも十倍ってことだろうさ。
もしもだよ、君が十人になって君の姿を十倍に増やしたとしたら、
なんと君は、現在の君よりも十倍のしあわせ、
死はもはや猛威を揮うことができない、君がこの世を去るとしても、
12 残された子々孫々の中に君は生き永らえるのだから。
　　片意地を通すのはもうお止しなさいよ、死の餌食になって
　　蛆虫らを相続人に仕立てるなんて、美の化身たる君のやることかね。

義が活発になればなるほど逆に民衆の間に強烈に意識されたであろう. Shylock の登場はその１つの具体例である. **6. happies** = makes happy. **the willing loan** 「喜んで借りた負債」, つまり男性の愛を進んで受け容れて vial に仕込んだ相手の男性の semen. したがって利息は受胎して産む「子供」. **8. it** i.e. the interest rate of usury. **ten for one** i.e. ten in the hundred, the legal interest rate. (Evans) 1571 年の法令で最高利率は 10% (cf. *Sh's England* 1 p. 332). **one.** Q は comma. quatrain を重視して period に編纂. 諸版は；または：. 近年では Booth, *Folger* が period. なお one の *l*. 6 loan との rhyming については, cf. 'The regular pronunciation of *one* ... appears to have been [o:n].' (Kökeritz p. 232) Wyld も 'One, None' の１項を立てている (pp. 126–27). **9. were** = wouldst be. **10. refigured** = represented the figure of. figure は = numeral との wordplay. **12. Leaving**, **living** homonymic pun. cf. 'I had as *lief* not be as *live* to be.' (*JC* 1.2.95) **thee** = thyself. **13. self-willed** hyphen は Q.

7

Lo, in the orient when the gracious light
Lifts up his burning head, each under eye
Doth homage to his new-appearing sight,
Serving with looks his sacred majesty;   4
And having climbed the steep-up heavenly hill,
Resembling strong youth in his middle age,
Yet mortal looks adore his beauty still,
Attending on his golden pilgrimage.   8
But when from highmost pitch with weary car
Like feeble age he reelèth from the day,
The eyes, fore duteous, now converted are
From his low tract and look another way.   12
   So thou, thyself outgoing in thy noon,
   Unlooked on diest unless thou get a son.

---

[7] 1. gracious = lovely, attractive, beautiful.（Schmidt）でよいが，epithet として
王侯に用いられることに注意. **light** i.e. sun. 天動説で sun は king に位置づ
けられる. **2. his** light を擬人化した. *l.* 10 で 'he' で受ける. *ll.* 3, 4, 7, 8, 12
の his も同様. **under**（adj.）= earthly. cf. Abbott 22. **4. Serving** church-service
のイメージが加わる. **with looks** i.e. by gazing upon. **majesty** *l.* 2 の eye と
rhyme. ⇨ 1.4 note. **5. steep-up** = rising precipitously. hyphen は Gildon. **6–10.**
念のため注記しておくと，たとえば近年では Evans が人生を 4 段階に区切っ
た Ovid の *Metamorphoses*（15. 225–27）を，D-Jones は Aristotle の *Rhetoric*（2.
12–14）を 'source' として示唆している. **7. still** 行頭の Yet（= nevertheless）の
繰り返し. **9. highmost pitch** i.e. apex. highmost は Q で 'high-most'. pitch は
falconry term. falcon が飛翔する最高点，そこから地上の餌物を急襲する. そ
の急下降のイメージ. **car** i.e. Phoebus' chariot. ギリシャ神話の Phoebus/Phoibos
（太陽神としての Apollo/Apollon の名）の駆る戦車. **9–12.** cf. 'The rising, not
the setting, sun is worshipped by most men.'（Tilley S 979） **10. reelèth** 3 人称単
数動詞の語尾変化は -(e)s と共に -(e)th も. ここでの -èth は syllabic. **11. fore**
= before. **duteous** dissyllabic. **, fore duteous,** の前後の commas は Q の parentheses

25

七

見よ、はるか東の方、壮麗の日輪が

燃えさかる頭をもたげれば、下界の目という目は

いましも現れたその姿にただただ恐懼千万、

4 仰ぎ拝しては聖なる王者への奉仕を恭しく誓う。

やがて日輪は天頂への急坂を悠然と昇りつめる、

それは壮年の美丈夫の雄姿にも似て、

空蝉の身はなおも敬慕の視線措く能わず、

8 黄金に輝く御跡をひたすら慕い続ける。

けれどもだよ、日の神の戦車が頂点を過ぎて、御するその手にも

疲労の色、頼りない老いの足どりで昼の世界からよろめき始めると、

それまで忠順に従っていた衆目は、たちまちに下り坂の道筋から

12 その視線を変えて、見つめるのはまるで別の方向。

　そういうものだよ君、君だっても真昼の盛りを生き永らえて、

　それで太陽の子を持たなければ見向きもされずに死ぬるだけのこと。

の変換. **converted** = turned away. **12. tract** = track, course. cf. 'Trace, track, and tract were largely interchangeable in the Eliz. period.'（Onions） **13. thyself outgoing** outgoing = outlasting. thyself が object. Q は 'thy self out-going'. **14. get a son** get は ① = beget であるが ② = acquire も含みうる. なお son は son–sun の homonymic pun (cf. *Hamlet* 1.2.6). ここでは 'rising sun'（沈んでいく自分の代わりに現れる「朝日」）のイメージ. 発音は前行の noon との rhyming から [sun]. ⇨ 17.1 note. ただし 'How far ME ŭ in *sun* had, in Sh's time, advanced towards its present sound [ʌ] cannot be precisely determined.'（Kökeritz p. 240）

8

Music to hear, why hearest thou music sadly?
Sweets with sweets war not, joy delights in joy.
Why lovest thou that which thou receivest not gladly,
Or else receivest with pleasure thine annoy?   4
If the true concord of well-tunèd sounds
By unions married do offend thine ear,
They do but sweetly chide thee, who confounds
In singleness the parts that thou shouldst bear.   8
Mark how one string, sweet husband to another,
Strikes each in each by mutual ordering;
Resembling sire and child and happy mother,
Who all in one, one pleasing note do sing.   12
    Whose speechless song being many, seeming one,
    Sings this to thee, 'Thou single wilt prove none.'

---

[8] **1. Music to hear** vocative phrase として読む. i.e. thou, the sound of whom is like sweet music. この表現からたとえば Wilson は 'The Fair Youth' は美貌だけでなく美しい声の持ち主だったとする.　**sadly** i.e. without pleasure. sadly **?** の ? は Gildon. Q は comma.　**4. thine annoy** thine ($\Rightarrow$ 1.5 note) は objective genitive. **5. concord** = ①音楽用語としての「協和音」, ②夫婦間の「和合」(次行の unions married からも).　**6. ear** [ɛ(ː)ə]. cf. Kökeritz pp. 208–09. *l.* 8 の bear と perfect rhyme か.　**7. They** i.e. sounds of concord.　**sweetly** i.e. with sweet (= well-tuned) sounds.　**confounds** = ① destroys (*l.* 8 の note ①② を受けて), ② wastes (*l.* 8 の note ③ を受けて). 主語の **who** は前の thee を受けるから動詞は -(e)st 変化となるべきところ. who が介在したため (cf. Abbott 247(2)), また rhyming の必要上の -s 変化.　**8. the parts … bear** = ① lines of the song which thou shouldst sing or play, ② roles in a family thou shouldst play, ③ features which thou shouldst reproduce.　**9. Mark** = pay attention to.　**9–10. how … ordering** *l.* 6 の unions married も併せれば, たとえば St Paul の説く 'let everyone love his wife even as himself, and let the wife see that she fear her husband.' (*Ephes.* 5.33) が想起されるが, 同時にまた 3.6 husbandry の note でふれた sexual intercourse が強く

八

妙なる楽の音の君よ、なにゆえに君は楽を聞いて喜ばぬのか、

楽しみと楽しみとは相争わぬもの、喜びと喜びとは相親しむもの、

なのに君の愛でるのは喜びを伴わぬものばかり、

4 逆にまた喜びを伴うのは不快なものばかり。

もしもだよ、妹背の睦みもみごと整えられた

協和音が君の耳にいらだたしく障るのだとすれば、

それは君を優しく窘めているからなのさ、だって君は

8 無益な独り身を押し通して担うべき役を 蔑 ろにしているのだから。

一本の弦がもう一本の弦の優しい夫になって、

琴瑟相和する美しい曲を奏でる姿を想像したまえよ、

父親と、子と、そしてしあわせな母親との団欒にも似て、

12 みなみな心は一つ、楽しい一つの調べを歌っている。

その物言わぬ歌は一にして多、多にして一、

君にこう歌い聞かせているのさ、「独り身の君はすなわち無」。

示唆される． D-Jones は Strikes each in each に 'suggests sexual union' と注記している． **10. in** = on. **ordering** = arrangement. **11. sire** = father. **13. one, 14. none** [-ón] による perfect rhyme か． cf. 6.8 note. もちろんわれわれは PE の perfect rhyme で構わない． **14. 'Thou single wilt prove none.'** cf. 'One and none is all one (One is as good as none, One is none.)' 'One is no number.' (Tilley O 52 / 54) quotation marks は Malone. なお，同時代の作との parallel を指摘していけば際限がなくなるが，ここではまず Marlowe の *Hero and Leander*, 'One is no number, maids are nothing then, / Without the sweet society of men.' (255–56) を挙げておく． もう 1 つついでに，Southampton 家の motto 'Vng par tout, tout par vng.' (= 'One for all, all for one.') が得々として持ち出されたことがあった．

28

9

Is it for fear to wet a widow's eye
That thou consumest thyself in single life?
Ah, if thou issueless shalt hap to die,
The world will wail thee like a makeless wife.   4
The world will be thy widow and still weep
That thou no form of thee hast left behind,
When every private widow well may keep,
By children's eyes, her husband's shape in mind.   8
Look what an unthrift in the world doth spend
Shifts but his place, for still the world enjoys it;
But beauty's waste hath in the world an end,
And kept unused, the user so destroys it.   12
  No love toward others in that bosom sits
  That on himself such murd'rous shame commits.

---

[9] 3. issueless = without offspring.　**hap** = happen.　**4. wail** = bewail.　**makeless** = mateless. cf. *OED* Make (*sb.* 1. *obsolete* except *dialectic*) 5 = Of human beings : A mate, consort.　**5. still** = forever.　**7. private** = individual → ordinary. なお Booth は < L. *privare* (= bereave, deprive) との 'macaronic pun' を指摘しているが，pun とまではいかぬとしても，ここの 'private' の用語がやや唐突な感は否めない ところから Sh の語選択の回路が窺われるところかもしれない。　**9. Look what** = whatever. cf. *OED* Look *v.* 4 † b. 'Prefixed to interrogative pronoun or adv., or relative conj., forming indefinite relatives = *whoever, whatever, however*, etc.' **unthrift** = prodigal.　**9. doth, 11. hath** -(e)th は -(e)s と共に 3 人称単数の動詞変化。Sh では verse に多く prose では稀 (cf. Frantz 153)。　**10. his** = its. ⇨ 1.4 note.　**still** = continually.　**10. enjoys it, 12. destroys it** feminine rhyme.　**11 beauty's waste** i.e. beauty prodigally spent. ここでも近年は masturbation を示唆する版も多いが (cf. 4.9 note)，as you like it.　**12. kept unused** ここでも Marlowe の *Hero and Leander* との parallel が指摘されている，'The richest corn dies, if it be not reaped, / Beauty alone is lost, too warily kept.' (327–28) cf. use = utilize, i.e. invest for profit (by the marriage). 4.7 note で強調した表現がここで。　**user** i.e. one who had it

九

君が独身のまま生涯を空しく費やそうとするのは、
残される伴侶(はんりょ)の目を涙で濡らすまいということなのかね。
ばかな、もしも君が世継ぎをつくらずに死にでもしたら、

4 世界じゅう嘆き悲しむだろうよ、独り残された伴侶なみに。
そうとも、世界全体が君の寡婦、君が忘れ形見を
残してくれなかったといついつまでも泣いて暮らす、これが
夫を失っただけの一人の女なら、子供らを見つめることで

8 夫の姿を思い浮かべることができるだろうに。
いいかね、浪費家が財をこの世界で蕩尽しようと、それは
ただ在処(ありか)を変えるだけの話、世界はその財を変わらず享受し続ける。
だが放蕩で失われた美はこの世で命を終えてしまう、

12 用いるべきところで用いようとせぬ男子は美の破壊者だ。
　彼は己れに対する恥ずべき殺人の犯罪者、
　世を愛する志などかりにも彼の胸に宿っているものかね。

---

to use. **14. murd'rous shame** = shameful murder. 次の 10 を 'shame' で始める
ためにもここに名詞の shame を用いる必要があった.

10

For shame deny that thou bearest love to any,
Who for thyself art so unprovident;
Grant if thou wilt, thou art beloved of many,
But that thou none lovest is most evident.　　　　　4
For thou art so possessed with murd'rous hate,
That gainst thyself thou stickest not to conspire,
Seeking that beauteous roof to ruinate
Which to repair should be thy chief desire.　　　　　8
O, change thy thought, that I may change my mind;
Shall hate be fairer lodged than gentle love?
Be as thy presence is, gracious and kind,
Or to thyself at least kind-hearted prove.　　　　　12
　　Make thee another self for love of me,
　　That beauty still may live in thine or thee.

---

[10] 9 の couplet の himself が 'shame' を介して thou に変化．いかにも劇的な場面転換．
1. For shame = for shame's sake. shame のあとに！を付する編纂が多かったが，語調が強くなり過ぎる．Q のまま comma も必要ないと思う．　**1. any, 3. many** feminine rhyme．**2. unprovident** = improvident, heedless of the future. PE の in(im)- が un- になっている例は Abbott 442 に．**3. Grant** = let it be granted that.　**if thou wilt** i.e. if you insist.　**of** = by.　**5. possessed with** 'as though invaded by devils.'（Kerrigan）　**6. gainst** = against.　**stickest** = hesitatest, scruplest.　**7–8.** この建物の比喩には Marlowe の *Hero and Leander*（cf. 8.14 / 9.12 notes）を含めていくつかの parallels が指摘されているが，むしろこの時代の常套的表現と言うべきだろう．**7. ruinate** = reduce to ruin.　**8. repair** = keep in repair. cf. 3.3 note.　**9. I, 13. me** 'The Poet' が 'I' として顔を出すのはここが初めて．**10. love, 12. prove** Sh の時代にはすでに eye rhyme か．Kökeritz は一応 eye rhyme を主張した上で，なお Ben Jonson の *Grammar*（1640）を根拠に 'both *love* and *prove* were pronounced with the short "flat" sound "akin to *u*", that is, [ʌ].' と不安げに付け加えている（p. 243）．Wyld は 'There is evidence on the one hand that *prove*

十

恥知らず、君に人を愛する気持ちなどあるものかね、
自分の美の行先を考えようともしないんだから。
そりゃ君を愛する人はそれこそ数知れずだろうよ、
4 だが君は絶対にだれ一人として愛そうとしない。
だって君の胸には度外れた悪魔が棲みついていて
自分自身に対して平然と謀叛をたくらもうとする、
せっかくの美の館の完全な崩壊、
8 君のまずもっての義務はその館の未来への保全だというのに。
さあその了見を改めたまえ、ならばぼくの方も君を見直そう、
その胸に美しく宿ってほしいのは憎悪ではなく優しい愛、どうか
その美しい姿どおり、優雅で愛情深い人となりであってほしい、
12 自分自身に対し少なくともその心馳を示してほしい。
   ぼくを愛してくれるのならどうかもう一人の君をつくって下さい、
   君の美が君の中に、君の子供の中に、いつまでも生き続けるように。

---

could be pronounced with the same vowel which we now have in *love*, and on the other hand that this word and *above* could be pronounced with the sound which we now have in *prove* and *move*.' (p. 81) ときわめて曖昧.　**11. presence** i.e. appearance. **gracious** cf. 7.1 note. 'suggesting the aristocratic status of addressed.' (D-Jones) **kind** = ① loving, benevolent, ② natural, acting according to 'nature'. cf. *Hamlet* 1.2.65 / *Lear* 1.1.118, etc.　**12. kind-hearted** 前注参照. hyphen は Gildon². **14. still may** = may continue to.

32

11

As fast as thou shalt wane so fast thou growest
In one of thine, from that which thou departèst,
And that fresh blood which youngly thou bestowest,
Thou mayst call thine, when thou from youth convertèst. 4
Herein lives wisdom, beauty, and increase,
Without this, folly, age, and cold decay.
If all were minded so, the times should cease,
And threescore year would make the world away. 8
Let those whom Nature hath not made for store,
Harsh, featureless, and rude, barrenly perish,
Look whom she best endowed she gave the more,
Which bounteous gift thou shouldst in bounty cherish. 12
　　She carved thee for her seal, and meant thereby
　　Thou shouldst print more, not let that copy die.

---

[11] **2. one** i.e. a child. 　**that which thou departèst** = what thou leavest behind, i.e.
thy youth. depart (= leave) はここでは v.t. (cf. Schmidt). 　Pooler 以来 = bestow
(the seed) の解も行われているがそこまで無理することはない. 　**3. youngly** =
with youthful vigour. 　**4. convertèst** = changest. 発音は PE の [kənvə́ːtəst] ではな
くおそらく [kənvá:təst] で *l.* 2 の departest と perfect (feminine) rhyme (cf. Kökeritz
p. 250 / Wyld pp. 83–84). 　**5. increase** = prosperity. 　**7. times** i.e. successive
generations of men. (*Riverside*) 　**8. threescore** cf. 'The time of our life is threescore
years and ten.' (*Ps.* 90.10) 　**year** flexionless pl. 　**make … away** = put an end to. 　**9.**
Nature ⇨ 4.3 note. capitalization は本版. 　**store** = breeding. cf. 'To keep for store
= to reserve young animals for breeding.' (Wilson) 　**10. Harsh, featureless, rude** =
displeasing to the eye, ill-favoured, crudely formed. いずれも容貌, 姿態の醜さ.
11. Look whom = whomever. cf. 9.9 note. 　**the more** cf. 'For unto every man that
hath, it shall be given, and he shall have abundance.' (*Matt.* 25. 29) 　Sewell が 'the'
の 'thee' への改訂を提案 (1725), Capell, Malone がこれを受け容れて以来従う
編纂が 1 世紀以上主流であったが (近年では Wilson. 訳は「君には最高を与
えた以上に多くを与えている」), Q のままで素直に読めるのだから本編纂者

十一

君が衰えていくのと同じ速度でなんと君は成長するのだよ、
つまりはそれが君の子供だ、君が別れを告げた青春の申し子、
君が与えた若さ漲る青春の血潮、その者こそが
4 君のもの、君の若さが姿を変えたときそう呼びうるもの。
知恵も、美も、隆盛も、この流れで生きて栄える、
流れから外れれば、愚劣と、老耄と、冷たい破滅。
世の皆々がそんな気持ちになってみたまえ、世代の継承は跡絶え、
8 人の寿命の六十の齢のうちに世界は亡ぶだろうさ。
自然の女神がつくった無様、醜悪、野卑な輩は、そもそもが
繁殖の用ではないのだから、滅びてしかるべきだ、
だが女神の最高を授けられた者は最高以上の義務を負う、
12 その豊潤の贈りものは豊饒に育てられなくてはならない。
　女神は君を印形に彫り上げたのだよ、さすればその意を体して
　多々いよよ捺印に励むべし、原版をむざむざ死滅させてはならない。

は当然これを退ける．　**12. in bounty** = by being bountiful, i.e. prolific.（Pooler）
cherish = foster.（Onions）'A word associated, in Elizabethan English, with nurturing
and rearing.'（Kerrigan）　**13. seal** 'The stamp from which an impression is made,
not the wax impressed.'（I and R）**therebý** = by that.　**14. copy** = original（writing,
text, etc.）.（Onions）

34

12

When I do count the clock that tells the time
And see the brave day sunk in hideous night,
When I behold the violet past prime
And sable curls or silvered o'er with white;   4
When lofty trees I see barren of leaves,
Which erst from heat did canopy the herd,
And summer's green all girded up in sheaves,
Borne on the bier with white and bristly beard;   8
Then of thy beauty do I question make
That thou among the wastes of time must go,
Since sweets and beauties do themselves forsake
And die as fast as they see others grow;   12
　　And nothing gainst Time's scythe can make defence
　　Save breed to brave him, when he takes thee hence.

---

[12] 1. [k] と [t] の alliteration がともに [ð] を間に挟んで時を刻む時計の音を響かせる．　**2. brave** = splendid, glorious.　**3. violet** [váiəlìt] と trisyllabic.　**4.** あえて Q の読みを採る．Q は 'And fable curls or filuer'd ore with white:'. Malone (1780) は '… all silver'd o'er …' と読んで，これが妥当な改訂として受け容れられ現在に及んでいるが，or → all の読みは 'clearly an error of the press' という「推測」に基づいている以上，その後異見が生じざるをえなかった．その主要なものに 'are silver'd o'er' (Gildon[2] 1714 → Sisson 1956, Burto 1964), 'o'er-silver'd all' (Brinsley Nicholson conj. New Sh Society → *Cambridge* 1893 → I and R 1964), 新しくは 'ensilver'd o'er' (*Oxford* 1986) などがあるが，bibliographical な観点からすればいずれも依然として「推測」の域に留まるのはやむをえない．こうした場合，本編纂者はむしろ Q に拠ることを基本方針とする．その点からここでは Tucker を経て S-Smith が 1 つの指針となった．　**sable curls or** i.e. the golden tints in black hair. (S-Smith) **sable** = black. **or** = the tincture gold or yellow in armorial bearings. (*OED*) sable も紋章用語なのでイメージが連なる．また次の o'er [ɔ:(ə)] と homonymic pun になる．　**o'er** = over. Q の 'ore' は 'o'er' の obsolete contracted form.　**5. barren of** = devoid of, bare of.　**6. erst** = formerly.

十二

時を告げる時計の声を指折り数えるうち、

溢れる光の昼が忌わしい夜の闇に沈んでいくのを見る。

すみれが花の盛りを過ぎるのを見とどけるうち、

4 金糸まじりに波打つ黒髪が銀一色に白く覆われてしまう。

あるいはまた見上げる木々が鬱蒼の緑陰を作って、炎暑を遮る

羊たちの天蓋となっていたのが、いつの間にか落葉の裸身に震えている。

それにまた夏の日の緑の収穫、それがみな束々にきつく束ねられ、

8 穂先は白く逆立つ顎鬚さながら、柩車まがいの荷車で運ばれていく。

ああ、そうした景を見るにつけ、ぼくは君の行末に思いを馳せる、

君もまた時の荒野を蕭条と旅していくはずの身なのだから。

いったい優美なるもの、醇美なるものはなべて自滅の道を辿るもの、

12 新たに生まれる代替の急激な生育を見やりながら死に行くもの。

　「時」の大鎌が君を刈り取って運び去ろうとするとき、防禦の

　手立てはただ一つ、敢然と立ち向かう世継ぎの誕生以外にない。

---

canopy 動詞用法は *OED* で earliest.　**7. girded up** = tied tightly together.　**8. bier** i.e. harvest cart. funeral bier との二重写しのイメージがみごと。　**beard** PE の [bíəd] ではなく、おそらく *l.* 6 の herd を主とした rhyming. *LLL* 2.1 [N 701–02] にもある。cf. Kökeritz p. 207.　**9. question make** = speculate about.　**10. wastes** = wilderness.　**11. themselves forsake** = give themselves up. cf. L. *sese deserere* (= desert oneself).　**12. grow;** Q は 'grow,'.　quatrain を 3 度連打する形のリズム感を生かして comma を semicolon に (Q *ll.* 4, 6 の行末はいずれも colon).　**13. gainst** ⇨ 10.6 note.　**Time's scythe** Time's の capitalization は Q. scythe を持つ Time は p. 53 の図版に。　**14. breed** = offspring.　**brave** = defy.

36

13

O that you were your self; but, love, you are
No longer yours than you yourself here live;
Against this coming end you should prepare,
And your sweet semblance to some other give.   4
So should that beauty which you hold in lease
Find no determination, then you were
Yourself again after yourself's decease,
When your sweet issue your sweet form should bear.   8
Who lets so fair a house fall to decay,
Which husbandry in honour might uphold
Against the stormy gusts of winter's day
And barren rage of death's eternal cold?   12
　　O none but unthrifts, dear my love you know;
　　You had a father, let your son say so.

---

[13] 1. that = I wish that.　**you** これまでの thou に代わって初めての 'you'. thou
と you との相違については 1.5 note でひと通り説明した．おそらくここでは
「勧婚」のテーマの反復，特に表現面での反復が作者にも多少わずらわしく感
じられたところから，スタイルの上でより formal なレベルへの転換を意図し
た結果であろうと本編注者は推測する．訳ではここと最終行とを「貴君」と
することで相違を示した．　**your self** = your own eternal self, i.e. not subject to
'Time's scythe (12.13)'. self に強調があるはずなので Q の 2 語 ('your felfe') の
ままの編纂．cf. 4.9 note.　**self;** Q の punctuation は self のあと comma だが，次
の 'love' の前後の commas との弁別の必要もあって Kerrigan, Burrow と共に ;
を用いた．近年は *Riverside*, *Oxford*, D-Jones, *Folger* 等 ! が多いが，ここでは感
嘆による強調は退けたい．　**love** vocative. 前後の commas は standard.　**are** こ
の時代，ME の stressed form の発音 [ɛːɹ] も生きていたから *l.* 3 の prepare との
rhyme も可能であった．(Kökeritz p. 180)　ɹ は 'weak preconsonantal or final *r*'.
cf. Wyld p. 105.　**2. yourself** Q の 2 語をここでは 1 語に．　**here** i.e. in this world.
3. Against = in anticipation of.　**4. semblance** = likeness.　**5. lease** cf. 18.4 note.
6. determination = termination. *l.* 5 の lease に合わせた legal term.　**were** = would

十三

　　ああ、貴君が永遠の存在であってくれたなら。だが愛する人よ、

　　この世の命の尽きるとき君はもう君のものではない、

　　その終末を予期して今から準備を整えなくては。

4　君の美しい似姿をしかるべき人に与えておかなくては。

　　そうすれば借用契約のままの君の美は、もう

　　返還期限に縛られることがない、そうだよ、君が

　　身罷ったそのあとでも、君は依然として君自身、

8　美しい世継ぎがその美しい姿をそのまま身に纏ってくれるのだから。

　　これほどの美しい家建をむざむざ崩壊にまかせる者がいるだろうか、

　　夫として適切な管理を心がければ、たとえ冬の日の

　　身を切る烈風、満目不毛の死の冷気が永遠に

12　吹き荒ぽうと、その偉容は断固保持されるというのに。

　　　いるとすれば、愛する人よ、それは浪費家だけの話でしょうが。

　　　貴君にはお父上、だからご子息にもちゃんとお父上を。

---

be. *l.* 8 の bear と rhyme. cf. *l.* 1 'are' note.　**7. Yourself** Q は 'You felſe'. Tucker は Q のまま 'you, the same over again' と解するがやはり無理筋. compositional error として Benson の 'Your self' への改訂に従うのが standard.　本版は 1 語とする.　**10. husbandry** = ① good management, ② acting as a husband. cf. 3.6 note. **in honour … uphold** = keep in an honourable state.　**12. barren rage** = barren-making ravage.（I and R）cf. Abbott 4.　**13.** Q の punctuation は 'O none but vnthrifts, deare my loue you know,'.　本編纂者は最終の comma を semicolon で読む.　近年ではたとえば *Oxford, Folger* は period. Burrow は colon. これに対し 'you know' を次の *l.* 14 に続けて読む編纂（たとえば *Globe* は 'O, none but unthrifts! Dear my love, you know / You had a father: …' とし, 近年では Kerrigan がこれを採用. Evans も基本的に Globe 式.　しかし *l.* 14 の途中までを前行に繋げてそこで休止させる読みは結句のリズムを損なうとして本編纂者は採らない.　**unthrifts** cf. 9.9 note.　**dear my love** 'my [mi] love' を 1 語の感覚でそれに dear の adj. を冠した.　**14. You had a father** 念のためここでも 'The father of Sh's friend was probably dead.'（Dowden）のような, さらには 'the reference to Southampton's dead father.'（Rowse）のような解説が付されがち.　笑止.

14

Not from the stars do I my judgement pluck,
And yet methinks I have astronomy,
But not to tell of good or evil luck,
Of plagues, of dearths, or seasons' quality. 4
Nor can I fortune to brief minutes tell,
Pointing to each his thunder, rain and wind,
Or say with princes if it shall go well
By oft predict that I in heaven find. 8
But from thine eyes my knowledge I derive,
And constant stars in them I read such art
As truth and beauty shall together thrive
If from thyself to store thou wouldst convert. 12

    Or else of thee this I prognosticate,
    Thy end is truth's and beauty's doom and date.

---

[14] 1. pluck 'with a slightly comic tone.' (D-Jones) **2. astronomy** = astrology (占星術). この時代 astronomy (天文学) の成立は未だしであった. Sh の astrology に対する態度はたとえば *JC* 1.2.140 補参照. **5. to brief minutes** 「細かな分刻みで」. **6. Pointing** =appointing. apheptic form. **his** = its. (each を受ける.) **wind** [wáind], *l.* 8 の find と rhyme (51.5, 7 にも). cf. The pronunciation [wind] become current in polite speech during the 18th c.; it has been used occas. by poets, but the paucity of appropriate rhyming words and the 'thinness' of the sound are against its general use in verse. (*OED*) cf. 「凡例」2-3. **7. Or** i.e. nor. **with princes** 行末の go well に続ける. **if** = whether. **8. oft predict** oft は adj. (= frequent), predict は n. (= prediction). n. 用法は *OED* でこの1例だけ. Sh らしい強引さであるが, たとえば Booth は 'By oft predict that' について 'The perversity of the diction ... and the awkwardly elliptical syntax suggest the pompous obfuscations of a smug hack.' と注記している. なお 'oft' には Gildon[2] 来 'ought / aught' への改訂の試み (ought predict = anything that I find predicted) があり, 近年では D-Jones が採用している. **9. thine** ⇨ 1.5. note. **10. constant stars** 「恒星」(Ptolemaic system で wandering star 「惑星」に対する), i.e. steadfast guides. なお恋人の眼

十四

　星からしかつめらしい判断を引っぱり出す芸当とは縁がないが、
　ぼくはこれで星占いの術はいくらか心得てるつもりでね、
　とは言っても、それは吉凶の予言のことではない、
4 疫病だの、飢饉だの、季節の様相だの、そんなことでもない。
　また、時計の針を分刻みにして、それぞれの時刻の
　雷や、雨や、風を言い当てるなどできはしないし、
　それに、天にしばしば現れるという予兆とやらを読み解いて、
8 王侯がたの運勢を奏上するなど、とてもとても。
　けれどもぼくは君の眼から確固たる知識を引き出す、
　その眼はゆるぎない恒星となってぼくに占星の実を授けてくれる、
　いいかね、君が自己愛から子孫愛へと宗旨替えをするなら、
12 真と美は手を携えて繁栄するであろうという。
　　それができなければ、君への予言はこんなところさ、
　　君の最期はすなわち真と美の死滅、そして終焉。

を星にたとえるのは sonnet 表現の常套. *Astrophel and Stella* 'Though dusty wits dare scorn astrology, / And if these rules did fail, proof makes me sure, / Who oft forejudge my after-following race, / By only those two stars in Stella's face.' (26.11–14) が先行として指摘される. cf. *R and J* 2.2.15–20. **art** = learning. 中世の大学の liberal arts 7 科目中, 特に arithmetic, geometry, astronomy, music の quadrivium (4科) は上位に置かれた. **11. As** = to the effect that. **12. thyself** i.e. narcissism. **store** ⇨ 11.9 note. **convert** *l*. 10 の art との rhyming ⇨ 11.4 note. **14. doom** = destruction. **date** = end of a period.

15

When I consider everything that grows
Holds in perfection but a little moment,
That this huge stage presentèth nought but shows
Whereon the stars in secret influence comment.   4
When I perceive that men as plants increase,
Cheerèd and checked even by the selfsame sky,
Vaunt in their youthful sap, at height decrease,
And wear their brave state out of memory.   8
Then the conceit of this inconstant stay
Sets you most rich in youth before my sight,
Where wasteful time debatèth with decay
To change your day of youth to sullied night;   12
    And all in war with Time for love of you,
    As he takes from you, I engraft you new.

[**15**] Wilson は 15–17 を 'a trio on the subject of Time and Beauty' としているが，その 'subject' はなにも 3 作に限られるものではない，*The Sonnets* 全体のものである．彼が言いたかったのは，むしろ，'The Marriage Sonnets' にそろそろ終止符を打とうとしている Sh の「心構え」ということであったろう．その心構えの表れは，たとえばスタイルの点で thou → you の変化（13 でのさりげない試みから 14 での小休止をへて 15–17 の 3 作で完全に実施される）．テーマ自体はここ 15 の couplet に満を持して現れる．

1. I consider 次に that を補う．　**2. Holds in perfection** = stays in a state of perfection.　**3. That** = I consider that. *l.* 1 と共にこの that の出没については Abbott 285 参照.　**this huge stage**「世界劇場」．'theatrum mundi' はルネサンス期の大いなる比喩．'This world is a stage and every man plays his part.' (Tilley W 882) Sh では *AYL* の 'All the world's a stage ...' がよく引かれる．cf. *M of V* 1.1.77–78, *Macbeth* 5.5.24–26, *Lear* 4.6.173–74, etc, etc.　**4. Whereon** = on which. 行末の comment に続く．　**secret** = occult.　**influence** astrological term < L. *in* + *fluere* (= to flow). 天体から流れ出るという霊液が人の性格・運命に与えるという影響力．　**comment** cf. 'Often implying unfavourable remarks.' (*OED*) なお

十五

わたしは思う、すべて生まれ育つものは、わずかに一瞬、

その完璧な姿をこの世に留めるに過ぎぬのだと。

また思う、この世界劇場の大舞台で演じられるのは空しい見世物、

4 観客たる星々はその神秘の力で役者たちを動かし批評しているのだと。

そうとも、人間はまさしくその天空からの喝采で生き生きと、

その叱責で萎え凋む、それは植物の生育も同じこと、

青春の樹液で誇らしく伸び盛り、頂点に達すれば衰退が待っている、

8 きらびやかな衣装もくたびれ果ててやがて忘れられる。

なんと移ろいやすい無常の世界であるか、それを思うと

目の前に浮かぶのは若さに満ちあふれた君の姿なのだよ、

暴虐の時が衰亡と手を結んで、君の真昼の若さを

12 汚らわしい夜の闇に変えようとする幕引きの図なのだよ。

となれば君、君を愛するぼくとしては「時」との全面戦争だ、

あいつが若さを奪うというのなら、新しい命を君に接木してやる。

---

influence は dissyllabic. comment は *l.* 2 の móment と rhyme して [kɔ́mənt]. *l.* 4 全体は 'Whereón the stárs in sécret ínfluénce cómment.' で *l.* 2 と共に feminine ending (rhyme). **6. Cheerèd and checked** = ① applauded and rebuked (*l.* 4 の comment を受けて), ② (their growth) encouraged and retarded. Booth は F1 に寄せた Ben Jonson の頌詩の 'Or influence chide or cheer the drooping stage' (*l.* 78) にここの echo を示唆している. なお Cheerèd [tʃíərid] は trochaic の第 1 foot (次行の 'Vaunt in' も同様). **even** [i(v)n] monosyllabic, unstressed. **8. wear** = have on (as clothes). 'with a sense of "wearing out".' (*Norton*) **brave** = splendid. **out of memory** i.e. forgotten. **memory** *l.* 6 の sky との rhyming ⇨ 1.4 note. **9. conceit** = idea, thought. **stay** = duration. **10. Sets you** = places you, i.e. evokes your image. ここから 'you' が出るが, 訳では全体の移行の調子から「君」のままに. **rich in** i.e. full of. **11. Where** = in my sight. **wasteful** = destructive. **debatèth** i.e. plotteth together. **12. sullied** = tarnished. **13. Time** capitalization は Q. **14. engraft** もちろんここでの意味は「接木する」の段階に留めてしかるべきだが, 作者の意識には < Gk. *graphein* (= to write) < *graphis* (= scion; stylus) があるはずで, *l.* 13 と共にここからいよいよ 'The Poet' の stylus「ペ↱

16

But wherefore do not you a mightier way
Make war upon this bloody tyrant Time,
And fortify yourself in your decay
With means more blessed than my barren rhyme? 4
Now stand you on the top of happy hours,
And many maiden gardens yet unset,
With virtuous wish would bear your living flowers,
Much liker than your painted counterfeit. 8
So should the lines of life that life repair
Which this, time's pencil or my pupil pen,
Neither in inward worth nor outward fair
Can make you live yourself in eyes of men. 12
　To give away yourself keeps yourself still,
　And you must live drawn by your own sweet skill.

ン」による「不滅」のテーマが展開されることになる．「勧婚」のテーマから
の「退却」への心にくい couplet による準備．

[16] 1. But 15 の最後 'I engraft you new.' からの続き．　**wherefore** = why.　**a
mightier way** adverbial. 比較級は engrafting (i.e. my poetry) を意識して．　**2.**
Time capitalization は Malone.　**3. in your decay** = in your decaying condition.
(Kerrigan)　**4. barren** i.e. incapable of bearing children.　**rhyme** = verse. いったん「詩」の力から引いてみせた．その「引き業」は次の 17 でさらに念入りに
展開される．　**6. unset** = unplanted.　**6–7.** 3.5–6 の表現の繰り返し．「退却」前
の戦線整理．　**8. liker** = more liking you.　**counterfeit** = portrait.　**9. lines of life**
多様な注解の問題の句．特に William Empson が *Seven Types of Ambiguity* (1930)
の 2nd Type で取り上げて以来話題になった．I and R は解釈を 10 例列挙して
いる．さらには line – loin (i.e. copulation, pregnancy) の homonymic pun もむし
返されて (W. I. Godshalk / cf. Booth [1978, Additional Notes] p. 579) まさしく百
花繚乱・百花斉放．しかし Sh の詩法 (wordplay) の常套からすればここでも次
の 2 例に限れば足りると思う．まず前行の painted counterfeit を受けて ① lines
drawn with a pencil or pen, ② そしてその裏に lineage, descendants. 訳でもこの 2

十六

だが、それにしても、君の方ではなぜ戦いを挑もうとしないのか、
あの血に飢えた暴君の「時」に対して。それは確かに君とても
衰亡を運命づけられているのだろうよ、だが君には誕生という
4 祝福がある、それはぼくの石女の詩ではとうてい叶わぬ戦線だ。
君はいま幸せな青春の絶頂に立っている、
君の周りは乙女たちの花園、まだ種を蒔かれぬまま
君の生きた花を咲かせたいと清らかな祈りを捧げている。
8 咲く花は君そのままの生花、肖像画の画像など比べものになるものか。
となれば、生きて流れる線で描き上げられる世継ぎの系譜こそが、
真の生命、そうとも、昨今の絵筆が君の外面の美を描こうと、
ぼくの拙いペンが内面の価値を歌おうと、とうてい叶わぬ徒労の業、
12 君が人々の眼に君の姿で生き続けるのに他の手段のあろうはずがない。
　　君の全体を投げ与えることでその全体は永久に保存される、
　　君ならではの特技を駆使することが生きた画像を描き上げるの道。

つの解釈を生かすことを目ざした. **repair** = preserve. 'the lines of life' が主語,
目的語は 'that life'. **10.** Q は 'Which this (Times penſel or my pupill pen)'. 括弧
の出現はいかにも唐突で不自然であるが, しかしここで compositor の恣意を
想定してみたところで, 明確な証拠を提出できぬ以上, 編纂者の校訂自体,
必ずしも説得力があるとは言い得ない想定を先行させた恣意に過ぎず, 結局
は恣意は恣意を重ねることになりかねない. 本編纂者はここでもあえて Q を
尊重する編纂を行った (括弧は comma に変換). 近年では D-Jones が本版と同
じ, I and R は括弧は外さず Time's は capital のまま. ただし Q 尊重の Hammond
の注 this = this poetry は不可. なお校訂の代表は括弧を外し this を Times penſel
と結んで 'this time's pencil or my pupil pen ...' と読むもの (近年では Booth,
Kerrigan, *Oxford*, Evans, *Folger*). ほかに括弧を Time's pencil にとどめるもの
('this, Time's pencil, or my pupil pen,' Malone から *Globe*, Wilson, *Riverside* もこ
の流れ) など. 以下の注解はもちろん本編纂者のテキストによる読み. **Which**
= 前行の that life. **this** 次の ', time's pencil or my pupil pen,' の appositional
phrase で説明される. **pencil** = artist's paintbrush. **pupil** (adjectival) i.e. unripe.
なお my pupil pen には Steevens の 'a slight proof that the ... (sonnets) were our ↗

44

17

Who will believe my verse in time to come
If it were filled with your most high deserts?
Though yet heaven knows it is but as a tomb
Which hides your life and shows not half your parts. 4
If I could write the beauty of your eyes
And in fresh numbers number all your graces,
The age to come would say 'This poet lies,
Such heavenly touches ne'er touched earthly faces.' 8
So should my papers, yellowed with their age,
Be scorned, like old men of less truth than tongue,
And your true rights be termed a poet's rage
And stretchèd metre of an antique song. 12
 But were some child of yours alive that time,
 You should live twice, in it, and in my rhyme.

---

author's earliest compositions.' (1780)の注記がある. **11. inward worth, outward
fair** chiasmus (交錯配列). 前は my pupil pen に, 後は time's pencil に掛かる.
fair = beauty. **12. you** *l.* 10 には *l.* 9 の that life を受けた Which が目的語とし
てあるのだが, 遠すぎたためにまたここで意味を明瞭にする you を目的語と
して繰り返した. **yourself** 強調のための挿入. **13. still** = forever. **14. your
own sweet skill** copulation の意味も含めて.

[17] 1. will subjunctive ('would') が欲しいところ. cf. 'In the Elizabethan times
the indicative is often used for the subjunctive.' (Abbott 103) **my verse** 16.10 の
my pupil pen を引き継ぐ. **come** [kú(:)m] *l.* 3 の tomb と rhyme. cf. Kökeritz
p. 242 / Wyld pp. 117–18. **2. If** = even if. **filled** Q は 'fild'. 'filed' (= polished)
の編纂も不可能ではないが, その場合の Q の組みは 'fil'd' (85. 4) になるはず.
deserts = excellent qualities. *l.* 4 parts との rhyming については ⇨ 11.4 note. (Q
49. 10 には 'defart' の綴りがみられる.) **deserts?** ? は Q. この ? を *l.* 1 の行
末に回し, *ll.* 3–4 を括弧づきの挿入に理解して, *l.* 2 の 'If —' と *l.* 5 の 'If —'
を並列させて *ll.* 2–6 の 5 行をまとめて読む Tucker の示唆があり (これだと *l.* 1
の 'will' に無理がなくなる), 近年では I and R が従っているが, quatrain のリ

十七

　ぼくの拙い詩が君の美点を洩れなく言い尽くしたとして、

　いったい後世のだれがそれを信じてくれるだろうか。

　そんなものはせいぜいのところ、君の生の姿を覆い隠す墓石の碑文、

4　君の類いない資質の半分だっても表現しえたことになりはしない。

　たとえば君の眸の美しさに縦しんば迫りえたとしよう、君の魅力という

　魅力を韻律の工夫も新鮮にそのすべて算え上げたとしよう、

　それでも後世は口を揃えて言い立てるだろうさ、「この詩人は嘘つきだ、

8　天上を歌うこんな筆致で地上の顔を描いた例はないのだから」と。

　こうしてわたしの詩稿は、古ぼけて黄ばんだまま、

　口先だけの老人の戯言と貶まれ、

　君に捧げられて当然の神聖な讃辞も、詩人の狂想の産物、

12　昔の流行歌の馬鹿っ調子と片づけられるのが落ちだろうさ。

　　しかしもしもそのとき、君の子供のだれかが生きていたなら、

　　君は二重に生きることになる、その子と、そしてぼくの詩とで。

ズムからやはり無暴. **3. tomb** 墓にはしばしば故人のための碑文が刻まれる. **4. parts** = excellent attributes. **6. numbers, number** (= reckon) cf. *Hamlet* 2.2.120–21. **7–8.** 'This … faces.' quotation marks は Collier (1843). **8. touches** = strokes of pen. **ne'er** (monosyllabic) = never. Q は 'nere'. **10. tongue** *l.* 12 の song と [-ɔ́ŋ] で rhyme か. cf. Kökeritz p. 45. **11. rights** I と R は rites との pun を示唆している. = ceremony (of praise) which is your due. (Hammond) **rage** = frenzy. cf. *MND* 5.1.12–13. L. *furor poeticus* (= poet's rage). **12. stretchèd** = strained. **ántique** = ① old, ② fantastic, grotesque. 'The stretched metre of an antique song' は Keats が *Endymion* の扉に掲げた motto. **13–14.** 16.4, 10 'barren rhyme', 'my pupil pen' の無力感, 空しさ (表面的な) を, ここまで 3 度重ねた quatrains で畳みかけて溜め込んだその上で, その「引き算」のエネルギーを **Bud —** で一挙に爆発させた逆転の volta. それも, 'The Marriage Sonnets' の根本モチーフ 'your own sweet skill' (16.14) を踏まえた **some child of yours** をまず表に立てて, いよいよ最後に **twice,** で comma の間を置いてから, **in my rhyme** の止めを刺した ('twice,' の comma は本版ほか. Q は 'twife in it,' で途中 punctuation なし. ほかに colon, dash の編纂もある). 17 篇の「勧婚詩群」を締めくく ↱

46

18

Shall I compare thee to a summer's day?
Thou art more lovely and more temperate.
Rough winds do shake the darling buds of May,
And summer's lease hath all too short a date.   4
Sometime too hot the eye of heaven shines,
And often is his gold complexion dimmed,
And every fair from fair sometime declines,
By chance or nature's changing course untrimmed.   8
But thy eternal summer shall not fade
Nor lose possession of that fair thou owest,
Nor shall Death brag thou wand'rèst in his shade
When in eternal lines to time thou growest.   12
    So long as men can breathe or eyes can see,
    So long lives this, and this gives life to thee.

るにふさわしい満々の自信と矜持. それが次の 18 の清新の描写にいきいきと
繋がる.
[18] Palgrave をはじめ詩華集の編纂があれば必ず入れるであろう *The Sonnets*
中の The Sonnet であるが, そのときには前の 17 の couplet も注記にぜひ加え
てほしい.
1. summer's day ME 最初の抒情詩とされる 'Cuckoo-Song' の 'Sumer is icumen
in.' (= Summer is come in.) を俟つまでもなく, イングランドの「夏」は光に
あふれている. Tilley も 'As good as one shall see in a summer's day.' (S 967) を
登録している. 作者はあらたな詩群をそのイメージから出発した. **2.**
témperàte = equable. **2. temperate, 4. date** eye rhyme ではない. ともに [-è:t]
か. Kökeritz pp. 345–46 にこの 18 の phonetic transcription がある. **3. May** the
Julian calendar(旧暦)から the Gregorian calendar(新暦)への正式の転換は 1751
年の the Calendar Act による. Sh の時代は旧暦が常識であったから May は現
在の 6 月中旬過ぎまで, spring month というよりは summer month. **4. lease**
i.e. allotted time. cf. 13.5. 新展開の清新のイメージにもかかわらず「時」は
'The Poet' への変らぬ強迫である. **date** = duration. **5. Sometime** = sometimes.

十八

たとえば君は夏の日の光、

いいや、もっとあでやかでもっとおだやか。

それは酷(むご)い風が五月の愛の蕾を散らすことがある、

4 それに夏に与えられた季節の借用はあまりに短い。

天の目差(まなざし)はときに暑過ぎて注ぐだろうし、

黄金の温顔が雲に覆われることもしばしばだろうよ。

美の色のいたずらに移り変わるは世の常、

8 有為転変に晒されてはたちまちに色褪せもしよう。

けれども、ああ、君の永遠の夏はけして移ろうことはない、

君に宿っているその美はけして闕(か)けることがない、

汝(なんじ)死の影の谷を歩むべしなどと「死」が誇ることもありえない、

12 だって君は永久に続く詩行の系譜の中で時と合体するのだから。

人間が呼吸できる限り、その眼が見ることができる限り、

この詩は生き続けて、君に永遠の生を与える。

---

the eye of heaven i.e. the sun. **6. his** (＝ its) ＝ the sun's. ただし擬人化の解もありうる（太陽神としての Phoebus Apollo). **7. sometime** ＝ sooner or later「いつかは」. **8. untrimmed** ＝ deprived of trimness. **10. owest** ＝ ownest. **11. Death** capitalization は Charles Knight (1841). 近年ほぼ standard. **his** ＝ Death's（擬人化). cf. 'Yea, though I should walk through the valley of the shadow of death, I will fear no evil; for thou art with me.'「たといわれ死のかげの谷をあゆむとも禍害(わざわい)をおそれじ. なんじ我とともに在(い)せばなり」(*Ps*. 23.4) **wand'rèst** Q は 'wandr'ſt'. cf. 3.13 note. **12. lines** ＝ ① of verse, ② of descent (cf. 16.9). **to time thou growest** i.e. thou becomest a living part of time. grow to ＝ be an organic or integral part of. *Obs*. (*OED* 3 b) **14. this** ＝ this sonnet.

19

Devouring Time, blunt thou the lion's paws
And make the earth devour her own sweet brood,
Pluck the keen teeth from the fierce tiger's jaws
And burn the long-lived phoenix in her blood, 4
Make glad and sorry seasons as thou fleetest,
And do whate'er thou wilt, swift-footed Time,
To the wide world and all her fading sweets.
But I forbid thee one most heinous crime, 8
O, carve not with thy hours my love's fair brow,
Nor draw no lines there with thine antique pen;
Him in thy course untainted do allow
For beauty's pattern to succeeding men. 12

 Yet do thy worst, old Time; despite thy wrong,
 My love shall in my verse ever live young.

---

[19] 18 からあらたに展開される Act 1 の舞台は, 1–17 での 'the marriage' の
ような 1 つのテーマへの小刻みな集中はみられない. 舞台の比喩を続けると
すれば, ここは, 18. 13–14 の couplet を受けて, いよいよ巨大な敵役 Time の
登場である. 演出も枴の音を高く響かせていかにも荒事の勢い. その勢いに
呑まれてリズムも乱れがちになる. その上で, *l*. 13 の 'Yet' の volta での笑劇
調への逆転の couplet.
1. Devouring Time Time の capitalization は *l*. 6 の Time と共に Malone. ただ
し *l*. 13 の Time は Q. cf. 'Tempus edax rerum（Time the devourer of things）.'（Ovid,
Metamorphoses 15.234）/ 'Time devours（consumes, weares out）all things.'（Tilley
T 326）p. 53 図版参照. **2. brood** i.e. progeny. **3. jaws** Q は 'yawes'. ここは
compositorial error として Capell の改訂に従う. **4. long-lived** hyphen は Capell.
phoenix cf. 'the only "creature" that could defy Time'（Evans） **in her blood** i.e.
alive（while the blood still moves in her veins）. blood は *l*. 2 の brood と rhyme.
'blood … rhyming with *good*, *stood*, *mood*, etc.'（Kökeritz p. 242） cf. Wyld p. 81.
blood, Q のままの comma を採る. 1st quatrain の約束を破るリズムの「勢い」.
5. fleetest *l*. 7 の sweets と imperfect rhyme. perfect rhyming のために Dyce が

十九

　　貪婪の「時」よ、獅子の爪をたちまちに鈍らせよ、
　　大地にはその産み育んだ愛児らを貪り食わせ、
　　獰猛な虎の顎からは鋭い歯という歯をすべて抜き取れ、
4　永世とされる不死鳥を生きたままに焼き殺せ、そうとも、
　　足速の「時」よ、足速く駆け行くまま季節の移ろいを悲喜こもごもに
　　目まぐるしく綯い交ぜよ、この広大な世界、世界に
　　満ち溢れる楽しみ、そのなにもかも思いのまま儚いものとせよ。
8　だが一つだけお前に禁ずることがある、それこそは極悪非道の大罪、
　　よいか、わが愛する人の美しい額にお前の時間を刻み込むな、
　　お前の古ぼけたペンでそこに奇怪な皺の線を描くことをするな、
　　あの人だけは、後の世の人びとの美の規範として、
12　お前の疾走の汚れを染みつけないでくれ。
　　　いやさ、やれるものならやってみな、老いぼれの「時」さんよ、
　　　残念ながら彼はぼくの詩の中で永遠の青春に生き続けるのだから。

‘fleets’ に校訂（-t 語尾動詞の thou での -ts 人称変化［euphony による］は Abbott
340 参照）．その emendation は *Globe* をはじめ受け容れる版が多数派だった
が，Alexander, *Riverside*, *Oxford* と近年は Q に復している．ここでの imperfect
rhyme も描写の「勢い」というものであろう．　**6. swift-footed Time** cf. ‘Time
flees away without delay (has wings).’ (Tilley T 327)　**7. To the wíde wórld** [w]
の alliteration とリズムの不規則も「勢い」の続き．　**sweets** i.e. lovely things.
quatrain を無視して *l.* 7 で区切るのも異例の「勢い」．　**9. my love’s** love = lover
（友情の高まりによる「愛」の対象としての）．20 頭注参照．　**10. Nor … no**
double negative（否定の強め）．　**ántique** ⇨ 17.12 note.　**11. Hím** trochee の出．
行末の allow に続く目的語．　**course** = rapid passage.　**untainted** = unsullied.
allow = allow to remain.　**12. For** = as.　**14. My love** ⇨ *l.* 9 note.　**shall** = will
certainly. この *l.* 14 も ‘My lóve sháll in my vérse éver live yóung.’ とリズムは乱
れの「勢い」のままに終る．　**young** *l.* 13 の wrong と rhyme. cf. 17.10 note.

50

20

A woman's face with Nature's own hand painted
Hast thou, the Master Mistress of my passion,
A woman's gentle heart but not acquainted
With shifting change as is false women's fashion. 4
An eye more bright than theirs, less false in rolling,
Gilding the object whereupon it gazèth;
A man in hue all hues in his controlling,
Which steals men's eyes and women's souls amazèth. 8
And for a woman wert thou first created,
Till Nature as she wrought thee fell a-doting,
And by addition me of thee defeated,
By adding one thing to my purpose nothing. 12
　　But since she pricked thee out for women's pleasure,
　　Mine be thy love and thy love's use their treasure.

---

[20] 19.9 の 'my love' への「愛」が homosexual なものかどうか，この 20 で特
に深刻な問題になった．Victoria 朝の英領インドの武官にして詩人の D. L.
Richardson は 'I could heartily wish that Sh had never written it.' と慨嘆したが，そ
れはこの時代の pruderies を代表するものだったろう．しかしここで Malone
の 'Such addresses to men, however indelicate, were customary in our author's time,
and neither imported criminality, nor were esteemed indecorous.' という「学識」に
助けを求めるほどのことではないと思う．Sh の筆はここではとりわけ軽快
な諧謔に向けてきわめて技巧的である．たとえばその「技巧」の1つをとり
あえず rhyming の面で見ておくと，rhyme は一貫して feminine．これは全 154
篇のうちこの 20 だけ（87 を加えて2篇とすることもできる[⇨ 87 頭注]）．こ
の異常なこだわりにしても，男性→女性（あるいは androgyny）のテーマをスタ
イルの面から遠隔化滑稽化して，深刻への傾斜から救い上げるための工夫と
して理解するべきだと思う．
1. with = by．**Nature** ⇨ 4.3 note. capitalization は Dyce. *l.* 10 の capitalization は
Charles Knight（1841）．**Nature's own hand painted** i.e. without cosmetics. **2.
the Master Mistress** 後の Mistress は courtly love での崇拝の対象となる，また

二十

　わが熱愛を捧げる至高の恋人よ、君のその素顔は

　「自然」の女神がみずからの筆で描いた粧（よそお）わぬ女の顔、

　心は女の優しさ、だが不実な女の常の

4　心変わりとはけして縁がない。

　眼は女たちのと比べてはるかに煌めき輝き確（しっか）と定まって、

　見つめるものすべてを金色（こんじき）に染め上げる。

　姿かたちは男、それでいて自由自在のあらゆる姿、

8　だから男という男は眼を奪われ、女という女は魂を抜かれる。

　まったくの話、君ははじめ女として創られたのだが、

　女神のやつめ、創造した君にたちまち岡（ぼ）っ惚れ、

　要らぬ一物（いちもつ）をくっつけて、ぼくから君を奪い取ってしまった、

12　そんなものをくっつけたってぼくにはなんの役にもたちやしない。

　　だがまあ女神は君を選んで、女たちの楽しみに棒印（じるし）をつけたのだから、

　　君の愛はぼくの物にして、棒の愛のご利益（りやく）は女たちの宝物（たからもの）にしよう。

---

sonnet 詩での（特に sonnet sequence での）愛の対象となる女性．前の Master を
① = (adjectively) chief, principal (cf. *JC* 3.1.163 'The choice and master spirits of
this age') にとれば Master Mistress 2 語で「詩人の熱愛の対象となる存在」の
意味．一方 ② Master = male にとれば androgyny を思わせる「美男子」の意味
になる（② では 2 語間に hyphen を入れると意味が通りやすいであろう）．本
訳注者の立場はあくまでも ①．なお両語の capitalization は Q ('Maſter Miſtris')．
本版は (Capell 以来の小文字化の趨勢にあえて逆らって) Q のままとする．
capitalization はおそらく Sh の意図（滑稽化）による．　**passion** = ardent love.
Thomas Watson が彼の 100 篇の詩集（18 行の sonnets 集）を *The Hekatompathia,
or Passionate Centurie of Love* (1582) と題した．その 'Passionate' を踏まえて
passion を = love poetry と読む Dowden 等の示唆があるが，その題名が Sh の脳
裏にあっただろうとしても，その意味までここに読み込むほどの切迫感が彼
にあったとは思えない．　**5. rolling** = roving. つまり「流し目」　**6. whereupon**
= upon which. **gazèth** *l.* 8 の **amazèth** と共に語尾の弱音節 [-ziθ] の feminine
rhyme.　**7. A man in hue** Q は 'A man in hew'. **hue** = form, shape, figure. *Obs.*
[*OED*]．「姿かたちは男」では *ll.* 1–2 の趣旨に合致しないとして，'A maiden ⌐

hue' (Beeching), 'A native hue' (J. W. Mackail), 'A woman's hue' (Pooler), 'A maid in hue' (S. A. Tannenbaum) 等の emendation の示唆があるが，もちろん必要ない．Booth は 'Several Renaissance meanings of *hue* are pertinent in this context' としてほかに complexion, colour, apparition を挙げている．Evans には 'noble grace, air, bearing, or spirit' も．しかしそうした二重，三重の意味の輻輳より，この hue がすでに古めかしい古語だったというところから（cf. 'Though revived later, and now common, the word had fallen into disuse by the 1590s, except in some verse.' ［Kerrigan］），むしろ唐突感あるいは滑稽感を伴うものだっただろうことは確認しておきたい．**hues** 語義は前の hue を踏襲．なお，Q では '*Hues*' と capitalized italics．この印刷を重要な証拠にこれを人名（Hughes）として Dedication の Mr. W. H. の H. と推理小説ふうに結びつけたのが Oscar Wilde の *The Portrait of Mr. W. H.*（cf. Dedication 注 III）．しかし Q の capitalization と italicization だけでこれを bibliographical に固有名詞とすることはできない（「凡例」1-5 参照）．**in his controlling** = under his control．**8. Which** i.e. ability to control all hues．**9. created, 11. defeated** [-é:tid] で rhyme（feminine）か．（Kökeritz p. 198）cf. 18.2, 4 note．**10. fell a-doting** = became foolishly infatuated．**11. by addition** 次行の 'By adding one thing (= penis)' の先取り．ここに = by honouring you をまず①として認めようとする Kerrigan はむしろ諧謔の勢いを殺ぐことになりはしまいか．**defeated** = deprived．**12. one thing** = penis．（Partridge）cf. *Lear* 1.5.43–44．**nothing** *l.* 10 の 'a-doting' との rhyming で 'noting' の読み（cf. Kökeritz pp. 132, 320 / 6.8 'one.' note）．となると no-thing = no sexual organ の bawdy が成立する．**13. pricked … out** = ① selected from a list, ② supplied with a penis（cf. *R and J* 1.4.28）．**14. Mine be thy love** = let thy love be mine．**use** = ① sexual use, ② interest（cf. 4.7 note）．**treasure** i.e. ① sexual enjoyment, ② children．なお Sh の作品の登場人物を作者の伝記に勢い込んで嵌め込んだことで悪名高い Frank Harris が，*The Sonnets* でも，名だたる Pembrokist としてここ 20.9–14 の６行を引いて 'The sixtet (*sic*) … absolutely disproves guilty intimacy (between Sh and Pembroke), and is, I believe, intended to disprove it.' と言っているのは，彼の狂信が，ここでは，20 を homosexual の非難から救い出す１つの有効な注記となりえている．怪我の功名．

Time の手にする scythe

Ovid の 'Tempus edax rerum.' は 19.1 の注でふれた. 16.2 には 'bloody tyrant Time' の表現が出る. Tempus(Time)は *The Sonnets* Act 1 をとおしての大いなる敵役である. 主役の 'The Poet' はそんな敵役に敢然と戦い挑み続けるが, Tempus の手にする scythe の威力はなんと強力であることか.

［上］Crispijn de Passe (the Elder), 1590 年頃. 左上に 'Sic Transit Gloria Mundi.' (= Thus the Glory of the World Passes Away.) の題が見える.

［下］Otto Cornelisz van Veen の Emblem 画集(1612)より. 足下に壮年たちが死の淵に喘ぎ, 美女たちは扉の陰で恐怖に震える.

54

21

So is it not with me as with that muse
Stirred by a painted beauty to his verse,
Who heaven itself for ornament doth use
And every fair with his fair doth rehearse,   4

Making a couplement of proud compare
With sun and moon, with earth and sea's rich gems,
With April's first-born flowers and all things rare
That heaven's air in this huge rondure hems.   8

O, let me true in love but truly write,
And then believe me, my love is as fair
As any mother's child, though not so bright
As those gold candles fixed in heaven's air.   12

    Let them say more that like of hearsay well,
    I will not praise that purpose not to sell.

---

[21] Petrarchan sonneteers の大げさな美辞麗句を非難，揶揄する 1 篇．これが Act 2 に入って 'The Dark Lady Sonnets' の 130 では揶揄はさらに具体的にリアルに展開される（p. 299 図版参照）．その態度はもちろんひとり Sh のものではなく，*Astrophel and Stella* の Sidney も *The Defence of Poesy* (1595) で songs や sonnets の美辞麗句を 'honey-flowing Matron *Eloquence*, apparelled, or rather disguised, in a Courtesan-like painted affectation' と嗤っている（cf.「補遺」pp. 363–64）．ただしここでの Sh は 3rd quatrain に入るや，「愛」の対象を女性から男性に転じることで Petrarchismo をさらに遠隔化滑稽化してみせた．Sh のそら恐しさ．
1. So … with i.e. I am not like. So は as 以下を受ける． **muse** = poet. Q は capital. cf. 38.9 note. *ll*. 2, 4 で 'his' を用いているところからも女神のイメージから離れている．この that muse をやがて 78–86 に本格的に登場する 'The Rival Poet' の前ぶれとする説がある． ⇨ *l*. 14 note. **2. Stirred** = (in pejorative sense) inspired. **painted** i.e. ① with cosmetics, ② (proleptic use) with poetic metaphors. **beauty** = beautiful mistress. painted の形容と共に whore のイメージも． **3. heaven** cf. 'with an imputation of blasphemy, since *heaven* could mean "God".' (Kerrigan) **4. every fair** i.e. every beautiful thing. **with** = in comparison with. **his fair** i.e. his

二十一

　ぼくはだね、厚化粧の美女に現を抜かして

　大仰な詩作に赴くそんな詩人とは訳が違うのだよ、連中は

　畏れ多くも天空そのものを持ち出しての粉飾など朝飯前、

4　大切な美女の粉黛のためなら美辞麗句を総動員、

　太陽に月、陸地海神の貴重な宝石類に

　早咲きの四月の花、その他もろもろ、大宇宙が

　その巨大な球体内に蔵するありとあらゆる珍奇なるものを

8　堂々と比喩で結びつけて恬として恥じないその厚かましさ。

　ああ、真実の愛に生きるこのぼくにはただ真実のみを書かせてくれ、

　そうとも、真実も真実、わが愛のその人は、天空に鏤められた

　黄金の灯りの輝きなどおよそありえない話だが、その代り、いいかね、

12　およそ人の子で、あの美しさに及ぶ者はこの世にいはしないのだ。

　　真実と程遠い又聞きの誉め言葉を使いたければどうぞご大層に、

　　ぼくは物売りではないのだから広目広告など真っ平ご免蒙る。

---

mistress.　**rehearse** = mention, enumerate. 'or recite, as an actor would in rehearsing lines written for him.' (*Folger*)　**rehearse,** Q の comma のまま，quatrain で区切らない.　**5. couplement** = coupling, union. (Onions) Q は 'coopelment'. Gildon¹ の complement（同じく²で compliment）もあるが採らない.　**compare** = comparison.　**6. earth and sea's** group genitive.　**7. first-born** Q は 'first borne' と２語. hyphen は Gildon. Q の 'borne' をそのままに読めば = carried（by April）.　**rare** = precious, excellent. 'with ironic overtones of "unusual", "scarce".' (Booth)　**8. rondure** i.e. sphere < F. *rondeur*（= roundness）. 'a pretentious-sounding word, not used by Sh elsewhere, which mimics the other poet's inflated diction.' (D-Jones)　**hems** = encloses. heaven's air が主語，That（rel. pron. = all things rare）が目的語.　**11. any mother's child** cf. every mother's son.　**12. candles** i.e. stars. cf. *M of V* 5.1.219.　**fixed** 「恒」星. planet「惑星」に対して.　**13. say more** i.e. speak in hyperbole.　**like of** = like.　**hearsay** = unverified report.　**14. that purpose not** = who do not intend. **sell** cf. 'He praises who wishes to sell.' (Tilley P 546)　この sell が 'The Rival Poet' を George Chapman とする１つの証拠となった（Arthur Acheson, *Sh and the Rival Poet*, 1903）. chapman = hawker, peddler がその論拠. cf. 78-86 / 86 補.

22

My glass shall not persuade me I am old
So long as youth and thou are of one date,
But when in thee Time's furrows I behold,
Then look I death my days should expiate.   4
For all that beauty that doth cover thee
Is but the seemly raiment of my heart,
Which in thy breast doth live, as thine in me,
How can I then be elder than thou art?   8
O therefore, love, be of thy self so wary
As I not for myself, but for thee will,
Bearing thy heart which I will keep so chary
As tender nurse her babe from faring ill.   12
   Presume not on thy heart when mine is slain,
   Thou gavest me thine not to give back again.

---

[22] **1. glass** ⇨ 3.1 note. **2. of one date** = of the same age. **3. Time's** capitalization は本版. **4. look I** i.e. I expect. **expiate** = terminate. 'suggesting a purging of guilt by death.'(Kerrigan) **5. cover** appearance の強調. **6. seemly** = fair, decorous. **7.** 愛の心の交換は sonnet の常套表現の1つ. 遡れば Dante の *Vita Nuova* の sonetto 1 に愛の神 Amore が Dante の燃える心臓を Beatrice に食べさせる衝撃的な描写があり(「補遺」p. 350 参照), Sh の近くでは Sidney の *Arcadia* の 'My true love hath my heart, and I have his.' が諸家の注記にしばしば引かれる. *LLL* 5.2 にも 'My heart is in thy breast.' [N 2776] がある. 'The lover is not where he lives but where he loves.' は Tilley L 565. ただしここでの Sh の場合, その常套が理念的あるいは抒情的というよりはむしろ散文的, 諧謔的に展開される. *ll.* 13–14 のみごと volta 逆転の couplet を見よ. **8. elder** = older. **9. love** vocative. Q には前後のコンマはない. **thy self** Q の2語のままを採りたい. cf. 4.9 note. **wary** = careful. **10. will** i.e. will be wary of myself. **11. chary** = carefully (but with strong overtones of "cherished, precious"). (*Folger*) **12. faring ill** = experiencing ill fortune. **13. Presume not on** = do not presumptuously lay claim to. **thy heart** いったんぼくに与えた「君の心」. **mine** = my heart. ぼ

二十二

鏡の顔がもう老人の顔だなどとこのぼくが思うものかね、
だって君はいつまでも君の青春と同い年でいてくれるのだから、
ま、君の額に「時」が溝を穿つような事態を目にしたとなれば、
4 ぼくの方もさては年貢の納め時かと観念することになるのだろうが。
いいかい、君がその体に纏っている美しい姿形のなにもかも、
それはそのままぼくの心にとっての晴の衣装なのさ、ぼくの心は
君の胸の中に生き、君の心はぼくの胸の中に生きている、
8 ならばどうしてぼくが君よりも先に老け込むことなどありえよう。
だからわが愛の人よ、君のすべてをどうか大事に扱って下さい、
ぼくがぼくのためにではなく君のためにぼくを大事にするように、
そうとも、君の心を貰い受けたからにはその心はぼくの愛児、ぼくは
12 つまりは優しい乳母だ、その子の恙ない生育を願って抱きしめ育もう。
　おい、君の胸の中のぼくの心を殺したからって君の心を取戻すのは
無理な算段だぜ、ぼくに呉れたとき戻す約束などしてないからね。

くが君に与えた「ぼくの心」. それを殺す(slay)とはつまり愛の誓いを裏切る
こと. cf. 'the first hint of possible wrong committed by the youth against friendship.'
（Dowden）ただしここで生まじめに伝記などを読み込む必要など毛頭ない.
14. again = back. 前の 'back' を rhyme の上からも繰り返した.

23

As an unperfect actor on the stage,
Who with his fear is put besides his part,
Or some fierce thing replete with too much rage,
Whose strength's abundance weakens his own heart;   4
So I, for fear of trust, forget to say
The perfect ceremony of love's rite,
And in mine own love's strength seem to decay
O'ercharged with burden of mine own love's might.   8
O, let my books be then the eloquence,
And dumb presagers of my speaking breast,
Who plead for love and look for recompense,
More than that tongue that more hath more expressed.   12
    O, learn to read what silent love hath writ,
    To hear with eyes belongs to love's fine wit.

---

[23] **1. unperfect** = imperfect, i.e. not word-perfect.　**2. with** = through.　**put besides**
= put out of. besides = beside.　**3. fierce thing** thing を人間にとって i.e. fiercely
passionate actor として *ll.* 1–2 に繋げる解も試みられているが，*ll.* 7–8 への対応
からも無理．本訳で「獣」としたから *l.* 4 の his = its.　**4. Whose** rage を受け
る．**heart** = courage, spirit.　**5. for fear of trust** i.e. fearing to trust myself.（Onions）
trust を passive にとって i.e. fearing the responsibility imposed on me. とする解も
あるが，*ll.* 1–2 からみて筋が違う．**forget to say** = forget how to say.　**6. perfect**
i.e. exactly memorized.　cf. unperfect（*l.* 1）.　**ceremony** = ritual and solemn
performance.　**rite** = ritual. Q では 'right'. Malone の校訂．*OED* にも right *sb.*[2]
に 'erroneous spelling for "rite" ' とある（cf. *MND* 4.1.130 note）．ただしテキス
トでは 'rite' に校訂して = ritual の意味を（前の ceremony と続けて）先行させる
としても，rite-right の homonymic pun が成立するところから．secondary meaning
として right =（love's）due を認めておきたい．**7. decay** = become weak.　**8.**
O'ercharged = overloaded.　**9. books** = writings. この *The Sonnets* を指すとする
注もあるがそこまで特定することはない（Southamptonite なら得たりやおうと
Venus and Adonis と *The Rape of Lucrece* を持ち出すところ）．なお Sewell が

二十三

台詞を覚えきれていない役者が舞台に上る、
どぎまぎしてしまって役のことなどそっちのけ、
あるいはまた怒りに狂った猛々しい獣、
4 力みに力めばかえって動きがとれない。
ちょうどそのようにこのぼくも、まるで自信を失ってしまっては、
愛の儀式に当然の口上も、ちゃんと覚えていたのに度忘れしてしまう、
あるいはまた、われとわが愛の重さを担いきれぬまま、
8 その愛の烈しさゆえにどうにも動きのとれぬ空回り。
ああ、せめてもわがペンの跡をして雄弁に語らしめよ、
悶え続けるわが胸のうちを沈黙の語り手たちをして伝えしめよ、
それこそは愛の真実の嘆願者、愛の報酬のつつましい請求者、
12 ただやみくもに求愛の言を並べ立てる口舌の輩とはわけが違う。
どうか沈黙の愛の認めた跡を誤たず読み取って下さい、
眼で聞くこと、それこそ愛による叡智のはずなのだから。

'looks' への改訂，それだと *l.* 10 の 'dumb presagers' は繋がりやすいということもあって従う版も少ないが（近年では Wilson, Evans 等），'minuscule '*l*' in Secretary hand could very easily be misread as a '*b*' by the compositor.' (Evans) というだけでは改訂の理由が薄弱である．　**9. the eloquence** cf. 'perfect ceremony of love's rite' (*l.* 6). 　**10. dumb presagers** i.e. silent indicators. cf. 'The reference is to a preliminary dumb show ... The image of the imperfect (*sic*) actor is still maintained.' (Beeching)　ただし presager = indicator には多少無理が伴うのかもしれない．*OED* は 'Presager = one who or that which presages or portends.' だがこれだけでは無責任．ただ Presage *v.* 2 に辛うじて '† By Spenser used for "to point out, make known." ' とあるのを受けて（Booth は 'By Spenser' に疑義を呈しているが）Onions が = That which indicates と 1 歩進めた．本注もそれに従っている．ほかにも = messenger / ambassador / herald / presenter などの注がある．なお *l.* 9 の books を 'looks (= glances of the eyes, facial expressions)' に改訂してしまえば presage との意味の流れがスムーズになり，それが 'looks' への改訂派の解釈上での 1 つの理由になっている．　**11. Who** 少し遠くなるが先行詞はやはり 'books'. who の neuter use は Abbott 264. **look for recompense** i.e. ↱

24

Mine eye hath played the painter and hath steeled
Thy beauty's form in table of my heart;
My body is the frame wherein 'tis held,
And perspective, it is best painter's art.   4
For through the painter must you see his skill
To find where your true image pictured lies,
Which in my bosom's shop is hanging still,
That hath his windows glazèd with thine eyes.   8
Now see what good turns eyes for eyes have done;
Mine eyes have drawn thy shape, and thine for me
Are windows to my breast, wherethrough the sun
Delights to peep, to gaze therein on thee.   12
  Yet eyes this cunning want to grace their art,
  They draw but what they see, know not the heart.

---

look for an equal return of love.（D-Jones） **12. more hath more expressed** 前の
more は adv. = more often, 後の more は n. = more love（expressed の目的語）．あ
るいは互いに逆に解してもよいか． **13. silent love** cf. 'Whom we love best to
them we can say least.'（Tilley L 165）'Love, and be silent.' *Lear* 1.1.58. **writ** =
written. **14. with ... wit.** Q は 'wit ... wiht.' Benson 版の改訂，以来 standard.
'The compositor probably inserted the "*h*" in the wrong place when to correct the first
"wit" to "with".'（Hammond） **belongs to** i.e. is a proper function of. **wit** =
intelligence.
[24] 'Eye–Heart Sonnets' の最初（この主題は 46, 47 へと続く）．絵画を利用し
た metaphors の連発はいささか性急で，S-Smith は 'confused' の評を呈してい
るが，その性急も「誠実な愛の交換の可能性」のテーマを目まぐるしいモン
タージュであぶり出そうという Sh の戦略である．couplet の寸鉄の逆転も
（Murray Krieger の冷徹な当惑にもかかわらず［*A Window to Criticism,* 1964]）Sh
ならではの颯爽の切れ味．
1. steeled = formed a permanent image as if fashioned with or in steel.（D-Jones）Q
は 'fteeld'．Capell の 'stell'd' への校訂がひろく支持されてきているが（stelled

二十四

　ぼくの眼は画家の役割、君の美の似姿を
　ぼくの心の銘板にしかと刻み込んだ。
　その絵を納めるのはぼくの生きた体、
4　正しい角度から見てくれさえしたら、それは最高の絵だと思うよ。
　だって真実の画像のありかを見つけ出すためには、
　画家の眼を通して、その画家の技法を知る必要があるだろうに。
　そら、君の絵はぼくの胸の画室にいつでも懸かっている、
8　その画室の窓は君の眼というガラス窓。
　ああ、眼と眼の協同作業のなんとすばらしい助け合い、
　ぼくの眼は君の姿を描き上げ、君の眼はぼくのために
　ぼくの胸の窓となる、窓から入りこむ日の光、
12　その光も嬉々として画室の中の君の姿に見とれている。
　　しかし、ああしかし、眼は芸術を磨き上げる術（すべ）を心得ない、
　　見えた表面を描くだけで心の内まで知る由（よし）もない。

= fixed / portrayed）、次行の table との関連からも Q を支持する．*l*. 3 の 'held'
も long vowel だったかもしれず（cf. Wyld p. 102），rhyming の上からも Q の
spelling を必ずしも排除することはできない．しかし Kerrigan は 'but "painter"
tells strongly against it.' と「画家」の比喩にこだわるが，'steeled' を metaphorical
に解すれば彼の反対は狭量に過ぎると思う．**2. table** = tablet.　**3. frame** = picture
frame（body を physical frame に見立てて）．**'tis** Q は 'ti's'．明らかな compositorial
error.　**4. perspective**（adverbial）i.e. seen perspectively. 発音は pérspectìve. 後
の comma は本版（わかりやすさのため）．⇨ 補．　**5. you, 6. your** thou の系列
からの変化．対象への意識が general なものに（i.e. one, one's）移ったところか
ら．thou と you の混在はこの 1 篇のみ．　**7. Which** 先行詞は 'your true image
pictured' であるが，ここで相手への意識が特定化されて，実質的には 'thy (the
youth's) true image of beauty' へと変化している．　**shop** = workshop「アトリエ」.
still = always.　**8. his** = its.　**glazèd** = fitted with glass.　**9. good turns** = kindnesses,
favours. Q は 'good-turnes' と hyphen.　**11. wherethrough** = through which.　**13.
cunning** = skill.　**grace** = dignify.　**14. heart** *l*. 13 の art との rhyming だけでは
なく [h] を落とせば homonymic pun も（cf. Kökeritz pp. 92, 308）．139.2 にも．⬎

4 補. perspective（n）は「歪像画／だまし絵」（一見異様に歪んだ不可解な図柄だがある特定の視点から見れば歪みが是正されて正常に転じるような絵. cf. *OED sb.* 4 †b）. これをここでの文脈に移せば「ぼくの描く君の肖像は（拙さのゆえに）あるいはまるで歪んだものに見えるかもしれないが, ぼくの真実の愛情の視点から見てくれればこれこそが君の真実の姿なのだ」というあたり. 「歪像画」はその強烈な表現効果から特に 16–17 世紀のヨーロッパで流行をみた. Hans Holbein（the Younger）の 'The Ambassadors'（次ページ図版）はその代表作である. なお歪みを是正する手段に特殊な optical glass を想定すれば（cf. *OED sb.* †2）, *ll.* 8– の windows, glazèd, gaze へとイメージが繋がることになるが, 少々わずらわしいし, それにそこでのイメージの新鮮な衝撃力が逆に失われることにもなりかねないので, 本訳注では特に採ることをしない. ついでに付け加えておくと, 20 世紀の半ばを過ぎた頃から, 構造主義, 脱構築など文学研究の新しい動向に歩調を合わせて, 歪像画への興味がにわかに高まった. 1955 年のバルトルシャイティス（Jurgis Baltrušaitis）の『歪像画論』（*Anamorphoses, ou Perspectives Curieuses*）はその重大な契機であったろう（念のため anamorphosis［英語］の初出は *OED* で 1727 年, それまで「歪像画」には perspective が使われた）. ただし作品の morphē（形態）を ana-（新たに）再生させようというその勢いが, それこそ ana-（逆方向に［cf. ana-gram］）滑走してしまうかのような危険に, 本編注者はにわかに伴走することはしたくない.

5–8 補. この quatrain の eye–heart の表現を sonnet convention の 1 つとして, たとえば Mahood は先行に Ronsard, Constable, Watson を引いている. このうちの Constable の *Diana*（1592 の 3, のちに 1594 の 1-5, *ll.* 1–4）は近年の諸注も引いているところなので採録しておく. 'Thine eye, the glass where I behold my heart; / Mine eye, the window through the which thine eye / May see my heart; and there thyself espy / In bloody colours how thou painted art.' しかし一読して Sh の方がこの 'conceit' をさらに巧緻にさらに複雑にしていることがわかる. この 4 行を Sh への 'a possible influence'（Evans）とまではなかなか言えないはず.

Holbein の 'The Ambassadors' (1533)

　Hans Holbein(the Younger)はドイツの画家．2度にわたりロンドンに滞在．特に2度目は Henry VIII の宮廷画家として重用された．没したのもロンドンである．

　'The Ambassadors' は当時流行した perspective (anamorphosis)の代表作とされる．描かれている2人はいずれも20代の美丈夫，豪奢な衣裳，2人の間の棚上下にもみごとな品揃え．しかし絵の下方の，床に唐突に刺さるように描かれている皿状の奇妙なモノは，右斜めの角度から見ると髑髏（下）となって表れる．mors omnibus communis.

25

Let those who are in favour with their stars
Of public honour and proud titles boast,
Whilst I, whom fortune of such triumph bars,
Unlooked for joy in that I honour most.   4
Great princes' favourites their fair leaves spread,
But as the marigold at the sun's eye,
And in themselves their pride lies burièd,
For at a frown they in their glory die.   8
The painful warrior famousèd for worth,
After a thousand victories once foiled,
Is from the book of honour rasèd quite,
And all the rest forgot for which he toiled.   12
　　Then happy I that love and am belovèd
　　Where I may not remove nor be removèd.

---

[25] **1. stars** 当時の astrology では人間の運勢は誕生時の星によって左右される. cf. *JC* 1.2.140 補 / *Lear* 1.2.109–21, 4.3.32–5.　**3. of … bars** = deprives … of.
4. Unlooked for = unregarded, out of public notice.　**joy in** = take delight in.　**that** = that which.　**5. leaves** = petals.　**6. But** = only.　**9. painful** = toiling with pain.
famousèd for worth i.e. deservedly famous.　**9. worth, 11. quite** ⇨ 補.　**10. foiled** = defeated.　**11. rasèd** = erased.　**13. belovèd, 14. removèd** Q の '-ed' を生かして feminine rhyme に. rhyming については ⇨ 10.10, 12 note.
9, 11 補. worth, quite この校訂をめぐってやや詳しく注を補う. Q のままの読みでは rhyme が成立しないところから ① Malone が Theobald の示唆を受けて worth を 'fight' に校訂した. この校訂には rhyming のほか [f] の alliteration の強みがある. ② これに対し Capell が 'might' への校訂を行った. これだと MS (secretary hand) での compositor による mi → wo 誤読の可能性を想定することができる. ③ 逆に worth の方を rhyming の主とする校訂もありうるわけで, Theobald は quite → 'forth' の改訂も示唆し Collier² がこれを採用. ④ ほかにも, 両者の語順を変えて 'for worth famoused', 'quite rased' を示唆する Steevens がある. これら 4 通りのうち ① が *Globe*, Kittredge, Alexander, Wilson, *Riverside*,

二十五

誕生の星に恵まれた奴は、どうぞいくらでも

世間の名声やらご立派な肩書やらを自慢するがいい、

あいにくぼくの方はそんな意気揚々の運からは閉め出されているが、

4 おかげで人知れずぼくの目する最高の栄誉の喜びに浸っている。

王侯の寵臣は今を時めく花びらを美々しく広げるだろうさ、

だがそれはただの金盞花、太陽の目差を豊かに浴びてはいても、

ひとたび不興の雲がかかれば輝きも一瞬の命だ、

8 栄華の姿もそのままなすすべもなく地中に葬られる。

艱難それただならず、まこと勇名赫々たる武将にあっても、

勝利を百千と重ねながら、わずかに一敗地に塗れれば

たちまちに栄誉の記録から跡形もなく消し去られ、

12 すべて辛苦の勲もいまははてどこにやら。

それを思えば、愛し愛されるぼくの幸福はどうだろう、

ここでの愛は他に移り移されることなどありえないのだから。

ほかにも Booth, Kerrigan, Evans 等，②は近年の Sisson, I and R, *Oxford*, *Folger*,
③には Tucker, Ridley など．④は推測の域に留まっている．以上の校訂は，
しかし，いずれも rhyme の都合を先行させた一種の interpolation に過ぎず，い
かにも 18 世紀どまりというか，それをそのまま今日なお闊歩させておくわけ
にもいくまいと思う．本編纂者はここではむしろ積極的に Q 尊重の原則に
立って，worth, quite を Q のままとしたい．Sh はそれこそ *currente calamo* の
勢いで rhyming を顧みなかった．同様の編纂は近年では D-Jones. ただし Sh
を 'never a brilliant rhymester' とする彼女にはにわかに賛同しかねる．また
'famousèd for worth' から一足とびに Essex や Southampton を biographically に
拉致するというのも危険．Hammond も同じ編纂だが，'since the correct reading
must be mere conjecture, and Sh may have left the lines imperfect, the text of Q has
been left unaltered.' はいささか無責任に過ぎる.

26

Lord of my love, to whom in vassalage
Thy merit hath my duty strongly knit;
To thee I send this written ambassage
To witness duty, not to show my wit.   4
Duty so great, which wit so poor as mine
May make seem bare, in wanting words to show it,
But that I hope some good conceit of thine
In thy soul's thought, all naked, will bestow it;   8
Till whatsoever star that guides my moving
Points on me graciously with fair aspect,
And puts apparel on my tottered loving
To show me worthy of thy sweet respect.   12
   Then may I dare to boast how I do love thee,
   Till then, not show my head where thou mayst prove me.

---

[26] *The Rape of Lucrece* の Dedication との表現の類似から Southampton 説の出発となった Sonnet (cf. Dedication 注 III). ただしその主唱者 Nathan Drake 医師の意気軒昂 (*Sh and His Times*, 1817) にもかかわらず, James Boswell が早速に (*The Plays and Poems of Sh*, 1821) ここでの用語は familiar に過ぎる. これでは Patron の favour に預かることは叶うまいと冷たい感想を洩らした. しかし 20 世紀になってもたとえば Harrison は 'This Sonnet reads like a verse paraphrase of the Dedication to *Lucrece*. If so, it probably accompanied the copy of the poem sent to Southampton.' を Penguin 版の後注に記して Rollins の攀蹙を買った ('This is only one example of a hundred such unprovable assertions.'). 本編注者はこの 26 を *V and A, Lucrece* の Dedication への後ろめたいパロディであるとする (創作年代に立ち入るとすれば *Lucrece* の直後). そんな次第で, 訳でも「私め」「あなた様」をはじめ, ことさらに勿体ぶったスタイルを試みた.
1. Lord, vassalage 中世の feudal system の君主 (lord) と臣下 (vassal) 関係は courtly love の mistress と lover の関係に置き換えられ, その愛の表現としての sonnet にも feudal system の用語がそのまま取り込まれた. **2. merit** = worth, excellence. hath knit の主語 (目的語が duty). **3. ambassage** [ǽmbəsìdʒ] = message carried

二十六

わが愛の君主よ、 私（わたくし）めはあなた様の臣下、

わが忠節の思いはそのご明徳を敬慕すればこそ。

さてここに拙き筆の跡を使者としてお送りいたしまするは、

4　わが忠節の証（あかし）のため、文才を誇示しようがためではありませぬ。

かくも貧しき才をもってしては、忠節の念あまりに大きく

措辞万端思うにまかせず、あわれ裸身（らしん）も同然のこの使節、

願わくばお情けをもってこの真裸（まはだか）に綾なる文飾を

8　お纏（まと）わせ下さり、御心の片隅に安堵の住まいを賜りますよう。

さいわいにしてわが行末を導く瑞祥（ずいしょう）の星が

豊けくもこの身に恵みの光を注ぐことになりますれば、

襤褸（らんる）の姿のわが愛もいずれしかるべく衣服整い、

12　ご愛顧に恥かしからぬ装いと相成りましょうぞ。

その節こそ秘（ひそ）かなるわが愛をあらためて世に堂々広言のとき、

それまではこの愛ご吟味の場所に顔を出すことはいたしますまい。

---

by official ambassador. **4. witness** = bear witness to. **6. wanting** = lacking. **6. show it**, **8. bestow it** [-ouit] に [wit] を隠した feminine rhyme（これこそは wit の誇示）．なお feminine rhyme は *ll.* 9, 11 / 13, 14 へと続く．念のため *l.* 6 の it = duty, *l.* 8 の it = written ambassage. **7. But that** = unless. **good conceit** = kind opinion. conceit はいわゆる concetto（奇想）を含む． **8. In thy soul's thought** 行末の bestow it に続けるとわかりやすい． **, all naked,** 前の thought に掛ける解もありうるが，やはり *l.* 6 の 'bare' を受けて it (= written ambassage) に掛けるのが順当．なお Q では commas は parentheses（cf.「凡例」1-3）． **bestow** i.e. securely place. **9. whatsoever** whatever を強調する． **star** cf. 25.1 note. **that** what(so)ever があるから関係詞としてのこの that は redundant になる．ただし 'whatever star it may be that …' の流れが意識されている． **9. moving**, **11. loving** この rhyming については ⇨ 10.10, 12 note. **10. Points on** = directs its ray on to. **fair** = favourable. **aspéct** 星の「視座」．星が人間を見下ろす位置，これによって人間の運命が決する． cf. *Lear* 2.2.94 note. なお Sh では accent は常に後． **11. tottered** ⇨ 2.4 note. **12. show me** i.e. show me to be. **thy** Q は 'their'． ⇨補． **13. love thee**, **14. prove me** double rhyme になる． love と prove の rhyming ⇨ *ll.* 9, 11 note. ↱

27

Weary with toil, I haste me to my bed,

The dear respose for limbs with travel tired,

But then begins a journey in my head

To work my mind, when body's work's expired.　　　　4

For then my thoughts, from far where I abide,

Intend a zealous pilgrimage to thee,

And keep my drooping eyelids open wide,

Looking on darkness which the blind do see.　　　　8

Save that my soul's imaginary sight

Presents their shadow to my sightless view,

Which like a jewel, hung in ghastly night,

Makes black night beauteous and her old face new.　　　　12

　　Lo thus by day my limbs, by night my mind,

　　For thee, and for myself, no quiet find.

---

14. prove = test.

12 補. thy Q の 'their' の 'thy' への校訂は *The Sonnets* を通して 10 数個所に及ぶ. Capell がその校訂を先導し Malone がこれを受けてその理由を compositorial misreading に帰した. 当時はまだ rune（ルーン文字）の Þ（ð = th）を 'y' と表記して 'th' に用いることが行われていた. y の右肩に e を小さく加えれば（yᵉ）'the', i（または ie）を加えれば（yⁱ, yⁱᵉ）'thy', r または er を加えれば（yʳ, yᵉʳ）'their'. 右肩の小文字は容易に誤読されやすい. そのため publisher's copy（印刷所原本）で 'thy' のつもりが 'their' に誤植された——本編纂者はこの Capell–Malone の 'their → thy emendation' を受け容れここでは 'thy' への校訂を行った. Sh の自筆原稿から組まれたとされる *V and A*, *Lucrece*, 戯曲ではたとえば *Hamlet* Q2 などにはこの特殊な compositorial misreading がまったく見られない（cf. Evans pp. 280–81）. これは *The Sonnets* Q の印刷が Sh の自筆原稿ではなく筆耕の介入によるものだったことを証するに十分である. なお Capell–Malone だと校訂は 15 個所に及ぶがもちろんそのすべてが受け容れてよいわけではない（先に 10 数個所と数をぼかしたのはそのため. 本版では 14 個所）. たとえばここでも I and R は Sisson を受けて 'their' のまま, their i.e. the poet's great duty and

二十七

歩きに歩いたその果てにぼくは寝床へと急ぐ、

長旅で疲れた手足をゆっくりほぐす大事な安らぎの場所、

だがそこでまた頭の中の行旅が始まる、

4 体の仕事が終わると心の仕事が待ち構えているというわけか。

ああ、ぼくの思いは、いまの仮の宿りを遠く離れて、

君の面影を求めてひたむきの巡礼の旅に出る、

重い瞼は敬虔の思いに大きく見開かれ、

8 盲の人のように眼の前の暗闇をじっと凝視し続ける。

闇に浮かぶのはただぼくの思いの影、

ぼくの心の想像の眼が見えぬはずの視界に鮮やかに描き出す姿、

それは恐ろしい闇夜の頬に煌めく宝石さながら、

12 暗黒の夜を美の輝きに、老婆の夜を青春の華やぎに変えてくれる。

　思ってもみたまえ、こうして昼はぼくの手足が、夜はぼくの心が、

　君のせいで、そしてもちろんぼく自身のせいで、けして安らぐことは

　ないのだよ。

---

poor wit（cf. *l.* 5）. / respect = object of 'regard' とし，Hammond もこれに従うが，
解自体が（27. 10 の場合と比べて）少々わずらわしく無理を伴う.

[27] 26 の concluding couplet で勿体ぶって宣言された「方向転換」は「旅」である. mistress との別離，その嘆き，眠られぬ夜の幻は Petrarch 以来 sonnet の常套. その「常套」の恰好の出番. 以下 31 までの 5 篇は一応その旅の小テーマで括ることができる.

1. me = myself. reflexive object に単純形が使われた. cf. Abbott 223. **2. dear** = precious. **respose** = place of rest. **travel** Q は 'trauaill'. この時代の spelling では travel と travail の区別がなかった. ここももちろん二重の意味であるが，travel を先行させてこの spelling とする. **4. work** i.e. cause to work. **5. , from far where I abide,** Q は parentheses. **from far** = from afar. **abide** i.e. make a temporary stay. **6. Intend** = set out on. **zealous** 'frequently used of enthusiastic religious devotion in the period, so it reinforces the devotedness of a *pilgrimage*.'（Burrow） **pilgrimage** たとえば Romeo と Juliet の出会いの sonnet 対話（1.5.90–107）. **8. which** = such as. **9. Save** = except. **10. their** *l.* 5 の 'thoughts' を ↱

70

28

How can I then return in happy plight

That am debarred the benefit of rest,

When day's oppression is not eased by night,

But day by night and night by day oppressed?　　　　4

And each, though enemies to either's reign,

Do in consent shake hands to torture me,

The one by toil, the other to complain

How far I toil, still farther off from thee.　　　　8

I tell the day to please him thou art bright,

And dost him grace when clouds do blot the heaven;

So flatter I the swart-complexioned night,

When sparkling stars twire not thou gildest the even.　　　　12

　　But day doth daily draw my sorrows longer,

　　And night doth nightly make grief's length seem stronger.

受ける. ここでは Capell の 'their → thy emendation' (⇨ 26.12 補) に, わざわざ従う必要はない (近年では I and R と Hammond が同様). **11. like a jewel, … night,** 'pilgrimage' に続いて *R and J* 1.5.42–3. なお commas は Q では parentheses. **12. her old face** night は hag のような ghastly の顔.
[28] 27 との連作. 「旅 (travel-travail)」の背景をたとえば the Plague による劇場封鎖 (1592–94) と地方巡業に求める伝記的研究は当然ありうるだろうが, もちろん本編注者の採るところではない.
2. debarred = debarred from. **4. oppressed?** Q では? は *l.* 2 の行末に (*Globe*, Wilson, *Riverside*, Hammond). なお? を *l.* 8 の行末に移す編纂もありうるが (I and R, Kerrigan, *Oxford, Folger*), 本版は Booth, Burrow と共に 1st quatrain のまとまりを重視した. **5. either's** = each other's. **7. toil** 27.1 の toil を受けて「旅の歩行の苦役」. **complain** i.e. cause me to complain. **8. still** = ever. **9. I tell … bright** i.e. I flatter the day by saying you are bright (like daylight). (*Folger*) cf. 'Shall I compare thee to a summer's day?' (18.1) **10. dost him grace** do (a person) grace (n.) = reflect credit on, adorn. **10. heaven**, **12. even** [-é:vn] による rhyming か. (Kökeritz p. 204 / Wyld p. 89) cf. 18.2, 4 / 20.9, 11 notes. **11. swart-complexioned**

二十八

　そうとなれば、休息の恩恵を拒まれたこのぼくが

　どうやって幸せな姿で帰り着くことができようか、

　昼の苦しみが夜に癒されるどころか、

4 昼は夜に、夜は昼に、苛^{さいな}まれ続けているというのに。

　その上、いつもはたがいに支配権を争っているはずの昼と夜とが、

　ぼくを苦しめるとなると仲良く手を結んでくる、

　昼は昼の旅の歩み、夜は夜で叶わぬ嘆き、歩けば歩くほど

8 君はぼくから遠く遠くへと離れていってしまうのだから。

　昼はいいよなあってぼくは昼に言ってやる、だって空に雲が懸かって

　暗くなってもあの人さえ顔を出せば面目が保てるんだからって。

　逆に暗く陰鬱な夜にはこう言って喜ばせてやる、星が眩^{まばゆ}い瞬^{またた}きを

12 しなくたって夕空を金色^{こんじき}に染めてくれるあの人がいるだろうって。

　　ああだが、昼は昼ごとぼくの悲しみを引き伸ばし、

　　夜は夜ごと長びく悲しみを一層辛くするのをどうしようもない。

---

hyphen は Gildon. swart（adj.）= of dark complexion, black, swarthy.（Onions） **12.**
twire = look narrowly or covertly, peer, peep.（*OED*［初例］） **gildest** Q は 'guil'ft'.
Gildon² の改訂（'gild'st）. Q を生かして 'guilest' に読むことも可能であるが(i.e.
'make(st) the sky look as though the sun were shining.'［S-Smith］), *ll.* 9–10 との対
句を重視すれば gildest の方がやはり妥当. **13., 14.** [d], [n], [l] の alliterations
に加えて 'longer', 'stronger' の feminine rhyming が思いを引きずって絶妙.

29

When in disgrace with Fortune and men's eyes,
I all alone beweep my outcast state,
And trouble deaf heaven with my bootless cries,
And look upon myself and curse my fate, 4
Wishing me like to one more rich in hope,
Featured like him, like him with friends possessed,
Desiring this man's art, and that man's scope,
With what I most enjoy contented least; 8
Yet in these thoughts myself almost despising,
Haply I think on thee, and then my state,
Like to the lark at break of day arising,
From sullen earth sings hymns at heaven's gate. 12

    For thy sweet love rememb'rèd such wealth brings,
    That then I scorn to change my state with kings.

---

[29] 旅の眠られぬ夜の千々に乱れる思いということで 27, 28 の「旅・別離」のテーマに連なる. これも Petrarchismo の常套への Sh 的答案.
1. Fortune ローマ神話の *Fortuna* (L.). 本来は豊饒多産の女神であったがギリシャ神話のテュケー(Tyche)と同一視されて運命を司る女神になり, それが英語化された. **2. beweep** = weep over. **3. bootless** = hopeless. **5. like to** = (to be) like. **6. Featured** i.e. handsome. **7. art** = learning, letters. **scope** = mental range. **8. what I most enjoy** cf. 'Because I do not hope to trun / Desiring this man's gift and that man's scope / I no longer strive to strive towards such things.' (T. S. Eliot, *Ash-Wednesday* 'Perch'io non spero' 3–5). **enjoy** = ① take pleasure in, ② possess. **10. Haply** = ① fortunately, ② perchance. **11. Like to … arising,** ⇨ 補. **13. rememb'rèd** ⇨ 3.13 note. **14. change** = exchange. **state** *l.* 2 から繰り返され最終行に至る. この 29 の keyword と言ってもよい.
11 補. Like to … arising, Q ではこの 1 行は parentheses で囲まれているが, 「凡例」1-3 でも断ったように, paren. は注釈的, 弁明的な中断の意識が強く出過ぎるので本版ではこれを用いず comma に改訂するのを原則としている. ここでも Q の closing paren. を行末の comma に変換してあるが(opening paren. は前

二十九

　運命の女神に見放され、それに人々の目からさえも、ああ
　それを思ってぼくはひとり落魄の身に涙する、
　天に訴える叫びを上げてはみても空しい谺（こだま）が返るばかり、
4　結句（けっく）われとわが身を見やって拙（つたな）い身の上を呪う。
　ああ豊けき望みのいよよ豊かに栄える人もいる、
　眉目（みめ）うるわしく恵まれた人、よき友垣に囲まれた人、
　望むらくはあの人の学識、この人の能力、
8　だがああ、わが喜びたるべき最高の取柄も満足は最低。
　あれやこれやわれとわが身をかく軽蔑し尽くしているそのとき、
　なんと幸せなことか、ぼくはふと君を思い浮かべる、するとだよ、
　この身は夜明けに舞い上がるひばりさがなら、
12　重く沈鬱な地面を離れて天国の門で喜びの讃歌を歌う。
　　そうとも、愛（いと）しの君を思えばぼくは豊かさに満ち足りる、
　　国王の身分とだってけして取り換えたりするものか。

行の終り）．Q のままだと次行の From sullen earth と lark とが繋がらなくなる
ところから，Malone が Capell の示唆もあって closing paren. を次行 *l.* 12 の …
earth の後に移す校訂を行い，その後この校訂（paren. は comma）が支持されて
きた（念のため Evans, *Riverside* などは paren. のまま）．しかし問題の sullen earth
は lark の舞い上がる地面であると同時に，*l.* 10 の my state がそこから arise す
ることになる失意の基盤でもある．（**Like to** = like. cf. *l.* 5 note.　**12. sullen** =
① dull, heavy［earth は 4 大元素の中で最も重い，air は最も軽い．cf. 44.13 補］，
② gloomy, melancholic.　**10. state** は mental と同時に social な「状態」．つま
り state は lark と一体化して arising と sings の主語になり天国の門で hymns を
歌うことになる（lark はもちろん *l.* 3 の deaf heaven からの導入）．この流れを，
comma をわざわざ *l.* 11 から *l.* 12 に移動させてまで断ち切るのは愚かなこと
だ．lark については Malone 以来 *Cymbeline* の有名な 'lark song'（2.3［N 981–88］）
がよく引かれるが，さらに先行として Isaac Reed（1803）以来 John Lyly の
Campaspe も引かれるが，それは重要な注記であるとしても，ここでは state
と lark の二重写しの 'ambiguity' にまずもって言及しなくてはなるまい．

30

When to the sessions of sweet silent thought
I summon up remembrance of things past,
I sigh the lack of many a thing I sought,
And with old woes new wail my dear time's waste.　　　　4

Then can I drown an eye, unused to flow,
For precious friends hid in death's dateless night,
And weep afresh love's long since cancelled woe,
And moan th'expense of many a vanished sight.　　　　8

Then can I grieve at grievances foregone,
And heavily from woe to woe tell o'er
The sad account of fore-bemoanèd moan,
Which I new pay as if not paid before.　　　　12

　　But if the while I think on thee, dear friend,
　　All losses are restored, and sorrows end.

---

[30] couplet の趣旨が 29 の couplet のそれと重なる．これに 25 を併せて 'compensation theme' の 3 作とするのはたとえば J. B. Leishman（'his friend is a compensation for all his own deficiencies of talent and fortune and for his failures and disappointments.' *Themes and Variations in Sh's Sonnets*, 1961）．

1. sessions ＝（continuous）court settings． **2. summon up** sessions に続いて legal term. cf. 'The legal metaphor, unobstrusive though it is, adds the notion of guilt and punishment to that of nostalgia.'（S-Smith） **remembrance of things past** cf. 'For their grief was double with mourning, and the remembrance of things past.'（*Wisd. of Sol.* 11.10）なお Marcel Proust の *A la Recherche du Temps perdu* の英訳（C.K. Scott Moncrieff）の題名がこの句． **2. past, 4. waste** Sh の時代すでに eye rhyme か． ただし -a- は共に short vowel の可能性もある（cf. Kökeritz p. 176）． **3. lack** ＝ absence, i.e. failure to obtain． **many a** [ménjə] dissyllabic． **sought** i.e. tried to obtain． **4. new** ＝ newly． **6. dateless** legal term が続く（cf. 18.4 note）．*l.* 7 の cancelled も．こうした legal terms の連続による異化効果（nostalgia の sentimentalism への）にも注意したい． **7. long since** adverbial phrase「ずっと前に」なお前行 の death's dateless に続いてここにも love's long の alliteration．ことさらに（無

三十

心静かなもの思い、懐かしいひとときのその法廷に、
過去の思い出が次々に召喚されて現れる。
深い溜息、それは求めながら得られなかった数々への。
4 そうしてまた嘆きの更新、無駄に費消された貴重な時への。
ああ、死の夜の闇に永遠に埋められた又とない友人たちを思って、
流すに慣れぬぼくの目はなんと涙に溺れてしまう、
そして、とうの昔に無効になったはずの恋に新しい涙を加える、
8 消え去った多くの面影の損失に次々と悲嘆の声を上げる。
ああ、過去の悲しみにぼくは悲しみの追い討ちをかける、
はるか以前にもう嘆き尽くしたはずの嘆きの物語を
ひとつひとつ重い心でていねいに数え直しては、
12 まだ返済してない負債のようにまた払い直しを続けている。
けれども、ああ愛する友よ、君を思ってさえいれば、
損失はすべて回収される、悲しみはすべて決算がつく。

理に）技巧的に乾かした表現の異化効果. **8. expense** = loss. **many a** ⇨ *l.* 3
note. **sight** i.e. thing seen. 念のため, *OED* は sigh の obsolete form として sight
*sb.*2 を entry して sights と nights の rhyming の例も挙げているが, ここはその
'sigh' にまで付き合う必要はない. **9. Then can I** *l.* 5 の行頭の繰り返し. *ll.* 4,
7, 8, 10 の, やはり行頭での And など, 繰り返しがことさらに技巧的に重ねら
れる. **9. foregone**, **11. moan** ともに [-ɔ(ː)n] の rhyming か. cf. 4.9 note. **10.**
heavily ① sadly, ② laboriously. **10–11. tell o'er … account** = ① recount the
distressing debts, ② recite the sorrowful stories. ここの account から, metaphor が
l. 12 の pay, paid, *l.* 14 の losses, restored へと, legal term と同質の accounting term
に引き継がれる. **12. new** ⇨ *l.* 4 note. **13–14.** 異化効果を総括するかのよう
な, いかにもそっけない plain style. **13. dear friend** 念のため, ここが 'friend'
という最初の呼び掛け.

31

Thy bosom is endearèd with all hearts,
Which I by lacking have supposèd dead,
And there reigns love and all love's loving parts,
And all those friends which I thought burièd.   4
How many a holy and obsequious tear
Hath dear religious love stolen from mine eye,
As interest of the dead, which now appear
But things removed that hidden in there lie.   8
Thou art the grave where buried love doth live,
Hung with the trophies of my lovers gone,
Who all their parts of me to thee did give,
That due of many, now is thine alone.   12
    Their images I loved I view in thee,
    And thou, all they, hast all the all of me.

---

[31] 30 との連作. ただし witty なひねりがいよいよ堂に入っている.
1. hearts, ⇨ 補.　**2. Which** all hearts を受ける. have supposèd の目的語.
lacking 30.3 の lack を引き継ぐ.　**supposèd** i.e. mistakenly believed.　**3. reigns**
主語は love 以下だが, there が先行しているため sing. あるいは love の後の
and と *l.* 4 の And を = together with と読んでもよいか.　**love, love's** Q は共に
capital だが(これを受けて capitalize している版もあるが)ここは Eros / Cupid
の神格を指すのではない.　**parts** = attributes.　**4. which** = whom.　**5. many a**
⇨ 30.3 note.　**obsequious** = mournful as befitting obsequies or funeral.　**6. dear** =
① heartfelt, ② costly.　**religious** = ① devoted, ② (costly) consciencious.　**7. interest**
[íntrəst] dissyllabic.　**of** = due payment to. accounting term による異化もまぶし
てある.　**which** = who(the dead を受けて).　**appear** = seem to me.　**8. But** =
merely.　**removed** = moved to another place.　**there** i.e. in thy bosom. Gildon が
'thee' に改訂, 大方の支持を得てきているが, there の方がわざと場所を明確
にしていない作者の工夫がある.　**10. trophies** = memorials of victory. イメー
ジは勝利の記念で飾られたローマの壮大な(Mausoleum のような)霊廟であろ
う. 「勝利の記念」とはつまり愛の戦いで I (= The Poet) が my lovers に捧げた

三十一

　君のその胸は、すべての愛の心の宝物、そうさ宝物だとも、

　死んでこの世にいないはずの心が全部そこに納められてるのだから。

　その宝の箱に君臨するのは愛、愛にゆかりの愛すべきもろもろ、

4　愛の友人たちのすべて、いまは忘却の地下に葬られているはずなのに。

　なんと多くの聖なる涙がその死を悼んで流されたことか、その涙は、

　ぼくの身を切る献身の愛が、死者に支払われるべき当然の供物として

　ぼくの目から盗み出したもの、だが死者たちはどうやらやすやすと

8　住所を移して、そらそこにちゃんと隠れて鎮座している。

　そうか、君は奥津城なのか、愛はそこに埋葬され生きているのか、

　そこに飾られているのは愛の戦利品、愛の死者たちにぼくが贈った

　愛の真心、ぼくの愛はすべて彼らに分かち与えられ、それを彼らは

12　ひとつにまとめて君に与えた――そう、真心全部が君の取り分。

　　ぼくはぼくの愛した友人たちの面影を君の中に見る、

　　彼らのすべてである君はぼくの全財産のすべてを所有する。

「愛の誠」．　**gone** = dead.　**11. their parts of me** i.e. their shares of my love.　**12.**
That due of many i.e. what was due to many.　**alone** *l.* 10 の gone との rhyming
⇨ 30. 9, 11 note.　**14. all they** i.e. thou who combinest all of them.

1補. hearts, 行末の comma は Q. ここに comma を置くと *l.* 2 への流れが一
時塞き止められるとして，これを取る改訂が Alexander, *Riverside, Oxford, Folger*
を代表に近年主流になってきている．だが *l.* 1 をいったんひとまとめにして
読者に示す（読者をたばかる）ことが Sh の意図だったのではなかろうか．2 語
目の bosom (= seat of thought, emotion) を synecdochical にとれば Thy bosom =
thy whole self. 最後の hearts もやはり synecdochical に = loved ones, friends. お
そらく読者は，bosom の語に多少の堅苦しさを覚えながらも，*l.* 1 全体を 'Your
lovely self is beloved of all of your friends.' の意味に受け取るであろう（OED で
は endear *v.* †4 = to hold dear, to love の初例は 1622 年であるがそれはこの際些
事に過ぎない）．そう思わせておいて Sh は（読者の小さな驚きを予想してそ
れを楽しみながら）*l.* 2 の Which 以下で all hearts に種明かしの注釈を付け加え
てみせる．hearts はいまは忘れ去られたはずの 'The Poet' の友人たち，彼らの
愛情．すると bosom はその愛情をすべて納めた「函」のイメージ（Hamlet ⌐

32

If thou survive my well-contented day,
When that churl Death my bones with dust shall cover
And shalt by fortune once more re-survey
These poor rude lines of thy deceasèd lover,   4
Compare them with the bett'ring of the time,
And though they be outstripped by every pen,
Reserve them for my love, not for their rhyme,
Exceeded by the height of happier men.   8
O, then vouchsafe me but this loving thought:
Had my friend's Muse grown with this growing age,
A dearer birth than this his love had brought
To march in ranks of better equipage;   12
 But since he died and poets better prove,
 Theirs for their style I'll read, his for his love.

は Ophelia への love letter で，彼女の 'excellent white bosom' にこの文を，と書
いている［2.2.113］）．こうして endearèd は（納められた愛の集積によって）=
made more precious．そしてその「愛」はじつは 'The Poet' 自身の捧げたもの
であることがやがて明らかになってくる（l. 10 trophies の note 参照）．お望み
なら表現の anamorphosis と言ってもいい．こうして仕掛けられたいたずらめ
いた仕掛けは，ほんの小さな仕掛けに過ぎぬだろうが，小さなものであるだ
けに，かえってそれを楽しんでいる Sh の姿が見えてくる．頭注の「ひねり」
とはたとえばこのようなこと，その楽しみを味わってやるためにはここの
comma はけして取られてはならないと思う．cf. 32.4 note.
[32] Dowden はこの 32 を 27 からの group の 'envoy'（'The Fair Youth' への献
辞を兼ねた「反歌」）として読めると言っているが，31 の trophies（l. 10）のイ
メージが The Poet 自身の「死」へと巧みに繋がって，舞台に Tempus と手を
結ぶ巨大な敵役 Death がちらりと姿を見せる．
1. well-contented day hyphen は Gildon[2]. content = pay in full（Nature's debt），i.e.
die. 前に well- があるから contented に「満足して」の意が伴う．　**2. Death**
capitalization は Ewing.　**dust** cf. 'because thou art dust, and to dust shalt thou return.'

三十二

いずれはぼくも満ち足りて命数が尽き、卑しいあの死神が
ぼくの骨を塵に覆う日が来る、もちろん君は生き永らえて、
君を愛した、今は亡き男の、あわれこの拙い詩作にふとその目をとめ、
4 あらためて読み直してみようという気になるかもしれない。
なにせ日進月歩のご時世のことだ、どの詩人もみごとな描写力、
ぼくのなんかとうに追いつかれて較べようもない、でもね、
詩の技法などではなく、愛の誠を汲んで棄てたりしてはいけない、
8 幸せに才たけた人たちには及びもつかないとわかっているのだから。
ああ、そのときは、せめてもぼくの愛に情けをかけてこう思っては
　くれないか、
わが友の詩神も進歩の時代に歩調を合わせていたなら、
あれほどの愛だったのだもの、きっと増しな作品の誕生を促して
12 すぐれた詩文の豪奢な隊列に堂々と伍することができただろうに、
　だがあいつも死んでしまい、今の詩人はもっとうまくなってる以上、
　彼らの作は表現を読むことにして、彼のは愛の誠を読み取ってやるこ
　とにしようと。

（*Gen.* 3.19）　**3. by fortune** = by chance.　**re-survey** look over again. 'with the
implication "reassess".'（Kerrigan）　**4.** 31.1 補で punctuation にこだわったので
ここでも念のため．Q ではこの *l*. 4 の前後（*l*. 3 行末と *l*. 4 行末）がいずれも
colon．　その punctuation を尊重すれば，*l*. 4 は描写の流れから孤立していわば
'pivot' ふうに詩の全体を回転させる役割を担うことになるだろう（William
Empson, *Seven Types of Ambiguity* 2）．しかし Empson の明敏な分析にもかかわ
らず，*l*. 4 の読みは *l*. 3 に素直に続いて流れ，さらにその後も 1st quatrain の区
切りを越えて *l*. 5 へと淀みなく流れていくはずである．本編纂者は，ここで
は Lintott，Malone 以来の standard な編纂に従って，*l*. 3 行末の colon を
compositorial error として削除し，*l*. 4 行末の colon は comma に改訂した（ただ
し訳では 。）．　**7. Reserve** = preserve, keep.　**rhyme** i.e. poetic art.　**8. Exceeded**
前行の their rhyme に掛かる．　**height** = pitch of achievement.　**happier** i.e. more
talented.　**9. vouchsafe me but** i.e. deign to grant me just.　**10.，14.** 行頭と行末をそ
れぞれ quotation marks で括る改訂を Malone が行いこれを踏襲する版が多い ↱

80

33

Full many a glorious morning have I seen
Flatter the mountain tops with sovereign eye,
Kissing with golden face the meadows green,
Gilding pale streams with heavenly alcumy.   4
Anon permit the basest clouds to ride
With ugly rack on his celestial face,
And from the forlorn world his visage hide
Stealing unseen to west with this disgrace.   8
Even so my sun one early morn did shine
With all triumphant splendour on my brow,
But out alack, he was but one hour mine,
The region cloud hath masked him from me now.   12
   Yet him for this, my love no whit disdainth,
   Suns of the world may stain, when heaven's sun stainth.

が，流れに淀みはない．
10. Muse ⇨ 38.1 note. **11. dearer birth** = more precious child, i.e. better poem. **had brought** = would have brought forth. **12. ranks**「隊列」march に続いて軍隊のイメージ．隊列から詩の lines の意味を利かせた． **better equipage** i.e. superior poetic manner of writing. equipage = equipment.「装備」**13. better prove** turn out now to be. prove と love の rhyming. ⇨ 10.10, 12 note. **14. style** = manner of writing. この 1 行，若々しい 30 代の Sh の自信満々があってこその台詞.
[33] 33–35 は 3 連作．'The Poet' と 'The Fair Youth' との estrangement がはじめて示される．もちろんこのテーマは愛の「物語」に必須の常套．27 の「旅」の場合と同じく，ここでも新しい(小)テーマの導入がいかにも唐突の印象を与えかねないが，The Sonnets 全体の sequence の観点から見直してみると，その唐突な出没がみごとなタイミングであることを納得させられてしまう．Sh の演出家的本能というか．The Sonnets の order の rearrangement はこれまでも熱心に行われてきているが，そのいずれも much ado の徒労に終ったとしてもやむを得ないことだった．
1. many a ⇨ 30.3 note. **2. Flatter** = inspire with hope, usually on insufficient

三十三

これまで幾度も幾度も、輝く朝が主君の目差で
下界の山頂に徒な望みを抱かせるのを見てきた、
黄金の顔が緑の草原に接吻をし、
4 鉛色の流れに天の錬金の術を施していく様を。
だが、やがてどす黒く下等の雲がのさばり出て、
せっかくの温顔のここかしこ醜く覆いはじめると、
その御姿は、途方に暮れる下々を見棄てて、
8 王者の美々しい面目はどこへやら人知れず西の彼方に隠れてしまう。
ちょうどそのように、ぼくの太陽も、ある朝早くには
光輝燦然ぼくの額を照らしてくれたのに、
なんということだ、ぼくのものだったのはわずかに一時、
12 いまは遙か高みの雲の中に姿を隠してしまった。
だからと言って、ぼくの愛は彼をけして貶めたりはしない、
天の太陽が翳るのだもの、人の子の太陽だって翳って当り前なのさ。

---

grounds.（*OED v*.7）　**4. alcumy** [ǽlkəmì] = alchemy. Q の spelling を採る. ただ
し 'Q's phonetic spelling, "alcumy", suggests the indiscriminate nature of the sun's
blessing, bestowed on "all comers".'（D-Jones）は音韻史の裏付けがなく無理.　**5.**
Anon = soon.　**basest** = ① darkest（cf. *OED adj*. †5），② lowest（in rank and altitude）.
ride = move（as if riding or sailing）.（Evans）**7. fórlorn** リズムの上から.　**8.**
to west = westward.　adverbial phrase の流れで the が落ちた.　**disgrace** = ①
dishonour, ② dis（= loss of）+ grace（= beauty）.　**9. Even so** [iː(v)n sóu] iambus
のリズム.　**11. out alack** = alas.　**12. region**（adjectival）= of the upper air, high.
14. Suns sun–son の homonymic pun. *Hamlet* 1.2.67 に有名な例がある. ただし
7.14 note 参照.　**stain** = grow dim.　**stainth** Q は 'ftainteh'（compositorial error）.
Benson の改訂. なお *l*. 13 の disdaineth と共に 'staineth' の綴りが一般である
が, ここは feminine rhyme ではないので本版は '-eth' の 'e' を取って '-th' に編
纂する.

34

Why didst thou promise such a beauteous day
And make me travel forth without my cloak,
To let base clouds o'ertake me in my way
Hiding thy brav'ry in their rotten smoke? 4
'Tis not enough that through the cloud thou break
To dry the rain on my storm-beaten face,
For no man well of such a salve can speak
That heals the wound and cures not the disgrace. 8
Nor can thy shame give physic to my grief,
Though thou repent, yet I have still the loss.
Th'offender's sorrow lends but weak relief
To him that bears the strong offence's loss. 12
    Ah, but those tears are pearl which thy love sheeds,
    And they are rich and ransom all ill deeds.

---

[34] 2. 'Although the sun shines leave not your cloak at home.' (Tilley S 968) の裏
返し. **travel** Q は 'trauaile'. ⇨ 27.2 note. **cloak** = overcoat. これをたとえば
'caution against treachery (of The Fair Youth)' と解する (Pooler) などは biographical
fallacy の最たるもの. ついでに, アイルランドの女流作家 Kate O'Brien は
Without My Cloak を小説 (1931 年 Hawthornden Prize 受賞) の題名とした. **3.**
base clouds cf. 33.5 'basest clouds'. **4. brav'ry** = splendour. **rotten smoke** i.e.
unwholesome mist. 行末の ? は Gildon[2] (Q は period). **5. break**, **7. speak**
rhyming の上では共に [-íːk] か, あるいは [éːk] か. cf. 20.9, 11 note. **8. disgrace**
= dishonor (suffered by the rejecting of 'The Fair Youth'). 33.7 の②を受けてここ
でも = disfigurement, i.e. visible scar を併せる注が多いが, そこまで付き合う必
要はないと思う. **9. physic** = remedy. **grief** = ① harm, ② sorrow. **12. loss** ⇨
補. **13. sheeds** sheed [ʃiːd] は shed の古形. *l.* 14 の deeds との rhyme の上か
らも Q のままとする.
12 補. loss Q は 'loffe'. *l.* 10 との rhyming に同一語を持ち出すのは Sh らしか
らぬ不手際として Capell が 'cross' に校訂. 以来大方の支持を得てこれが
authorized emendation として通用してきている. しかし bibliographical な観点

三十四

　なんだって君は、あんな麗らかな一日を約束して

　外套を持たせずにぼくを旅立たせておいて、

　途中でどす黒い雲に襲わせたりするのか、せっかくの

4 君の美しい姿が毒気の霧ですっぽり隠れてしまったではないか。

　これでは、雲の隙間からちょっと姿をのぞかせて、雨風に

　打たれたぼくの顔を乾かしたぐらいでは納まりがつかない、

　いいかね、体の傷は治せても心の傷は治せぬ、そんな

8 軟膏をだれが良薬などと呼んでくれるものか。

　君が恥入ったところでぼくの悲しみの傷口が癒されるわけがない、

　君の悔恨でぼくのこの損失が埋められるはずもない。

　加害者の罪滅ぼしの意識など、じいっと病苦の被害の損失を

12 耐えている者にはなんの足しにもなりはしないのだ。

　　とは言うものの、ああ、君の流す愛の涙は真珠玉、

　　なんという美しさ、非行のすべてを 贖ってなお余りある。

から見てやはり 18 世紀の限界を背負った恣意的な改訂と言わざるをえない．compositor による *l.* 10 への eye-skipping error の説明も不安である．42.10, 12 / 90.2, 4 に loss–cross の rhyme があるというのも校訂の理由としては隔靴掻痒の感．ましてやその際 cross が動詞の bear と連動するとして，*John* 19.17 'And he bare his cross ...'（「イエス已に十字架を負ひて…」），あるいは *Matt.* 10.38 の 'cross' と結びつける Biblical な解釈も感傷的に過ぎよう．Q の loss のままで意味が十分に（cross への改訂以上に）通じる以上ここは Q に拠るべきところ．なお万事に Q を尊重する S-Smith はここの loss を 'Freudian slip' による Sh の勇み足としている．Booth は，テキストでは 'cross' への校訂に即きながら，'the repetition might possibly be purposeful and intended illustratively; "bears the ... offense's loss" would mean "endures the loss incurred as a result of your offense."' とし，D-Jones は Booth の解に賛同してテキストで 'loss' を復活させた．Hammond も 'the repetition may be intentionally emphatic.' 本編注者も Hammond の解釈の流れに沿って loss 復活を行ったが，その上でなお，ここで強調しておきたいのは，作者 Sh の描写の余裕ということである，あるいは題材との距離感．彼にしてみれば loss との rhyming など（いまさら cross など用いなく

35

No more be grieved at that which thou hast done,
Roses have thorns, and silver fountains mud,
Clouds and eclipses stain both moon and sun,
And loathsome canker lives in sweetest bud.   4
All men make faults, and even I in this,
Authorizing thy trespass with compare,
Myself corrupting salving thy amiss,
Excusing thy sins more than thy sins are.   8
For to thy sensual fault I bring in sense,
Thy adverse party is thy advocate,
And gainst myself a lawful plea commence.
Such civil war is in my love and hate   12
    That I an accessary needs must be
    To that sweet thief which sourly robs from me.

ても）易々たる技であったろう．そこを彼は，あえて不様な「不手際」を表に
出して，あるいは描写の切実への「照れ隠し」に，loss をわざわざ二重に使っ
てこの sonnet の虚構性を読者に示そうとしているのではないか．そうした遊
びの余裕は The Sonnets 全体に行きわたっている．cross などの感傷でせっか
くの Sh の強靱な作家精神を脆弱化してはなるまい.
[35] *l.* 9 にいよいよ 'thy sensual fault' が出てくる．これが，40–42 をへて 'liaison
dangerouse' の sonnets 群へのおそらく確実な「伏線」になっている.
2–4. わざわざ cliché の proverb を並べ立てて *l.* 6 の compare に引き継ぐ．'No
rose without a thorn (pickle).' (Tilley R 182) 'The canker soonest eats the fairest rose
(flowers).' (C 56) 等． **4. canker** = worm that preys upon blossom. (Schmidt) **5.**
All men make faults 'Every man has (No man is without) his faults.' (M 116) **6.**
Authórisìng (iambus の発音もありうる) = justifying. **with compare** = by
comparison. 2–4 の例は自然界の「現象」であって 'faults' とは言えない，それ
を 'The Fair Youth' の 'moral faults' と比較すること自体 'The Poet' 自身を corrupt
するものである． **7. amiss** = misdeed. **8. thy, thy** ⇨ 補. **are** *l.* 6 の compare
のとの rhyming ⇨ 13.1 note. **9. sense** = reason. i.e. sophistical reasoning. (Kerrigan)

三十五

　君の仕出かしてしまったことをいまさら嘆かずともよい、

　薔薇に棘、銀の泉に泥、

　月だって、太陽だって、雲が掛かり蝕に翳（かげ）る、

4　どんな美しい蕾にもきっといやな虫が巣食っている。譬えを続ければ

　過ちを犯すのは人の常か、そうとも、現にこのぼくも、今の今、

　つまらぬ自然界の例を譬えに持ち出して君の罪を正当化しようとした、

　君の不行跡を糊塗するぼくの軟膏はぼくの堕落の証拠、

8　簡単に許してはいけないはずの君の罪状を弁護しているのだから。

　いや、まったくの話、君の犯した官能の罪にぼくは屁理屈を持ち込んで、

　君の告発者たるべきぼくが君の弁護人に早変わり、

　なんとぼくを相手に訴訟を起こす始末だ。

12　まるで内乱だよ、ぼくの心の愛と憎との、

　　見たことか、ぼくは君の共犯者、ぼくの理性を

　　むごくも掠（かす）め取った男、愛の盗人（ぬすっと）、その男がぼくの共犯者。

---

in sense に 'incense' (burn incense) との pun を認めたがる向きがあるが，それよりもここでは sins–sense–sensual の jingle (Kökeritz p. 83) を指摘しておきたい． **10. Thy** これは Q も 'Thy'. **adverse** = attorney. **11. gainst** ⇨ 10.6 note. **commence** = begin an action (legal term). **11. commence.**，**12. hate**$_×$ Q の行末はいずれも comma. 本版はこの際 rhyming には構わずに *ll*. 9–14 をあえて Petrarchan sestet (2 tercets) に編纂した． **12. in** = between. **13. áccessàry** = accomplice. **needs** (adv.) must の強め． **14. which** = who. **sourly** = bitterly. **8 補. thy, thy** ① Q では thy が 2 個所とも 'their' (⇨ 26.12 補)．この校訂に対し I and R は 'their' の referent を *ll*. 2–4 の自然界の「現象」にとれば *l.* 8 全体を *l.* 6 の補助説明として読むことができる (i.e. 'exonerating those natural objects [the analogies in the first quatrain] from a moral turpitude they are capable of [thus confusing the natural and moral orders].') と Q を擁護するが (Hammond が追随)，それだと referent への納得が遠過ぎて苦しいし，なによりも，せっかくの次の 'For ...' 以下への転換のリズム (legal terms の連続，それに quatrain + couplet (4+2) が tercet + tercet (3+3) の sestet へとなだれを打つ勢い) が損なわれてしまう．付け加えると，2 つの 'their' の一方だけを 'their' のままとする改訂 (前と ↗

86

36

Let me confess that we two must be twain,
Although our undivided loves are one;
So shall those blots that do with me remain,
Without thy help, by me be borne alone.   4
In our two loves there is but one respect,
Though in our lives a separable spite,
Which though it alter not love's sole effect,
Yet doth it steal sweet hours from love's delight.   8
I may not evermore acknowledge thee,
Lest my bewailèd guilt should do thee shame,
Nor thou with public kindness honour me,
Unless thou take that honour from thy name.   12
   But do not so, I love thee in such sort,
      As thou being mine, mine is thy good report.

後とそれぞれで 2 方式）があり，これにまた referent を *l.* 5 の 'All men' に想定
する解が交錯し，ほかにも 'Excusing' の 'Accusing' への改訂の示唆などなど，
いささか百家争鳴の気味の混乱．ついでに their を 2 個所とも本版どおり thy
に校訂するとしても，意味のとらえ方に異説がありうる．本編注者は行末の
'thy sins are' の後に 'excusable' を補い，'more' を i.e. 'more generously' と読ん
だ．別にたとえば i.e. 'Make your sins seem greater by excusing them with a
vehemence far greater than they deserve.' (S-Smith) などがあるが，本訳が最も素
直な読みではないかと思う．

[36] Wilson は，36–39 の連続を指摘した E. K. Chambers (*Sh-an Gleanings*) を
受けて，この 4 連作での rhyming の反復（e.g. twain–remain, spite–sight, thee–me）
に着目し，特に thee–me は 4 連作を通して refrain のように繰り返されている
として，36–39 を 'an elaborately planned group' と呼んだ．それが Sh にとって
labour であったかどうかはともかく，4 作の linkage は *The Sonnets* の常識の 1
つとして認められて当然だが，Wilson がさらに，彼の創作年代推定の試みで，
この group を 'The Poet goes on a Journey' の表題のもとに 25 と 26 の間に繰り
上げているのは，Sh をいわば近代劇的劇作家として理解していた結果という

三十六

結局こういうことなんだよね、ぼくたち二人は別れ別れの二つ、

ぼくたちの愛はけして裂かれることのない一つだというのに。

それだから、ぼくから消えることのないこの汚点は、

4 ぼくが一人で、君の助けを借りることなしに耐えていくほかない。

ぼくたち二人のそれぞれの愛は一つの思いで結ばれてはいるが、

二人それぞれの生には仲を引き裂く悪意に満ちた力が存在していて、

愛そのものの愛としての働きが損なわれることはないとしても、

8 愛の喜びから、ああ、甘美な時が無残に掠め取られてしまう。

この先ぼくは君と昵懇の態度をとることはするまいと思う、

ぼくのこの悲しい罪が君を辱めてはいけないから、

君の方でも人前でおおっぴらにぼくに親切な素振りをみせぬこと、

12 君のせっかくの名声におおっぴらに傷がついてはいけないから。

いいかい、絶対に禁止だよ、それが君へのぼくの愛、だって

君のすべてはぼくのもの、君の名声だってぼくのものなんだから。

ことになると思う（*pace* Great Scholar）. それよりもここは, 出の 'Let me confess
...' 以下が 35 の結びの 'tercet' の勢いをそのまままっすぐ受け継いでいること
に注目したい. **1. confess** = acknowledge. **twain** = ① two, ② separate, parted. やはりここは諸
注解者と共に *Troilus and Cressida* 3.1［N 1575–76］の Pandarus 'No, she'll none of
him. They two are twain.' を引いておきたい. **2. loves** PE なら sing. のところ
（pl. になっているのが心憎い）. **one** *l.* 4 の alone との rhyming. ⇨ 6.8 note. **3.
blots** 所詮「恋」には互いになんらかの汚点がつきもの. これを演劇界に身
を置く「河原者」の身分（'The Fair Youth' との隔たり）などと安易に結びつけ
る愚は避けたい. **5. but** = only. **respect** = consideration. この用語自体 *l.* 7 の
effect との rhyming word ということもあってか意味が不安定に拡散しがちで
ある. Kerrigan は 5 種の解を与えたうえで 'In this context, difficult to pin down'.
Folger も 7 種の解を注記して 'any of these senses are worth considering'（念のた
め, その主なもの, 'aim', 'regard', 'relationship' 等々）. しかし, 素直に読んで
いけば, 対の rhyming の 'love's sole effect' と響き合って = consideration, i.e.
'focus of attention'（*Riverside*）に落ち着くと思う. cf. 'There's the respect / That ↱

37

As a decrepit father takes delight

To see his active child do deeds of youth,

So I, made lame by Fortune's dearest spite,

Take all my comfort of thy worth and truth.　　　　　　　　4

For whether beauty, birth, or wealth, or wit,

Or any of these all, or all, or more,

Entitled in thy parts do crownèd sit,

I make my love engrafted to this store.　　　　　　　　8

So then I am not lame, poor, nor despised,

Whilst that this shadow doth such substance give,

That I in thy abundance am sufficed,

And by a part of all thy glory live.　　　　　　　　12

　　Look what is best, that best I wish in thee,

　　This wish I have, then ten times happy me.

---

makes calamity of so long life.' (*Hamlet*, 3.1.68–69) **6. Though** 次行にも 'though', さらに次にも 'Yet'. くねくねと理屈を持って廻る「面白さ」(Sh にとっての). **séparàble spite** = malicious force that causes separation. separable = separating. cf. Abbott 3. **7. Which** 先行詞は 'separable spite'. それをさらに it で繰り返した. **love's sole effect** i.e. love's unique working. **sole** は unique と共に only. また soul との homonymic pun を認めてもよいところ (cf. Kökeritz p. 146). **9. not evermore** = never again. **10. bewailèd guilt** cf. *l*. 3 note. **11–14.** 念のため Brooke は 'it is reasonable to infer that the friend is a man of high rank.' と注記している. **13–14.** Sh は(含み笑いと共に)持って廻ったこの愛の egoism の couplet をそのままの形で 96 で使っている. **13. in such sort** = in such a way. 次の As (*l*. 14) = that. **14. being** [biŋ] monosyllabic, unstressed. **report** i.e. good reputation. [37] **3. made lame** この表現から Capell が Sh の 'an accidental lameness' を示唆して以来(*Notes and Various Readings*, 1779), Malone の早速の疑義にもかかわらず, Sh が俳優として大成できなかったのはこの肉体的 handicap のせいかもしれぬなど, 興味本位の推測は跡をたたなかった. 19 世紀末になっても, その事故を Fortune 劇場での舞台とする説も. 2 ページにわたる Rollins の注

三十七

老いさらばえた父親が活気に満ちたわが子の

旺盛な活動を見て喜びを得るように、

運命の女神から手ひどい仕打ちを受けて 跛 になったこの身は、

4　君の高潔で誠実なその姿からはじめて慰めの支えを得る。

君には美貌も、血筋も、財産も、知力も備わっている、

そのどれでも一つ、まとめて全部、いやそれ以上のもの、

それが君の大いなる存在の上に王者さながら君臨していようと、

8　ぼくはその巨大な台木にぼくのこのか弱く切ない愛を接木してやる、

するともう、ぼくは跛でも、貧者でも、卑賤の者でもない、

だって君の大いなる影がぼくに実体を与えてくれるのだから。

君の豊かさにぼくは満ち溢れてくる、

12　君のすべての栄光の一部を分け持ってぼくは生き続ける。

この世の最善のもの、そのなにもかもが君のものでありますように、

この願いが叶えられれば、なんと十倍もしあわせなのがわが身。

記はそれ自体一つの興味ぶかい「物語」である．　**Fortune** ⇨ 29.1 note（もちろん Sh 時代の劇場名ではない）．　**dearest** = most grievous.　**4. of** = from.　**5. birth, wealth** この「比喩的」表現を 'The Fair Youth' の「実体」と安易に結びつけてはなるまい．　**wit** = mental capacity.　**7. Entitled** = having a rightful claim or capacity.　**Entitled ... sit** i.e. rightfully enjoy first place among your good qualities. (*Riverside*)　**thy** Q は 'their'. Capell–Malone emendation. ⇨ 26.12 補．Q の 'their' で読む解もありうる．たとえば S-Smith は Q の punctuation のまま（*l.* 6 の行末に comma を置かず *l.* 7 の parts の後に comma を置いて），'Entitled in their parts' を *l.* 6 の ', or more' にだけ掛けてこの phrase を i.e. 'entitled to their positions in this hierarchy' とするが，詩のリズムはやはり 'more, Entitled in thy parts to crownèd sit,' が自然で，彼の解自体 *ll.* 5–7 の流れに背いていると思う．　**parts** ⇨ 17.4 note.　**crownèd sit** i.e. like a king.　**8. engrafted** cf. 15.14 note.　**store** = abundance.　**9. then** 次行の Whilst that に呼応する．　**10. Whilst that** = while.　that は conjunctional affix (cf. 47.3 note).　**shadow, substance** この時代の対立の cliché．ただし本来は substance が shadow に優先する（ここでも逆転の構図）．　**13. Look what** = whatever ⇨ 9.9 note.　**14. I have** i.e. I have fulfilled.　**me**「格」を離れ ⤴

38

How can my muse want subject to invent
While thou dost breathe that pourest into my verse
Thine own sweet argument, too excellent
For every vulgar paper to rehearse?   4
O, give thyself the thanks if aught in me
Worthy perusal stand against thy sight,
For who's so dumb that cannot write to thee
When thou thyself dost give invention light?   8
Be thou the tenth Muse, ten times more in worth
Than those old nine which rhymers invocate,
And he that calls on thee, let him bring forth
Eternal numbers to outlive long date.   12

　　If my slight muse do please these curious days,
　　The pain be mine, but thine shall be the praise.

た名詞. cf. F. *moi*.

[38] 1. muse = poetic inspiration. cf. 21.1 note.　**want** = lack.　**invent** = write about.
なお当時の rhetoric では invent (< L. *invenire* [= light upon, find out]) は詩作の
第 1 段階.　**3. argument** = subject for poem.　**4. vulgar** = commonplace, ordinary.
paper i.e. composition (metonymy).　**rehearse** = set forth.　**?** は Gildon[2] (Q は
colon,　? は *l*. 8 末のみ).　**5. in me** i.e. in my verse.　**6. stand against thy sight**
i.e. withstand your scrutiny. (*Folger*)　**7. to** i.e. dedicated to.　**8. invention** = act
of poetic composition. cf. *l*. 1 note.　**9. tenth Muse** Muses (Gk. *Musai*) は人間の
知的活動を司る 9 人の姉妹神,「詩神」. 'tenth Muse' には Michael Drayton が
彼の mistress をこう呼んだ例があり (*Ideas Mirrour*, Amour 8, 1594), 着想とし
て二番煎じの評もあり得るが, ここで呼び掛けている相手は 'the Master
Mistress' (20.2) の男性であるから, 女性神の Muse は意図的な逆転というこ
とになる.　**9. worth, 11. forth** Kökeritz (p. 254) は 'traditional rhyme' として
いるが (Sh に 8 回, Spenser にも), vowel の音価の説明は不安だと言う (Kerrigan
は [u] を示唆). ともあれわれわれとしては PE の発音で読めばいい.　**10.**
rhymers 'is said with a sneer. It is often opposed to "poet" in the period and means

三十八

　ぼくの詩想がどうして題材にこと欠くなどありえようか、
　君が生きて呼吸をして、ぼくの作品に君という美しい主題を
　たえず吹き込んでくれているのだから、そうとも、
4　月並な詩作など勿体なさ過ぎてとうてい手を出せやしない。
　ぼくの詩の中に、君の厳しい評価に耐えて読み続けて貰えるのが
　一つでもあるとしたら、どうか君に感謝してくれたまえ、
　なぜって、君が身をもって詩の着想に光を当ててくれている以上、
8　一体だれが押し黙ったまま君に捧げる詩を書かずにいられようか。
　君こそは第十の詩神、当今の詩人がたが熱心に祈願する
　古くさい九人などよりそれこそ十倍も価値のあるその人、
　願わくば君を祈り求める詩人には、とこしなえに
12　生き続ける不滅の詩篇を生み出させたまえ。
　　まこと貧弱なぼくの詩想がこの気難しいご時世に適うとすれば、
　　詩作の労苦はぼくのもの、賞讃はひたすら君のもの。

"mere rhymester".'（Burrow）　**invocate** = invoke. Muse に創作の inspiration を祈
願すること．　**11. calls on** = invokes.　**12. numbers** = verses. cf. 17.6 note　**13.
muse** Q は capital だが意味は *l.* 1 と同じ．　**curious** = fastidious.　**14. pain** =
painstaking.

39

O, how thy worth with manners may I sing
When thou art all the better part of me?
What can mine own praise to mine own self bring,
And what is't but mine own when I praise thee?   4
Even for this, let us divided live,
And our dear love lose name of single one,
That by this separation I may give
That due to thee which thou deservest alone.   8
O absence, what a torment wouldst thou prove,
Were it not thy sour leisure gave sweet leave
To entertain the time with thoughts of love,
Which time and thoughts so sweetly dost deceive,   12
    And that thou teachest how to make one twain,
    By praising him here who doth hence remain.

---

[39] 36–39 の 4 連作の総仕上げ. 1st quatrain は 37 を, 2nd quatrain は 36 を,
それぞれ引き継ぐ. そして 3rd quatrain は couplet と合わさって sestet になり
(cf. 35.9–14), 愛する人の 'absence' をわざわざ積極的に肯定してみせる, そ
うした論理の迂回は Petrarch 以来の常套としても.
1. with manners = politely ('without self-praise' [Kerrigan]). **2. all** = wholly.
better part of me cf. 'better half'. Tilley に 'My better half.' (H 49) 'A friend is
one's second self.' (F 696) がある. **4. mine own** i.e. mine own praise. **thee?** Q
は comma. ? は Lintott. なお *l.* 3 の行末も Gildon が ? に校訂しているが (Q は
semicolon) 本版はリズムの上から comma. **5. Éven** (trochee) = just. **for thís**
= for this reason. **6. our dear love** 前に let を補う. **dear** = ① heartfelt, ②
precious. **lose name of single one** i.e. lose the reputation of being a union of
inseparables. (I and R) 「野合」の訳は裏から. **6. one**, **8. alone** rhyming に
ついては cf. 6.8 note. **7. give**~ Q の colon は採れない. **9. prove**, **11. love** ⇨
10.10, 12 note. **10. Were it not** = if it were not that. **sour** = bitter. 次の sweet に
対する. **gave** = would give. **leave** = permission. **11. entertain** = while away.
12. Which time and thoughts deceive の objective phrase (Which は relative adj.).

三十九

君はどこもかしこもぼくの優れた分身なのだから、
君を誉め讃える歌は結局自画自讃の不謹慎に陥ってしまう、
自分自身を自分で誉めちぎったところで何の得になるものか、
4 君への賞讃はぼくへの賞讃にほかならないというのに。
それだから、ぼくたちは別れ別れに生きていくことにしよう、
二人の心底からの愛が野合だなどと陰口を叩かれぬように。
そうとも、今度の別離によって、ぼくは、当然君ひとりが
8 受けるべき讃辞を、安んじて君に捧げることができる。
ああ不在の時よ、お前のもたらすのはなんという切なさ、
だが、お前その苦い暇は甘い許しの幸せにもなりうる、
愛の思いにひたすら思い浸ってその時をはぐらかすことができる、
12 そうともお前こそが悲しみの時を甘美に欺いてくれる仕掛人、
　別れ別れの二人が一つに合体する方途を教えてくれるのはお前だ、
　遙か離れた彼の人を、今この場所で、この詩作で、賞讃するという切
　ない方途を。

---

time and thoughts = sorrowful time（hendiadys に．thoughts = sorrow）．**dost** Q
のままの読み．主語として掛かる thou が遠過ぎるとして Malone が 'doth' に
校訂（この場合の主語は 'Which'（relative pronoun. antecedent は前行末の 'love',
あるいは 'thoughts of love'．後者だと主語が pl. だから 'do' への校訂の示唆
[Capell]もある）．近年でも Malone の校訂に従う編纂が多いが，*ll.* 9–14 は
（13–14 の couplet を加えて）sestet として一貫して thou を主語としている．
deceive, Q は period．comma の校訂は Malone．　**13. And that** = and were it not
that．*l.* 10 の 'Were it not（that）' で省略されていた 'that' が，ここでその構文の
繰り返しのために単独の形で現れた．今度は 'were it not' が省略されたことも
あって subjunctive の意識が薄れ，動詞は teachest と indicative になっている．
thou *ll.* 1–8 までの 'The Fair Youth' への呼び掛けに代わって *ll.* 9–14 の sestet
は absence が対象（訳も「君」から「お前」に）．'The Fair Youth' の方は 3 人
称の 'him'（*l.* 14）に．　**twain** ⇨ 36.1 note.　**14. here** = ① in this place, ② in the
poem. **hence remain** = abide from here, stay at a distance.

94

40

Take all my loves, my love, yea take them all;
What hast thou then more than thou hadst before?
No love, my love, that thou mayst true love call,
All mine was thine, before thou hadst this more.   4
Then if for my love, thou my love receivest,
I cannot blame thee, for my love thou usèst;
But yet be blamed if thou this self deceivest
By wilful taste of what thyself refusèst.   8
I do forgive thy robb'ry, gentle thief,
Although thou steal thee all my poverty;
And yet love knows it is a greater grief
To bear love's wrong than hate's known injury.   12
　　Lascivious grace, in whom all ill well shows,
　　Kill me with spites, yet we must not be foes.

[**40**] 'absence' への呼び掛けで 36–39 が閉じられ，40 で新しい展開になる．特に前半 *ll.* 1–6 では，'love' の keyword が，それぞれ意味不安定のまま速射砲のようにめまぐるしく繰り出される．'As often in the plays, and elsewhere in *The Sonnets*, Sh resorts to quibbling or word-play at moments of emotional intensity.' は Wilson の言．後半 *ll.* 7–14 は次の 41, 42 へと続いて 'liaison dangereuse' のテーマに結びつく気配をみせる．一方 Dowden は 'Now, separated, he (= The Poet) gives his beloved all his love.' と，39 の separation を 40 の love に連結させた．
1. loves keyword の 'love' をまず pl. にして，その後に呼び掛けの love を配した sonneteer としての Sh の高揚．最初に pl. を持ってきたのは，その意味を = lovers / feelings of love のあたりにきわどく具体化してみせた Sh の一種の「目くらまし」であろう．cf. all my loves = all those I love and all the love I give them. (Kerrigan) 以下 'love' への訳語はすべて「愛」で通す．わざと意味を曖昧にぼかし続ける Sh の意図に沿うため．　**4. this more** i.e. this additional amount, this 'plus'.　**6. for** = because. 前行の for my love (= for love of me) との語呂合わせ．　**usèst** use には '(Of a man) to copulate with, to be sexually intimate with.' (Partridge) の bawdy な裏があるから目的語の my love は = my mistress の意味

四十

　愛する君よ、ぼくの愛のすべてを、そう、愛のなにもかも全部を
　奪い取りたまえ、だがそれで君は前よりも愛が豊かになったかね、
　まさか、それを奪ったところで愛する君よ、それは真の愛のはずがない、
4 だって奪われる前からぼくの愛は全部君のものだったのだから。
　ではぼくへの愛ゆえに、ぼくの愛するものを君が受け容れたのなら、
　君がその愛を抱きしめたからって君を責めることはできないわけだ、
　だが本当は気がないのに、好き心から試しに使ってみるかなどと
8 ぼく自身の愛を裏切ったのなら、ぼくは君を責めなくてはならない。
　ああ君は優雅な盗賊、君は貧しいぼくのすべてを奪い尽したが、
　君のその盗みをぼくは許してやっている。それでもね、
　愛は知っているのだよ、愛による悪を耐え忍ぶ大いなる悲しみ、
12 それは憎によるありきたりの害など比べるべくもないことを。
　　色好みの高貴さよ、君の悪はすべて美しく照り映える、
　　さ、ぼくをずたずたに殺したまえ、それでも二人は味方同士。

になる. cf. 20.14 note. このあたりから keyword の love はいよいよ liaison
dangereuse に向けて傾斜していくが，訳語は依然として「愛」のままでなけ
ればならない(use の訳語を工夫したうえで). **6. usèst, 8. refusèst** feminine
rhyme [-zist]. cf. 20.6 note. 念のため *ll*. 5, 7 の receivest, deceivest は [-síːvst] で
よい. **7. this self** = this one of your selves, i.e. The Poet. (*Riverside*) cf. 39.2 note.
Q 'this felfe' のままの読み. これを Gildon が 'thy self' に改訂，以来 'thy self /
thyself' とする版が多いが(Booth は 'traditional emendation' と言っている. ほ
かにも近年では Kerrigan, D-Jones, *Folger* など)，'thyself' だと次行の 'thyself
refusest' と単純に重なってしまうばかりか，せっかくの masochistic な愛憎の
凄絶な滑稽が見失われてしまう. **8. wilful** (use に準じて裏の意味を)= lustful.
taste ここでも裏の bawdy を(n. ではなく v. であるが)Rubinstein から引いてお
く，'Enjoy or test sexually'. **10. thee** = for thyself. cf. Abbott 220. **all my poverty**
i.e. what little I have. **13. grace** = loveliness. 念のため，'If the addressee is a
nobleman, there may be an allusion in *grace* to his high rank, as well as to his ability
to confer *grace* or beneficence on others.' (D-Jones)

41

Those pretty wrongs that liberty commits,
When I am sometime absent from thy heart,
Thy beauty and thy years full well befits,
For still temptation follows where thou art.   4
Gentle thou art, and therefore to be won,
Beauteous thou art, therefore to be assailed;
And when a woman woos, what woman's son
Will sourly leave her till he have prevailed?   8
Ay me, but yet thou mightst my seat forbear,
And chide thy beauty and thy straying youth,
Who lead thee in their riot even there
Where thou art forced to break a twofold truth: 12
　　Hers by thy beauty tempting her to thee,
　　Thine by thy beauty being false to me.

---

[41] 40 の 'love' にようやく女の存在が見えてくる．この女性が Act 2 の 'The Dark Lady' と同一人物かどうかはここでは特にこだわるほどのことではない．重要なのは，次の 42 と共に，愛の裏切りのドラマの不安な基底音，その巧妙な響きである．
1. pretty = ① attractive, ② small. cf. 'Little things are pretty.' (Tilley T 188)　**liberty** = sexual licence.　**2. sometime** = sometimes.　**3. befits**　主語は *l*. 1 の wrongs. pl. の主語での -s 変化はこの時代では特に異とするに足りない．cf. Abbott 333.　**4. still** = always.　**5. Gentle** = ① mild in disposition, ② of high birth（あくまでも比喩として．次注参照）　**to be won**　前注 ② から i.e. as a prize（捕虜）.　**6. assailed**　求愛を城攻めに喩えるのは常套．cf. 2.1 note.　ただしここでは攻撃するのは男性ではなく女性の方（常套の「逆転」）．cf. 'All women may be won.' (Tilley W 681)　**8. sourly** = bitterly. ⇨ 35.14 note.　**he**　Q のままの読み．Malone がいかにも謹厳な文献学者らしく 'she' への改訂を提案（'The Lady, and not the man, being in this case supposed the wooer, the poet without doubt wrote ... *she*.'），それが長く受け容れられてきたが（*Globe* あたりまで），近年はもちろん Q に復した．その尖兵役となった Wilson の言をぜひ聞いておきたい，'Yet Sh knew

四十一

ぼくがときたま君の心のそばを離れていたりすると、
君は放蕩の癖が出てかわいい罪を犯してしまう、
無理もないだろうさ、君の美貌、君の若さを思えば、
4 だいいち君には常時誘惑がついて廻ってるのだから。
君は優しい貴公子、だからすぐに捕虜になる、
君は目に立つ美男子、だから早速攻め込まれる、
それに、女に言い寄られて、征服もせぬまま引き上げるなど、
8 そんな酷い仕打ちは女から生まれた男のすることじゃないだろうさ。
ああ、それにしても、ぼくのあの場所だけは堪えてほしかった、
君の美貌と君の若さに、あの迷走だけは窘めてほしかった、
結局美貌と若さとがあんな乱行の果てに君を連れ込んでしまった、
12 いいかね、そこは君に二重の背信を犯させる場所なのだよ、
君の美貌がまず女を誘惑して女に貞操の誓いを破らせる、
その美貌はまたぼくを裏切って君に友情の誓いを破らせる。

---

the man. … Nearly all edd. agree with Malone, but male readers, except those who know less about sex than Sh, will agree, I think, with Q.' **prevailed ?** ? は Gildon（Q は period）. **9. Ay** [ei] **me** 悲嘆を表す interjection. **my seat** = the place that belongs to me, i.e. my monopoly of sexual rights.（*Riverside*） cf. *Othello* 2.1.277 note. **forbear** = refrain from. **11. Who** 先行詞は前行の thy beauty and thy straying youth なのだから which の方が望ましい. しかし who にすることによって先行詞の1つを personify した感覚が強まり, 次の riot と共に Youth を堕落・悪行へと導く morality（道徳劇）の構図が浮かび上がる. **riot** = wantonness. **even there** = just to the point. **12. truth** = pledge of fidelity.

42

That thou hast her it is not all my grief,
And yet it may be said I loved her dearly;
That she hath thee is of my wailing chief,
A loss in love that touches me more nearly.   4
Loving offenders thus I will excuse ye:
Thou dost love her, because thou knowest I love her,
And for my sake even so doth she abuse me,
Suff'ring my friend for my sake to approve her.   8
If I lose thee, my loss is my love's gain,
And losing her, my friend hath found that loss,
Both find each other, and I lose both twain,
And both for my sake lay on me this cross.   12
 But here's the joy, my friend and I are one,
 Sweet flattery, then she loves but me alone.

---

[42] 40–42 の愛と愛の裏切りのドラマは，さらなる展開を予想させて，*l.* 14
の (self-)flattery でひとまず背後に退くが，40 からの 'love' をめぐる絢爛たる
wordplay の照明の交錯に目を奪われるうち，ふと，舞台の片隅に 'loss' との
rhyming で 'cross' (*l.* 12) が浮かび上がってくる．いかにも Sh らしい恐怖の一
瞬．
2. loved 過去形であることに注意．　**3. of my wailing chief** = the chief cause of
my sorrow.　**4. touches** = injures.　**nearly** = intimately, striking close ('near') to the
heart. (Evans)　**5. ye** [jíː] 2 人称複数の nominative.　それが accusative にも用
いられた．ここでは me と feminine rhyme.　なお本来の accusative は 'you'. cf.
Abbott 236.　**6. love her**, **8. approve her** ともに [-və] ([h] は silent) で feminine
rhyme.　love, approve ⇨ 10.10,12 note.　**7. even so** [i(v)n sóu] = just in the same
way.　even は monosyllabic, unstressed.　**abuse** = deceive.　Partridge は = to make
a cuckold of; to wrong by infidelity (*Othello* 3.3.272–73 を引いている).　**8.**
Suff'ring [sʌ́friŋ] (dissyllabic, trochee) = allowing (主語は she のまま).　**approve**
= ① commend, ② test, try out (sexually).　**9. loss, gain** 性愛と金銭勘定の二重
写し．これも時に応じて現れるテーマの 1 つである．cf. 4.7 note.　**10. losing**

四十二

君があの女をものにしたことがぼくの悲しみのすべてではない、
それは確かにぼくは女を心から愛していたに相違ないが。
それよりも女が君をものにしたことがぼくの嘆きの大本(おおもと)なのだよ、
4 愛の喪失、そのことがぼくの心の奥深くを一層切なく傷つける。
愛の罪人(つみびと)の二人よ、ここでお前たちの弁護をしてあげようか、
まず君が女を愛するのは、女へのぼくの愛を知ればこそ、
女の方とて同じこと、君へのぼくの愛を知ればこそぼくを裏切った、
8 味見の味をぼくの愛する友に委(ゆだ)ねたのもぼくへの愛のため。
ああ、なんと、ぼくが君を失えば、その損失は愛する女の利益となる、
ぼくが女を失えば、ぼくの愛する友がその損失を獲得する、
両方ともども愛の相方(あいかた)を得て、ぼくは愛の二人を失う、
12 両方ともどもぼくを愛するがゆえにぼくにこの十字架を負わせた。
　いいとも、そこにもちゃんと喜びがある、友とぼくとは一体なのだ、
　ああ、甘美なる自己瞞着、女が愛しているのはなんとぼく一人。

---

her　i.e. in my losing her to him.　**11. and**　念のため注記しておくと and は当時 coordinate conjunction としてだけでなく subordinate conjunction としても用いられた. ここでも（前の comma を取れば）conditional として = if の意味にもなりうる.　**twain**　cf. 36.1 note.　**12. cross**　cf. *John* 19.17 / *Matt.* 10.38.　loss–cross の rhyming と共に 34.12 補参照.　**13. one**, **14. alone** ⇨ 6.8 note.　**13. my friend and I are one**　36–39 の keynote.　**14. but me alone** = only me.

43

When most I wink then do mine eyes best see,
For all the day they view things unrespected,
But when I sleep, in dreams they look on thee
And, darkly bright, are bright in dark directed.   4
Then thou, whose shadow shadows doth make bright,
How would thy shadow's form form happy show
To the clear day with thy much clearer light,
When to unseeing eyes thy shade shines so!   8
How would, I say, mine eyes be blessed made
By looking on thee in the living day,
When in dead night thy fair imperfect shade
Through heavy sleep on sightless eyes doth stay!   12
    All days are nights to see till I see thee,
    And nights bright days when dreams do show thee me.

---

[43] 43–45 は 27 で示された absence theme への立ち返りである. 'emotional intensity' のときには Sh はえてして wordplay に赴きがちとの Wilson の言は先に引いたが(40 頭注), ここでは rhetoric への惑溺. その尋常ならざる表現への情熱は主題の真率からむしろ逸脱して, ここでも *The Sonnets* の「物語」の装飾性, 虚構性を裏書きしているはずである.
1. wink = close my eyes.　**2. unrespected** = ①(adverbial) regardlessly(view に掛かる).　②(adj.) not worthy of respect(things に掛かる).　**4. , darkly bright, , bright in dark** *l.* 1 の wink と see の antithesis(対照法)を踏まえて, dark と bright を並べ, それを逆に繰り返した wordplay(rhetoric での repetition [反復法]). , darkly bright, の方は(前の comma は本版, 後の comma は Q[近年では *Oxford*, Kerrigan, Burrow, *Folger* が本版と同じ])①前行の thee に掛ければ i.e. shining in the dark, ②they (= mine eyes) に掛ければ i.e. seeing clearly in the dark. なお 'i.e. blindly seeing, radiant though not releasing light (brilliant behind the eyelids' shutters. Informed by the renaissance notion that eyes create the light by which they see.)' といううがった解もある(Kerrigan).　以上の①②を中心に「意味」は(*l.* 2 の unrespected と同様)むしろ定め難く浮遊している. 次の bright in dark の bright

四十三

しかと瞼を閉じればこの眼にありありと見えてくる、
昼の間は虚ろのまま益もないものを眺めているだけなのに、
それが瞼を閉じて眠りに入れば君が見える、
4 闇の中の光、暗黒を進む光明の導き。
　君なのだ、君の面影が闇の闇影に輝きを与えてくれるのだ、
　なら、その面影の実体が、明るい昼日なか、昼よりももっと
　明るい光を射し添えて現れてくれたならどんなに幸せなことか、
8 見えていない眼にさえも君の面影はこんなに輝いているのだもの。
　そうとも、昼の生のさなかに君を見ることができたなら、
　ぼくの眼はどんなにか祝福されることだろう、
　夜の死の世界の重い眠りの間にさえ、君の仮の姿のその
12 美しい影が、見えぬはずの眼にずうっと見えているのだから。
　　昼という昼は、君に会えるその日までは夜の暗闇、
　　そして夜という夜は君がぼくの夢に現れてくれれば真昼の輝き。

も① adverbial にとれば are directed に掛かるし，② adj. にとれば they に掛かっ
て directed は i.e. forcused の意味になる．もちろん bright と dark はただの明・
暗というだけでなく，意味のレベルを上げて joyful / melancholy，あるいは
wise (illuminated) / ignorant 等々何重にも変化するだろう．そういう ambiguities
がここではわざわざ目まぐるしく意図されているのだから，開き直るようだ
が，訳の方もむしろ表記の曖昧を心がけるにしくはない（念のため，Empson
の *Ambiguity* には言及がない）．　**5–8.、9–12.** *l*. 4 の antithesis を受けて 5–8 の
2nd quatrain では shadow, shade / form, clear, light の執拗な repetition．light は
9–12 の 3rd quatrain で day / night，living / dead の antithesis を呼び込んで *l*. 1 の
主題に回帰する．もちろんそれぞれに wordplay がからまるが，以下の注は（訳
についても）とりあえず主導の意味への言及にとどめる．　**5. thou** いったん
主語に立てたが，流れの勢いから whose shadow があらたな主語に躍り出てし
まった．　**shadow** i.e. image in the dream．　**shadows** i.e. dark places（make の
目的語）．　**6.** （shadow's）**form** ＝影に対する「実体」．　**form** (v.t.) ... **show** i.e.
make an appearance（「出現」）．show は shadow と jingle．なお show を ＝ spectacle
「景観」とする解（Kerrigan, *Folger*）もみられるが，*l*. 14 の show の repetition か ↱

44

If the dull substance of my flesh were thought,
Injurious distance should not stop my way,
For then despite of space, I would be brought
From limits far remote, where thou dost stay.   4
No matter then although my foot did stand
Upon the farthest earth removed from thee,
For nimble thought can jump both sea and land,
As soon as think the place where he would be.   8
But, ah, thought kills me that I am not thought
To leap large lengths of miles when thou art gone,
But that, so much of earth and water wrought,
I must attend time's leisure with my moan.   12

    Receiving naughts by elements so slow
    But heavy tears, badges of either's woe.

らもやはり = appearance の方が妥当. **8. so!, 12. stay!** ！は共に Q では ?. ！
への校訂は standard. ただし訳では日本語の流れから！で強調することをしな
い. **11. thy** Q は 'their'. ⇨ 26.12 補. ただし Charlotte Porter (1912) から 1
世紀をへて近年 Hammond の 'their' への復帰があるが ('Q's "their ... ſhade" is
defensible, meaning "the image which appears to them [i.e. the eyes]".') やはり無理
筋. **imperfect** 'Because it is only the shadow of what is perfect, the friend.'
(Pooler) **12. heavy** (sleep の形容として) i.e. weary, sorrowful. **13. to see** i.e.
so far as seeing is concerned. **14. me** = to me.
[44] absence theme 3 作の中でこの 44 と 45 は古代以来の自然哲学の 4 elements
説を材料にした連作.
1. dull = heavy, inert. **thought** cf. 'As swift as thought.' (Tilley T 240) **2.**
Injurious = malicious. **3. despite of** = in spite of. **4. limits** = distant regions.
where = to the spot where. **8. he** i.e. thought. **would be** = wish to be. **9.**
thought, thought l. 1 に続いて同一語の repetition. 特に意味を違えさせる技
法を rhetoric で antanaclasis と言う. ここでは前の thought が = the act of thinking,
realization. **10. To leap** = that can leap. 前行末の thought を受ける. **10. gone,**

103

四十四

　この肉体という鈍重な物質が思考の敏速を備えているのなら、
　距離という底意地悪い妨害も行手の妨げになるはずはなかろうに、
　果てない空間などものともせず、ぼくは遙か辺境から、
4 いま君のいる地点までやすやすと運ばれているだろう。
　そうとなれば、ぼくのこの脚が君から地上最大限に
　離れて立っていようとなんの関わりがあるものか、
　なにせこのす早い思考というやつ、自分が行きたいと
8 思うやいなや、海山千里、もうその場所にひとっ飛び。
　けれども悲しいかな、ぼくは思考ではなくただの肉体だ、
　不在の君まで千里万里を飛んでいけるはずはなく、せいぜい土と水で
　できている以上、ひたすら嘆きを重ねながら時の気まぐれな恩恵を
12 待つほかないのだよ、思考は思考でもああ 愁 殺のこの思い。
　　土と水、二つの元素はともに鈍も鈍、与えてくれるものは
　　どちらも悲しみのお仕着せの重い涙、ただそれだけなのさ。

---

12. moan ⇨ 30.9, 11 note.　**11. But that**　i.e. but because.　描写の勢い，リズムから意味はまっすぐに流れるが，文法的には説明しにくい．本注者は *l.* 9 の 'that I am not thought' の 'not' の勢いに牽かれて 'but' が出たと解した．　**, so much … wrought,**　挿入句．前の comma は本版（Q は後のみ）．so much の前に being を補って読む．　**wrought** = compounded. 前の of … を繋げる．　**earth, water** ⇨ *l.* 13 補．　**12. attend time's leisure**　i.e. wait upon the whim of time.　cf. 'The image appears to be that of a petitioner waiting on a great man.'（I and R）　**13. naughts**　Q のまま．Gildon 以来 'naught / nought' への校訂が一般であるが，pl. の方が文意に添う．念のため，*OED* 3†b には *pl.* = nothing. naught. *obs., rare.* とある．　**by** = from.　**elements** ⇨ 補．　**14. But** = except.　**heavy** = ① weighty, ② sorrowful.　**badges**　attend, receiving の縁語．　**woe.**　Malone は 45 への連続を意識して period を colon に改訂している．Thomas Tyler（1890）までこれに追随する版も多かった．

13 補. elements　古代ギリシャ以来の自然哲学では自然界は four elements（四大元素）によって構成されるとされ，four elements には 4 つの qualities（基本性質）の配合が対応された．四大の対応は次第に多層化される．たとえば古代 ⌐

45

The other two, slight air and purging fire,
Are both with thee, wherever I abide;
The first my thought, the other my desire,
These present-absent with swift motion slide. 4
For when these quicker elements are gone
In tender embassy of love to thee,
My life being made of four, with two alone
Sinks down to death, oppressed with melancholy; 8
Until life's composition be recured
By those swift messengers returned from thee,
Who even but now come back again assured
Of thy fair health, recounting it to me. 12
   This told, I joy, but then no longer glad,
   I send them back again and straight grow sad.

病理学の four humours（四体液）説（humour は＜L. *(h)umorem*［＝moisture「湿気」］）．人体での humours の配合が崩れると心身の変調，病態が生じる．それは人間の気質にも及ぶ．この理論から，Sh の時代，バランスの崩れた奇矯な人物の活躍する comedy of humours（気質喜劇）が生まれた．現代の「ユーモア」は奇矯な行動，滑稽からの派生展開である．その他 star, season 等にも．

element	quality	humour	star	season	……
Air	hot and moist	blood	Jupiter	spring	
fire	hot and dry	choler（yellow bile）	Mars	summer	
water	cold and moist	phlegm	Luna	autumn	
earth	cold and dry	melancholy（black bile）	Saturn	winter	

105

四十五

　ほかの二つの元素、軽快な空気と浄化の火は、
　ぼくの所在がどこであろうと君と共にある、
　前者はぼくの思考、後者はぼくの願望、
4　両者とに四方八方去来自在。
　まことに、敏捷活撥のこの二人が優しい愛の
　使節として君のもとに出向いてしまえば、
　四元素から成るわが生命に残るは重苦しい二つだけ、
8　憂鬱の黒胆汁に引きずられてぼくは死の淵に沈んでいく。
　だが足早な使者たちがやがて君のもとから帰参するだろう、すると、
　ぼくの生命の配合は再び均衡を回復する、
　今もちょうど戻ったばかりの二人が
12　君の相変わらぬ確かな健康をぼくに報告してくれた。
　　その知らせはどんなに嬉しいことか、だがそれも長続きはしない、
　　二人をまた送り出せばぼくの悲しみはいや増すばかりなのさ。

---

[45] 1. The other two ⇨ 44.13 補. **slight** = unsubstantial, weightless.　44.1 の dull に対する.　**purging**　purge (= purify) は fire の特性であるが、古代以来の医療用語として = cleanse; issue forth.　cf. 'The commonest use of "purge" was a medical term; .... Disease resulted from an imbalance among the four elements of which the body is composed; the standard means of righting the balance was a purge.' (Booth)
4. present-absent = constantly coming and going. (*Norton*)　hyphen は Malone 以来の standard.　**5. quicker** = swifter and livelier.　**5. gone**, **7. alone** ⇨ 4.9 note.
7. being [biŋ]　monosyllabic, unstressed.　**8. melancholy** [mélnklì] trisyllabic. humour はそれが過重に配合されると特異な気質が生じる.　melancholy (black bile [黒胆汁]) の場合は melancholic に.　**9. composition**　i.e. humours の「配合」.　**recured** = restored.　**10. returned** = having returned.　**11. even but now** = just now.　even [íːvn] は monosyllabic, stressed.　**come back** = having come back (come は p.p.).　**again** = back (前の back をもう一度強める).　**12. thy**　Q は 'their'.　⇨ 26.12 補.

106

46

Mine eye and heart are at a mortal war,
How to divide the conquest of thy sight;
Mine eye my heart thy picture's sight would bar,
My heart mine eye the freedom of that right. 4
My heart doth plead that thou in him dost lie,
A closet never pierced with crystal eyes,
But the defendant doth that plea deny,
And says in him thy fair appearance lies. 8
To side this title is impanellèd
A quest of thoughts, all tenants to the heart,
And by their verdict is determinèd
The clear eye's moiety, and the dear heart's part. 12

    As thus: mine eye's due is thy outward part,
    And my heart's right, thy inward love of heart.

---

[46] 主題を eye versus heart に一転させた 2 連作. この主題自体たとえば Petrarch の *Canzoniere* 75 から Ronsard をへて Elizabethan sonneteers が好んで繰り返したもので, Watson の *The Tears of Fancy* (1593) 'My heart accused mine eyes and was offended, / Vowing the cause was in mine eyes' aspiring.' (20, 1–2) は諸注釈の引くところ. だがそこに見られる真っ向からの描写とこの 46 を比べてみれば, Sh の描写の余裕はおのずと明らかである, コント的な舞台演出への傾斜というか.

1. eye pl. の代わりに sing. を用いるのは Sh では一般. **mortal** 'intentionally herperbolic.' (Evans) **war** *l.* 3 との rhyming から母音はおそらく bar の方 (cf. Kökeritz p. 169). **2. conquest** = spoils of war. **3. thy, 8. thy** Q は共に 'their'. ⇨ *ll.* 13, 14 note. **3. bar** = prohibit. Mine eye が主語, my heart と thy picture's sight が二重目的語. thy picture's sight の前に from (looking thy picture) を補って読む. **4. My heart** 次に would bar を補って読む. *l.* 3 と同じ構文. **freedom** = free enjoyment. **5. him** i.e. my heart. **6. closet** private room の解 (cf. *Hamlet* 3.2. 327) もあるが, ここはやはり = cabinet for valuables と解したい. *l.* 6 全体が前行 my heart の同格的説明 (Q は parentheses で囲んである). **8. him** i.e.

107

四十六

　　ぼくの眼とぼくの心は激しい戦いを演じている、

　　君の姿という戦利品の配合をめぐって、

　　眼は君の姿をみだりに思い描く心の想像を禁じたい、

4　心は君の姿を気ままに見て喜ぶ眼の権利を禁じたい。

　　心は申し立てる、君は心の中にいる、心こそ

　　水晶の眼（まなこ）などけして見透（とお）せぬ秘匿の器（うつわ）なのだと、

　　だが被告は相手方の主張を否定して言い立てる、

8　君の美の実際は眼の中にこそ現れるのだと。

　　さてその所有権をいずれの側に与えるべきか、そのため陪審員が

　　選任されるが、彼らはすべて思考の人、心に隷属する召使たち、

　　その評決により光の眼の取り分と

12　愛の心の持ち分とがかく決定された。

　　　すなわち、眼に帰属するのは君の外側の美、

　　　心の所有するのは君の真心、内面の愛。

---

mine eye.　**9. side** = assign to one of two sides or parties. ⇨ 補.　**title** = legal right of possession.　**impanellèd** = enrolled（on a jury）.　**10. quest** i.e. jury.　**tenants** i.e. retainers, servants.　**12. moiety** = portion（必ずしも「半分」ではない）. 発音は [mɔ́iti] dissyllabic.　**dear**　i.e. loving.　love の modifier 'clear' に対する.　**13. thy**, **14. thy**　Q は 'their'.　'their → thy emendation' ⇨ 26.12 補.　*ll*. 3, 8 の 2 例と共にこの 46 で 4 例.　ここまでで 10 例になる.　**13. part**, **14. heart**　*ll*. 10, 12 の rhyming を逆転させて繰り返した.　窮余の策ではない, Sh は舞台のリズムに乗っている.

9補. side　本注は *OED* v.5 による.　ただし *OED* での引用はこの 1 例だけ（類例がないことはないがすべて v.i.）, 語義も無理強いの感があり, むしろ Malone の主唱した ' 'cide'（= decide）の校訂が支持を得てきた（同様の aphetic form[prefix の脱落]は Abbott が列挙している[460]）.　しかし c/s misprint 説にしても必ずしも説得的ではなく, 不安といえば *OED* 以上に不安である.　多少文意を補わなくてはならないとしても本版は Q の 'fide' のままとする.　なお D-Jones の ' 'cite（= testify to, be evidence of）' への suggestion があるが text では ' 'cide.　また近年 Hammond が 'fide' の i を MS での ī（= in）に想定して 'find' ⤳

47

Betwixt mine eye and heart a league is took,
And each doth good turns now unto the other,
When that mine eye is famished for a look,
Or heart in love with sighs himself doth smother,   4
With my love's picture then my eye doth feast
And to the painted banquet bids my heart,
Another time mine eye is my heart's guest
And in his thoughts of love doth share a part.   8
So either by thy picture or my love,
Thyself away are present still with me.
For thou no farther than my thoughts canst move,
And I am still with them, and they with thee.   12
   Or if they sleep, thy picture in my sight
   Awakes my heart to heart's and eye's delight.

を唱えたが('A Textual Crux in Sh's Sonnet 46', *Notes and Queries* 2008), text は 'side' のまま.

[47] 'thy picture' を舞台の小道具にしつらえた Sh の演出家的余裕. それを思えば, Rowse の 'Southampton had given his poet a picture of himself—perhaps a miniature, which Sh carried with him in his absence.' のなんという愚かしさ.

1. Betwixt = between. **league** 'A compact for mutual assistance and protection made between parties.'(Evans) **took** = taken. p.p. の -(e)n 語尾の dropping に伴う用法. cf. Abbott 343 / Franz 167. ここでは特に rhyming のため. **2. good turns** ⇨ 24.9 note. cf. 'One good turn asks (requires, deserves) another.'(Tilley T 616) **3. When that** = when. that は conjunctional affix. prep. を conj. として機能させるため that が付せられた. PE でも in that などにこの affix が残っている. **4. with sighs** 溜息は血を減らすとされた. cf. 'spendthrift's sigh'(*Hamlet* 4.7.122 note). **smother** = suffocate. **himself**(=[heart] itself)が目的語. なお行末の comma は本版(Q は semicolon). quatrain の区切りをむしろ無視したリズム感. **5. feast** *l.* 7 の guest と rhyme. short vowel [fést] か(cf. Kökeritz p. 201-02 / Wyld pp. 92-93). **6. bids** = invites. **8. in his thoughts of love** 行末の share

109

四十七

それでも眼と心の間に相互扶助の協定が成立して、

今はたがいに恩恵を交換し合う仲になった。

眼がひと目なりともと君の姿に飢え焦がれる、

4 また心が愛の溜息で血を失い胸も潰れる、

そのようなとき、眼はわが愛の人の絵姿を馳走に

眼の保養の宴会をしつらえ心を招じ入れる、

また次には眼の方が心の賓客となって、

8 心は溢れる愛の思いを眼と分かち合う。

こうして君は、君の絵姿の、あるいはぼくの愛の力によって、

体は遠く離れていようといつでもぼくとともに在る。

そうとも、ぼくの思いの届かぬ所に君は隠れることができない、

12 ぼくはつねにぼくの思いと一緒、その思いは君と一緒。

　もしも思いが眠りに入ったとしても、ぼくの眼にある君の絵姿が

　ぼくの心を目覚めさせ、心と眼の歓喜の宴会になる。

---

a part に続く． **his** = its, i.e. my heart's． **share a part**　*l*. 6 の heart との rhyming
で 46.10, 12 / 13, 14 の rhyme scheme を引き継ぐ． cf. 'The echo of 46.12 reminds
readers of the dispute now so amicably resolved.'（Kerrigan）　**9. love**、**11. move** ⇨
10.10, 12 note． **10. are**　Q のまま．Thyself が主語だから Capell による 'art'
への校訂が支持されているが本編纂者は従わない．2 人称の sing. と pl. との
混交がすでに始まっていたからそれが動詞に及ぶこともありえた（cf. Franz
152）．ここでは特に art の [t] は次の present の [p] と euphony 上結合に無理を
伴うという事情もあるだろう． **still** = always． **11. no**　Q は 'nor'．Benson の
'not' を採るのが主流であるが，本編纂者は Capell の 'no' への校訂を採る．not
の [t] が入ると詩のリズムが停滞する．それと bibliographical な点からも，こ
こでは Brooke の 'The Quarto *nor* is perhaps a misreading of "noe" in the MS.' に
説得力がある． **12. still** ⇨ *l*. 10 note.

110

48

How careful was I when I took my way,

Each trifle under truest bars to thrust,

That to my use it might unusèd stay

From hands of falsehood, in sure wards of trust?　　　　4

But thou, to whom my jewels trifles are,

Most worthy comfort, now my greatest grief,

Thou best of dearest, and mine only care,

Art left the prey of every vulgar thief.　　　　8

Thee have I not locked up in any chest,

Save where thou art not, though I feel thou art,

Within the gentle closure of my breast,

From whence at pleasure thou mayst come and part.　　　　12

　　And even thence thou wilt be stolen I fear,

　　For truth proves thievish for a prize so dear.

---

[48] この 48 は 'The Fair Youth' ではなく 'The Dark Lady' に宛てたものだとする解釈がある．そこまで言わぬとしてもこれが 'Liaison Sonnets' の最初のものだとする解釈も．しかし dating ということでは，たとえば *Troilus and Cressida* などよりここでは *V and A* の 'Were beauty under twenty locks kept fast, / Yet love breaks through and picks them all at last.' (575–76) との関連に注目した方がいい．**1. took my way** = set out on my journey．**2. truest** = most trustworthy．**bars** = bolts．**to thrust** = to put in．*l*. 1 の careful に続く．Each trifle が目的語．**3. to my use** i.e. for my personal use．次の unusèd と共に裏に sexual な意味を読み込むことができる．cf. 4.7 note．Booth は *l*. 1 の took や *l*. 12 の pleasure にも sexual sense を認めようとしている．**stay** = remain．**4. From** = away from．**wards** i.e. guardianship．**trust?** ? は Q．この時代 ! は ? を代用するのが一般であるが，ここでは ! の強さよりも rhetorical question の ? の方が適切（訳では ! は付さない）．cf.「凡例」1-3．**5. to** = in comparison to (thee)．**are** *l*. 7 の care との rhyming ⇨ 13.1 note．**6. grief** i.e. cause of anxious distress．**9. chest** = ① coffer, ② breast (*l*. 11 の breast を [rhyming word としても] 引き出す)．**10. Save** = except．**11. closure** = enclosure, confines．**12. part** = depart．**14. cf.**

四十八

　旅に出るとなると、ぼくは用心に用心を重ねたものだよ、

　どんなつまらぬ物でもいちいち厳重な錠を掛けてしまい込む、

　絶対安全の場所に閉じ込めておけば、裏切りの手に

4　弄られることなく、また安心して使うことができるからね。

　ところが君だ、比べれば宝石などまるでがらくた同然の石ころだ、

　ぼくの最高の喜びのその君がだよ、今は最大の悩みの種、

　最高の最愛がぼくの唯一の心労になってしまった、なにせ

8　卑しい盗人どもが皆して君を獲物に狙っているのだからね。

　ぼくは君を固い錠前の函に入れておくことをしなかった、

　函は函でも空の函、ぎっしり詰まっているのはぼくの君への思い、

　つまりはそこはぼくの胸だ、錠など掛からぬ大いなる囲い地、

12　そこから君は勝手気ままに出入りすることができる。

　　そうなのだよ、君が囲いから盗み出されはしまいかと心配なのだよ、

　　こんな貴重な愛の獲物だもの、どんな誓いだっても背信の泥棒になり

　　　かねないからね。

'Rich preys make true men thieves.' (*V and A* 724) 頭注参照. Tilley にも 'The prey entices the thief.' (P 570)　**truth** = faithfulness.　**dear** = ① precious, ② lovable.

49

Against that time, if ever that time come,
When I shall see thee frown on my defects,
When as thy love hath cast his utmost sum,
Called to that audit by advised respects;   4
Against that time when thou shalt strangely pass,
And scarcely greet me with that sun, thine eye,
When love converted from the thing it was
Shall reasons find of settled gravity;   8
Against that time do I ensconce me here
Within the knowledge of mine own desert,
And this my hand, against myself uprear
To guard the lawful reasons on thy part.   12

   To leave poor me thou hast the strength of laws,
   Since why to love I can allege no cause.

---

[49] 配列の点でとりわけ問題になる1篇. Wilson は 87–94 を 'Farewell Sonnets' に区分したが, この 49 をその group の最初に据えた. Pooler も 88 を 'Perhaps a continuation of 49' と言っている. しかしそうした1篇を早々のうちに, 言わば「伏線」としてさりげなく投げ込んでおくというのも Sh の劇作家的 inspiration と評すべきである. それに 49 は 'The Fair Youth' への絶望という面では 48 のテーマに確実に繋がっている. もう1つ, 49 を Hal による Falstaff 追放(*2HIV* 5.5)と結びつける Mahood のイメージ論がよく引かれるが('The 2nd quatrain of this is the rejection of Falstaff in little.' *Sh's Wordplay*), 彼女の好論が *The Sonnets* 自体のドラマ性になかなか及ばないのがもどかしい.

1. Against = in preparation for.   **come** = should come.   **2. defécts** = deficiencies.
3. When as = when.   Whenas と1語にする Gildon[2] を採る版も多い. as は conjunctional affix の that(⇨ 47.3 note)と同様の機能. cf. Abbott 116 / Frantz 547. PE の whereas, according as にその名残りが見られる. **cast his utmost sum** i.e. made its final reckoning (cast = reckoned. his [= its] = thy love's). **4. Called to** = summoned to.   **audit** = official examination of financial accounts.   **advised respects** = well-considered deliberations.   **5. Against that time** *l.* 1 冒頭の phrase の繰り

四十九

いつか時が来て、いやそういう時がきっと来るにきまっている、

至らぬぼくの数々に君もとうとう愛想を尽かしてしまうような時、

愛情もなにも根が尽きてぼくに別れの清算書を突きつけるような時、

4　君だって思案熟慮の末そうした法的対応に赴いて当然だろうし。

そうとも、いつかきっと時が来て、君はぼくに会ってもそ知らぬ顔、

君のあの目、太陽のあの目を掛けてくれることもしない、

愛が昔日の姿を変えてしまえば、

8　勿体ぶった重々しい理屈などいくらでもつけられるものなのさ。

いいとも、いつか来るかもしれぬそんな時に備えて、ぼくの方でも

今から納得の堡塁を築いておくよ、この身の至らなさへの自覚という

敷地内に、それにぼくのこの手、ぼく自身への不利な証言のための手、

12　この手を挙げて宣誓して君の正当性を立派に弁護してあげよう。

　　君は哀れなぼくを棄て去るだけの法的な権利を保持している、

　　一方のぼくは愛を主張しようにもなんの論拠の持ち合わせもない。

返し．*l.* 9でも．各quatrainにまたがるanaphora（首句反復法）のリズム．**strangely**
i.e. like a stranger.　**6. that sun, thine eye**　18.5 から sun–eye のイメージの準備
が整えられてきている．　**7. converted** = transformed.　**was**　*l.* 5 の pass との
rhyming ⇨ 5.10, 12 note.　**8. settled gravity**　① 自分（The Poet）に対する態度
の変化を言っているのか，② 愛そのものの変質を言っているのか，この 2 語
だけでは言葉を惜しんだ曖昧が残る．訳も曖昧のままとした．（本編注者とし
ては ② を採りたいところ）　**9. ensconce** = fortify, shelter. < en + sconce = small
fort or earthwork.　**10. mine own desert** = what I deserve; my worth.　desert は *l.* 12
の part と rhyme.　Q の spelling 'defart' が rhyming の vowel を示しているか（cf.
72.6 note）．　**11. this my hand … uprear**　i.e. raise my（right）hand as a witness.
this my hand の語順については 3.12 note 参照．　**against** = in opposition to.　**14.**
why to love　'why you should love me' ということであろうが，ここでも 3 語だ
けでは（意図的に）曖昧．'why I should love you' にも容易に逆転できる（訳も曖
昧に）．

50

How heavy do I journey on the way,
When what I seek, my weary travel's end,
Doth teach that ease and that repose to say,
Thus far the miles are measured from thy friend. 4
The beast that bears me, tirèd with my woe,
Plods dully on, to bear that weight in me,
As if by some instinct the wretch did know
His rider loved not speed being made from thee. 8
The bloody spur cannot provoke him on,
That sometimes anger thrusts into his hide,
Which heavily he answers with a groan,
More sharp to me than spurring to his side. 12
   For that same groan doth put this in my mind,
   My grief lies onward and my joy behind.

---

[50] 51 との連作. 連作は *The Sonnets* を通じての1つのスタイル. Wilson の 'conjectured order of writing' ではこの 50 は 'The Poet goes on a Journey' の sonnets 群の 47 に続く.

1. heavy =（adverbial）heavily, sorrowfully. **2. travel's** ⇨ 27.2 note. Q は 'trauels'. **6. dully** Q は 'duly'. Benson の改訂がほとんど例外なく受け容れられてきている. 51.2 に Q 'my dull bearer' がある. **to bear** = in bearing. to-infinitive の用法は PE に比べてかなりに自由だった. cf. 1.14 note. **8. being made** 前の speed に掛かる. being [biŋ] は monosyllabic, unstressed. **from** = away from. **9. provoke … on** = urge … on. **him** the beast（馬）を受けるのだから = it でよいが, the wretch を通してその馬と rider である The Poet とが思いの中で重なっていく. **9. on, 11. groan** rhyming on a long 'o'.（Kerrigan） cf. 4.9 note. **10. That** i.e. the bloody spur. thrusts の目的語. **11. heavily** cf. *l.* 1 note. **13. same** that を強める.

五十

なんと重い心でぼくは旅を行くことか、
もの憂い旅の苦労の終り、やっと辿り着いたその宿で、
ほっとした安堵と休息が、なんとこんな口上のご挨拶、
4 ここまでの遙かな道程はご友人からの別離の距離でしたねなどと。
ぼくを乗せる馬も、ぼくの悲しみに疲れ果て、荷となる
悲しみの重みに喘ぎながら、とぼとぼ、のろのろ、重い足取り、
可愛いやつめ、動物の本能とやらで感づいているのか、
8 君から遠のくばかりのその速度を鞍の上の主人が嫌がっているのを。
腹立ちまぎれにそいつの脇腹を蹴りつけたりもする、
だがそんな血の拍車でやつを駆り立てられるものか、
返ってくるのは重く悲しげな呻き声、
12 脇腹への拍車どころかそれがぼくにはずっと痛々しい。
　だってその声はぼくの心に思い知らせてくれるのだよ、
　ぼくの行手にはただ悲しみ、喜びは後方に遠のいていくばかり。

51

Thus can my love excuse the slow offence
Of my dull bearer, when from thee I speed:
From where thou art why should I haste me thence?
Till I return of posting is no need. 4
O, what excuse will my poor beast then find,
When swift extremity can seem but slow?
Then should I spur, though mounted on the wind,
In wingèd speed no motion shall I know. 8
Then can no horse with my desire keep pace,
Therefore desire, of perfects love being made,
Shall neigh no dull flesh in his fiery race,
But love, for love, thus shall excuse my jade: 12
    Since from thee going he went wilful slow,
    Towards thee I'll run and give him leave to go.

---

[51] **1. Thus**　*ll.* 3–4 を指す.　**my love**　i.e. for thee でよいと思うが，それより
もむしろ（君を愛するが故の）「愛の心」.　**slow offence** = offence of slowness.　**2.
dull**　*l.* 11 の fiery に対する.　**3. haste me** = hasten.（me = myself）　**4. I return**
= I am returning（to thee）.　Sh の時代はまだ進行形が発達しておらず現在形を
そのまま用いることが多かった.　cf. Franz 622 / 634.　**posting** = riding in haste.
post は早馬の急使が交代する宿場のこと.　**6. swift extremity** = extreme swiftness.
but = simply.　**7. wind**　*l.* 5 の find と rhyme. ⇨ 14.6 note.　**8. know** = perceive.
10. , of perfects love being made,　'being made of perfects love' として前の desire
に掛ける.　前後の commas は Q では parentheses（Q のままの編纂も多い）.
perfects = perfectest. ⇨ 補.　**being** [biŋ] monosyllabic.　**11. neigh no dull flesh**
⇨ 補.　**his**（= its）= desire's.　**fiery**（dissyllabic） fire は 4 elements（⇨ 44.13 補）
の 1 つで hot and dry / choleric（irascible）.　また *ll.* 7, 8 の **wind, wingèd** は air の
element で hot and moist / passionate, ardent.　両者ともに dull elements の water
と earth に対する.　**race** = running, course.（Schmidt） lineage, breeding ととれ
なくもないが，描写の流れから明らかに Schmidt の解が妥当.　**12. love, for
love**　前の love は *l.* 1 の love と同じ. for love も多様な解が可能であるが本編

五十一

　君からどんどん遠のきながら、それでもぼくの愛は、
　ぼくを乗せる鈍な馬ののろまの罪をこう言って許してやっている、
　なにも急ぐことはないんだ、君の所から離れるのだから、
4　火急の早駆けが必要なのは帰り道の話だと。
　ならばどんなに早駆けようと鈍いとしか思えぬその帰り道、
　あわれな馬にはどんな許し言葉をかけてやれるだろう、
　なにせ疾風に跨がっても拍車をかけかねぬ心のときめき、
8　天馬の翼ある速度さえ静止としか思えぬときだもの。
　そんなときにはどんな駿馬だってぼくの欲望には追いつけぬ、
　そうとも、純粋完璧な愛によるわが欲望は、まさに鈍なる肉体の
　域を脱して、火となってひた走りざま、ひと声高く嘶くだろうさ、
12　けれども愛には愛の優しさを、駄馬にはこう言って許してやるか、
　　君から離れるときにはぼくの気持ちを察してのろのろ動いてくれた、
　　今度はぼくの思いがひた走るとき、お前の脚はとぼとぼ歩きで構わん
　　のだよと。

注者は for love's own sake がいちばん素直だと思う． **thus** cf. *l.* 1 note．　**jade**
= nag．　**13. wilful**（adverbial）= wilfully, deliberately．　**14. leave** = permission．　**go**
i.e. plod．　cf. G. *gehen*（= walk）．

10 補. perfects　Q の 'perfects' の最後の '-s' をめぐって，① これを取って
'perfect' とする Gildon 以来の emendation が一方にあり，たとえば R. M. Alden
（1916）は 'on grounds of euphony and because Sh four times uses … "perfect love".'
として *1HVI*，*RIII*（2 個所），*Shrew* の 4 個所を例示したが，bibliographical な
観点からすれば，明確に印字されている '-s' を無視する論拠が不明のままで
ある．② そこで，'-s' を '-st' の compositorial error として 'perfectst' を想定し，
これを 'perfectest' の elided form に編纂する Dyce 以来の 'pefect'st' の emendation
が現在までの主流となってきている．perfect のような 2 音節以上の adj. で
comparative, superlative にゲルマン的語尾変化を用いるのは Sh では珍しくな
いことだし（cf. Franz 215），詩としてのリズムも 'of pérfect'st lóve being máde'
（being は monosyllabic, unstressed）で過不足なく納まる．③ だが，納まりはす
るが，無声閉鎖音の consonants が汚く連続する [-fiktst] はこの詩行の流れに ↱

52

So am I as the rich whose blessed key

Can bring him to his sweet up-lockèd treasure,

The which he will not ev'ry hour survey,

For blunting the fine point of seldom pleasure.　　　　4

Therefore are feasts so solemn and so rare,

Since seldom coming in that long year set,

Like stones of worth they thinly placèd are,

Or captain jewels in the carconet.　　　　8

So is the time that keeps you as my chest,

Or as the wardrobe which the robe doth hide

To make some special instant special blest,

By new unfolding his imprisoned pride.　　　　12

　　Blessed are you whose worthiness gives scope,

　　Being had to triumph, being lacked to hope.

はたしてふさわしいだろうか，先に挙げた Sh からの 2 例はいずれも散文である．Sh は用意した adj. 'perfect' の意味を強調しようと superlative を意図したが，euphony を阻害する最終音の [t] を落とす spelling をここで試みた——それはどうやら Sh だけの idiosyncratic spelling ではなかったようで，Evans は彼の注記に Drayton ほか同時代の詩作品から superlative の 'perfects' の 3 例を探し出している．というのであれば(Evans のテキストは 'perfect'st' が)，ここは Sh の「リズム感」を尊重して，= perfectest の注記を添えて，本編纂者はあえて Q のままの 'perfects' を採る．近年では Hammond が 'perfects'．ただし注に = perfectest, most perfect とあるが，-s についての説明はない．

11 補. neigh no dull flesh Q は 'naigh noe dull flesſh'．'notorious crux' (Burrow) として，特に naigh → neigh「嘶く」への違和感からこの語を 'need', 'wait', 'weigh', 'rein' 等への emendation が行われてきているが，本編纂者にはいずれも「意味」を先行させた姑息な校訂のように思われる．この 4 語は前行の desire の appositive noun phrase に読めばよいだけのことで，注として前に being を補うことで解決する．

[52] 1. So am I as = I am just like.　**key**　*l*. 3 の survéy と rhyme．Sh 時代 key は

119

五十二

　ぼくはいわば大金持ち、秘蔵する大事な宝物に、

　しあわせな合鍵を使えばいつでもお目にかかれるが、

　毎時間ごとに眺めて悦に入るようなばかまねはしない、

4　たまに見ればこその悦楽、その喜びの切っ先を鈍らせてはなるまい。

　祭の日々がとりわけて恭しくありがたいのもそのためだ、

　長い一年の間にめったに巡ってこぬように定められ、

　まるで貴重な宝石のようにわざと間遠に嵌められている、

8　あるいは首飾りの連なりの大粒の玉のように。

　君を秘匿している「時」もまたぼくの宝石箱と同じだ、

　あるいは豪奢な晴れ着をしまい込んでおく衣装部屋と同じだ、

　その上で「時」は、晴のときをいよいよ晴れがましく飾り立てるため、

12　厳重に隠してきた最高の誇りを新たに解き放って見せてくれる。

　　君はまあなんという至福の人、その光り輝く姿は、

　　目にできればすなわち勝利の歓喜、できずとも再会への希望。

---

diphthong [kéi] もありえた.（Kökeritz p. 178）　**2. up-lockèd** = locked up.　hyphen は Q.　**3. The which**　which に the を付する形は OE 以来とも言われ，また F. *lequel* の影響とも説明されるが，15 世紀に多用され Sh の時代に及んだ．この場合のような継続用法，あるいは前置詞に続く場合に見られる．cf. Abbott 270 / Franz 337.　**4. For** = for fear of.　**seldom**　adjectival.　**5. Therefore** = for that same reason.　**feasts** = feast days.　**solemn** = ceremonious.　**rare** = uncommonly excellent.　**6. seldom coming**　cf. 'The number of feast-days had been reduced in the reformed Anglican calendar.' (Evans)　**set** = ordained.　**7. they**　文法的には = feasts だが，表現上 stones of worth, captain jewels と重なる．**are**　rare (*l*. 5) との rhyming ⇨ 13.1 note.　**8. captain**（adjectival）= chief.　**carconet** Q の spelling を採る．= carcanet; 'ornamental collar or necklace, usually of gold or set with jewels. *arch*.'（*OED*）　The Armada の年（1588）Warwick 伯から Elizabeth 女王に献上されたという豪奢を極めたものが特に有名だった.　**9. So is the time … as**　*l*. 1 の構文の繰り返し.　**you**　thee ではなく you. thou から you への転換は 59 まで続く．ただし訳では特にこだわらない.　**chest** = coffer.　**11. special instant** = special occasion.　次の special は adverbial.　**12. new** = newly.　**his** (= its) = ⌐

53

What is your substance, whereof are you made,
That millions of strange shadows on you tend?
Since every one, hath every one, one shade,
And you, but one, can every shadow lend.   4
Describe Adonis and the counterfeit
Is poorly imitated after you,
On Helen's cheek all art of beauty set,
And you in Grecian tires are painted new.   8
Speak of the spring and foison of the year,
The one doth shadow of your beauty show,
The other as your bounty doth appear,
And you in every blessed shape we know.   12
   In all external grace you have some part,
   But you like none, none you for constant heart.

---

the time's. **pride** = that of which the time is most proud, i.e. 'you'. **13. scope** = opportunity. 次行の to triumph, to hope に掛かる. **14. Being had** i.e. if you were obtained. リズムの上から Being は強勢なしの monosyllabic. 次の béing は dissyllabic. **triumph** = exalt in triumph. **hope** i.e. for your return.

[53] **1. substance**, **2. shadows** プラトン哲学のイデア (idea)「実相」とイドラ (idola)「影像」の対照を Sh はもちろん知識として心得ていたであろうが, それを reality と appearance という常識のテーマに沿って展開している. cf. 5.14 / 37.10 notes. **2. strange** = not properly your own. **on … tend** = attend upon. **3. every one, hath every one,** punctuation は Q のまま. 前の comma を 'hath' の後に移す編纂が一般だが Q の方がリズムに則している. また前の 'every one' を 'everyone' とする校訂も行われているが, せっかくの every の強調が失われる. cf. 4.10 note. **shade** = shadow. rhyming の必要もある. **4. lend** = afford. Schmidt は = to cast として 'peculiarly (forming the rhyme)' と注記している. **5. Adonis** [ədóunis] ギリシャ神話の美青年. 女神 Venus (ギリシャ神話の Aphrodite) に愛され死後アネモネに変身した. Sh に長篇詩 *Venus and Adonis* がある. **counterfeit** = picture, portrait. **7. Helen** [hélin] ギリシャ神話でトロイ

五十三

　君という人物を構成する実体はいったい何なのだ、
　数限りない影が君に付き随っていて応接に暇がない、
　人はみな、おのがじし、それぞれに持つ影はただ一つ、
4　なのに君は、たった一人で、ありとあらゆる影を映し出す。
　たとえばアドーニスの像、その絵姿は
　君のおよそ拙劣な模倣作、
　またたとえばヘレンの顔、美の技法の限りを尽くしたとて
8　ギリシャ風の髪かたちを戴く君を描いたに過ぎない。
　季節だって、春にせよ、稔りの秋にせよ、
　春はそれ、君の美の影の姿、
　秋はそれ、君の豊饒の心の態、
12　至福はあまねく君の上に現れて出る。
　　そうとも、外面の美はすべて君に分け持たれているが、
　　ああ誠実の心、それは君だけのもの、君一人だけのもの。

戦争の原因となった絶世の美女. Sh では *Troilus and Cressida* に登場する. Adonis と並べて Helen に言及することで 20 の 'the Master Mistress' との関連が指摘されるところだが, 20.2 の note 以上を出るものではない. **7–8. set, And** 命令法＋and (*l.* 5 の Describe … and と同じ). set (v.t.)＝render. **8. tires** Schmidt, Onions は tire＝head-dress. *OED* は (＝attire)＝dress としてわざわざこの個所を引いているが, コンテクストからむしろ前者. new＝newly. **9. foison of the year** i.e. autumn. foison＝plenty. **11. bounty**「心の広さ」「心ばえ」. 'The Fair Youth' の patron としての generosity, さらには bountiful endowment へと論を進める必要はもちろんない. **13. external grace** i.e. outward beauty. **14. constant heart** たとえば 35.14 の 'sweet thief' とは相容れないが, *The Sonnets* の「登場人物」は, 同一人物として一貫しているようでいて, 場面によって「劇的性格」が流動する. なお S-Smith はこの *l.* 14 の 'underlying meaning' として, 'you feel affection for no one, and no one admires you for the virtue of constancy.' の解を示しているが, まずもって like を動詞に読むこと自体無謀.

54

O, how much more doth beauty beauteous seem

By that sweet ornament which truth doth give,

The rose looks fair, but fairer we it deem

For that sweet odour which doth in it live. 4

The canker-blooms have full as deep a dye

As the perfumèd tincture of the roses,

Hang on such thorns, and play as wantonly,

When summer's breath their maskd buds discloses. 8

But for their virtue only is their show,

They live unwooed, and unrespected fade,

Die to themselves. Sweet roses do not so,

Of their sweet deaths are sweetest odours made. 12

    And so of you, beauteous and lovely youth,

    When that shall vade, by verse distils your truth.

---

[54] 'The Marriage Sonnets' の薔薇のイメージ(1.2), 蒸溜のテーマ(5.9 / 6.2)が
ここに. しかし *l*. 14 の 'by verse' による鮮やかな転換, Sh の 'dramatic sequence'
の描写は自在である. **2. truth** i.e. constant heart(53.14). **give,** comma は Q. 文頭の O に合わせて
! への転換が standard だが, ! はかえって詩のリズムを阻害する. **3. rose** Q
は capital. cf. 1.2 note. **4. For** = because of. **5. canker-blooms** (hyphen は本編
纂者) = dog-roses. D-Jones は wild red poppies を提示しているがコンテクスト
から無理であろう. cf. 'I had rather be a canker in a hedge than a rose in his grace.'
Much Ado 1.3. [N368–69] **full** = fully, quite. **6. tincture** = ① colour, ②
'(*Alchemy*) the quintessence, spirit, or soul of a thing. (*OED* †6)' ②が *l*. 12 に繋
がる. **7. such** = the same kind of. **thorns** sexual な意味を読み込むこともで
きる. **wantonly** = lasciviously. *l*. 5 の dye との rhyming から -ly は [-lài] か.
cf. 1.4 note. **9. for** = because. **virtue** = worth. **only** is の後に置くとわかり
やすい. **show** = appearance. **10. unrespected** = unregarded. **11. to themselves**
= alone (without affecting others). **12. sweetest odours** cf. 5.9 note. **13. beau-
teous and lovely** beauteous を外面の美, lovely を内面の真実に結びつける解

五十四

美がいよいよ美々しく照り輝くのは
真実の与える香しい飾りによってこそ。
薔薇は美しい、だが花に息づく香しい
4 香りがあって一層美しく感じられる。
野茨だっても、それは確かに、香り高い薔薇の
神秘の色と毫も変わらぬ深い色合で咲くだろう、
同じく棘ある枝に抱えられ、夏の囁きの風に
8 固い蕾を押し開かれて猥りに遊び戯れるだろう。
だがその値打は見た目だけの外側のことだ、
言い寄る者もなく、手に取る者もなく、ひとり萎び果て、
ただ甲斐もなく死んで行く。ああ、本当の薔薇はそうではない、
12 香しいその死から本当に香しい香りが蒸溜される。
　美しくも愛すべき薔薇よ、君もそのとおりなのだよ、
　君の若さが色あせても、詩によって君の真実は蒸溜されるのだよ。

があるが理づめに過ぎる. **14. that** 'beauteous and lovely' の「若さ」. **vade**
Obs. variant of 'fade', chiefly used in figurative senses（very common *c* 1530–1630）.
（*OED*）L. *vadere*（= go）との関連の示唆も. **by** Q. Capell による 'my' への校
訂が支持されて久しかったが, 近年ようやく Q に戻ってきている. **distils**
v.i., your truth が主語.

55

Not marble nor the gilded monuments
Of princes shall outlive this powerful rhyme,
But you shall shine more bright in these contents
Than unswept stone besmeared with sluttish time.   4
When wasteful war shall statues overturn,
And broils root out the work of masonry,
Nor Mars his sword, nor war's quick fire shall burn
The living record of your memory.   8
Gainst death and all oblivious enmity
Shall you pace forth, your praise shall still find room
Even in the eyes of all posterity
That wear this world out to the ending doom.   12
   So till the judgement that yourself arise,
   You live in this, and dwell in lovers' eyes.

[**55**] 54 の 'by verse' (*l*. 14) の転換を梃に，先の 18 に遡って 'immortality–through–verse' のテーマに赴いた．*The Sonnets* 154 篇の中でも最も引用されることの多い作の 1 つ．cf. 60. 補 / 64.4 note.

1. monuments Q は 'monument, '. Malone が *l*. 2 の princes (pl.) との一致と *l*. 3 の conténts との rhyming から 'monuments‸' に校訂，以来少数の異見があるにはあったが一応現在まで受け容れられてきている．しかし bibliographical には不安といえば不安．D-Jones は 'Q's "monument" may be a compositorial error, with abbreviated "-es" read as a comma.'. 本編纂も同じ推測． **2. shall** 以下各行の shall の連続．the Last Judgement のイメージに至る． **powerful** [páufl] dissyllabic. **4. with** = by. **sluttish** = dirty. < slut = sloven housemaid, servant; whore のイメージが time に加わる． **6. broils** = tumults. 'usually internal disturbances as distinguished from foreign war(s)(*l*. 5).' (Evans) **7. Nor … nor** = neither … nor. **Mars** [máːz] ローマ神話の戦さの神(ギリシャ神話の Ares). カナ書きに写せば「マーズ」となるところだが「マルス」の表記が一般である． **his** his-genitive. 名詞(特に -s で終わる固有名詞)の後に his(hers, theirs もありうる)を付して属格を作る．Sh をはじめ 16–17 世紀に多用されたが，

五十五

王侯の大理の墓、金色に輝く記念の碑、

だがその命数はとうていこの詩の力に及びはしない、

自堕落な「時」のなすがまま汚れて打ち棄てられる石の銘などより、

4 君はこの詩行に讃えられてあまねく光り輝く。

戦さの荒廃はいかな彫像をも引き倒す、

内乱の烈しさは石造をなべて根こそぎに。

だが軍神マルスの剣も、戦火に猛る炎も、

8 君を追慕するこの生きた記録を焼き尽くすことはできない。

君は「死」に立ち向かい、悉皆忘却の「時」をものともせず、

堂々の歩武を進める、君への讃仰のこの詩句が

この世の最後まで経巡って、終末のその時まで、

12 世々代々の人々の目に宿り続けるだろうから。

君がふたたび甦る審判の日、なんとその日まで、

君はこの詩に生き、世の恋人たちの目に住み続ける。

俗語的と考えられたため聖書での用例はない. cf. Abbott 217. **quick** = lively, rapid. **burn** fire だけでなく前の sword の動詞 (= destroy) を兼ねる zeugma「くびき語法」の例. cf. *Macbeth* 1.3.14 note. **9. Gainst** = against. **all oblivious enmity** i.e. enmity of entire oblivion. **10. pace forth** = stride confidently forward. **still** = always. **11. Even** [ivn] monosyllabic, unstressed. **12. wear this world out** = outlast this world. **doom** = doomsday. **13. the judgement** = the Last Judgement. **that** = when. **arise** cf. 'for the trumpet shall blow, and the dead shall be raised up incorruptible, and we shall be changed.'「ラッパ鳴りて死人は朽ちぬ者に甦り，我らは化するなり」(*1 Cor.* 15.52)

56

Sweet love, renew thy force, be it not said
Thy edge should blunter be than appetite,
Which but today by feeding is allayed,
Tomorrow sharpened in his former might.　　　　4
So, love, be thou, although today thou fill
Thy hungry eyes, even till they wink with fullness,
Tomorrow see again, and do not kill
The spirit of love with a perpetual dullness.　　　8
Let this sad int'rim like the ocean be
Which parts the shore, where two contracted new
Come daily to the banks, that when they see
Return of love more blest may be the view.　　　12
　　As call it winter, which being full of care,
　　Makes summer's welcome, thrice more wished, more rare.

---

[56] absence のテーマがさざ波のように現れる.
1. love　いきなりの 'love' で少々とまどうところ. 訳はとりあえず「愛」. やがて 'The Fair Youth' の「愛情」であることが明らかに.　**said** [séid]　Sh の時代 [sed] の発音もありえたが, ''Except for *said*:*read* (p.p.), which points to the short vowel in *said*, this word rhymes exclusively with *ai* [ei]-words.' (Kökeritz p. 177)　**2. should … be** = is. ここの should は 'denoting a statement not made by the speaker.' (Abbott 328)　**appetite**　一応「食欲」と訳したが,「欲望」一般, 特に 'sexual desire'.　**3. but today** = only for today.　**4. his** (= its) = appetite's.　**5. love**　人物 ('The Fair Youth') に変化.　**6. even** [ivn] monosyllabic, unstressed.　**wink** = shut in sleep.　**8. The spirit of love** cf. *l*. 1 note. spírit は monosyllabic, stressed.　**wíth a** trochaic. 続いて perpétual dúllness. fullness (*l*. 6) と feminine rhyme.　**9. int'rim** = interim. Q は '*Intrim*' italic capital.　**ocean**　Q は roman capital.　**10. two contracted new** = couple recently betrothed.　**11. that** = so that.　**12. love** = lover(s). ここでもう一度変化.　**the view**　may be の主語. なおこの 3rd quatrain に Hellespont 海峡を隔てた恋人同士 Hero と Leander の悲恋の物語 (そして Marlowe の長篇詩 *Hero and Leander*) の影響を認めることができる.　**13. As call it winter**

五十六

甘美な「愛」よ、さあもう一度元気を出してよ、そんなことでは
食欲の方がずっと激しいって陰口を叩かれてしまうよ、
いいかい、食欲は食べた今日の一日だけは鎮まっていても、
4 明日になればまたもりもりと前の鋭い切先を取り戻す。
愛する友よ、君にもどうかそうあってほしい、今日はその飢えた眼を
満腹にしてとろりとろりの瞼で眠り込んだとしても、
明日はまたその眼をかっと見開いてよ、いつまでも
8 惰眠を貪って愛の気力を殺すだなんてとんでもない話だ。
今この悲しみの別れの間隔、それはたとえば
岸辺を分かつ大海原、たったいま愛の契りを交わした二人が
日ごと両の岸に立って愛する人の帰りを待ち望む、
12 それでこそ再会のそのときは天にも昇る喜びの祝福が訪れる。
　そうだ、冬の季節に較べてみたっていい、暗い悲しみがあればこそ、
　待たれる夏の到来は何層倍もうれしいものに抱きしめられるのだよ。

いささか舌足らずのせっかちな表現だが，たとえば Sisson の示唆に従って，
i.e. as appropriate it is to call it（the sad interim）winter と言葉を補って読めばよ
い（call it = compare it to）．Capell が 'As' を 'Or' に校訂．近年でもこれに従う
版が多いが（*Oxford*, D-Jones, *Folger* 等），肝心の bibliographical な立証に欠け
る．F. T. Palgrave（*The Golden Treasury* の）による 'Else' への校訂は Els → As
の graphical misreading の可能性を想定できるぶん歩があるが，五十歩百歩と
いったところ．Evans の示唆は 'ellipsis for "Or as"'．**being** [biŋ] monosyllabic,
unstressed．**care** = grief, anxiety．**14. wished** = wished for．**rare** = splendid.

128

57

Being your slave, what should I do but tend
Upon the hours and times of your desire?
I have no precious time at all to spend,
Nor services to do till you require.⁴
Nor dare I chide the world-without-end hour
Whilst I, my sovereign, watch the clock for you,
Nor think the bitterness of absence sour
When you have bid your servant once adieu.⁸
Nor dare I question with my jealous thought
Where you may be, or your affairs suppose,
But like a sad slave stay and think of nought
Save where you are, how happy you make those.¹²
　So true a fool is love, that in your will,
　Though you do anything, he thinks no ill.

---

[57] 58 との連作.
1. Béing dissyllabic. trochaic の出. **slave** 中世の courtly love では恋する男性(knight)は相手の女性(dame)に slave としてひたすらに無償の愛を尽くす. それが Petrarch 以来の sonnet の伝統である(Sh はその伝統の愛の対象を男性に変えた). **1–2. tend Upon** = wait on, serve. **5. world-without-end** i.e. everlasting, tedious. hyphen は Gildon² 以来の standard. *LLL* 5.2 [N 2748–49] に 'A time methinks too short / To make a world-without-end bargain in.' (hyphen は F) がある. なおこの表現自体は *The Prayer Book* 'As it was in the beginning, is now, and ever shall be, world without end.' より. **9. question with** i.e. ask questions by means of. **jealous** = suspicious. Sh では jealousy は「嫉妬」の意味もあるが(cf. *Othello* 3.3.170–72. 有名な 'green-eyed monster' の表現が出てくる), より一般的には suspicion(同じく *Othello* 3.3.152–53). **10. affairs** i.e. business; what you are doing. 'love affairs' の意味が加わるのは 18 世紀以降. しかし jealous にせよこの affairs にせよ, 「愛」のコンテクストから見れば, 一般的に「情事」に向けて意味が動き出して当然. **11–12. nought Save** = nothing but. **13. fool** *The Sonnets* 全体の「愛の劇場」の仕立から. ここにはぜひとも「道

五十七

　ぼくは君の奴隷なのだから、いつ、どんなときでも
　君の思いのまま、君に仕えるほかないのだよ、
　ぼくの貴重な時間を自分のために使うことなどありえないし、
4 なすべき仕事といっても、君に言われてはじめて決まる。
　君はぼくの主君だ、君の帰りを待ちわびて時計と睨めっこ、
　果てしない長々し夜の夜の時に恨みごとどころか、
　君の不在の辛さを嘆き節に託すなど思いも寄らぬ、
8 主の君が僕のぼくにひとたび別れを告げた以上は。
　君は本当はどこへ行ったのだろうとか、ぼくに隠れて
　何をしているのだろうとか、いちいち邪推したりできるものか、
　悲しみの奴隷は奴隷らしく、君のいまいる所はどこであれ、
12 周りの人たちはみんな幸せだろうなどと、ひたすら自分を慰めるだけ。
　　愛とはかくも愚かな道化役、君のやることなすこと、どんな
　　行為も君の愛の意志まかせ、悪くとることなどありはしないのさ。

化」の意味を加えたい．**will** Q は 'Will' だが，ここで 135, 136 の 'Will Sonnets'
を遠望して capitalization の Will(iam) を読み込むことはしない．小文字の will
のままそこに sexual な意味を読み込むのは自由としても（cf. *l.* 10 note）．

130

58

That god forbid, that made me first your slave,
I should in thought control your times of pleasure,
Or at your hand th' account of hours to crave,
Being your vassal bound to stay your leisure.　　　　　4

O, let me suffer, being at your beck,
Th' imprisoned absence of your liberty,
And patience, tame to sufferance, bide each check,
Without accusing you of injury.　　　　　8

Be where you list, your charter is so strong,
That you yourself may privilege your time
To what you will; to you it doth belong
Yourself to pardon of self-doing crime.　　　　　12

　　I am to wait, though waiting so be hell,
　　Not blame your pleasure be it ill or well.

---

[58] 前作に比べて皮肉のトーンがより巧妙. Pooler は 57 と 58 とを逆にして連続させた方がいいと言っているが, それではせっかくの irony の流れがぎくしゃくする.

1. That god i.e. Love. 次の that(= who) 以下は Love の説明. **forbid** 祈願の動詞, 文頭に May を補う. **3. account** 主従という中世的な描写の中に近代的な financial の用語を嵌め込んだ. **to crave** l. 2 の control と並べて should に続く動詞だから原形でよいのだが, should と離れているため to が入った. cf. Abbott 416. **4. Béing** dissyllsbic. trochaic の出. 57.1 と同じ. l. 5 の **being** も dissyllabic, stressed だが 'súffer, béing át' と iambic. **7. patience** 前に l. 5 の 'let' を補って読む. **, tame to sufferance,** i.e. trained to endure anything (*Riverside*); docile under suffering (*Folger*). tame は *adj*. to = to the point of. súfference (dissyllabic) = endurance. なお前後の commas は Gildon². Q の punctuation は 'tame, to fufferance' で, これを積極的に生かした読みも試みられているが(たとえば 'patience-tame, to sufferance' [I and R]), やはり Gildon の読みが最も素直である. **bide** = endure. **check** = rebuke. **8. injury** i.e. ill-usage. **9. where you list** = wherever you please. **charter** = privilege. **10. prívilège** (trisyllabic) =

五十八

われをして君の奴隷に仕立てたもうた愛の神よ、われに
禁じたまえかし、かりそめにも君の楽しみの時を云々することを、
君の時間の消費決算書の提出を君の手に求めようとすることを、
4 なにせぼくは君の臣下なのだから、なにごともご主君の御意のまま。
ああ、どんなに悲しくとも、ぼくは君の指図どおり、
自由な君が不在の牢獄でじっと我慢しなくてはならない、
忍従に慣れ親しんだ身として、叱責のいちいちを
8 頭上に受け流して、酷い仕打ちを甘受し続けなくてはならない。
そうさ、行先を決めるのは侵すべからざる君の特権、
時間の割り振り自体君自身の自由に委ねられた
君自身の裁量、そう、自らの犯した罪を赦免できるのも
12 君自身にのみ属する絶対の権限。

ぼくはひたすら待つだけの身だ、こうして待つのは地獄だとしても、
君のお楽しみをぼくは咎め立てはしない、それが善なる楽しみであれ、
あるいは悪なる楽しみであれ。

---

authorize.　**11. To** = to correspond with.　Malone が *l.* 9 の 'Be …' と並列させよ
うと '… : / Do …' に校訂したがいささか Pope 的.　**you will;**　Gildon[2] が Q の
comma を semicolon に改訂.　意味がより明確になるので standard になった.
12. self-doing　hyphen は Q. cf. 'In the sestet (*ll.* 9–14) the young man is likened
to a feudal lord possessed of a *charter* which allows him to grant rights and judge in
legal disputes.' (Kerrigan)

59

If there be nothing new, but that which is
Hath been before, how are our brains beguiled,
Which labouring for invention bear amiss
The second burden of a former child.   4
O, that record could with a backward look,
Even of five hundred courses of the sun,
Show me your image in some antique book,
Since mind at first in character was done,   8
That I might see what the old world could say
To this composèd wonder of your frame,
Whether we are mended, or where better they,
Or whether revolution be the same.   12

  O, sure I am the wits of former days
  To subjects worse have given admiring praise.

---

[59] 1–2. If … before　*Eccles.*（1.9）の有名な個所を引いておく，'What is it that
hath been? that that shall be : and what is it that hath been done? that which shall be
done: and there is no new thing under the sun.'「先に有りし者はまた後にあるべ
し，先に成りし事はまた後に成るべし，日の下には新しき者あらざるなり」．
なお ⇨ 60. 補．　**1. is, 3. amiss**　The rhyme depends on [s] instead of [z] in *is*.
（Kerrigan）　cf. 5.10, 12 note.　**3. invention** = new（poetic）creation.　cf. 38.1 note.
amiss　i.e. abortively.　**4. burden** = birth.　**child.**　Q では period. これを！に
転換する版もあるが描写のリズムはむしろ穏やか（近年では *Folger* が period）．
5. recórd = memory.（念のため，訳ではわかりやすさのため呼び掛けに．）　'The
original stressing（recórd）is found in verse as late as the 19th c.'.（*OED*）　**6. Even
of** = even to the extent of.　[íːvn əv] と trochaic に（Even は monosyllabic, stressed）．
five hundred courses of the sun ⇨ 補．　**courses of the sun**　i.e. years.　**7. ántique
8. in character**　i.e. in writing.　**was done**　i.e. was expressed.　**done,** の comma
は Q では period. しかし意味のリズムは quatrain の枠組にこだわらずに進む．
10. To = concerning.　**frame** = bodily shape, form.　**11. are mended** = have improved
（mended は v.i.）．　**where**（Q の spelling）= whether（[ð] の elision）．　*l.* 11 の scansion

五十九

　　まこと日の下に新しきものなく、今あるものなべては先に

　　あったものに変わらぬとするならば、われらの頭脳はなんとまあ

　　愚かしい思いに取り付かれていることか、前の子供をもう一度、

4　新しい詩想に産み直そうとして流産の苦しみに喘いでいるのだから。

　　ああ、過去をふり返る記憶の力よ、

　　太陽の経巡(へめぐ)る一年をはるか五百度も遡(たび)って、

　　人間の心が思いを初めて文字に記しえた古い書物の中に

8　君の面影を伝える証拠を目の前に示してくれさえしたら、

　　ああそれができさえしたら、君の体形の驚異の均斉に古(いにしえ)の人らは

　　どのような評価を下したか知り得るだろうに、そもそも現代の

　　われわれは進化を示しているのか、あるいは彼らの方が勝れていたのか、

12　いったい歴史の循環は同一回帰するものなのか、その解答も併せて。

　　　いやなあにばかばかしい、往古の学識たちは、はるかに劣悪な主題に

　　　いじましい讃美を精一杯浴びせていたに相違ないのさ。

試案．'Whéther wé are ménded, or whére better théy,' 行頭の Whether を 'where' に，問題の where を 'whether' に校訂する案もあったが，リズムのためだけの emendation では無理．　**13. wits** = men of intellect.

6補. five hundred courses of the sun　ここの 500 年は悠久の歳月というほどの意味であるが，数にこだわった詮索を 2 つ注として補っておく．① magnus Platonicus annus（プラトン年．英語では一般に the Great Year．プラトンの名を冠するのは *Politeia* [*The Republic* 8] に言及があるため）との関連．地球をめぐる天体が元の位置に復する年，つまり宇宙像が更新される年を「聖数」の年として天文学的数字などの多様な数が示されてきたが，I and R が Pooler の示唆を受けてその「聖数」に注目，これを 540 / 600 年とした．さらに Kerrigan が hundred = 120（cf. *OED* 3）から five hundred を 120×5 = 600 と計算．これら「聖数」による解は次の 'courses of the sun' からも確かに魅惑的で，訳の方もこれに応じて「太陽が経巡って聖なる年に至るというその年にまで遡って」とした方がよいのかもしれない．だがもしも Sh がここで the Great Year への読み込みを読者に求めていたのならもう少々の説明が前後になくてはならないというのが本注訳者の立場である．D-Jones は Ovid の *Metamorphoses* ↱

134

60

Like as the waves make towards the pebbled shore,
So do our minutes hasten to their end,
Each changing place with that which goes before,
In sequent toil all forwards do contend.   4
Nativity, once in the main of light,
Crawls to maturity, wherewith being crowned,
Crookèd eclipses gainst his glory fight,
And Time that gave doth now his gift confound.   8
Time doth transfix the flourish set on youth,
And delves the parallels in beauty's brow,
Feeds on the rarities of nature's truth,
And nothing stands but for his scythe to mow.   12
　　And yet to times in hope my verse shall stand,
　　Praising thy worth, despite his cruel hand.

15.392–407 の Phoenix 500 年周期に注目している(この第 15 巻については 60
補参照). ②もう 1 つは W. H. の候補者の 1 人に擬されている William Herbert,
3rd Earl of Pembroke との関連. Herbert 家はその先祖を, William the Conqueror
の戦友 Herbertus Camerarius としていた. その時代からちょうど 500 年後の頃
に Sh はこの sonnet を書いた——これは W. H. の身元に Sh 学界が熱中してい
た 19 世紀末から 20 世紀初頭にかけて, S. J. Mary Suddard なる女性が *Keats,
Shelley, and Sh*(1912)で開陳した説. これをわざわざ記録した Rollins は 'fanciful
idea' としているが, Pembroke 説にしても, あるいは Southampton 説にして
も, 煎じつめればこうした fanciful ideas の連鎖ということになる.
[60] Ovid, *Metamorphoses* の Arthur Golding 訳との関連が特に話題になる 1 篇.
⇨ 補.
1. Like as = in the same way as. cf. Frantz 583. **pebbled**(Q は 'pibled') cf.
'Presumably *pebbled* is preferred because shingle makes the tide progress more clearly
discernible than sand.'(Kerrigan) *OED* 2 例のうちここが初例. おそらく Sh の
coinage. **4. In sequent toil** i.e. labouring one after another. **forwards** [fɔ́(w)dz]
monosyllabic, stressed. **contend** = strive. **5. Nativity** i.e. new-born child

六十

あたかも波がさざれ石の浜辺にひたひた打ち寄せるように、

われわれの時も、一刻、また一刻、終末を目ざして先を急ぐ、

一つ先を進むものはすぐ次の一つとたちまち入れ替わり、

4 まるで雪まろげの雪崩（なだれ）を打って先へ先へとひしめき合う。

嬰児（みどりご）はひとたび光の大海に産み落とされれば

成熟に向かって這い進むが、さてその玉座に即いたとみるや、

底意地に背中の曲がった日蝕めが栄光に戦いを仕掛ける、

8 「時」はみずからの贈り物の略奪者なのだ。

彼は青春のせっかくの華やぎを刺し貫く、

美の額（ひたい）にいく筋もの溝を掘り、

誠実な自然による貴い被造物をどこかしこ貪り食（く）らう、

12 まことに時の鎌の刈り取りを免れるものは一つとしてない。

さもあらばあれ、ぼくの詩だけは時の残忍をものともせず、

君の真価を讃美して輝く希望の光であり続ける。

(abstract for concrete). **main** = broad expanse. ① *l*. 1 の 'waves' のイメージを引き継いで i.e. the ocean. ②次の 'of light' から i.e. the sky. 1st quatrain と 2nd quatrain を繋ぐ卓抜なイメージ操作. ついでに 'Nativity' にも② horoscope (birth considered astrologically). **6. wherewith** = ① with which (= maturity という王冠), ② upon which (immediately after). **7. Crookèd** = ① malignant, ②背の曲がった老人のイメージ. **gainst** = against. **8. Time** capitalization は Charles Knight. 本版もこれに従う. **confound** = destroy. cf. 5.6 note **9. transfix** = pierce through. **flourish** = bloom. **10. brow**, **12. mow** rhyming は mow が主. cf. Kökeritz p. 245. **11. of nature's truth** i.e. produced by nature in her integrity. **truth** cf. 54.2 note. **12. stands** = exists. **but for** = that is not meant for. **scythe** ⇨ 12.13 note. **13. to times** i.e. forever. **in hope** 行末の stand に続ける (rhyming による stand の後置). **stand** = to remain upright, not to perish. (Schmidt) なお Schmidt は Supplement の New Renderings に times in hope = future times (Dowden) を記録している. Q には 'in hope' の後に comma. Dowden の読みはその punctuation に基づくもので, その後も times in hope i.e. times looked for but as yet unborn (I and R) のような解が主流になってきているが, 本編纂者は Q の comma を ↱

The Sonnets の 1 つの 'source'

Arthur Golding 訳（ラテン語からの重訳）*Metamorphoses* (1567) は Sh の愛読書の 1 つであった．*The Sonnets* の場合，劇作におけるように source（材源）の存在を云々するのは適当でないが，Golding の訳書だけはその例外になるのかもしれない．

[左] その Title-page. 表題の 7 行を読みやすい PE に改めると，'The 15 Books of P(ublius) Ovidius Naso, entitled *Metamorphosis*, translated out of Latin into English metre, by Arthur Golding Gentleman, A work very pleasant and delectable.'

[右] その p. 189. 60. 補 ② に roman 活字で引いた 8 行はここの *ll.* 17-24. なお gothic 活字が roman に移行するのはイギリスでは 16 世紀末頃から．

むしろ無視して（'times' の後に軽く breath を置いて）in hope の phrase はやはり stand に繋げるのが無理のない解だと思う．そんな次第で本版はあえて Q の comma を行末 stand の後に移す編纂をした．　**14. thy** 52–59 の you からの転換．**補.** ① Ovid（Ovidius）の *Metamorphoses*（『変身物語』）の Sh に与えた影響は多様である．*MND* の Pyramus and Thisby の 'tragical mirth' をはじめ，いくつかの劇作での場面や表現，詩作では *V and A* の sources（材源）の１つになっている，などなど．この *The Sonnets* でも 1.6 の注以来，その関連について何度も言及してきた．（ついでだが *Lucrece* の sources の１つも同じく Ovid の *Fasti*［『祭事暦』］．）なお原語版 *Metamorphoses*（1502 年出版）の title-page に Sh の署名のある copy が Oxford の Bodleian Library に所蔵されており，署名はもちろん真正とは認められていないが，Sh と Ovid の密接な関係を伝説的に物語っている．

② *Metamorphoses* は折からの翻訳熱に促され Arthur Golding が fourteener の韻文訳で全 15 巻を完訳（全巻出版 1567），これが Sh の座右の書となった．証拠として挙げられるのが特にこの 60 の表現である．まず *ll*.1–4 の 1st quatrain では Golding の 'Things ebb and flow, and every shape is made to pass away. / The time itself continually is fleeting like a brook. / For neither brook nor lightsome time can tarry still. But look / As every wave drives other forth, and that that comes behind / Both thrustèth and is thrust itself. Even so the times by kind / Do fly and follow both at once, and evermore renew. / For that that was before is left, and straight there doth ensue / Another that was never erst.'（15.198–205［Ovid の原文では 15.178–85］）次の *ll*.5–8 の 2nd quatrain にも比喩のイメージの上でやはりこれに続く個所からの借用が認められる．Bk.15 からはこうした関連が目立つ．先に 59.1–2 の注で *Eccles.* の聖句を引いておいたが，ここにも Golding 訳，'For that which we / Do term by name of being born, is for to gin to be / Another thing than that it was; and likewise for to die / To cease to be the thing it was. And though that variably / Things pass perchance from place to place; yet all, from whence they came / Returning, do unperished continue still the same.'（15.279–84）の影響が．ついでにもう１つ，55 にも Golding の Bk.15 の訳表現の影響，'Now have I brought a work to end which neither Jove's fierce wrath, / Nor sword, nor fire, nor fretting（= devouring）age with all the force it hath / Are able to abolish quite.'（15. 984–86）

③以上の引用は３例ともすべて *Metamorphoses* Bk.15 からのものである．この第 15 巻は特に異色の巻で，その前半 400 行余りは Pythagoras（と名指しされていないけれども明らかに Pythagoras その人）の教えを祖述する形になっている．人類による肉食の戒めから，人間の一生の空しさ（19.1 の注でふれた 'Tempus edax rerum.' も Bk.15 の Pythagorean passages の１つ），そして Pythagoras 得意の「魂」の輪廻転生説（metempsychosis）に至るまで．もちろん神話・伝説の「変身」の物語の理論的根拠もこの metempsychosis に求めることができる．先の引用３例のはじめの２例にしても共に Pythagorean passages から．↱

61

Is it thy will thy image should keep open
My heavy eyelids to the weary night?
Dost thou desire my slumbers should be broken
While shadows like to thee do mock my sight?　　　　4
Is it thy spirit that thou sendest from thee
So far from home into my deeds to pry,
To find out shames and idle hours in me,
The scope and tenure of thy jealousy?　　　　8
O no, thy love, though much, is not so great,
It is my love that keeps mine eye awake,
Mine own true love that doth my rest defeat
To play the watchman ever for thy sake.　　　　12
　　For thee watch I, whilst thou dost wake elsewhere,
　　From me far off, with others all too near.

付け加えると，3例目は Bk.15 の最後の9行の出だしの2行．Bk.15 は *Metamorphoses* の最終巻であるから，Ovid は彼の畢生の大作を終えるに際し，おそらくすぐ後に迫った追放の身を予測しながらこれを書いたのだろう．その最後の2行を Golding の訳で引けば，'And time without all end /（If poets as by prophecy about the truth may aim）/ My life shall everlastingly be lengthened still by fame.'（15.953–95）これを先の引用と併せて読むなら，60 の concluding couplet との繋がりがみえてくる．さらに広げればこれは *The Sonnets* 全体の 'immortality–through–verse' のテーマと大きく関わることにもなるだろう．その点からこの際 *Metamorphoses* を *The Sonnets* の重要な 'source' と位置づけることができる．

　④しかし immortality のテーマは Ovid だけのものではない．Augustan Age の黄金期の詩人たちに共通するいわば1つの topos だった．たとえば Horace の *Odes* 3.30 の 55 への影響（cf. 64.4 note）など，source を言い立てるのなら，Leishman や Lever がつとに指摘しているように，そうした伝統を挙げなくてはならない．Pythagoras の metempsychosis も Sh の時代の民衆的「常識」だった．*TN* での Feste の Malvolio いじめ（4.2.44–52）をはじめ Sh の舞台での言及

六十一

君の面影を求めてぼくは物憂い夜の闇に重い瞼を
見開き続ける、それは君の意志によるものなのか。
君に似た影 姿 が絶えずぼくの眼を 弄 んで
4　束の間の浅い眠りを破る、それも君の望みによるものなのか。
家から遠く離れたぼくの行動のいちいちを探り出すために
君が送り出した監視役、それが君の幻というわけか、
なんと、このぼくが閑居不善の日常で、
8　君の方は鵜の目鷹の目の疑いの目を光らせている——まさか
そんなばかな、君の愛は愛だとしてもけして大きな愛ではない、
ぼくのこの眼を休まず見開かせているのはぼくの愛、
ぼくの安眠を滅茶苦茶にかき乱すのもぼくの真実の愛、
12　君のためにぼくは変らず夜警の役を勤めている。
　　ぼくは眠らない、君のために、それで君の方はぼくから遠く離れた
　　どこかで、ほかのどなた方らと、近過ぎる関係を楽しんでいる。

がその恰好の例になる. Sh の座右の Golding にしてから, 'source' と呼ぼう
にも押韻 14 音節の間延びした表現は青春客気の Sh には耐え難いものだっ
たろう. 55 の格調は Golding など歯牙にもかけぬ堂々である. この 60 の 1st
quatrain でも, Golding ののたりのたりした動きが 'pebbled' の coinage の 1 語
の投入によってみごとなリズムで生き生きと波打って流れ出す. その例証の
ためにも ② での具体的な引用と共に *l.* 1 の注記にわざわざ Kerrigan, *OED* に
言及した.

[61] *Metamorphoses* を離れて 27, 43 に近づくが, ひと捻りもふた捻りも.
1. open, **3. broken**　assonance（母音韻）. *The Sonnets* では 120.9, 11 と併せて
2 例. 'the only certain examples of imperfect rime.'（Brooke）　**4. like to** = like.　**5.**
spirit =（ghostly）apparition.　**8. scope** = aim.　**tenure**（Q の spelling, Q で読む
なら [ténjə] dissyllabic）= tenour; purport, i.e. chief concern.　**jealousy** = suspicion.
cf. 57.9 note. *l.* 6 の pry との rhyming から [dʒéləsài] か. cf. 1.4 note.　**11. defeat**
= ruin, destroy. *l.* 9 の great との rhyming. cf. 20 9, 11 note.　**12. To play** = in
playing. cf. 1.14 note.　**14. off**　Q は 'of'. Gildon の改訂. **too** Q は 'to'.
Benson の改訂.　**near**　i.e. intimate. *l.* 13 の elsewhere との rhyming ⇨ 8.6 note.

62

Sin of self-love possessèth all mine eye,
And all my soul, and all my every part;
And for this sin there is no remedy,
It is so grounded inward in my heart.   4
Methinks no face so gracious is as mine,
No shape so true, no truth of such account,
And for myself mine own worth do define
As I all other in all worths surmount.   8
But when my glass shows me myself indeed
Beated and chopped with tanned antiquity,
Mine own self-love quite contrary I read;
Self, so self-loving, were iniquity.   12
  'Tis thee, myself, that for myself I praise,
  Painting my age with beauty of thy days.

---

[62] couplet の逆転の絵解きはいささか捻り過ぎか．ドイツ 20 世紀初頭の Sh
研究者 Wolfgang Keller は Wilde の *The Picture of Dorian Gray*（1891）はこの 62
に触発されたとしている．
1. self-love　hyphen は Q.　**3. remedy**　*l.* 1 の eye との rhyming ⇨ cf. 1.4 note.
4. grounded = firmly fixed.　**6. true** = well-formed.　**truth** i.e. integrity.　**of such
account** = so valuable.　**7. for myself** i.e. for my own satisfaction.　**do define**　主
語に *l.* 5 の Methinks（= it seems to me）の me から引きずった 'I' を補って読む．
8. As = in such a way that.　**other** = others.　**surmount** = surpass.　**10. Beated** =
beaten.　Abbott は 'unusual' p.p. としている．（344）　**chopped** = cracked by wrinkles.
antiquity = old age.　**11. self-love**　Q には hyphen がないが *l.* 1 に倣って補う．
read;　Q に punctuation がない．; は Capell.　**12. so self-loving** i.e. engaging
in that kind of self-love.（D-Jones）　hyphen は Gildon.　**were** = would be.　**13. for**
= as.　**14. age** i.e. old age.　**days** i.e. youth.

六十二

自己愛の罪が、ぼくの眼のすべて、ぼくの魂のすべて、
ぼくの体のどこかしこすべてに取り付いて離れない。
この罪には治療の方途がないのだよ、
4 なにせぼくの心の奥の深くに根を張っているのだから。
そうとも、ぼくほどの美貌に恵まれている者は絶えてなく、
姿かたちの端正はもとより、心ばえの高潔は類いない、
いやさ、自己満足の極みと言われようと、ぼく自身の価値は
8 ほかのどんな価値ある人たちをも凌駕するはずと自己評価している。
ああだがしかし、鏡は容赦なくぼくの真実の姿を写し出す、
赤茶けた老齢に打ちのめされ、皺にひび割れたこの顔、
それを確かに見てとれば、ぼく自身の自己愛はまるで逆方向、
12 自己愛もここまでくれば罪業の深みに嵌り込んだことになるだろうさ。
　わかっているだろうね、ぼく自身はつまりは君、ぼくは君をぼく自身
　　として讃美している、
　老いた自分の姿を君の青春の美で飾り立てて悦に入っている。

63

Against my love shall be as I am now
With Time's injurious hand crushed and o'erworn,
When hours have drained his blood and filled his brow
With lines and wrinkles, when his youthful morn   4
Hath travelled on to age's steepy night,
And all those beauties whereof now he's king
Are vanishing, or vanished out of sight,
Stealing away the treasure of his spring.   8
For such a time do I now fortify
Against confounding age's cruel knife,
That he shall never cut from memory
My sweet love's beauty, though my lover's life.   12

His beauty shall in these black lines be seen,
And they shall live, and he in them still green.

---

[63] 62 の「捻り」を受けて．65 まで 3 連作． **1. Against** = in preparation for the time when． **2. Time's** capitalization は Charles Knight(1841)．ここでの 'Time' の再登場については 126. 0.1 補．I–④参照． **3. filled** ⇨ 補． **brow** [bráu] ここでは *l.* 1 now と rhyming． cf. 60.10 note． **4–5. morn Hath** quatrain からはみ出た連続．意図的な破格であろう． **5. travelled** Q は 'trauaild'． cf. 27.2 note．ここはもちろん journeyed が主． **age's steepy night** cf. *Metamorphoses* 15, 'he passeth forth the space / Of youth, and also wearing out his middle age a pace． / Through drooping *age's steepy path* he runnèth out his race.' (Golding 247–49, italics は本編注者[Ovid の原文は 15.225–27])． *Metamorphoses* 15 の表現上の影響は 59 から 74(61, 69, 70 を除いて)にかけて著しい (⇨ 60 補)．なお 'steepy' を 'sleepy' と推測した Malone の学識は残念ながら Golding の参照にまで届いていなかった． **6. whereof** = of which． **8. Stealing away** = creeping away(主語は後置)．この主語を目的語にとって Stealing を v.t. とする解も不可能ではないが，主語が不安定に曖昧であるし，なによりも *l.* 7 の vanishing / vanished の詠嘆調と parallel に続かない． **9. For** = in preparation for． *l.* 1 の Against を言い換えて． **fortify** = make a fortification． **10. Against** = in

六十三

そうだそのときに備えよう、ぼくの愛する人が、いまのぼくのように
「時」の破壊力の手に粉々に打ち砕かれ、よれよれに着古される、
刻一刻の血の涸渇、代りに額に広がる
4 何条もの皺の列、青春の朝も
長い歩みを続けていけばやがて険しく傾く老齢の夜になる、
いま王として領有する美の絢爛、それもことごとくに
消え去っていく、いや消え果てたその先には片鱗さえみられない、
8 春の盛りの綺羅の財宝はいまいずこにある。
そうとも、そうだとも、そのときに備えてぼくが城砦を築くのだ、
すべてを破壊する老齢の残忍な刃に歯向かって。
「時」が刃を振りかざしてわが愛する人の命を絶ち切ろうと、
12 そのみごとな美は人々の記憶からけして削り取られることはない。
　　そう、彼の美はぼくのこの黒の文字の連なりの中に生き続ける、
　　黒は死の色ではなく永遠の生の色、彼の青春は生の緑の輝きに永遠に
　　包まれる。

---

opposition to. **confounding** = destroying. cf. 5.6 note. **knife** *l*. 12 の 'life' との
rhyming から持ち出されたか. そこにすぐさま Fates(運命の 3 女神)の 1 人,
命数の糸を断ち切る Atropos のイメージを忍ばせた. **11. he** *l*. 2 の Time に
遡る. **memory** *l*. 9 の fortify との rhyming ⇨ 1.4 note. **13. black**, **14. green**
死の色と青春の色の対立を利用した. **14. still** = for ever.
3 補. filled Q は 'fild'. 'filled' は Gildon. 前の drained の対語となり妥当な読
みとして定着しているが, 近年 Kerrigan が 'filed' の読みも可能であるとして
Q の 'fild' の spelling を 'fruitfully ambiguous' と評した. その後 D-Jones が filed
に = ① carved with lines, ② defiled の両義を示唆した.(ただし Kerrigan も
D-Jones もテキストは 'filled'.)だが Q には 'fild' がほかに 2 回現れ(17.2, 86.13),
いずれもそこでは 'filled' の読みになる(cf. 17.2 note). しかもこの 63.3 も合わ
せれば計 3 回の 'fild' の組みは 1 人の compositor の作業ではなく A, B の 2 人
(「凡例」1-2 参照)が別々に担当していたと想定される. さらに Q には 'fil'd'
も 1 回現れこれは 'filed' の読み(cf. 85.4 note). となると Q における 'fild' と
'fil'd' の違いは compositorial なものではなく copy-text によるものと推定 ↱

64

When I have seen by Time's fell hand defaced
The rich proud cost of outworn buried age;
When sometime lofty towers I see down rased,
And brass eternal slave to mortal rage;   4
When I have seen the hungry ocean gain
Advantage on the kingdom of the shore,
And the firm soil win of the wat'ry main,
Increasing store with loss, and loss with store;   8
When I have seen such interchange of state,
Or state itself confounded to decay,
Ruin hath taught me thus to ruminate
That Time will come and take my love away.   12
　　This thought is as a death, which cannot choose
　　But weep to have that which it fears to lose.

せざるを得ない. もちろん copy-text による読みも不安は不安であるが, それ
よりもこの際重要なのは, 音韻史的に Sh の場合 fill [fil] と file [fail] の間に
homonymic pun が成立し得るかどうかという問題でなければならない. 本編
注者としてはやはり安易に Kerrigan, D-Jones の 'fruitfully ambiguous' に同意す
ることはできかねる.

[64] 1. Time's 63 に続いて capitalization は Knight. *l.* 12 の Time は Q. **fell =**
cruel.　**1. defaced, 3. rased** Kerrigan は 'Apparently a rhyme, based on a long "a".'
とするが音韻史的に不安である. rased の s はやはり [s] か.　**2. proud =**
splendid.　**cost** i.e. costly objects. ついでだが New Criticism の驍将 J. C. Ransom
はこの *l.* 2 での 'rich' と 'proud', 'outworn' と 'buried' の無様な連続, それに
'cost' の意味の無理強いを非難しているが('Sh at Sonnets', *The World's Body*),
その無謀こそが Sh の青春の表現の魅力である, *LLL* や *R and J* の作劇の無謀
のように. (訳ではその無謀の魅力をいささか言葉を補って伝えようとした.)
3. sometime = former.　**down rased =** levelled on the ground.　**4. brass eternal** イ
メージは青銅の monument. eternal は brass に掛かる adj. cf. Horace, 'Exegi
monumentum aere perennius (= I have wrought a monument more lasting than brass).'

六十四

その上贅を尽した華麗壮美の数々が、「時」の恐ろしい手にかかって、
埋もれ朽ち果てた時代の遺物として醜い姿を晒している。
かつての摩天の高塔もあえなく崩れ落ち、

4 永遠の青銅の記念碑も死の暴虐に屈従する奴隷に成り下がっている。
あるいはまた、貪婪な大綿津見が
岸辺の王国の浸食を続け、
逆に堅固な陸地が海の領土を絶えず制圧して、

8 両者たがいに得れば失い、失えば得る。ああ、
まことにこの世のありようのなんという変転、
というよりは変転する栄華そのもののなんという衰亡、
それら廃墟を目にしては思い半ばに過ぎるものがある、

12 やがては「時」がぼくの愛する人を連れ去るであろうと。
　それこそはまさしく死の思い、流すは血の涙の思い、今の今ここに
　抱きしめているものを遠からず失わねばならぬと思い知るのだから。

(*Odes* 3.30.1). なお 60. 補参照. **slave** 前に being を補って読む. **mortal rage**
i.e. death's violence. この *l.* 4 の 'eternal', 'slave', 'mortal rage' の用法なども
Ransom 式の非難の対象となるところ. **5–8.** この quatrain は諸版の注すると
おり *Metamorphoses* 15 に負うているが ('Even so have places oftentimes exchanged
their estate. / For I have seen it [= its] sea which was substantial ground alate [=
formerly], / Again where sea was, I have seen the same become dry land, / … Deep
valleys have by watershot been made of level ground, / And hills by force of gulling
oft have into sea been worn.' [Golding 15.287–93]), この Golding との類似は字
句的な類似として, *l.* 8 の締めの 1 行は Golding / Ovid を超えていかにも Sh
的. **5–6. gain Advantage on** = gain superiority over; invade and conquer. **7. win
of** = gain from. **main** = mainland. cf. *M of V* 5.1.96 note. **8. store** = plenty. **9.
state**. **10. state** = condition. しかし *l.* 10 ではこの意味を引きずりながら, itself
の強調を伴って = greatness, magnificence へと移行する. **10. confounded to
decay** = brought to ruin. Q は confounded の後に comma があるが, やはり decay
はすなおに n. として読みたい. **confounded** cf. 5.6 note. **13. which** antecedent
は 'thought'. **14. to have** = at having. cf. 1.14 note.

146

65

Since brass, nor stone, nor earth, nor boundless sea,
But sad mortality o'ersways their power,
How with this rage shall beauty hold a plea,
Whose action is no stronger than a flower?   4
O, how shall summer's honey breath hold out,
Against the wrackful siege of batt'ring days,
When rocks impregnable are not so stout
Nor gates of steel so strong but Time decays?   8
O, fearful meditation, where alack,
Shall Time's best jewel from Time's chest lie hid?
Or what strong hand can hold his swift foot back,
Or who his spoil of beauty can forbid?   12
   O none, unless this miracle have might,
   That in black ink my love may still shine bright.

---

[65] 出だしの 2 行はそのまま 64.1–10 の要約総括. concluding couplet は 'immortality-through-verse' へ.

1. Since 次は there is neither を補う. **brass** cf. 64.4 note. **stone** イメージはやはり石造の monument. **2. But** (rel. pron.) = that … not. 先行詞は *l*. 1 の名詞の連続. **their power** i.e. whose power (their は But の先行詞 [that] を受けた所有格). **o'ersways** = overrules (But = that … not の not が効いている). 目的語が their power. 主語が sad mortality. **2. sad mortality, 3. rage** cf. 'mortal rage' (64.4). **2. pówer, 4. flówer** 共に monosyllabic [-óuə]. femine rhyme ではない. **3. with** = against. **plea** = law suit. **4. action** = ① acting power, ② (前の plea を受けて) legal process. **6. wrackful** = destructive. wrack は 'wreck' の obsolete variant. **batt'ring** 城攻めの battering ram (破城槌) のイメージ. **8. but Time decays** = that Time cannot decay (them). Time の capitalization は Dyce. but = that … not. decays (v.t.) = destroys. 目的語は *ll*. 7, 8 の rocks と gates. **10. Time's, Time's** 共に capitalization は Charles Knight. **best jewel** i.e. 'The Fair Youth'. **chest** = ① coffer, ② coffin. **11. his, 12. his** (= its) = Time's. **11. his swift foot** cf. 19.6 note. **12. spoil** = plunder. **of** Q は 'or'. Malone の校訂が standard. ほ

六十五

青銅の、また石造の記念碑、はたまた陸地、果てない大海、それぞれ
その力を極限に揮おうとも、悲惨な死に屈服するほかないとするなら、
一輪の花ほどの力もない美が、死の暴虐に対して、
4 どうして猛々しく立って訴訟を起こすことなどできよう。
そうとも、夏の日の甘い息吹がどうして持ちこたえられよう、
日ごと叩きつける寒風の包囲攻撃に晒され続けるとしたら。
まことに「時」の攻撃にかかっては、難攻不落の城塞も、
8 金城鉄壁の城門も、あえなく崩れ落ちるほかないのだから。
ああ、思いやるだに悲しくも恐ろしい、「時」の最美の宝石はどこに
その身をひそめていようと、いずれは「時」の収容する櫃の中、
足早の時の歩みを引き止める強い手などあろうはずがなく、
12 美の収奪を禁ずる権力などどこにも存在しない。
　そう、存在するはずがない、存在するとすればそれはこの奇蹟の力、
　黒いインキによってこそぼくの愛する人は永遠に光り輝く。

かに Capell の 'o'er' があり．近年では D-Jones がこれを採っているが読みに
無理がある．Booth は Q を支持して 'or' を 'a typically Sh-ian richness and
complexity' とするがそれでは読みが成立しない．　**13. might** = strength.　**14.
black** cf. 63.13, 14 note. ここでは black が bright に転ずる miracle.　**still** = for ever.

66

Tired with all these for restful death I cry,
As to behold desert a beggar born,
And needy nothing trimmed in jollity,
And purest faith unhappily forsworn,   4
And gilded honour shamefully misplaced,
And maiden virtue rudely strumpeted,
And right perfection wrongfully disgraced,
And strength by limping sway disablèd,   8
And art made tongue-tied by authority,
And folly, doctor-like, controlling skill,
And simple truth miscalled simplicity,
And captive good attending captain ill.   12
　　Tired with all these, from these would I be gone,
　　Save that to die I leave my love alone.

[**66**] Capell 以来この 66 に *Hamlet* 3rd soliloquy（3.1.56–88）との親近を指摘する論が多い．たとえば Dowden の 'From the thought of his friend's death, Sh turns to think of his own, and of the ills of life from which death would deliver him.' がその典型．しかし本編纂者はたとえば *Lear* 3.2，嵐の場を締めくくる Fool の 'prophency' の戯れ歌（79–92）を思い浮かべる．Sh はここで quatrain による構築など見向きもせずに，anaphora（首句反復法）の rhetorical artifice への実験を試みている．Dowden と同時代の Saintsbury がこの 66 を 'the most artificial' と評していることに注目したい．なお，*l.* 8 の 'strength' に Earl of Essex を（ついでに 'limping' に Robert Cecil を）重ねたり，*l.* 9 の 'tongue-tied' に *The Isle of Dogs* 事件を読み込んだりする試みに，当然のことながら本編注者は同調しない．

1. Tired with = tired of.　**1. cry**, **3. jollity** rhyming ⇨ 1.4 note.　**2. As** = for example.　**desert** = (person of) worthiness, merit.　**3. needy nothing** = (person of) beggarly worthlessness. 前行の 'desert a beggar born' の対．**trimmed** = decked out. **jollity** = finery.　**4. unhappily** = regrettably.　**6. strúmpetèd** trisyllabic.　**8. disablèd** [diséib_tid] [ł] は syllabic. cf. Abbott 477.　**10. skill** = cleverness.　**11. simplicity**

六十六

もういやだ、いやだ、願わくばわれに安らかなる死を！
だって周りを見てみたまえ、たとえば真の価値の貧窮の出自、
なのに価値の皆無の美々しい衣装、
4 それに、清純な誓言の無念の背信、
それに、金鍍金の栄誉の恥辱の誤付与、
それに、処女の純潔の無残な売春、
それに、正義完璧の理不尽な屈辱、
8 それに、不具な支配による才幹の不本意、
それに、無知な権力による学芸の沈黙、
それに、蒙昧な似而非学識による知力への支配、
それに、質朴な真理への朴念仁の呼称、
12 それに、善なる虜囚の悪への隷属。
どうだね、これが今の世の中だ、ぼくはもうおさらばしたい、だが、
死ねば愛する人がぼくからひとり取り残される、それがぼくの心残り。

= stupidity.　**12. attending** = serving.　**13. gone**, **14. alone** rhyming ⇨ 4.9 note.
14. Save that = unless.　**to die** = in dying（cf. 1.14 note）; if I die.　**alone** = solitary.

150

67

Ah, wherefore with infection should he live,
And with his presence grace impiety,
That sin by him advantage should achieve,
And lace itself with his society?   4
Why should false painting imitate his cheek,
And steal dead seeing of his living hue?
Why should poor beauty indirectly seek
Roses of shadow, since his rose is true?   8
Why should he live, now Nature bankrout is,
Beggared of blood to blush through lively veins?
For she hath no exchequer now but his,
And, proud of many, lives upon his gains.   12
   O, him she stores, to show what wealth she had
   In days long since, before these last so bad.

---

[67] 66, couplet の戯作調からここ *l.* 1 の 'Ah, wherefore' で改まった荘重体に. **1. wherefore** = why. **1. live, 3. achieve** achieve は Q の spelling 'atchiue' から short vowel か. しかし一方 live は [líːv] の可能性もある (cf. Kökeritz p. 213 / Wyld p. 119). **2. grace** = lend a gloss of elegance to. **3. That** = so that. **advantage** = benefit. **4. lace** = embelish (as though trimmed with fine lace). **society** = company. **5. false painting** この時代男性も化粧に熱心だった. なお paint = flatter with specious words としてこれを 'The Rival Poet' への言及とする注解も 多い. **6. seeing** = semblence. Capell の 'seeming' への校訂が一般に支持され てきている (MS の 'e' [seconed e] の上に付されていたであろうはずの tilde [ê = em] が見落とされたとする compositorial error の想定は一応説得的). しかし 'seeing' には i.e. looking at / a sight of「一見した上での」という描写の上での 流れがある. Evans はここで 'Sh-ean neologism' の可能性を示唆しているが, 本編纂者はさらに積極的に 66 の anaphora から続いて一瀉千里に走ってきた Sh の *currente calamo* の勢いをこの 'seeing' に認めたい. あえて Booth, D-Jones, *Folger* と共に Capell の校訂から離れる所以である. **of** = from. **7. indirectly** i.e. by cosmetic painting. **8. Roses of shadow** i.e. imitation roses. cf. 1.2 note. **since**

六十七

　ああ、なにゆえに彼は汚濁とともに生きて
　その身を悪徳の飾りにまで貶（おとし）めなくてはならぬのか、
　それでは罪悪のための利の推進、
4　罪悪のための美のつづれ織り。
　それみたことか、偽りの化粧はたちまち彼の頬を模して
　彼の生命の色から死の影の虚（うつ）ろを窃盗まがいに写し取る、
　劣等な貧相どもが彼の薔薇の真実の美に驚嘆して、
8　迂遠の技（わざ）を弄して模造の薔薇を咲かそうと試みる。
　彼が今に生きてあるのは破産した「自然」のため、女神は造化の美を
　彼に浪費し尽し、顔を赤らめようにも血の流れさえ涸渇して、
　唯一の資産は彼の存在ただ一つ、多産の美を誇った女神としては、
12　せめても彼の紛いものの量産で生き永らえるほかはない。
　　そうとも、女神が彼を大切に蔵しているのは、昨今末世の世を前に、
　　かつて彼女の美の宝庫がいかに豊かであったかを誇示しようがため。

= just because.　**9. Nature** ⇨ 4.3 note.　なお capitalization は Charles Knight.
bankrout = bankrupt.（Q の spelling［'banckrout'］はこの時代の発音を示す.）'by
giving all her treasures to the friend, making him beautiful. The idea is too commonplace
to need much elaboration on the poet's part.'（Kerrigan）cf. 'Be now as prodigal of all
dear grace / As Nature was in making graces dear, / When she did starve the general
world beside / And prodigally gave them all to you.'（*LLL* 2.1［N 500–03］）　**10.
veins?** Q の？は *l.* 12 の行末（'gaines?'）だが本編纂者による描写のリズムから
の校訂（近年では Booth, D-Jones が同様）.　**11. For** = because.　**exchequer** =
treasury.　**12. proud of many** i.e. proud of having created so many beauties.　proud
について，たとえば Kerrigan は Ridley（conjecture）の 'prived (= deprived)' を
採って financial imagery に繋げているがそこまで無理することはない．ほかに
も Capell の 'prov'd' がある．また Collier の many → money（conjecture）もある
が 'much ado'.　**gains** = revenues.　具体的には「美」の劣悪な copies（roses of
shadow）.　**13. stores** = preserves.　**14. long since** = long past.　**these last** = ①
these latest（recent）times, ② these final days of the world.

152

68

Thus is his cheek the map of days outworn,
When beauty lived and died as flowers do now,
Before these bastard signs of fair were borne,
Or durst inhabit on a living brow.   4
Before the golden tresses of the dead,
The right of sepulchres, were shorn away,
To live a second life on second head,
Ere beauty's dead fleece made another gay.   8
In him those holy antique hours are seen,
Without all ornament, itself and true,
Making no summer of another's green,
Robbing no old to dress his beauty new.   12
    And him as for a map doth Nature store,
    To show false art what beauty was of yore.

---

[68] これまた *l.* 1 'Thus' で 67 に続いて，66 からの 3 連作.

1. map = 'the embodiment or incarnation (*of* a virtue, vice, character, etc.); the very picture or image *of. Obs.* (Common in the 17th c.)'. (*OED* 2b) **days outworn** = times past. 'suggesting that the past has succumbed to exhaustion and destruction.' (Burrow) **2. flówers** monosyllabic [fláu(ə)z]. **3. bastard** (adjectival use) = illegitimate; counterfeit. **signs** = marks. bastard signs i.e. cosmetics. signs に heraldry のイメージを読み込む注もあるが，本編注者はそこまで深入りしない. **fair** = beauty. **borne** (Q の spelling). cf. 'Modern spelling (i.e. 'born') restricts the Poet's play on the word.' (Wyndham) = ① worn (signs に掛けて), ② given birth to (bastard に掛けて). 当時は borne, born の意味上の区別はなかった. **4. durst** = dared. **brow** = forehead. 次行の tresses へのイメージの移行. rhyming ⇨ 63.3 note. **5–8.** どの注釈も *M of V* 3.2.92–96 を注記している. この sonnet の創作年代との親近. 因みに *M of V* は推定 1597 年 (cf. 本選集 *M of V* p. xxi). **6. right** = rightful possession. **8. fleece** = golden hair. Argonaut との関連については *M of V* 1.1.169-note 参照. **gay** = showily attractive. **9. ántique** ⇨ 17.12 note. **10. all** = any. 'without' と共に. **13. Nature** capitalization は Q. **store** ⇨ 67.13 note. **14. art**

六十八

となれば、彼の顔は過ぎにし時代を写し出す鏡ということだ、
美が花のように生き、花のように死んだ時代、それがなんと
美の私生児の厚化粧がいつの間にか生まれ、もてはやされ、
4 生きた人間の顔に堂々と住みつくようになってしまった。
死者の金の巻き毛は当然墓所にこそ
納められるべきなのに、容赦なく刈り取られ、
別人の頭で第二の生を得ている、
8 死せる美の羊毛、他者の虚飾の具に成り果てるとは。
ああ彼こそはいにしえ神聖なる時代もさながら、
いかなる虚飾にも与らず、正真正銘、
他者の新緑をもって己れの華美を飾ることなく、
12 古きを掠めてあらたな美を装うこともしない。
さればこそ自然の女神はこの人を鏡として蔵した、
往古の美の姿を当今の偽の技法に教示しようがため。

Q では capital.

69

Those parts of thee that the world's eye doth view
Want nothing that the thought of hearts can mend;
All tongues, the voice of souls, give thee that due,
Utt'ring bare truth, even so as foes commend.   4
Thy outward thus with outward praise is crowned,
But those same tongues that give thee so thine own,
In other accents do this praise confound
By seeing farther than the eye hath shown.   8
They look into the beauty of thy mind,
And that in guess they measure by thy deeds,
Then churls their thoughts, although their eyes were kind,
To thy fair flower add the rank smell of weeds.   12
   But why thy odour matchèth not thy show,
   The soil is this, that thou dost common grow.

---

[69] 次の 70 との pair になる.
2. Want nothing want = lack だが double negative で否定の強めになる. **thought of hearts** i.e. deepest (most heart-felt) thought. **mend** = improve upon. **3. due** = proper right. ⇨ 補. **4. Utt'ring** dissyllabic, trochee. **bare** = mere, uncovered. しかしこの「ありのまま」は 2nd quatrain で外面だけでなく内面も含むことになるだろう. **even** monosyllabic, unstressed. 'so' と 'foes' の両方を強める. **5. Thy** Q は 'their'. ⇨ 26.12 補. Malone は次の母音を意識して 'thine' とするが (Supplement, 1780) 採るほどのことではない. **outward praise** i.e. superficial praise. **7. confound** = destroy. cf. 5.6 note **9. They** l. 6 の tongues を受けるが, 実質的にはその tongues の持ち主である人物たちに移行して l. 11 の churls their thoughts に及ぶ. **10. that** i.e. the beauty of thy mind. measure (= estimate) の目的語. **11. their thoughts** churls の apposition. i.e. their imagination acting like churls. churls を comma で囲んで呼び掛けとする解もあるが, それではリズムが流れない. **12. scansion** 案 'To thy fáir flower (monosyllabic) ádd the ránk sméll of wéeds' **14. soil** ⇨ 補. **common** = ① ordinary, base (like weeds [l. 12]), ② easily accessible (like common fields [soils]) / 'promiscuous' (Norton).

六十九

世間の眼に映る君の外観は、どこかしこ、

どう考えても一点非の打ちどころがない。

万人の舌、心底_{しんそこ}の声が、ありのままの君の真実を伝えてくれる、

4　仇敵であってもそれが当然の讃辞と諾_{うべな}うことだろうさ。

かくして君の外面は外面的な賞讃で麗々しく飾られる、

だが、当然君のものだとして迷わず讃辞を与えているその舌が、

眼の外観のその奥へと探索を深めるとき、

8　口調はがらりと変わってこれまでの讃美はたちまち覆るだろうよ。

それはだね、君の心の美を覗き込むことになるから、

心の美そのものを君の日頃の行為から推し量ることになるから、

そうなると眼の方は相変わらず親切だとしても、心は下衆の出し惜み、

12　美しい花の君の傍_{かたわ}らに雑草の卑しい臭_{にお}いを嗅ぎ当てる。

それにしても、どうして君の香りは君の外面に寄り添わぬのか、

その理由は汚れた土壌にある、そこでの君はいまや卑しい雑草の仲間
入り。

3補. due Q は 'end'. *l.* 2 の mend，さらに *l.* 4 の commend に引かれた compositorial error として，*l.* 1 の view に合わせた 'that end' → 'thy due' を Gildon が試み，その後 Capell が 'end' 1 語の 'due' への校訂を示唆．これを受けて Malone が error の理由に *d* と *e* の transpositon と *u* の inversion（*u* → *n*）を想定した．20世紀に入ってさらに Tannenbaum の 'A much simpler and more likely explanation is this: in old English script, ... the word "due" and "end" could easily be written so as to be mistaken for each other, inasmuch as almost all fluent penman made their *u*'s and *n*'s as well as their *e*'s and *d*'s exactly alike.'（*Problem in Sh's Penmanship*, 1927）があり，'due' への校訂が定着した．

14補. soil 'a much debated clux.'（Evans）　Q は 'folye'. Benson は 'soyle'. Malone は *Supplement*（1780）で *y* を *v* の misreading として 'solve' に校訂．しかし slove（*v*.）の名詞用法（= solution）は他に用例が見当たらない．それは Malone 自身も認めざるをえなかった．一方 Q の 'solye' を *l* と *y* の transposition として Benson の 'soyle' を採って 'soil' とする Capell 以来の校訂は，*OED* 'v.² *Obs.* 3 = to resolve, clear up, expound, or explain; to answer（a question）' から出た名詞用法 'sb.⁵ = the ↱

70

That thou are blamed shall not be thy defect,
For slander's mark was ever yet the fair,
The ornament of beauty is suspect,
A crow that flies in heaven's sweetest air.   4
So thou be good, slander doth but approve
Thy worth the greater, being wooed of time,
For canker vice the sweetest buds doth love,
And thou presentest a pure unstainèd prime.   8
Thou hast passed by the ambush of young days,
Either not assailed, or victor being charged,
Yet this thy praise cannot be so thy praise
To tie up envy, evermore enlarged.   12

    If some suspect of ill masked not thy show,
    Then thou alone kingdoms of hearts shouldst owe.

---

solution of a problem' に即くことになるが，その用例はここの *ll.* 13–14 の 1 つ
だけ．これでは（*OED* に失礼ながら）まことに心もとない．心もとないといえ
ば，*OED* は Malone の校訂（'solve'）にも義理立てして，'Malone's alteration of
solye = *soyle*' として solve *sb.* = solution をわざわざ立てていた．しかし本編纂
者は，ここではむしろもっと素直に，n. としての soil そもそもの意味を採り
たい．すなわち①まず = earth, ground, → ①' 'basis, justification.（*Folger*）この
①で，ともかく context に適合する．さらに② = dirty mark, blemish．併せれ
ば次の common（⇨ *l.* 14 note）と共にいかにも Sh らしい wordplay が成立する
だろう．たとえば 'cause' ぐらいの簡単な語ですむところを，Sh は彼のペン
の勢いの赴くまま，あえて 'soyle'（Q では 'folye' に）= soil をここに仕込んだ．
30 代の才能の滾り立つ客気．なおほかにも 'toil', 'foil', 'sole' 等の校訂の試み
があるがいずれもとるに足らない．

[70] 69 と pair になる 'The Fair Youth' の行状への非難と忠告．しかしこの 70
の方が，crow, canker, ambush など比喩の連発といい，裏から持って回ったレ
トリックの妙（特に couplet）といい，同時代の sonneteers の感傷と一線を画す
るものがある．この witty に乾いた「愛」の表現の背後に作者の人生経験を

七十

君が非難されるのは君の罪であろうはずがない、

美は常に世人からの中傷の的になるもの、

疑惑は美の装飾だとぼくは心得ている、

4 見たまえ、飛翔する黒一点の烏、いかに快晴の空を引き立てるかを。

君が清廉潔白でありさえすれば、現代の寵児たる君にとって、

中傷などは君のすばらしさをいよいよ引き立ててくれるだけの話、

ま、非行ってやつはまるで青虫だ、いちばん美しい蕾を選んで

8 食いつきたがる、それでも君は清純で汚れのない美の盛りの姿だ。

これまで君は、青春を待ち伏せる誘惑を涼しい顔で通り抜けてきた、

待ち伏せなど受けなかったのか、受けても堂々たる勝利者の顔で。

だがねえ、ここまで君を褒めちぎってはみても、それで世間の口は

12 塞げない、だいたいが悪意の中傷は野放しのまま平然と罷り通る。

ああ、悪行の疑惑が君の美しい外面を覆い隠すことさえなければ、

君は全世界の心の王国にひとり君臨することになるのだろうがねえ。

探るなど愚かなことだ．作品が，詩的な，劇的な虚構となって人生を超えているのだから．たとえばこの 70 は（120 と共に）1594 年以後のはず（Lee, 1898）とか，70 の Youth は他の sonnets（たとえば 108）の Youth とは別人のはず（Kittredge, 1936）とか，さらには *ll.* 8–10 の描写から 70 の創作年代は Friend の最初の London 到着の後，liaison の発覚の直前のはず（Wilson, 1966）とか，いずれも本編注者には一顧の価も持たない．

1. are Benson 版での改訂 'art' に従う版が多いが，本版は Q の 'are' をそのまま残す．art → are については，次の子音（ここでは [b]）との euphony によるとも，あるいは当時すでに thou と you（ye）とが混交が生じていたためとも説明することができる．(Frantz 152)　　**shall not** = ought not.　**deféct** = fault.　**2. mark** = target. 'Envy (Calumny) shoots at the fairest mark (flowers, virtue).' (Tilley E 175)　**was** いわゆる「格言過去」(gnomic preterit)．e.g. 'Men *were* deceivers ever.' **3. suspéct** (defect と masculine rhyme) = suspicion; being suspected.　**5. So** = provided that.　**approve** = prove. 'love' との rhyming ⇨ 10.10, 12 note.　**6. Thy** Q は 'Their'. ⇨ 26.12 補. 69.5 に続いて 12 例目. **being wooed of time** いささか言葉足らずの表現のため，Q 'woo'd of time' を 'woo'd oftime (= oftentimes)', ⌐

71

No longer mourn for me when I am dead
Than you shall hear the surly sullen bell
Give warning to the world that I am fled
From this vile world with vildest worms to dwell.   4
Nay, if you read this line, remember not
The hand that writ it, for I love you so
That I in your sweet thoughts would be forgot,
If thinking on me then should make you woe.   8
O if, I say, you look upon this verse,
When I, perhaps, compounded am with clay,
Do not so much as my poor name rehearse,
But let your love even with my life decay.   12
   Lest the wise world should look into your moan,
   And mock you with me after I am gone.

'void of crime', 'weigh'd of time' 等への校訂案も含めて諸説煩瑣に入り乱れる
が，むしろ Sh の舌足らずの勢いを素直に従って，i.e. (thou) being wooed (=
courted) of (= by) (the) time とすれば context にもきっちり納まる．　**7. canker**
adjective use. cf. 35.4 note.　**9. ambush of young days** i.e. traps (temptations) laid
for unexperienced youth.　**10. Either** iambic pentameter の metrics に従って，中
間の [ð] を落として unstressed monosyllabic [(a)iə] に読みたいところ．⇨ *MND*
2.1.32 note. cf. Abbott 466 / Kökeritz p. 322. **béing** は当然 dissyllabic. **charged** =
attacked.　**11. this thy praise** = this praise of thine. ⇨ 3.12 note.　**11–12. so ... To**
= to such a degree ... as to. cf. Abbott 281.　**12. tie up** = restrain, i.e. put it (= envy)
to silence.（Schmidt）　**envy** = malice.　**enlarged** = set at liberty, at large.　**13. suspect**
⇨ *l*. 3 note.　**masked** = covered, concealed.　**thy show** cf. 69.13.　**14. owe** = own.
[71]「死」を思っての 4 連作（71–74）．背後に 'memento mori' を読み込んで当
然だが，たとえば 'threescore and ten'（*Macbeth* 2.4.1）の年齢と同数の 70 を過ぎ
たこの 71 番で「死」がテーマとなっていることに D-Jones は注目している．
彼女のこの大仰すぎる注目は少々滑稽感を伴うとしても，*The Sonnets* 全体を
通しての Sh の「遊び心」，あるいは「虚構性」の 1 つの証左としてここに紹

七十一

ぼくが死んだからって嘆き悲しむなどひらにご容赦、
せいぜいで陰々滅々の弔い鐘が鳴り響いている間にしてほしい、
その鐘はぼくの住所移転の告知なのだ、
4 この濁世を逃れてさらなる汚濁の蛆虫どもの世界に入ったという。
いいよね、いまさらこの行を読んだりして筆の主を偲ぶなど
あってはならない、ぼくの願いは優しい君の心の中での
完全な忘却、かりにもぼくを思って嘆きに駆られるなど、
8 君への深い愛にかけてぼくは絶対に耐えられない。
ああ、みっともない繰り返しになるけど、君がこの詩に
目をとめるときは、ぼくはきっともう土くれと一緒だ、
あわれなぼくの名を唱えてくれるなど迷惑千万、
12 どうかぼくの命と一緒にすぐさま君の愛も葬ってほしい。
賢しらな世間が君の悲しみをあれこれ詮索して、
ぼくを肴に君を嘲るなど、ぼくは死んでも死にきれない。

介しておくだけの価値はあるのかもしれない. **2. you** thou から you への転換. **3. Give warning to** = inform. **4. vildest** = vilest. Q の spelling を採る. Sh で 'vilest' は 1 回, 'vildest' は 4 回. cf. '"vildest" was a common form, and its heaviness better suits the line.' (I and R) **5. line** *l.* 9 の 'verse' (この「詩」全体) と対比される. **6. writ** = wrote. cf. Frantz 166. **6–7. so That** = in such a way that. **7. would** = wish to. **8. make you woe** = cause you to be sorrowful. woe は adjective. **10. compounded** = mixed. **11. rehearse** = repeat. **12. even wíth** i.e. at the same time as. even [ivn] は monosyllabic, unstressed. **decay** i.e. die. **13. look into** investigate. **14. with me** i.e. by means of me.

72

O, lest the world should task you to recite

What merit lived in me that you should love,

After my death, dear love, forget me quite,

For you in me can nothing worthy prove.   4

Unless you would devise some virtuous lie

To do more for me than mine own desert,

And hang more praise upon deceasèd I

Than niggard truth would willingly impart.   8

O, lest your true love may seem false in this,

That you for love speak well of me untrue,

My name be buried where my body is,

And live no more to shame nor me nor you.   12

　　For I am shamed by that which I bring forth,

　　And so should you, to love things nothing worth.

---

[72] 71 にそのまま続く，論理をさらに捻りに捻って.

1. task = compel. **recite** = tell. **2–3. , After my death,** Q は前の comma なし，後の comma は '(deare loue)' の paren. の転換. Q のまま前に comma を付さずにこの phrase の不安定性（あるいは二重性）を積極的に読み込もうとする編纂（たとえば 'the phrase truthfully and ruefully marks a time in which the friend should *love* and [simultaneously] a time in which he should *forget*.' [Kerrigan]）もあるが，本編纂者は逆にここでは意味の明確化のためにあえて comma を付する編纂を行った. **3. quite** = completely. **4. prove** = bring forward as evidence, show. 'love' との rhyming ⇨ 10.10, 12 note. **5. virtuous** = ① morally good, ①' portent. ②として本来自分に備わらないはずの virtue を誉めちぎる（嘘）. **6. mine own desert** ⇨ 49.10 note（*l.* 8 の impart との rhyming についても. ただし Q の spelling はここでは 'defert'）. **7. hang** 墓に故人を讃える trophy を飾る習慣. cf. 31.10 note. ここでは追悼の詩. cf. *Much Ado* 5.1 [N 2369] / 5.3 [N 2530–31]. **I** 文法的には me となるべきところ. quotation marks で囲んでみる（'I'），*l.* 5 の lie との rhyming もある. **8. niggard** (adjectival) i.e. miserly. **9. this** 次行の That 以下. **9. this, 11. is** 'Rhymed with sound [s] not [z] in *is*. (Kerrigan) cf. 59. 1, 3

七十二

　ああ、世間は君に問い糺すにきまっている、あんな男のどこに
　　君の愛情に価するほどの取柄があったのかねなどと。だからいいよね
　　愛する友よ、ぼくが死んだらぼくのことはすっぱり忘れてくれたまえ、
4　どう探ってみてもぼくにそんな値打ちなどあろうはずがないのだから。
　　それとも君の方でなにかご立派な嘘を恭しくでっち上げて、
　　ぼく本来の価値以上にぼくを飾り立てようってのかね、
　　真実は出し惜しんでこそ真実というものだろうに、
8　故人の「僕」にはまるで大盤振舞の追悼詩を捧げようってのかい。
　　ああお願いだ、ぼくへの愛情からぼくを誉めそやしたりしたら、
　　せっかくの君の愛の真実が贋もの呼ばわりされてしまう、
　　だからぼくの名前はぼくの死体と一緒に葬ってほしい、もうこれ以上
12　恥の生を生き永らえるのは真っ平だ、ぼくのためにも君のためにも。
　　　ぼくの書くものなどまるで赤っ恥、君だっても
　　　そんながらくたを愛したりしたら赤っ恥の道連れになる。

---

note.　**10. untrue** = untruly.　**11. be** i.e. let … be.　**12. nor** … **nor** = neither …
nor. 前の no と併せて double negative.　**13. that which I bring forth** 例によっ
て Sh の身辺に伝記的に近づけて 'It may be that he (= Sh) had had a stinging notice
of *Venus and Adonis*.' (C. C. Stopes, 1904) とか, 'It is not the sonnets that discredit
Sh, but his discreditable theatrical activities would reflect discredit upon the sonnets.'
(Brooke, 1936) とか, 苦心の解の試みがあるが, そんな微細にこだわるより
も, *The Sonnets* 全体を詩的, あるいは劇的虚構としてとらえるなら, ここは
たとえば *ll.* 13–14 についての次の Booth の注記が常識の線, 'This kind of
hyperbolic modesty about their literaly offspring was conventional with Renaissance
writers.'　**13. forth**, **14. worth** rhyming ⇨ 38. 9, 11 note.　**14. to love** = in loving
(⇨ 1.14 note); if you love.

73

That time of year thou mayst in me behold,

When yellow leaves, or none, or few, do hang

Upon those boughs which shake against the cold,

Bare ruined choirs, where late the sweet birds sang.　　　4

In me thou seest the twilight of such day

As after sunset fadèth in the west,

Which by and by black night doth take away,

Death's second self that seals up all in rest.　　　8

In me thou seest the glowing of such fire

That on the ashes of his youth doth lie,

As the death-bed whereon it must expire,

Consumed with that which it was nourished by.　　　12

　This thou perceivest, which makes thy love more strong,

　To love that well which thou must leave ere long.

---

[73] 18 と並んで詩華集向きの 1 篇．'a sonnet of ever-living loveliness' の評言は Sir Denys Bray（*Sh's Sonnet-Sequence*）．quatrain を 3 段，イメージを徐々に絞り込んで重ねたリズム感もさることながら，本訳者には volta 逆転の couplet に開き直りの諧謔を忍び込ませたあたりが心にくい．なおこの 73 に，特に 3 quatrains に，作者 Sh の心境（たとえば老いに向けての melancholy）を探るなどは論外（なんと 'At this stage in the sequence Sh is melancholy. He finds the world evil and would like to die.' は J. C. Ransom の言［*The New Criticism*]）．

1. thou ここでまた thou への変化．　**2. , or none, or few,** few の後の comma は Q にない．comma を付したのは Capell．ここにはやはり一瞬の休止の間がほしい．**or … or** = either … or.　**3. against the cold** i.e. in the cold autumn wind.　**4. Bare ruined choirs** ⇨ 補．**late** = recently.　**6. As** rel. pron.　*l.* 5 の such（day）を受ける．**7. by and by** = immediately.　**8. Death's second self** 前行 black night の同格．cf. 'Sleep … / The death of each day's life,'（*Macbeth* 2.2.34–35）．**seals up** = ① enclose（as in a coffin），② stitches（seels）up（the eyes of the hawk）．鷹狩りの鷹を飼いならすためその目を細い糸で縫い合わせた．cf. *Macbeth* 3.2.45 note.　**10. That** = as. 次行に as が出るので重複を避けるためか．前行の such を受け

七十三

君がぼくに見るであろう季節は、ほら、あの黄落のとき、

黄ばんだ葉はすべて落ち尽し、残っても三枚、いや二枚、

枝が寒風に震えている、まるで裸身の僧院の廃墟、ついこの間まで

4 聖唱歌隊席では小鳥たちが楽しげに囀っていたというのに。

また、君がぼくに見るのは一日の黄昏、

太陽が沈めばその一日は西へと傾き、

たそがれの薄光もたちまち漆黒の夜に奪い取られる、

8 夜とはすべてを盲目の眠りに封じ込める死の分身か。

また、君がぼくに見るのは残り火の黄色、

青春の紅蓮はいまめらめらと燃え尽きて、

燃え尽きたその灰を死の床代わりに、あわれ末期が横たわる、

12 炎を烈しく燃え立たせたその果の灰燼に抱かれていつしか消え行く身。

　　どうかね、わかってくれたかね、なら君の愛はいよいよ強固にならな
　　くては、

　　だって、もうすぐ別れるとなればちゃんと愛してくれるのが本来のは
　　ずだからね。

る．**his** (= its) = fire's. **11. it**, **12. it** いずれも his fire. **12. with** = by. **that** =
ashes. **13. This thou** trochaic に読みたい．**14. To love** = so as to love. **leave**
= part with. **long.** Malone は colon. cf. 44.14 note.

4補. Bare ruined choirs ①Q は 'Bare rn'wd quiers'. 'rn'wd' は compositor B に
よる誤植（「凡例」1-2 参照）．Benson 版での 'ruin'd' への訂正が問題なく受け
容れられてきた．quier, quire は choir の古形．なお Capell による 'Barren'd of
quires' の校訂があるが今日では顧みられない．metre は 'Bare rúined chóirs'
(ruined は dissyllabic, choirs は monosyllabic)．文法的には *ll.* 2-3 の boughs の
描写と同格の phrase．ついでに quire に 'a gathering of leaves in a manuscript or
printed book' を認めて *l.* 2 の yellow leaves に結びつける解もあるが(Evans)、い
たずらにイメージを煩雑化するだけで採りたくない．②歴史的背景としては
Henry VIII の宗教改革に伴う monastery の解散（第 1 次 1536 年，第 2 次 1539 年）
がある．それから 60 年をへて，その廃墟は 'may have prompted his (= Sh's)
comparison of leafless trees to "bare ruined choirs … sang."' (J. Alfred Gotch [*Sh's* ↱

74

But be contented, when that fell arrest
Without all bail shall carry me away,
My life hath in this line some interest,
Which for memorial still with thee shall stay.　　4
When thou reviewèst this, thou dost review
The very part was consecrate to thee;
The earth can have but earth, which is his due,
My spirit is thine, the better part of me.　　8
So then thou hast but lost the dregs of life,
The prey of worms, my body being dead,
The coward conquest of a wretch's knife,
Too base of thee to be rememberèd.　　12
　　The worth of that is that which it contains,
　　And that is this, and this with thee remains.

England, vol. 2]）

[74] Malone はこの 74 を 73 にまっすぐ続くとして，73 の couplet *l.* 14 を period ではなく colon で結んだ（'... ere long:'）．しかし 74 はむしろ 71–74 の連作全体の締めくくり，だいいち 73 の couplet の逆転の諧謔は寸鉄の tour de force でリズムの上からとうてい次には続かない．

1. But この But は，たとえば Sh 劇で，場（scene）の初めに人物たちが登場して対話を始めるその最初の But ... の感覚．登場前に交わされていたであろう会話の内容を必ずしも想定する必要はない．**be contented,** Q には comma はない．しかし But からの流れで軽い間が必要．Malone は But ... を 73 に続けるためここを colon とし，その colon が *Globe* をはじめ編纂の主流であった．Alexander の period は一件落着の気味で「舞台」になじまない．なお I and R は 1 行目中途での休止を退けて Q のままとし（'dramatic interruption of an opening line is wholly untypical of Sh's practice in *The Sonnets*'），それが現在の主流となっているが本版はもちろん従わない．**that fell arrest** cf. 'this fell sergeant, death, / Is strict in his arrest.' （*Hamlet* 5.2. 322–23）　**fell** = cruel.　**2. Without** i.e. with no possibility of.　**all** = any.　**3. line** i.e. verse.　**interest** = share, participation. （Schmidt）

七十四

ま、嘆きっこなしだぜ、このぼくの身に例の残酷な逮捕の手が及んで、

　保釈の望みなどありえない遠い彼岸にぼくを連れ去ったとしても、

　ぼくの生命は多少なりともこの詩の中に宿っていて、

4 いわば形見となっていつも君と共にあるのだから。

　再読は再発見に通じる、

　ぼくの本来は君に捧げられている、

　土の取り分は土に還ったその土の部分だけ、

8 大切な方、ぼくの精神は、あくまでも君のものだ。

　だから君の失うものは命の残り滓、

　蛆虫どもの餌、ぼくの死んだ肉体など

　いわば卑劣な兇器に屠られた意気地なしなのさ、

12 君が思い出してくれるなど、とうてい価するものか。

　　肉体の価値は中に存するものにある、

　　その中核こそがこれ、この詩こそ君と共に生きる。

---

4. still = always.　**5. reviewèst, review** 前の review は = re-read, 後のは = see again. 同一語反復の rhetorical figure としては意味の相違が flat 過ぎるとして Evans が後の review（Q は 'reuew'）の 'renew' への改訂（u → n）を提案しているが，sharp だと逆にせっかくのバランスが崩れる．　**6. very part** i.e. true portion. **consecrate** = consecrated. cf. Abbott 342.　**7 his**（= its）= earth's. 'We therefore commit his body to the ground, earth to earth, ashes to ashes, dust to dust.' は葬儀に唱えられる *The Book of Common Prayer* の句. 'Earth must go to earth（Dust to dust）.' は Tilley E 30. もちろん *Gen.* 3.19 / *Eccles.* 12.7 等.　**11. coward** adjectival. **conquest** = that which is acquired by force; prey; booty.（Schmidt）　**of** = by.　**a wretch's knife** i.e death. しかし少々生々し過ぎる表現のため，Sh 自身の死への思い（自死）だとか，あるいは具体的に Christopher Marlowe の刺殺事件（1593年5月30日）だとかと結びつける注が行われてきたが，そうしたストレート過ぎる解釈はそもそも *The Sonnets* の虚構性と相容れない．cf. 63.10 'confounding age's cruel knife'.　**12. rememberèd** Q は 'remembred' だが，リズムの上から，また rhyming からも，4 syllables の spelling とする．cf. 3.13 note.　**13. that, that** 前の that は = body. 後の方は最大公約数的には = spirit だが，spirit を中心 ↱

166

75

So are you to my thoughts as food to life,
Or as sweet-seasoned showers are to the ground,
And for the peace of you I hold such strife
As twixt a miser and his wealth is found.　　　　　　　　4
Now proud as an enjoyer, and anon
Doubting the filching age will steal his treasure,
Now counting best to be with you alone,
Then bettered that the world may see my pleasure.　　　8
Sometime all full with feasting on your sight,
And by and by clean starvèd for a look,
Possessing or pursuing no delight
Save what is had, or must from you be took.　　　　　12
　　Thus do I pine and surfeit day by day,
　　Or gluttoning on all, or all away.

に intellectual essence（Evans）など解は多少とも広がりうる．　**14. this** i.e. this verse.

[75] テーマ，あるいはイメージから 47, 48, 52, 56 に繋がる．出没自在のタイミング．

2. sweet-seasoned = ① of the sweet season, spring, ② deliciously flavoured（*l.* 1 の food のイメージ）. hyphen は Malone.　　**3. for the peace of you** i.e. in order to obtain the peace you bring me. 次の such strife の 'strife'（葛藤）を導入するため peace の語を用意したが，ここでも Sh らしい筆の走り過ぎからいささか性急で舌足らずの phrase になった．Sh を追って多少文意を補う必要がある．なお peace の校訂案に 'price' または 'sake'（Malone），'prize'（Staunton），'piece（=coin）'（Tucker）などがあったが，いずれも 'strife' との対立が成立しない． **4. twixt** = betwixt, between.　**5. anon, 7. alone** -o- は long vowel での rhyming か．cf. 4.9. note.　**6. Doubting** = fearing.　**filching age** i.e. thievish time in which we live.　**7. counting best** = reckoning it best（count は miser の縁語）.　**8. bettered** i.e. considering it better.　**9. Sometime** = sometimes.　**10. by and by** = immediately ⇨ 73.7 note.　**clean**（adv.）= completely.　**11. Possessing** は次行の what is had

七十五

ぼくの心にとっての君は、あたかも命を育む大切な食物、
あるいはまた大地を潤す甘く優しい春の慈雨、
なのに、せっかくのその平安の確保のために、ぼくの心は
4 とんだ葛藤を抱え込んでしまった、大金持ちの吝ん坊みたいに。
さっきまでは君をたっぷり享受している大金持ちのつもりで得意顔、
するとすぐにもう財産を狙う泥棒どもの跳梁に脅えている、
たった今は君と二人っきりが最高の秘密などと吝ん坊のひとり計算、
8 それが世間の奴らに見せびらかしてやるかなどとお大尽の大えばり。
ときには君の姿にもう鱈腹いっぱいかと思うと、
すぐにもうひと目見たさにがつがつ飢えている、
所有も追求も、喜びはただ君にかかっているのさ、
12 たっぷり手に入れた喜び、そしてもうすぐ手に入るという喜び。
かようしかじか、ぼくの日ごとの飢餓と飽食、
食べて食べて食い尽すか、それとも空きっ腹ん中無一物か。

(i.e. I already have)に，**pursuing** は must from you be took に掛かる． **12. took**
= taken. cf. Frantz 267. rhyming からも． **13. pine** = starve. **14. Or … or** = either
… or.

168

76

Why is my verse so barren of new pride?
So far from variation or quick change?
Why with the time do I not glance aside
To new-found methods and to compounds strange?   4
Why write I still all one, ever the same,
And keep invention in a noted weed,
That every word doth almost tell my name,
Showing their birth and where they did proceed?   8
O know, sweet love, I always write of you,
And you and love are still my argument,
So all my best is dressing old words new,
Spending again what is already spent.   12
    For as the sun is daily new and old,
      So is my love still telling what is told.

---

[76] Wilson はこの 76 から 86 までを (77, 81 を除いて) 'The Rival Poet Series' としたが, この 76 はむしろ sonneteer としての Sh の自負の作として裏から読みたい. 彼は 1590 年代の sonnets 連作の流行に遅れて随伴しながら, そもそもの出発から (cf. 1 頭注) 愛の主題そのものの革新を目ざした. 用語や表現の工夫はだれにでもできる, 自分の試みているのはそんな小手先の技巧ではない, どうだ, この逆転の恐ろしさがわかるか――Sh の満々の自信張る 1 篇. **1. pride** = adornment. **?** は Q. ? を取り comma とする改訂が近年の主流であるが (例外は *Riverside*, Evans ぐらいか), リズムはやはり ?. **2. quick** = sudden and lively. **3. glance** = dart or spring aside. (Onions) Schmidt は = look だがここはやはり *OED* 系を採る. **4. new-found** hyphen は Capell. **methods, compounds** 共に当時の文芸界の最先端を行く literary terms. もちろん Sh 自身天馬空を行く満々の自信, 自信があればこそのこの啖呵. **5. still** = always. *ll*. 10, 14 も. **all one** = only one way. **6. invention** cf. 38.1 'invent' note. **weed** = garment. **7. That** = so that. **tell** Q は 'fel'. Capell の校訂が standard. **8. their, they** 前行の every word を pl. で受けた例. **where** = whence. **10. argument** ⇨ 38.3 note. **11. my best** cf. '"one's best" meaning "one's best clothes"; but that idiom appears to be

七十六

　ぼくの詩はどうして新奇な華やぎにこうも不毛なのか、
　　多彩な変奏や奇抜な転換となんで縁遠いのか、
　　時流に乗っかってちょいと目先をひと捻りすれば、
4 新発明の詩法も、しゃれた言葉の組み合わせも、すぐ手近だというのに。
　　そうなのだ、書くのはいつでも同じ繰り返し、着想たって
　　いまさらお馴染みの古衣装、一つ一つの用語は
　　まるで作者の名前入り、発想も、用法も、すぐにもう
8 あいつのものと読み取れる、ああ、いったいそれはなぜなのか。
　　いいかい、愛する友よ、そのわけはいつでも君を書いてるから、
　　君と、そして愛とが、常に変わらぬぼくの主題だから、
　　だからぼくの晴着は古い言葉を新しく着直すこと、
12 とうに仕立てずみの昔の仕立てをもう一度仕立て直すこと。
　　　太陽は日々に新しくそして古い、
　　　ぼくの愛もすでに語ったことをいつまでも語り続ける。

---

of eighteenth-century origin.'（Booth）　しかし Sh の表現はそうした辞書的な枠
を超えているのでは？　**new** = anew.　**12. Spending, spent** *l.* 6 の weed から続
いているイメージに近づけて spend = pay out よりも = wear out とする.　**13.**
cf. 'nihil sub sole novum.' ⇨ 59.1-2 note.

77

Thy glass will show thee how thy beauties wear,
Thy dial how thy precious minutes waste,
The vacant leaves thy mind's imprint will bear,
And of this book this learning mayst thou taste.   4
The wrinkles which thy glass will truly show
Of mouthèd graves will give thee memory,
Thou by thy dial's shady stealth mayst know
Time's thievish progress to eternity.   8
Look what thy memory cannot contain
Commit to these waste blanks, and thou shalt find
Those children nursed, delivered from thy brain,
To take a new acquaintance of thy mind.   12

　　These offices, so oft as thou wilt look,
　　Shall profit thee, and much enrich thy book.

---

[77] glass のイメージ (3, 22, 62) に sun-dial とそれに table-book を加えた 'tempus
fugit' の 1 篇. volta の軽やかな皮肉が快い.
1. thee 77–79 は thou で. **wear** = waste away. Q の 'were' は wear の古形 (*OED*
は 13–17c.). Gildon[2] の改訂は当然だが (cf. 98.11 note), 一方 'were' の擁護論
(beauties の「過去」の状態) もあり得る (発音でも 'were' は *l.* 3 の bear との
rhyming も可能だった [cf. Kökeritz p. 208]). 　　**3. The vacant leaves**, **4. this book**
Steevens が 'Probably this Sonnet was designed to accompany a present of a book
consisting of blank paper.' と注記 (1780) して以来, その解が常識化しているが,
そこまで状況を特定することはない. 日記, 備忘録の類いを携行するのは古
今東西を問わぬはず, 必要なら *Hamlet* 1.5. 97–113 を引いてもいい (cf. 本選集
Hamlet 1.5.107 補). したがって *l.* 3 の 'The' の 'These' への Capell の校訂は要
らざる介入. 贈り物の table-book に looking-glass と portable sun-dial が添えら
れていたとする Brinsley Nicholson の飛び入りの想定 (*Notes and Queries*, 1869.
2.20) などいかにも好事家的珍品. **4. of** = from. **this learning** 次の *ll.* 4–8 に.
6. Of mouthèd graves 行末の memory に続く. **mouthèd** = gaping. **give thee**
memory = remind thee (of). **9. Look what** = whatever. ⇨ 9.9 note. **10. waste** =

七十七

君の鏡は衰えていく君の美貌を写し出すだろう、

君の日時計は過ぎていく君の貴重な時を告げ知らせるだろう、

君の手帳の空白に今の感懐を記録に残しておけば、

4 いずれその手帳を開いて君もしみじみ覚（さと）ることになるだろう。

鏡にありありと刻まれる 額（ひたい）の皺に

君はぱっくり口を開いた墓穴（はかあな）を見る、

日時計の影の忍び足から

8 君は「時」という盗人（ぬすっと）の永遠への足音を聞く、

そうとも、いまは記憶に残らぬようなことでも、なんなりと

空白のページにその養育を委ねることだね、

君の頭脳から生れた子供だもの、やがて大きく成長して

12 君の心とあらためて対面する機会がきっとくる。

鏡も日時計もちゃんとした役割、見るほどに眺めるほどに

君にはご利益（りやく）、手帳はありがたい 宝 物（たからもの）。

---

unused. **blanks** Q は 'blacks'. Theobald の推測により Capell が校訂. tilde 付き
の 'a' (ā [= an]) の compositorial error. ただし blacks 擁護論（メモ用の slate は
黒色）もある.　　**13. offices** = functions. 'These offices' が何を指すかここも *currente calamo* の ambiguity だが全体の流れから本訳のようにとるのが順当なところか.　**so oft as** = as often as.

78

So oft have I invoked thee for my muse,
And found such fair assistance in my verse,
As every alien pen hath got my use,
And under thee their poesy disperse.   4
Thine eyes, that taught the dumb on high to sing,
And heavy ignorance aloft to fly,
Have added feathers to the learned's wing,
And given grace a double majesty.   8
Yet be most proud of that which I compile,
Whose influence is thine, and born of thee,
In others' works thou dost but mend the style,
And arts with thy sweet graces gracèd be.   12
   But thou art all my art, and dost advance
   As high as learning my rude ignorance.

---

[78] いわゆる 'The Rival Poet Series' の始まりとされるが，表現の上では 38 に
連なる．詩作の自信のほどは 76 に続く．念のため，rival の登場は恋愛物語に
必須．

1. invoked, muse ⇨ 38.1, 10 notes. **for** = as. **2. fair** = kind. **3. As** = that. *l.* 1
の 'So', *l.* 2 の 'such' と呼応． **alien** 'The Poet' と 'The Fair Youth' との 'oneness'
の世界に入り込んだ「余所者」． **pen** i.e. feather pen. cf. < L. *penna* = feather. **4.
under thee** 'The Rival Poet' 説では当然身分ある patron（'The Fair Youth'）の庇
護と結びつく． **their** *l.* 3 の every を受ける．cf. 76.8 note. **7. feathers** 当時の
falconry では鷹の飛翔を助けるために翼や尾に新しい羽根を挿し加えた．も
ちろんここは羽根ペンのイメージも． **learned's** i.e. learned poet's. ignorance
(*l.* 6) との対比．Sh の皮肉．そして（rival が実際にいようといまいと）大いな
る自信． **8. majesty** *l.* 6 の fly との rhyming ⇨ 1.4 note. **9. compile** = compose,
write. **10. influence** i.e. inspiration. astrological term ⇨ 15.4 note. **11. mend** =
improve. **style** < L. *stilus* = writing instrument. **12. arts** i.e. literary skill. **graces**,
gracèd 同一語根の語の繰り返し，rhetoric でいう polyptoton. **13. thou art …
art** homonymic pun (antanaclasis). ただし前の art は 'thou, my muse' とも読み

七十八

ぼくは度繁く君を詩神に呼び出し、

君もまたその度にぼくの詩作に友愛の霊感を与えてくれた、

それがなんと、二人とはまるで他所者の羽根ペンまでぼくをまねて、

4 君の庇護のもと、ペンの成果の詩とやらを世に撒き散らしている。

ああ、君の眸の輝きが物言わぬぼくの舌に天上の歌を教えてくれた、

飛び立たぬぼくの無知を促し天翔る飛行へと導いてくれた、

その君が今は学識を衒う翼にさらなる羽根を挿し加え、

8 優雅な飛行に重なる偉容を付与している。

だが、どうかぼくの詩作をもって君の最高の誇りとしてくれたまえ、

霊感は君から流れ出たもの、作品は君から生まれた子供、

彼らの作品で君が助けたのはただの筆づかいだ、だいたいが

12 詩の技法など、優雅な君の美しさを優雅な飾りに使っているだけの話。

　ぼくの場合はだね、君こそが詩、ぼくの詩の業のすべて、

　粗野なぼくの無知を真の学識の高みへと引き上げてくれている。

取れる．Sidney に先例，'Thou art my wit, and thou my virtue art.'（*Astrophel and Stella* 64.14）style（*l.* 11）や arts（*l.* 12）を嘲笑しながら，ぬけぬけとこうした華麗な rhetoric（cf. 82.10 / 11-12 notes）による wordplay を披露してみせるあたり，やはり Sh の若々しい反骨の自信．**all my art** i.e. my very poetry. **advance** = raise up. **14. learning** concluding couplet の最後に *l.* 7 の learned を本来のあるべき意味に戻して．

79

Whilst I alone did call upon thy aid,
My verse alone had all thy gentle grace,
But now my gracious numbers are decayed,
And my sick muse doth give another place. 4
I grant, sweet love, thy lovely argument
Deserves the travail of a worthier pen,
Yet what of thee thy poet doth invent
He robs thee of, and pays it thee again. 8
He lends thee virtue, and he stole that word
From thy behaviour, beauty doth he give
And found it in thy cheek; he can afford
No praise to thee but what in thee doth live. 12
 Then thank him not for that which he doth say,
 Since what he owes thee, thou thyself dost pay.

---

[79] 38 を裏返しにして前作にみごと続けた.
1. call upon = invoke. ⇨ 78.1 note.　**2. gentle grace** = kind favour.（78.8, 12 の grace から意味をずらして.）　**3. gracious** i.e. filled with thy grace. 78 からの polyptoton が続く.　**numbers** = verses. 念のため 'gracious numbers are decayed' に付した D-Jones の注を引くだけは引いておく. 'also, possibly, that the *numbers*—numerals—of the sonnets themselves, post-70, bespeak decadence.'　**are decayed** = have declined. be + p.p.（v.i.）の完了用法（cf. Abbott 295）.　**4. muse** i.e. inspiration. ⇨ 38.1 note.　**give another place** = yield its place to another.　**5. thy** objective use. **lovely argument** i.e. subject matter of love. ⇨ 38.3 note.　**6. trávail**（= task［念のため cf. 27.2 note］）, **wórthier** いずれも dissyllabic.　**7. of** = about. **invent** i.e. write.（書くことは書いてもただ主題を見つけ出しただけで内実にまでは及ばない. cf. 38.1 note.）　**8. pays, 9. lends, 11. afford**（= offer）, **14. owes, pay** いずれも financial term. 金融資本主義の成長期という時代背景はそのまま *The Sonnets* 冒頭からの舞台背景でもあった. cf. 6.5 note.　**8. again** = back.　**9. word, 11. afford** [-ɔ́:d] で rhyming か. cf. 38.9, 11 note.

七十九

ぼくひとりが詩神（ミューズ）の君に助けを祈り求めていた頃、
その気高い恩恵のすべてはぼくの詩ひとりのものだった、
それが今は、せっかく恩恵の詩も魅力が消え失せ、
4 ぼくの病み衰えた詩想はその力を他に譲り渡すほかない。
ああ、わが愛する友よ、残念ながら、君を歌う愛の主題は、
ぼくよりももっと優れた詩人の役目にこそふさわしい。
しかしだよ、その新しい詩人が君を書くそのなにもかも
8 君から盗み取ったもの、それを君に払い戻しているにすぎない。
彼はもっともらしく君に美徳を貸し与えるが、その実際は
君の立ち居からくすねたもの、美を歌えばそれは本来
君の頬に宿っていたもの、彼の繰り出す賞讃の数々は
12 なべてこれ君の中に息づいて存在している。
　　だからね、彼の美辞麗句などなにも感謝することはないんだよ、
　　それは彼が君から借りた借金、その借金を君がわざわざ支払ってやる
　　　だなんて。

80

O, how I faint when I of you do write,
Knowing a better spirit doth use your name,
And in the praise thereof spends all his might
To make me tongue-tied speaking of your fame.   4
But since your worth, wide as the ocean is,
The humble as the proudest sail doth bear,
My saucy bark, inferior far to his,
On your broad main doth wilfully appear.   8
Your shallowest help will hold me up afloat,
Whilst he upon your soundless deep doth ride;
Or, being wracked, I am a worthless boat,
He of tall building and of goodly pride.   12

   Then, if he thrive and I be cast away,

   The worst was this, my love was my decay.

---

[80] これはもちろん自己卑下ではない．たとえば 2nd quatrain 以下の比喩に
ついて Wilson に次の注記がある，'it was drawn … in days when saucy English
boats were almost every year engaging, and often sinking, tall-built full-sailed galleons
upon the Spanish main.' galleon が出たついでに，Sh と Ben Jonson の wit-combat
についての有名な伝説を引いておく．Jonson は Spanish great galleon だ，これ
に対し Sh は English man of war（軍船）．一方は solid だが slow，他方は lesser
in bulk だが lighter in sailing（Thomas Fuller, *The History of the Worthies of England*,
1662）．ここから 'The Rival Poet' を Jonson に擬する説が生まれた．
1. faint = lose heart．**2. better spirit** i.e. more spirited poet. spirit [spírt] は
monosyllabic．**use your name** i.e. use you as the subject-matter．（thou [77–79] か
ら you への変化）use を 79 からの financial metaphor に続ける解があるが，本
注はそこまで無理することをしない．sexual な（cf. 4.7 note）解についても．**3.**
thereof = of the name．**4. tongue-tied** = keeping silence. hyphen は Q．**6. humble**
= humblest. 次の superative（proudest）にくるまれる．Abbott 398．**as** = as well
as．**8. main** = ocean．**appear** *l.* 6 の bear との rhyming から [-pé(ː)ə] か．cf. 8.6
note．**9. shallowest** = ① slightest, ②「最も浅い（困難な）浅瀬（での）」．**10.**

177

八十

ああ、君について書こうとするとぼくは 甚 だ意気上がらぬ、
　　ぼくよりも気力充実の詩人が、君の名前を持ち出して
　　その賞讃に力の限りを尽くしているのを見たからには、
4　いざ君の名声を語ろうたってぼくは黙り込むしかない。
　　だが君の器量はさながら広大無辺の大洋、そこには
　　堂々の大帆船と並んで貧弱極まる船もちゃんと浮かべてくれる、
　　だから、ま、ぼくの小舟も、彼の偉容と比べるべくもないけれども、
8　身の程もわきまえず君の大海原にあえて帆を上げるとしよう。
　　君の僅かな助けで、ぼくはいちばんの浅瀬だっても浮かぶことができる、
　　一方彼の航海は底知れぬ深い海溝、心に響く物音ひとつ聞こえてこない。
　　さて難破のときがきて、ぼくの小舟は取るに足らぬ価値だが、
12　彼のはつくりは堅牢、姿も絢爛。
　　　だから彼が無事安泰でいよいよ時めき、ぼくが破船の憂き目を見ることになろうと、
　　　ぼくはもって瞑すべし、これは愛に殉じての破滅なのだから。

---

soundless = ① not to be sounded, unfathomable, ② noiseless. **11. wracked** = wrecked. ⇨ 65.6 note. **12. tall** = (conventional epithet of ships of large build) gallant, fine, large and strong. (Onions) **pride** = splendour. **13. if** Q は 'If' と capital. cf. 'It is tempting to believe that the capitalized *If* … indicated the author's emphasis.' (Brooke) ただし 'Temptation should be resisted.' (Rollins) **14. my love** = ① my affection (was my ruin), ② my beloved (caused my destruction). 訳はともに「愛に殉じる」で.

81

Or I shall live your epitaph to make,
Or you survive when I in earth am rotten,
From hence your memory death cannot take,
Although in me each part will be forgotten.   4
Your name from hence immortal life shall have,
Though I, once gone, to all the world must die;
The earth can yield me but a common grave,
When you entombèd in men's eyes shall lie.   8
Your monument shall be my gentle verse,
Which eyes not yet created shall o'er-read,
And tongues to be your being shall rehearse,
When all the breathers of this world are dead.   12
　　You still shall live, such virtue hath my pen,
　　Where breath most breathes, even in the mouths of men.

---

[81] 'The Rival Poet Series' にひょいと投げ込まれたような 1 篇. 'immortality–through–verse' のテーマは 18 の couplet 以来だが，ここでは全篇を死の暗い影が覆って 'memento mori' のテーマに連なる.
1–2. Or … Or = whether … or.　**1. make** = compose.　**2. rotten,** comma は Q. Q の punctuation には問題が多く (cf. *ll*. 11–12 補)，これを semicolon あるいは period に校訂する編纂が主流だったが，I and R はそれではこの *ll*. 1–2 が 'a platitude of high banality' に堕すると批判する.　**3. From hence** = from this world.
4. in me = in my case.　**each part** = every part; all of me.　**5. from hence** = from these lines. *l*. 3 の phrase の意味を変えた repetition. ここには② として from now の意味も含みうるが，*l*. 9 からあえてこの② は採らない.　**7. common grave** = undistinguished grave (shared with others). grave は *l*. 5 の have との rhyming から short vowel か.　⇨ 30.2, 4 note.　**9. gentle** = tender and noble.　**10. o'er-read** (hyphen は Q) = peruse.　**11. tongues to be** = future tongues.　**rehearse** = recite.
11–12. rehearse, / … dead. ⇨ 補.　**12. breathers** (Sh's coinage), **14. breath, breathes** polyptoton. ⇨ 78.12 note.　**12. this world** i.e. today's world.　**dead** *l*. 10 の o'er-read に合わせての rhyming. cf. 'Sh was familiar with two pronunciations

八十一

　ぼくが生き永らえて君の墓碑銘を書くことになろうと、

　あるいは君が生き残ってぼくは土中（どちゅう）に朽ち果てることになろうと、

　「死」がこの地から君の記憶を奪い去ることはありえない、

4　もちろんぼくの方はなにもかも忘れ去られて当然だろうけれど。

　君の名はこの詩によって永遠の生を贏（か）ち得る、

　ぼくの方はいったんこの世を去れば全世界との死者だ、

　地がぼくに与えるのは共同の名無しの墓地、

8　だが君が葬られるのは人びとの眼の中。

　ぼくの気高い愛の詩が君の記念碑になる、

　まだこの世に生を享けていない眼がやがてここに眼をこらす、

　未来の舌が君の存在を熱心に語り続ける、

12　いまこの世で息づいてる者たちが全部死に絶えたとしても。

　　君はみなに讃えられ永遠に生き続ける、それがぼくの

　　ペンの力だ、息が最も息づく人びとの中に熱く唱えられて。

---

of some words … . Thus *dead*, which is usually short, rhymes with *made* and *o'erread*.'
（Kökeritz p. 201）/ Wyld p. 89.　**13. still** = forever.　**virtue** = power.　**14. even in
the mouths** = in the very mouths.　even は monosyllabic, stressed に [ívn in] と trochaic
で読みたい.

11–12 補. rehearse, / … dead. Q は '… , / … ,'. Benson が '… / … ,' に改訂,
Gildon² が ' … : / … ,', Sewell が '… , / … ,:', いずれも *l*. 12 の行末を comma（ま
たは semicolon）にして 3rd quatrain を次の couplet に続ける構文とした. Q の
punctuation の印刷に問題の多いことは凡例でふれたところであるが, ともあ
れここで Q の方向を生かせば, *l*. 12 は *l*. 11 に掛かると同時に *l*. 13 にも掛か
ることになる. William Empson はこの構文の曖昧性をからめて特にこの 3rd
quatrain を彼の ambiguity の第 2 type の好例とした. 近くは Booth が 'If the
noncommittal commas（of *ll*. 11, 12）are retained, line 12 acts twice, first to modify
line 11 by indicating when the tongues will rehearse, and then to modify line 13 by
indicating when *You … shall live*.' と注記した上で, *ll*. 11, 12 の行末を Q のまま
'rehearse, / … dead,' とした. しかし本編纂者は, ここでは, 3 quatrains + couplet
の構造を尊重して, *l*. 12 を period で止める編纂を行い, 訳の行末にもマル（。）↱

82

I grant thou wert not married to my muse,
And therefore mayst without attaint o'erlook
The dedicated words which writers use
Of their fair subject, blessing every book.   4
Thou art as fair in knowledge as in hue,
Finding thy worth a limit past my praise,
And therefore art enforced to seek anew
Some fresher stamp of the time-bettering days.   8
And do so, love, yet when they have devised
What strainèd touches rhetoric can lend,
Thou truly fair wert truly sympathized
In true plain words, by thy true-telling friend.   12
    And their gross painting might be better used
    Where cheeks need blood, in thee it is abused.

を打った．付け加えれば近年の諸版は Booth を例外にほとんどが *l.* 12 の行末
は period もしくは semicolon である（理由は当然のことながら各版によって異
なる）．ただしそうした編纂にもかかわらず，各版とも二重の読みの可能性を
必ずしも否定してはいない．本編纂者もここでの読みは読者に開かれている
ことをもちろん認めたその上で，本 sonnet の構造と，それに伴うであろうはず
ずの作者 Sh の「意図」（蟷螂の斧の忖度に過ぎないとしても）を，あくまで
も編纂の基本にしたかった．
[82] 若い（30 代であっても *The Sonnets* に関する限りはぜひ「若い」と言いた
い，その）Sh の過剰なまでの自信．rival poet がいたとして，それは 'rival' の
名に値しない．
1. thou you から thou へ（83 でまた you に）．**muse** cf. 38.1 note. ここでは i.e.
poetic ability. **2. attaint** = dishonour. **o'erlook** = peruse. 'with possible play on
"casting an appraising eye over women", since you are "not married".' (Tucker) **3.**
dedicated = ① devoted, ② in author's 'Dedication'. 必ずしも実際の 'Dedication'
を指していると考えずともよい．むしろここは「虚構」の中の表現（言うまで
もなく Sh 自身 2 冊の物語詩を Patron に dedicate している）．**4. Of** = concerning.

八十二

　もちろん君はぼくの詩神（ミューズ）と結婚したわけではないのだから、

　そこいらの詩人が愛の主題を掲げて君に献身の言葉を浴びせ

　献辞まで捧げたところでなんの不都合もない、そんな詩集の

4　いちいちに君が流し目の恩恵を頻発させたところで。

　君はみごとに美しい、容姿のことだけでなく学識の点でも、

　たどたどしいぼくの誉め言葉などでは、とうてい君のすべてを

　覆い尽すことはできない、それを知ればこそ君は日進月歩の時代に

8　平仄（ひょうそく）に合せた、より新鮮な表現を求めることになったのだろう。

　愛する友よ、もちろんそれで構わないとも、それでもだよ、たとえ

　連中が修辞法とやらを総動員して凝った趣向の表現を繰り出そうと、

　君の真実の美しさは、真実を語る君の真実の友の

12　飾らぬ真実の言葉によってのみ、真実そのままの姿に描き出される。

　　連中のけばけばしい化粧術は、頰に血の色の足りぬ

　　貧弱な顔に施すべきだね、君の顔の場合はまるで見当違いだ。

---

their fair subject cf. 79.5 'thy lovely argument'.　**blessing every book** *l.* 2 の o'erlook
に続けて読めばよい（主語は *l.* 1 の thou のまま）．i.e. gracing every such book by
your perusal.（*Riverside*）　**5. hue** cf. 20.7 note. ここでは = external appearance.
6. limit = region.　**8. stamp** = imprint（*l.* 4 の book の縁語）; **the time-bettering
days** bettering は dissyllabic.（spelling は Q のまま［Q 32.5 には 'bett'ring' もあ
る．なお hyphen は Gildon.）　**10.** Thomas Wilson の *The Arte of Rhetorique*（1553）
以来．rhetoric は当時の詩人に必須の知識．　**11–12.** truly, true, true-telling
（alliteration）の polyptoton は art of rhetoric の最たるもの．ほかにも fair（*ll.* 4,
5, 11）; use–used–abused（*ll.* 3, 13, 14）．Sh はこれみよがしに not-strained touch
の rhetoric をみごと駆使してみせて、並の rhetoric を嗤っている．cf. 78.13 note.
11. wert = wouldst be.　**sympathized** = corresponded, i.e. represented（accurately）.
12. plain i.e. unadorned.　**13. gross** = thick, heavily laid on.　**14. in thee** = ① in
thy case, ② on thy face.　**abused** = misapplied.

83

I never saw that you did painting need,
And therefore to your fair no painting set;
I found, or thought I found, you did exceed
That barren tender of a poet's debt.   4

And therefore have I slept in your report,
That you yourself being extant well might show
How far a modern quill doth come too short,
Speaking of worth, what worth in you doth grow.   8

This silence for my sin you did impute,
Which shall be most my glory being dumb,
For I impair not beauty being mute,
When others would give life and bring a tomb.   12

　　There lives more life in one of your fair eyes
　　Than both your poets can in praise devise.

---

[83] 82 にまっすぐ続く．Sh の若々しい自信のほども．
2. set = applied.　**4. barren** = sterile, worthless.　**tender** = offering.　**debt** = obligation.
以上 3 語は ② として金融取引用語の意味を併せもっている（barren. cf. *M of V*
1.3.126 / tender, debt. cf. *MND* 3.2.84–87）．付け加えると 'The Fair Youth' に高貴
な Patron が意識されていたとすれば，① の「恭順」に対し ② はそれを異化
することになる．そうした異化の表現が現実の Patron に対してなされるはず
はない．　**5. therefore** 次行の That 以下．**slept** i.e. been inactive.　**6. being extant**
前後を comma で囲むとわかりやすい（そういう編纂もある）．being [biŋ] は
monosyllabic, unstressed.　**éxtant** = alive.　**7. modern** = ordinary, trite. ② として
= up-to-date, of the present の注もあるが，ここの quill は 'The Poet' 自身のはず
だからその解は必要ないと思う．　**8. Speaking** = in speaking.　**what worth** i.e.
such worth as. 'worth,' の後にいきなり続けた無造作な表現．勢い余った（*currente
calamo*）いかにも Sh らしい天衣無縫というべきであろう．Kerrigan はここに
Sh の 'the uncharacteristic awkwardness' を感じとって，これを 'The Friend' の
worth の評価についての 'The Poet' (= Sh) の 'a moment of hesitation' としてい
るが（Evans もこれに賛意を示している），少々いじましい解釈と言うべきで

八十三

君に化粧が必要などぼくには思いも寄らなかった、だから
君の美に言葉の化粧術を施したことなどけしてない。
借金の返済に差し出すがごとき一介の詩人の空疎な言葉など、
4 君は端から超えている、いや超えているはずだと信じてきた。
声高に君を語ることをあえて慎んできたのは、
君自身が生きているだけでもう十分、いまさら凡庸の筆が
その価値を云々しようたって、価値が現にそこに
8 花開いている以上無駄なことだと思ったからだ。
しかるにその沈黙を君は罪と断じた、
黙していればこそその罪がぼくの最高の栄誉だというのに。
いいかい、だんまり役のぼくは君の美を損うことがない、
12 他のやつらは君に命を与えるつもりでなんと墓仕度だ。
明眸二個、その一個だけでも、やつらが二人がかり、
地団駄踏んだ美辞麗句など及びもつかぬ命が煌めき輝いている。

ある. **grow** = flourish. **9. for** = as. **did impute** ここでわざわざ biographical な
背景を探る必要はない. **10. Which** i.e. the sin of silence. **being dumb** 前の
my glory の 'my' から phrase の主語の 'I' は自明. cf. Abbott 379. 前に主語の
Which があるからこの phrase 自体 redundant だが, 次行の being mute との対の
繋がりということもある. béing は共に dissyllabic. なお *l.* 12 の tomb との
rhyming は tomb が主か. cf. 17.1 note. **11. mute** 舞台の metaphor. cf. *TN* 1.2.58.
14. both your poets もちろん *l.* 12 の others の中の 2 人. both としたのは fair
eyes の双眸に揃えるため. 'The Rival Poet' に固執する立場からすればここで
rival を 2 人としてその Rivals の同定に狂奔することになるのだろうが,
biographical fallacy の呪縛に縛られての悪あがき. ましてや both を The Rival
+ Sh とするなどは 83 の, ひいては *The Sonnets* 全体の趣旨から逸脱する滑稽
である.

84

Who is it that says most, which can say more
Than this rich praise that you alone are you?
In whose confine immurèd is the store
Which should example where your equal grew.   4
Lean penury within that pen doth dwell
That to his subject lends not some small glory,
But he that writes of you, if he can tell
That you are you, so dignifies his story.   8
Let him but copy what in you is writ,
Not making worse what Nature made so clear,
And such a counterpart shall fame his wit,
Making his style admirèd everywhere.   12

　　You to your beauteous blessings add a curse,
　　Being fond on praise, which makes your praises worse.

---

[84] これまた 83 にまっすぐに続く. 'The Rival Poet' なるものが実在したとして, 若い勢いの Sh はそんな才能など歯牙にもかけていない.

1–4. ⇨ 補.　**2. rich** = abundant, unstinted. *Astrophel and Stella* に Sidney の Madonna, Penelope Rich と 'rich' を重ね合わせた絶妙の wordplay がある (cf. 135 頭注).　**3. confine** = bounds.　**immurèd** = enclosed. 次行の 'grew' からも囲われた「庭」のイメージ.　**store** = supply. cf. 'There is a faint reprise of the procreation sonnets here.' (Burrow)　**4. example** = i.e. show your parallel.　**5. penury** *l.* 2 の 'rich' の対語. 次の pen との alliteration.　**pen** = ① enclosure (for poultry), 「庭」から家禽類の小屋に. ② quill-pen, 家禽類の feathur のイメージ.　**6. his** (= its) = pen's.　**10. Nature** ⇨ 4.3 note.　**clear** = lucid. *l.* 12 の everywhere との rhyming から [-íə] より ([-ɛ́ə]) か. cf. 80.8 note.　**11. counterpart** = copy.　**fame** = bring fame to.　**wit** = intelligence.　**13. beauteous** dissyllabic.　**blessings** i.e. the beauty heaven has blessed you with. (Wilson)　**14. Being** monosyllabic, unstressed.　**fond on** = fond of foolishly, doting on.　**praise** i.e. flattery.　**your praises** i.e. the praises given to you.

1–4 補. Q の puctuation は '… moſt, … more, / … praiſe, … alone, … you, / … ſtore,

八十四

　どんなに大げさな讃辞を君に用意しようたって、最高の讃辞は
　「君はこの世にただ一人」、これ以上の讃辞はありえないだろうさ。
　なにせ君と同じ例を持ち出そうたって、なにもかも
4　みんな君という囲われた庭に育ったものだけなんだから。
　せっかくの主題にわずかの栄光も賦与できぬような、
　そんなペンは羽根の落穂さえ見当らぬような貧相な鶏小屋、
　けれども主題が君となれば、「君は君だ」と書きさえすれば、
8　それでもうその詩は堂々の威容に燦然と光り輝く。
　そうとも、彼はただ自然が君に書き記したのを
　書き写せば足りる、女神の麗筆をわざわざ汚すことはない、
　正確な複写、それが彼の詩才の名声、
12　その文体こそが全世界からの賞讃。
　　ところが君ときたら、せっかく天与の美の祝福が禍のもと、
　　お追従がお気に召すものだから、誉められれば誉められるほどうす汚
　　　くなる。

/ ... grew, / ' (*ll.* 5, 6, 7 も行末は comma，ようやく *l.* 8 末に period)，Sh の *currente calamo* そのままの comma の連続である（Q の punctuation の印刷については「凡例」1-3 参照）．Booth はこの 4 行を 'a stylistic palimpsest' と呼んだが，乱雑な「二重書き直し」というより，ここでの Sh はやはり気負い立った勢いの Sh であるだろう．さて，その勢いの構文を論理的に整理しようとして Malone は *l.* 1 の 'most,' の comma を？に校訂して第 1 の疑問文に読み，さらに次の which (= who) から *l.* 2 の行末までを第 2 の疑問文とした（'... you,' → '... you ?'）．疑問文を pair の形にしたこの校訂はその後の論理尊重の時代に適って長く追随されてきたが，近年では Q の comma を生かす編纂が主になっている．本編纂者も，以下，Q に表れているであろう Sh の *calamus* の勢い（推測される Sh の「意図」）を尊重する punctuation とした——まず Sh は Malone の想定する論理的な構文など計算する 暇 もなくいきなり 'Who is it that says most' (i.e. What extravagant eulogist) で始めた．その後をすぐさまそれを relative pronoun の 'which'（文法的には antecedent は 'Who'）で受けて '... can say more / Than this rich praise' と続けた．*l.* 1 行末の comma など不要，'this' は次の 'that ⌐

85

My tongue-tied muse in manners holds her still,
While comments of your praise, richly compiled,
Reserve their character with golden quill
And precious phrase by all the Muses filed.   4
I think good thoughts, whilst other write good words,
And like unlettered clerk still cry Amen
To every hymn that able spirit affords
In polished form of well refinèd pen.   8
Hearing you praised, I say 'tis so, 'tis true,
And to the most of praise add something more,
But that is in my thought, whose love to you,
Though words come hindmost, holds his rank before.   12
  Then others for the breath of words respect,
  Me for my dumb thoughts, speaking in effect.

---

you alone are you'（i.e. you are the only you there is）. 文のリズムから '… praise'
の後に comma も付さない. l. 3 の whose は前行の 'you' を受けるから l. 2 の行
末はおそらく comma で l. 3 に続けるべきところだが，冒頭から一気に走って
きた Sh の *calamus* はとりあえず l. 2 でひと呼吸置いてまたあらたに走り出す
ことになった. そのリズム感を伝えたいと本編纂者は l. 2 末に？を置いた. 近
年の版のほとんどは *ll.* 1–4 の quatrain 全体を 1 つの疑問文にまとめて？を l. 4
の行末まで引きずっているが，それではむしろ「論理」が透けてしまい Sh の
勢いになじまない. もう 1 つ，Booth は l. 3 の whose も interrogative として（'In
whose' = in what poet's confine）*ll.* 1–4 を独立した疑問文に読む読み方を示唆し
ているが，これまた Sh の若々しい勢いをいじましい「論理」で殺ぐことに
なってしまうだろう.

[85] 'The Rival Poet' の推定に資するとされてきた 1 篇. 次の 86 へと続く.

1. tongue-tied hyphen は Q, cf. 80.4 note. ただしここでは 'silence' の態度がよ
り積極的（攻撃的）な方向に移っている. **muse** ⇨ 82.1 note. **in manners** = out
of politeness. **holds her still** = keeps herself quiet; remains silent. **2. comments** =
expository treatises. **compiled** = written. ⇨ 78.9 note. **3. Reserve their character**

八十五

　ぼくの詩神は妄りに舌を動かすことなく沈黙を守っている、
　　しかるに横行するのは君を讃えるありがたいご託宣、美辞を連ね、
　　天上の詩神総がかりのまばゆい文言を練り上げて、黄金の羽根ペンで
4　麗々しい文字を書き連ねれば、その輝きの褪せることはなかろうさ。
　　ぼくの詩は胸のうちにある、彼らの詩は言葉言葉の連続だ、
　　ぼくは、教会の無学な書記さながら、恵まれた詩才の
　　洗練のペンが次々と繰り出す会心の讃美歌の
8　その一つ一つに「アーメン」を唱え続けるばかりだ。
　　そうとも、君への讃辞を聞けば「アーメン、そうとも、そのとおり」、
　　だがね、彼らの最高の讃辞にも、付け加えるぼくのがある、
　　それはぼくの心の胸のうち、そこに息づく君への愛、
12　言葉は殿でも、その位を言えば最先頭のはずなのだよ。
　　　だから、彼らの詩は口から出た言葉として遇したまえ、
　　　ぼくの思いは口には出さねど心で語る愛の真実。

= preserve the writings of these comments. ⇨ 補.　**4. all the Muses** cf. 38.9 note.
filed = polished（with file）. cf. 17.2 note.　**5. other** 動詞の 'write' からも pl. ⇨
62.8 note.（*l.* 13 は 'others'. pl. だからここでの 'rivals' も pl. ということにな
る.）　**good words** cf. Hamlet の Polonius への揶揄, 'Words, words, words.'
（2.2.191）. words / affords（*l.* 7）の rhyming ⇨ 79.9 note.　**6. clerk** = parish clerk
「教会書記」. 教会の礼拝では牧師を助けて会衆を導くのが役目. そこでは
「アーメン」や応答文を先導するが, ラテン語を解さぬので（unlettered）ただ口
先で唱えているだけ. **still** = constantly.　**7. every hymn** 'hymn' は Q では capital.
その capitalization を George Chapman の *The Shadow of Night: Containing Two
Poetical Hymns*（1594）への言及として. 'The Rival Poet' = Chapman 説はこれを
1 つの証拠とした（証拠といってもその程度のことだ）. ⇨ 86. 1...9 補. **that**
relative pronoun. adjectival にとって（前に which［relative pronoun］の省略）'able
spirit' を 'The Rival Poet' に特定しようとする説があるが本編纂者の採るとこ
ろではない. **able spirit** i.e. talented genius. つまり *ll.* 5, 13 の other(s). spírit は
monosyllabic, stressed. **affords** = supplies.　**9. 'tis so, 'tis true** cf. Amen < Hebrew
= certainly, truly.　**10. most of** = utmost, highest.　**12. his**（= its）= of my love. ↱

86

Was it the proud full sail of his great verse,
Bound for the prize of all-too-precious you,
That did my ripe thoughts in my brain inhearse,
Making their tomb the womb wherein they grew? 4
Was it his spirit, by spirits taught to write
Above a mortal pitch, that struck me dead?
No, neither he, nor his compeers by night
Giving him aid, my verse astonishèd. 8
He, nor that affable familiar ghost
Which nightly gulls him with intelligence,
As victors of my silence cannot boast,
I was not sick of any fear from thence. 12
　　But when your countenance filled up his line,
　　Then lacked I matter, that enfeebled mine.

---

before = in front.　**13. respect**（imperative）= regard.　**14. in effect** = in reality.
3 補. Reserve their character　Q の 'Referue their Character' をそのまま modernize
した編纂．Rollins は前の 2 語について 'Annotators and improvers of Sh's text have
had *great fun* with these two words.'（italics 本編注者）と皮肉まじりに慨嘆して
いるほど，以下にその一半を補注にとどめて本編纂の立場を明らかにしてお
く．まず 'their' について．これを一連の 'thy → their emendation'（⇨ 26.12 補）
の 1 例とする立場があり，その方が文の流れから素直な読みになるが，*ll*. 2,
9, 11 は you / your であり，ここだけを 'thy' とするのはいくら Sh の *currente
calamo* を想定したとしても無理というものだ．ここはやはり Q のまま 'their'
と読むのが王道であろう．となると次の 'character' は「性格」よりは「筆跡」．
OED に徴してみても character に「性格」の意味が落ち着くのはようやく 17
世紀も半ば過ぎである（ただし *TN* 1.2.47 には character = personal appearance
indicating moral qualities［本選集 *TN* note 参照］の例があり，これを加勢に their
→ thy に固執する編纂もある）．reserve = preserve は一応の線だろうが，それ
でも 'Deserve their'（Dowden），'Rehearse / Receive their'（C. H. Herford［1899］）
などなど，Rollins の慨嘆どおりの盛況．近年の版でも，Kerrigan, *Oxford* は

八十六

　彼の詩は威風堂々、順風満帆、君という秘宝の略奪を目ざして大海に
　乗り出して行く、だがね、その勢いに呑まれて、ぼくの詩までもが、
　せっかく詩想を育んでくれた脳髄にあえなく納棺されたわけではない、
4 十月十日もあたためてくれた母胎を墓所にするなどあってたまるか。
　そうか、彼には才能があるというのか、その才能ある彼を、これまた才
　　能溢れる友人たちが導いて、
　天馬空を行く成果を彼に齎した、おかげでぼくはあえなく沈黙——
　まさかそんなばかな、彼ごときが、いわんや夜ごと酒場で談論風発、
8 彼を助けた飲み仲間どもがぼくを再起不能に驚倒させたなど。
　彼はぼくの沈黙を勝ち取った誇り高い勝利者ではない、もちろん
　夜になると現れては、魔術まがいの文芸用語をちらつかせて相手を
　煙に巻く、気のいい魔術の下請けが勝利者のはずがあるものか、
12 ぼくはそんなこんなに怯えて気力を失ったのではけしてないのだよ。
　　ああ、けれども、彼の詩行に君の好意の笑顔が満ち溢れるとき、
　　あわれぼくは茫然自失、ためにぼくの詩はか細く痩せ衰えるばかり。

'Reserve thy character' を譲らない.
[86] 'The Rival Poet Series' の最後. 85 に続いて特にこの 86 には The Rival の推定に資するとされる表現が集中する. 19 世紀半ば以来のその推定に関わる厖大な探索の 1 つ 1 つに本編注者は興味津々の敬意を抱く者であるが, それらの詳細に即くのであればおそらく Sh 伝の小説化(30 代の Sh を主人公にしたノン・フィクション)を志すほかないと思う. なにせ滾りたった時代の, そのまた滾りたった演劇界・文芸界に身を置いた Sh だ. rivals にまつわる有形無形の経験は, それこそ無尽蔵に, 彼の心中深く生々しく刻印されていることだろう. しかし Sh はそれらのすべてを, こともなく, *The Sonnets* の「物語」化の材料に鍛え上げた, rival の介在は愛の物語に不可欠のテーマなのだから. となれば, 'The Rival Poet' 推定についてはその最小限の関連を補注に取り上げるにとどめるのが本来であるだろう. ただし興味津々の話題ともなれば, 最小限が(説明不足のまま)適量を超えるとしてもまたやむをえないか.
1. the proud full sail … **verse, 2. prize** (= capture) いかにも大航海時代の背景. cf. *M of V* 1.1.8–14. ⇨ 補.　　**2 all-too-precious** Q は hyphen なく 3 語を paren. ↱

で囲む．compound adjective として hyphenate したのは Capell.　**3. ripe** = ready for birth.　**inhearse** = enhearse; put into a hearse.　**4. tomb, womb** rhyming words を重ねた筆の走り．cf. *R and J* 2.3.9–10.　**5. spirit** = poetic ability. この spirit [spírt] は monosyllabic. 次の **spirits** [spírits] は dissyllabic. ⇨ 補.　**6. mortal**「死すべき人間の（到達できる）」**pitch** = height. ⇨ 7.9 note.　**struck … dead** i.e. stunned into dead silence.　**7. compeers** i.e. literary companions. cf. 'implying equality and, as sometimes in the English of the period, contempt.' (Kerrigan) ⇨ 補. **by night** ⇨ 補.　**8. astonishèd** = stunned with terror.　**9. He, nor** = neither he nor. **affable** = friendly, conversable.　**familiar ghost** = familiar spirit. 魔術を操る存在に仕えてその術を授ける魔もの．cf. *Macbeth* 1.1.8. 「使い魔」と訳されることが多いが必ずしも一般に通用する訳語ではないので本訳では用いない．ここでは次行の nightly と共に *l.* 7 の compeers を指すものと本編注者は解したい．その背景については ⇨ 補.　**10. gulls** = deceives, dupes. F. *engouler* (= cram, gorge) を頼りに（コンテクストに合わせて）これを = crams（詰め込む）とする示唆（I and R）があるが少々無理筋．**intelligence** i.e. (irresponsible) information about poetry. 「魔術まがいの文芸用語」の訳はあまりに現在に近づけ過ぎか．**11. of my silence** 行末の boast に続けて読む．**cannot** *l.* 9 の (neither …) nor と共に double negative.　**12. sick of** = weakend by.　13. **countenance** = ① face, ② favour.　**filled** Q は 'fild'. ⇨ 17.2 note.

1. the proud … verse, 2. prize, 5. spirit, 7. compeers / by night, 9. familiar ghost 補. いずれも 'The Rival Poet' の推定をめぐる補注．まず *l.* 1 の描写から，たとえば 80 前注で紹介した wit-combat のエピソードを 1 つの証拠に Ben Jonson を 'The Rival Poet' の候補者に想定することができる．*l.* 2 の 'prize' はもちろん patron からの厚い恩賞．しかし 'proud full sail' の表現はむしろ 'Marlowe's mighty line'（Ben Jonson）の Christopher Marlowe により適切か．*l.* 5 の 'spirits' をギリシャ・ローマの詩人たち（Homer, Virgil, Ovid, etc）の「霊」と解すれば，ここでも古典主義を Jonson が浮かび上がるが，それよりは Christopher Marlowe の方がさらにふさわしいのかもしれない．彼の作品には「夜ごとそれらから学んだ」の評が当て嵌まる．近年で最も熱心な Marlowe 説唱道者の A. L. Rowse は *l.* 9 の 'familiar ghost' を *Doctor Faustus* の Mephistophilis としている．Marlowe は Sh を抑えて Southampton, Henry Wriothesley の愛顧を得ることができたはずであるが，1593 年 5 月 30 日にあえなく急死してしまったのだと Rowse は言う．しかし familiar ghost では Marlowe 説以上に George Chapman 説に大方の支持が集まってきた．Chapman は Homer を初めてギリシャ語から訳した詩人・劇作家である．特に 'familiar ghost' についてはほかならぬ Chapman 自身が，ようやく *The Iliad* 前半 12 巻の刊行を終えたあと（1609）に，Homer の spirit に促されてこの訳業に赴いたと述懐している．John Keats は Chapman の Homer に初めて接した感動をわずか数時間のうちに有名な sonnet 'On First Looking into Chapman's Homer' に歌い上げたが，その感動の 'loud and bold' の詩風は

l. 1 の 'the proud full sail' を膨らませるにいかにもふさわしい.

Chapman についてはもう1つ, 煩瑣に過ぎる補注になってしまうが, やはりぜひ付け加えておきたいことがある. Sh の *Love's Labour's Lost* に 'the Schoole of night' (4.3 [N 1604] F1) という問題多い phrase が出てくる. 2世紀にわたって校訂案などうるさく交錯したあと, 20世紀の初め, Arthur Acheson が, 当時のパンフレットに 'Sir Walter Rauleys Schoole of Atheisme' の表現を見出したことで1つの結着をみた(*Sh and the Rival Poet*, 1903). Sir Walter Raleigh は軍人にして航海者, 廷臣, さらに文筆家としてこの時代を代表する人物である. その彼を中心に atheism を研究する当時錚々の知識人グループが秘密裡に組織されていた(ここでの atheism はただの「無神論」ということではなく, われわれの時代風に言えば急進的, 反体制的思想傾向全般をさすものと理解される). その中に Marlowe や Chapman も加わっていた. 特に Chapman には *The Shadow of Night* と題する思弁的で難解な詩作があり, これの副題 *Containing Two Poetical Hymns* の 'Hymns' が 85.7 の 'every hymn' と結びつけられその難解な詩の趣旨が Raleigh の「夜の学派」への「讃歌」と解された(cf. 85.7 note. 本訳では「讃美歌」). Acheson の「発見」はその後 20世紀中葉の歴史的・実証的研究動向に歩調を合わせる形で大いに進展して, *LLL* を背景に Elizabeth 朝 1590 年代の宮廷, 政界, 思想界の新旧対立の壮大なパノラマが画き出される勢いを示すが(たとえば Muriel C. Bradbrook, *The School of Night* / Frances A. Yates, *A Study of 'Love's Labour's Lost'*. 共に 1936), この sonnet 86 も当然その大パノラマの中に繰り込まれて解釈されることになった. *l.* 7 の 'his compeers by night' の his は Chapman, compeers は *LLL* の 'the school of night' 「夜の学派」, 劇中の衒学的な教師 Holofernes は Chapman のカリカチュア, 等々──しかしその大パノラマは, 20世紀も後半に入ると, その歴史的「事実」が不安なものになってきた. たとえば *LLL* の New Penguin 版(1982)の編纂者 John Kerrigan はその Introduction に 'This theory has recently fallen into disrepute: historians have shown that Raleigh had no clearly defined coterie ...' と書いた(p. 9). 歴史的「事実」の探索はつねにそうした危険にさらされている. だが本編注者が, ここでまず問題にしたいのは, Sh の描写の質ということである. たとえ彼が 'The Rival Poet' の存在をここで意識していたとして, その描写は 'more general than specific' (Kerrigan). 76 からの 'The Rival Poet Series' で, Sh は相手への揶揄攻撃を楽しげにちらつかせながら, みごとにその毒の直接から身を隠して物語化の中にそれを消化してしまっている. われわれが気楽に用いている 'gentle Shakespeare' の 'gentle' の epithet には, ことごとさように, われわれの側にも用いるにそれだけの心構えがなくてはならない.

192

87

Farewell, thou art too dear for my possessing,
And like enough thou knowest thy estimate,
The charter of thy worth gives thee releasing,
My bonds in thee are all determinate.   4
For how do I hold thee but by thy granting,
And for that riches where is my deserving?
The cause of this fair gift in me is wanting,
And so my patent back again is swerving.   8
Thyself thou gavest, thy own worth then not knowing,
Or me, to whom thou gavest it, else mistaking,
So thy great gift upon misprision growing,
Comes home again, on better judgement making.   12

    Thus have I had thee as a dream doth flatter,
    In sleep a king, but waking no such matter.

---

[87] Wilson は 87–94 をあらたに(49 から間を置いた) 'Farewell Sonnets' group
とするが,描写の勢いからすると,出だしの 'Farewell' の 1 語は捻くり捩っ
た形で 86 からまっすぐ続いていると思う(訳は「それではさようなら」とし
た).この 'Farewell' で,勢いがようやくひと安心してリズムはゆるやかな展
開になる.全体の 14 行 7 rhymes のうち 5 は -ing の feminine rhyme, 最後の
couplet も -er の feminine.残る *ll.* 2, 4 も feminine まがい(*l.* 2 note 参照).いか
にも未練を引きずった形のリズムを規則正しく繰り返すことで farewell の感
傷を乾燥させ,その異化の仕上げにわざわざ硬質の用語で表現を固めた.「こ
の技巧を見よ」という若々しい Sh の自信.
1. Farewell この語で始めるのは sonnet の 1 つの convention.**dear** = ① lovely,
② expensive. ② の硬質の意味を表面に立てて,以下売買・取引の比喩で. **2.**
like= likely. **estimate** = value, i.e. high price. 発音は éstimàte であるが,*l.* 4 の
detérminàte と共に -màte は弱く. tetrameter の feminine rhyming に近づく. cf.
20 頭注. **3. charter** = legal document (granting thee thy worth). 取引用語に加
えて,同じく硬質の法律用語. **releasing** = freedom, i.e. legal exception. *l.* 1 の
possessing との rhyming で 2nd vowel は long [íː] ではなく short [é] か. cf. 47.5

八十七

それではさようなら、愛する君はぼくが所有するには高価すぎる、
それに君だってきっと自分の高値は承知しているはずだ、
それほどの価値の証書がある以上、君は一切取引き自由、
4 ぼくとの契約はもうとうに期限切れなのだよ。
君の認可なしにどうしてぼくが君を保有しえようか、
これほどの財産に価する資格がぼくのどこにあるというのか、
そうとも、ぼくにはこれだけみごとな贈与を受ける理由がない、
8 となればぼくの所有権はこの際 潔く返却するほかない。
君は自分を与えたとき、自分の真価を知らなかった、
それとも与えた相手をあるいは見誤っていた、
となれば、誤解の上に大きく育った大いなる贈りものは、
12 判断が是正されたいま元に戻されて当然。
結局はぼくは君をうれしい夢で保有していたのだよ、
あわれ一炊の王者、覚めれば元の木阿弥。

---

note. **4. determinate** = expired. **6. for** = of. 行末の deserving に続けて読む.
riches sing. < F. *richesse*. **deserving** = merit. **7. wanting** = lacking. vowel は *l*. 5
の granting を主とした rhyming. cf. Kökeritz p. 171 / Wyld pp. 70ff. **8. patent**
i.e. right of ownership. **again** = back（前の back をリズムの上からもう一度強め
た）. cf. 22.14 note. **swerving** = returning. **10. me** 行末の mistaking の目的語.
11. misprision = error, misprizing, i.e. false estimate（= contempt とする解もある
が採らない）. **14. a king** もちろん = I am a king（= you are a king の読みもあ
りうるが本注者は採らない）.

88

When thou shalt be disposed to set me light,

And place my merit in the eye of scorn,

Upon thy side, against myself, I'll fight,

And prove thee virtuous though thou art forsworn.   4

With mine own weakness being best acquainted,

Upon thy part I can set down a story

Of faults concealed, wherein I am attainted,

That thou in losing me shall win much glory.   8

And I by this will be a gainer too,

For bending all my loving thoughts on thee,

The injuries that to myself I do,

Doing thee vantage, double vantage me.   12

    Such is my love, to thee I so belong,

    That for thy right myself will bear all wrong.

---

[88] A. W. Verity（1890）は 49 の繰り返しだと言う．Pooler も 87 と 88 の間に 49 を入れて読む order を主張し，Wilson もこれに賛同している．それはそれ で構わないが，Sh の *The Sonnets* には，ひとまず秩序ある連続のように思わ れていたその中途に，突如飛び石状のテーマがひょいと現れてくることがあ る．そのタイミングもまた *The Sonnets* の 1 つの魅力である．

1. set me light = value me little, i.e. hold me cheap. 87 の取引のイメージに続け て読むことができる（訳でも「そうさ」と「安値」を補った）． **4. virtuous** dissyllabic. **7. wherein** = in which. **attainted**（in）= tainted, disgraced by. **8. That** = so that. **losing** = making（me）lost; ruining. Q は 'loofing'. この 'loose' か ら i.e. setting me free の意味を認めようとする注もあるがいたずらに煩わしい． **shall** *l.* 1 は shalt であるがこだわるほどのことではない．cf. Franz 152 / 47.10 note. **10. bending … on** = directing … upon. bend に = twist, pervert の意味を加 える注（Booth）があるがうるさい． **12. double**（adv.）= doubly. **vantage**（me） = benefit. 前の vantage は（n.） **13. so** = so completely. 行頭の Such と共に次行 の That に掛かる． **14. right** = righteousness. 行末の 'wrong' の対（cf. *ll.* 4 / 5–8）. **bear** ① carry, ② endure.

八十八

そうさ、そのうち君はぼくを安値に踏んで、せっかくぼくの
　取柄さえ軽蔑の目で見据えるときがくるだろう、そんなときには、
　ぼくは君の側に立って、ぼく自身を敵に廻して戦うことにするよ、
4 愛の誓いを破ったのは君の方にせよ、君が正しいのだと説明して。
　ぼくは自分の弱点をだれよりもよく知っているわけだから、
　この際君に味方して、これまで隠してきた過ちの話とかを
　うまくでっち上げて、ぼくを不名誉な罪で汚したって構わない、
8 ぼくの評判を減らすことで君が大きな栄誉を勝ち取ることになるのなら。
　それにぼくの方だってもじつは勝利の獲得者なのさ、
　ぼくの愛の思いはすべて君に捧げられているのだから、
　そのぼくが自分に対してどんな害を加えても、それは
12 君の利益である以上、ぼくにも二重の利益が廻ってくる。
　　それがぼくの愛だ、ぼくのすべては君のものだ、だから
　　君の正のためならぼくはすべての負をこの身に引き受けじっと耐えて
　　みせる。

89

Say that thou didst forsake me for some fault,
And I will comment upon that offence,
Speak of my lameness, and I straight will halt,
Against thy reasons making no defence.   4
Thou canst not, love, disgrace me half so ill,
To set a form upon desirèd change,
As I'll myself disgrace, knowing thy will,
I will acquaintance strangle and look strange.   8
Be absent from thy walks, and in my tongue
Thy sweet beloved name no more shall dwell,
Lest I, too much profane, should do it wrong,
And haply of our old acquaintance tell.   12
   For thee, against my self, I'll vow debate,
   For I must ne'er love him whom thou dost hate.

---

[89] **2. comment** = expatiate. cf. 85.2 note.　**3. lameness** cf. 37.3 note.　**straight** = immediately.　**halt** = limp.　**4. reasons** = arguments.　**6. form** i.e. plausible appearance.　**desirèd** i.e. by thee.　**8. strangle** strange との alliteration を見据えた強烈な表記.　**9. Be absent** 前の quatrain を period で区切ったが，読みは *l.* 8 の 'I will' に続く.　**tongue** *l.* 11 の wrong との rhyming ⇨ 17.10 note.　**12. haply** = by any chance.　**13. my self,** Q のままの 2 語にして話者 ('The Poet') の「屈折」を強めた. cf. 1.8 note. comma も本編纂者.　**debate** = combat.　**14. ne'er** (monosyllabic, stressed) = never. Q は 'nere'.　**him** i.e. 'my self'. 前行の 'self' が効いている.

八十九

君がぼくを見捨てたのはかくかくの過ちのためだと噂するがいい、
　ぼくの方もその過ちに見合う話を縷々告げて廻るとしよう、そうだ、
　ぼくの跛の話をしたまえ、早速足を引きずって歩こうじゃないか、
4　君の主張に対し弁解一切なし。
　ねぇ、愛する人よ、自分の心変わりを取り繕うために
　どんな手酷い恥をぼくに塗りつけたって一向に構わんのだよ、
　君の心を知ったからには、その何層倍もの恥をぼくの方で用意できる、
8　君との関係はそれでみごと抹殺、もはや縁もゆかりもない他人なのさ。
　君の通る道にはもう絶対に近づかぬ、愛する君の懐かしい名前を
　もう二度とこの舌に宿らせることはせぬ、穢れに
　穢れたこの身が君の名を傷つけることのないよう、
12　かりにもむかしの関係を洩らしたりしてはならぬのだから。
　　君のために、ぼくはほかならぬぼく自身と戦うことを誓う、
　　君の憎しみの相手たる己れをけして愛したりはしない。

90

Then hate me when thou wilt, if ever, now,
Now while the world is bent my deeds to cross,
Join with the spite of Fortune, make me bow,
And do not drop in for an after-loss. 4
Ah do not, when my heart hath scaped this sorrow,
Come in the rearward of a conquered woe,
Give not a windy night a rainy morrow,
To linger out a purposed overthrow. 8
If thou wilt leave me, do not leave me last,
When other petty griefs have done their spite,
But in the onset come, so shall I taste
At first the very worst of Fortune's might. 12
    And other strains of woe, which now seem woe,
    Compared with loss of thee will not seem so.

---

[90] 89 からそのまま続く.
1. Then hate me 89.14 を受けて. **2. bent** = determined. **cross** = thwart. my deeds が目的語. **3. spite of Fortune** 具体的に Sh の劇団活動と関連させて, たとえば本選集 *Hamlet* 2.2.321–42 補のような事情を云々する注記('biographical fallacy')がかつて行われたことがあった. Fortune の capitalization は Thomas Tyler (1890). cf. 29.1 note. **4. drop in** = fall upon crushingly. *OED* は = come in or call unexpectedly or casually だが,「ひょいと立ち寄る」ではそぐわない. **for** = as. **after-loss** i.e. belated (final) grief. hyphen は Capell. **5. scaped** = escaped. **this sorrow** i.e. the world's present enmity. (Kerrigan) **6. in the ... woe** i.e. after I have overcome 'this sorrow' (*l.* 5). **rearward**「後部隊」**conquered** i.e. by me. **7. a windy ... morrow** cf. 'A blustering night (presages) a fair day.' (Tilley N 166) **8. linger out** = draw out. **purposed** i.e. by thee (and Fortune). **11. onset** = vanguard. *l.* 6 の rearward の対. **taste** *l.* 9 の last との rhyming ⇨ 30.2, 4 note. **13. strains** = ① kinds, sorts, ② stresses.

九十

　だから憎むのならいつでもぼくを憎んでくれ、そうだ、いっそ今、
　ぼくのすること為すこと世間が邪魔だてしてかかる今の今、
　君も意地悪な運命の女神と結託してぼくを再起不能に葬ったらいい、
4　後になって君から止めの一発を見舞われるのは願い下げだ。
　ねえ、ぼくの心は逆境の悲しみを逃れたばかりなのだよ、
　せっかく克服した悲嘆のその殿に君の憎悪が剝き出しになるだなんて、
　それは烈風の夜に続く朝の暴雨、
8　壊滅の意図をわざと引き延ばす残酷の策略。
　ぼくを棄てるなら棄てるで、最後に棄てられるのはいやだ、
　泡の悲しみが次々と悪意をあらわにしたその後というのはご免だ、
　どうか華々しい先陣を、それならばぼくの方でも
12　女神の最悪の暴虐をまず最初にしっかり味わうことができる。
　　その他もろもろの悲しみは今でこそ耐え難く思われても、
　　君を失う悲しみに比べればなにが悲しみであるものか。

91

Some glory in their birth, some in their skill,
Some in their wealth, some in their body's force,
Some in their garments though new-fangled ill,
Some in their hawks and hounds, some in their horse, 4
And every humour hath his adjunct pleasure,
Wherein it finds a joy above the rest.
But these particulars are not my measure,
All these I better in one general best, 8
Thy love is better than high birth to me,
Richer than wealth, prouder than garments' cost,
Of more delight than hawks and horses be,
And having thee, of all men's pride I boast. 12
    Wretched in this alone, that thou mayst take
    All this away, and me most wretched make.

---

[91] この詩に Horace や Xenophon の影響を探る試みがあり，Xenophon では Sh のギリシャ語の学力が話題になったりする．あるいは聖書の *Ps.* 20.7 なども．そうした前例の数ある存在は逆にこの詩自体の pattern が 1 つの cliché であることを示している．ここで話題とするべきは，そうした広範な知識への讃嘆などよりもむしろ先蹤の cliché を軽快，滑稽に手玉に取ってみせた Sh の若々しい筆力の方であるだろう．
1–4. テーマの clichés をまず anaphora（⇨ 66 頭注）で軽快化・滑稽化（*ll.* 1–2 は internal anaphora による切り返し）．　**1. skill** = knowledge, cleverness.　**3. new-fangled** hyphen は Q. **ill** adv.　**4. horse** pl. monosyllabic（*l.* 11 には 'horses' [dissyllabic]）．[-s] の語は pl. の -es を欠くことがある．cf. Abbott 471 / Franz 189a. なお OE では単複同形（hors）．　**5. humour** ⇨ 44.13 補．念のため Ben Jonson の *Every Man in His Humour* の初版は 1598 年．**his** (= its) = humour's.　**7. But** 1st quatrain に 2nd quatrain の途中までを sestet で流して，ここで「逆転」の volta に打って出たリズムの軽快．あらたにまた sestet が始まる．**particulars** = ① simple things, ② things listed.　**8. better** (v.t.) = surpass. All these が目的語．**general** i.e. containing all of 'these particulars'（*l.* 7）．**best,** Q の punctuation は

201

九十一

生れを誇る者がいる、才知を誇る者もいる、
そのほか富を誇る者、肉の体を誇る者、
衣装を誇る者もいて、新奇流行おぞましや、
4 鷹、猟犬も勢揃い、ついでに駿馬も加えるか、
気質が十人十色なら、楽しみ方も色とりどり、
そのとりどりの悦びは、他人はどうあれ唯我独尊。
しかしだよ、しかしそれら個別の項目はぼくの尺度ではない、
8 それらすべてを統合する最高を所持する点において、ぼくこそが最高、
君の愛は高貴な生れよりぼくには貴い、
莫大な富より豊けく、高価な衣装より誇らしく、
その悦びは鷹や馬のとうてい及ぶところではない、
12 そうさ、君がいてくれれば唯我独尊の誇りはすべてぼくのもの。
　　あわれ、わが悲惨はただ一つ、それらすべての誇りを君があっさり
　　奪い去ってしまえば、いったいぼくはどうなってしまうのかね。

---

period. 諸版は Q のままとするが本版はあえて comma で流す. cf. *l.* 7 note.
10. prouder = more an object of pride. **garments' cost** i.e. costly garments. cost
は *l.* 12 の boast との rhyming から long vowel か. cf. Kökeritz pp. 227ff. **14.**
make. Thomas Keightley (1865) は colon. ただし追随の版なし. cf. 44.14 note.

92

But do thy worst to steal thyself away,
For term of life thou art assurèd mine,
And life no longer than thy love will stay,
For it depends upon that love of thine.   4
Then need I not to fear the worst of wrongs
When in the least of them my life hath end,
I see a better state to me belongs
Than that which on thy humour doth depend.   8
Thou canst not vex me with inconstant mind,
Since that my life on thy revolt doth lie;
O, what a happy title do I find,
Happy to have thy love, happy to die!   12
    But what's so blessed fair that fears no blot?
    Thou mayst be false, and yet I know it not.

---

[92] 91 からまっすぐ続く.
1. But 91 の最後に続けて. **steal thyself away** = rob (me) of thyself. ② として
steal away (= sneak off). **2. For term of life** = during lifetime (law term). **assurèd**
= guaranteed (law term). **3. stay** = remain. **5. the worst of wrongs** i.e. thy worst
(*l.* 1). **7. a better state to me** i.e. state beyond mortal life. **8. humour** = whim.
10. Since that that は conjunctional affix. ⇨ 47.3 note. **revolt** i.e. unfaithfulness.
cf. *Othello* 3.3.194 note. **11. title** = legal right of possession. **12. die!** ! は Q.
13. blessed = blessedly (*OED* 9 quasi-*adv.*). **fair** もちろん 'The *Fair* Youth' を意
識して. **that fears** = (so ...) as to fear. that は文法的には前の what に掛かる
rel. pron. **blot?** ? の付加は Gildon. **14. not.** Malone は colon. cf. 44.14 note.

九十二

いいさ、構わんとも、君がそれこそ最悪の挙に出て、ぼくから
　雲隠れしたところで、ぼくは君の所有を終身保証されている、
　ま、終身たってぼくの命が君の愛より長生きできるはずがない、
4　生きるも死ぬるも君の愛ひと筋に懸っているのだから。
　だからぼくは君の最悪の挙を毫も怖れることはない、
　最小限ほんのひと突きでぼくの命は一巻の終り、
　君の気分次第でころころ変わる人生などより
8　はるかに祝福された境遇が、ほらちゃんと目の前に見えている、
　君の移り気がぼくを苦しめるなどあるものか、
　ぼくの生命が君の背信で即座に決してしまう以上は。
　ああ、ぼくの権利のなんとまあしあわせなことよ、
12　君の愛を所有するのしあわせ、そしてその愛に死ぬるのしあわせ。
　　だがどんな至福の美にもきまって染み穢れがあるものだとか、
　　きっと君の不貞をぼくは知らぬままなのかもしれないよね。

93

So shall I live, supposing thou art true,
Like a deceivèd husband, so love's face
May still seem love to me, though altered new,
Thy looks with me, thy heart in other place. 4
For there can live no hatred in thine eye,
Therefore in that I cannot know thy change,
In many's looks, the false heart's history
Is writ in moods and frowns and wrinkles strange. 8
But Heaven in thy creation did decree
That in thy face sweet love should ever dwell,
Whate'er thy thoughts or thy heart's workings be,
Thy looks should nothing thence but sweetness tell. 12
    How like Eve's apple doth thy beauty grow,
    If thy sweet virtue answer not thy show.

[**93**] 91–93 は 3 連作.
1. So 92.14 に続けて読む. **2. so** = with the result that. **3. still** = continue to.
new = newly. Q の punctuation は 'new:'. しかし 'though altered new' の phrase
は *l.* 4 に跨がって読むことができる. 本版と同じく comma への校訂は Kerrigan,
D-Jones. **6. in that** i.e. by looking into thine eye. **7. history** = story. *l.* 5 の eye
との rhyming ⇨ 1.4 note. **8. writ** = written. cf. 71.6 note. **moods** = feelings of
anger. **strange** = distant, reluctant. **9. Heaven in** [hévn in] Heaven は monosyllabic.
Heaven の capitalization は本編纂者. **12. thence** = from there (*l.* 11). **13. Eve's**
apple cf. *Gen*. 3.1–7 / 'A goodly apple rotten at the heart.' (*M of V* 1.3.93)

九十三

それではぼくは君の誠実をあくまでも信じて、何も知らぬ
亭主よろしく生きていくとしよう、それでこそ愛の顔は
ぼくにとって依然として愛のまま、たとえ今の今変ったとしても、
4 顔はちゃんとぼくの方、心はまるでよその方。
だって君、君の目に憎しみの影の宿ることはありえない、
となると君の目で心変わりを察知するなどぼくにできることか、
普通だったら変節の心の物語は顔に書かれて現れる、
8 怒り顔、しかめっ面、額に寄せたよそよそしい皺。
けれども天は、君を創造するに際して布告を発した、
その顔に宿るはつねに優美の愛たるべしと、
内なる心がいかにあれ、胸中思いがいかにあれ、かりそめにも
12 そのざわめきにより表情の優美が損なわれてはならぬと。
　　君の美貌はイヴのりんごに似てくることになるよね、
　　外見だけでなくその内面にも美徳の美が伴わぬ限り。

94

They that have power to hurt and will do none,
That do not do the thing they most do show,
Who, moving others, are themselves as stone,
Unmovèd, cold, and to temptation slow.   4
They rightly do inherit Heaven's graces,
And husband Nature's riches from expense,
They are the lords and owners of their faces,
Others but stewards of their excellence.   8
The summer's flower is to the summer sweet,
Though to itself it only live and die,
But if that flower with base infection meet,
The basest weed outbraves his dignity.   12
    For sweetest things turn sourest by their deeds,
    Lilies that fester smell far worse than weeds.

---

[94] 1. They … do none cf. 'To be able to do harm and not to do it is noble.' (Tilley H 170) < '*Posse et nolle, nobile.*' (Latin tag) この 94 には proverbial な表現が他の sonnets と比べて多い. proverb は表現の強力な支えになるが, 場合によっては安易な責任放棄に繋がる. **pówer** monosyllabic. Q は 'powre'. **none** vowel は *l.* 3 の stone を主とした rhyming. cf. 6.8 note. **2. That … do show** '*l.* 1 makes this (*l.* 2) seem laudatory … or, indeed, the imputation of hypocrisy.' (Kerrigan) *l.* 1 からの 'do' の反復が逆に「不安」を呼び込む. **3. moving** = influencing. 裏から ironical にとれば = tempting. **stone** cf. 'As cold as a stone (whetstone).' (Tilley S 876) これまた前注 (= tempting) と共に = loadstone (*OED* 8b. *Obs.*). **4. to temptation slow** = not easily tempted. **5. rightly** = ① truly, ② by right. **inherit** = come into possession of. **Heaven's graces** = God's gift, divine attractiveness. capitalization は本編纂者. **6. husband** = manage with prudent economy. **Nature's riches** (Nature ⇨ 4.3, / riches 87.6 notes) **expense** = waste. **8. stewards** ただの「管理人」の役割だから base infection に出会えば (*l.* 11) たちまち崩れてせっかくの財を浪費 (*l.* 6 expense) してしまう. **their** = their own. 次の excellence に敬称としての Excellency を読み込んで their を前行の 'the lords and owners' を

九十四

人を傷つける力をもち、その力を用いることをしない、
いまにも為すかにみえて、それを為すことをしない、
人の心を優しく動かしながら、みずからは石のごとくに
4 動かず、冷たく、容易に誘惑に屈しない、
そのような人たちはまこと天の恩寵を正当に自らのものとし、
自然の女神の潤沢をみだりに浪費せぬ天晴れな者たちだ。
彼らこそ己れの美貌の領主であり、所有者であり、
8 ほかは押しなべてせっかくの美質の管理人たるに過ぎぬ。
夏の花は、ただ己れの美しさのためにひとり咲き死んでいくだけだが、
夏のその季節にとってなんとかぐわしい存在であることか、
だがその花も卑しい病毒に出会えば、
12 品位もなにも最も卑しい醜草にはるか及ばぬであろう。
そのように最美はその所為如何によって最醜に転じる、
腐った百合は醜草よりもはるか耐えられぬ悪臭を放つ。

受けるとする解もあるが，叙述の流れはやはり ‘others’ の方．　**9. The summer's flower …** 語調，イメージ等の変化から *l.* 8 行末に明確な volta が置かれている．sonnet form としては 3 quatrains + couplet の English form から octet + sestet の Italian form への移行を思わせるが，内容的には Petrarch 風の整合された論理的展開はみられない（これも 94 の不安定，あるいは ironical の 1 要因）．　**9. flower, 11. flower** いずれも monosyllabic, Q は ‘flowre’.　**10. to itself** = ① by itself, ② for its own benefit.　**only** to itself に掛かる（cf. Abbott 420）．たとえばここでの論旨を突き詰めれば 1–17 の「勧婚詩群」に反するであろう，また 54.11–12 などにも（これも 94 の不安定の要因の 1 つ）．　**12. outbraves** = surpasses.　**his** (=its) = that flower's.　**dignity** *l.* 10 の die との rhyming ⇨ 1.4 note.　**13. sweetest … deeds** cf. ‘The corruption of the best is worst.’（Tilley C 668）< ‘*Optimi corruptio pessima.*’（Latin tag）　**14. Lilies** cf. ‘The lily is fair in show but foul in smell.’（Tilley L 297）　ついでだが，*Edward III* 2.1.451（*Riverside*）がこの *l.* 14 と 1 字 1 句同じ表現．そのため 18 世紀の Steevens 以来この「歴史劇」の作者問題とからめて表現の借用関係が話題になってきていたが，*Edward III* が *Riverside* 2nd ed.（1997）に収められたのを 1 つの機会に，問題の［2.1］だけの ↱

208

ことでなく *Edward III* 全体を Sh の単独作とする方向が強まった．ことは Sh の歴史劇解釈，ひいては Sh の全体像の理解に関わる問題となるところであるが，ここはとりあえず年代について．*Edward III* は 1592–93 年頃，とするとこの 94 も（本編注者の年代推定に近づけて）その後のあたりに落ち着くことになるか．もう 1 つついでに (festering) lily に Sh に先立つ才子 John Lyly を重ね合わせる試みが 19 世紀末に行われたが今ではもちろん顧みられない．

補. Q の ordering のまま読み進めるとして，この 94 は *The Sonnets* 連作の流れからぽかっと抜け落ちたかにみえる．舞台の静止のひととき．'The Fair Youth' への呼び掛け (thou / you) がない．'The Poet' 自身（'I'）の感慨の披露もない．テーマの 'love' そのものも現れ出てこない．捉えどころがないというか，'a stylistic mirror of the speaker's indecision' は Booth の言．'This elusive poem is perhaps the most discussed in the collection.' は Kerrigan．そこをあえて愚直に徹して一応の趣旨らしきものを試みるとすれば，やはり「愛の劇場」の中の 1 篇として，「愛」の人物への impersonal な morals の提言ということになるであろう．──人は生きていく限り愛／恋に係わらざるをえない，とすれば大切なのは超然と己れを持することである，下等な誘惑にかかずらってせっかくの天与の「美」をみだりに浪費してはならぬ，どんなに美しい花も「愛」と真逆の「悦楽」にいったん染まってしまえば，腐った百合のような悪臭を発することになる (William Empson もとりあえずの形で同様の趣旨をまとめていた [*Some Versions of Pastral*, 1935])．この伝でいけば，Dowden の言うように，この 94 は 93 の concluding couplet に素直に繋がるであろう．連作の論理性にこだわる Wilson はその Dowden の注記を 'best' と評した．しかし相手は Sh だ．これまでの sonnets の数々の論旨からもこんな Victorian moralism で間に合うはずがない (Empson も 94 を取り上げたまず最初に 'a piece of grave irony' と言った)．Kerrigan が 'the most discussed' と嘆じたのは以上の趣旨の裏に隠された irony の度合いを見定める各人各様の感覚ということであろう．本注もその irony の感覚への示唆をやや煩さめに書きとどめた．

　Victorian moralist の典型である F. T. Palgrave は彼の 'Treasury' の中の最も貴重な作品としてこの 94 を選び，Horatio を讃える Hamlet の有名な台詞 'Give me that man / That is not passion's slave' (3.2.75–76) を掲げた．94 に示される morals はこの Horatio に体現されているというわけである．それはたしかに Horatio は Sh の数ある登場人物の中でけして非難されることのない模範的人物である．だが俳優にとってはこれほどやりにくい，あるいはやりたくない役はないのではないか．本編注者なども（Empson が彼の要約の後で括弧内に断りを付け加えているのに倣ってあえて付言すれば）この Horatio を Denmark の王位を狙う Machiavelli 的人物に見立てたい誘惑に駆られることがしばしばである，近年流行の Fortinbrass などよりも．つまりは 94 の提出する morals はそういう危ういバランスで舞台の上を elusively に揺れ動いている．

The Sonnets 執筆時のシェイクスピア

　Sh の肖像というとまずはおなじみの The First Folio 巻頭の銅版画だが，珍妙過ぎてとうてい *The Sonnets* の作者とは思えない．The National Portrait Gallery にいかめしく飾られている 'Chandos Portrait'（右）もわたしには謹厳な中年であり過ぎる．わたしが初めて 'Soest Portrait'（左）に出会ったのは John Dover Wilson の *The Sonnets* の口絵によってだった．あ，Wilson がこれを推賞しているのかという「啓示」．もちろん来歴の不安な肖像画である．17 世紀後半，オランダの画家 Gerard Soest (Zoust) (1637?–?) の作とされ，おそらく 'Chandos' を模したものと想像される．イギリスには 1725 年頃メゾチント版で紹介されたのだという (現在 Sh Birthplace Trust 蔵)．だが，30 歳前後の 'gentle' Shakespeare は，きっとこうした「面構え」で連作を書き流していたはずだとわたしはとっさに納得した．

95

How sweet and lovely dost thou make the shame
Which, like a canker in the fragrant rose,
Doth spot the beauty of thy budding name!
O, in what sweets dost thou thy sins enclose!   4
That tongue that tells the story of thy days,
Making lascivious comments on thy sport,
Cannot dispraise, but in a kind of praise,
Naming thy name, blesses an ill report.   8
O, what a mansion have those vices got,
Which for their habitation chose out thee,
Where beauty's veil doth cover every blot,
And all things turns to fair that eyes can see!   12
   Take heed, dear heart, of this large privilege,
   The hardest knife illused doth lose his edge.

---

[95] 94 の一般論を個別 'The Fair Youth' に及ぼしたとすれば，連作の流れに繋がることになる．

1. the shame Pembrokists はこれを Pembroke と Mary Fitton の scandal に結びつけようとする（cf. Dedication 注 III / 126.0.1 補 II）． **2. canker** ⇨ 35.4 note. **rose** Q は capital．Southamptonites なら Rose に Wriothesley を読み込みたいところか．cf. 1.1 note． **3. spot** = blemish. **thy budding name** 念のため，Wilson は William Herbert が Earl of Pembroke を継いだのは 1601 年 2 月 5 日と注している． **name!** Q の '?' を！に転換，Dyce 以来．cf.「凡例」1-3． **4. sweets** i.e. sweet appearances. **enclose!** ！は Q． **6.** Q の parentheses を commas に転換．7–8 補参照． **sport** = amorous dalliance. **7–8.** ⇨ 補． **7. kind** = ① manner, ② with a hint of 'kindly spoken'． **12. turns** 主語は *l*. 11 の 'beauty's veil'. **see!** ！は Q． **13. large** = ① great, ② unrestricted． **14. knife** edge と共に（さらに used も含めて）当然 sexual な裏の意味． **his**（= its）= knife's.

7–8 補． 本版の punctuation は *l*. 6 行末の comma（Q の closing paren. の転換）のあと，*ll*. 7–8 は Q のまま（3 commas と 1 period）の編纂．しかし Q のままでは (a) ', but in a kind of praise,' (*l*. 7) と (b) ', / Naming thy name,' の 2 phrases が

九十五

君は恥ずべき行為を優美そのものに仕立ててしまう、

その行為は芳香の薔薇に巣食う青虫さながらに

いま美しく花開いている君の名声を醜く蝕んでいるというのに。

4 ああ、君の罪状を包み隠すなんという甘美な外観!

君の日々の行状の語り手たちは

その恋愛遊戯に好色の尾鰭をつけて語るけれども、

それはけして非難となりえず、優しい口調の誉め言葉、

8 まるで君の名前は醜聞の免罪符か。

ああ、悪徳どもはなんとみごとな館を手に入れたことか、

彼らの住まいに君を選んだというのは。

そこはあたかも美のヴェール、すべての汚点を覆い隠してしまう、

12 目に入るなにもかも端麗へと転換してくれる。

だが愛する人よ、それだけ勝手絶大の特権には用心肝腎、

堅牢な刃も使い方次第でなんとまあ脆い刃こぼれ。

---

syntactical にいかにも不安定である. そこで両者の安定のために 18 世紀末の Capell–Malone は (a) を '. but in a kind of praise; ' として前の 'Cannot dispraise' に専用で掛かる phrase に (but = except)、(b) の方は '; / Naming thy name .' として次の 'blesses' の主語の gerund に固定させた. その後この論理的安定の校訂は大方の安心のうちに 1 世紀半以上遵守されてきたが、20 世紀も後半に入ると punctuation の編纂面でも ambiguity 尊重の流れが強まった. ここでも phrase (a) は前と後に両面的に (ambi- = on both sides) に掛かりうる (後に掛かる場合 but は 'not … but' の conjunction)、(b) の phrase も gerund だけでなく participial construction に解しうる——この punctuation による両面化・曖昧化を本編纂者は Sh の「意図」に添うものと判断してあえてこの編纂に赴いた. 訳の方もその方向を目ざしている.

96

Some say thy fault is youth, some wantonness,
Some say thy grace is youth and gentle sport,
Both grace and faults are loved of more and less,
Thou makest faults graces that to thee resort.   4
As on the finger of a thronèd queen
The basest jewel will be well esteemed,
So are those errors that in thee are seen,
To truths translated, and for true things deemed.   8
How many lambs might the stern wolf betray,
If like a lamb he could his looks translate?
How many gazers mightst thou lead away,
If thou wouldst use the strength of all thy state?   12
   But do not so, I love thee in such sort,
   As thou being mine, mine is thy good report.

---

[96] 95 からまっすぐ続く.
2. gentle sport i.e. gentleman's sexual prerogative.（*Norton*） 念のため i.e. recreation
fit for gentleman の解もありうるが，*l.* 2 は *l.* 1 との anaphora による対照の繰り
返しだからここの sport はやはり i.e. wantoness とするのが妥当であろう． **3.**
of = by. **more and less** i.e. from nobles to commoners; all classes. **4. to … resort**
= visit frequently; associate with. **8. translated** = transfigured. **for** i.e. to be. **9.**
stern = cruel. **10. like** = in the likeness of. **translate?** Q の punctuaion は period.
l. 12 末に合わせて？に校訂（*l.* 12 と共に！とする編纂が一般だが強過ぎる）.
11. lead away = lead astray. **12. state** = condition. **13–14.** ⇨ 補. **13. in such**
sort, 14. As ⇨ 36.13, 14 note. **14. being** [biŋ] monosyllabic, unstressed.
13–14 補. この couplet は 36 の couplet と正確に一致する．見ようによっては
不体裁なこの繰り返しは，印刷・出版の過程で生じた accidental なものか
（compositior あるいは editor [Thomas Thorp] の誤り，もしくは MS の不備への
応急措置），それとも作者 Sh による intentional なものか，Malone 以来の推測
は accidental が主流だったが，19 世紀以来の biographical な詮索が一段落つい
て作品自体の「自立性」へと研究動向が移行するにつれて，態度は当然

九十六

ある人は君の欠点は若さだと言う、色好みだと言う人もいる、
いや若さと高貴な放蕩こそが魅力だと言う人も。ともあれ
魅力にせよ欠点にせよ、それが上下の別なく皆に愛されてしまう、なにせ
4 欠点だって君と結びつけばもう魅力に転じてしまうのだから。
玉座に坐する女王の指に嵌められれば
どんな安物の宝石でも格別のものに見えてくる、
ちょうどそのように、どんな過ちでも君の身に備わると
8 正しい姿に変化し、正当性を持つものと見なされる。
残忍な狼がその姿を子羊に変えることができるとしたら
どれだけ多くの子羊が欺かれることだろう、
君だっても、今の君のすべての力を自在に操る気になれば
12 どれだけ多くの盲目的崇拝者を迷いの路に誘い込むことになるだろう。
　まさかそんなことをするはずないよね、ぼくの愛に賭けても、
　だって君はぼくのもの、いい評判だってぼくのものなんだから。

---

intentional へと回帰し，それも問題の couplet を安易拙速な嵌め込み（あえて言えば Sh の indolence）とするのではなく，より積極的に，たとえば Kerrigan などは 'The Fair Youth' の愛の背信のテーマを 35–36 の連作と 92–96 の連作と並べてその相違を比較するための手段として，この couplet を言わば 'rhyme' のように配置したのだと解説してみせた（'The common couplet makes the two groups rhyme, as it were.'）．本編注者は 36 よりもさらに切実な「含み笑い」の表現とする．となれば couplet 自体は *verbatim et literatim* に同一だけれども意味は微妙に変わる（たとえば report［36］= reputation → ［96］i.e. rumour［前の 'good' は ironical］）．もちろん訳は同文ではありえない．

97

How like a winter hath my absence been
From thee, the pleasure of the fleeting year!
What freezings have I felt, what dark days seen,
What old December's bareness every where! 4
And yet this time removed was summer's time,
The teeming autumn big with rich increase
Bearing the wanton burden of the prime,
Like widowed wombs after their lords' decease. 8
Yet this abundant issue seemed to me
But hope of orphans and unfathered fruit,
For summer and his pleasures wait on thee,
And thou away, the very birds are mute. 12
　　Or if they sing, 'tis with so dull a cheer
　　That leaves look pale, dreading the winter's near.

[**97**] 97–99 を 'Separation Sonnets' の 3 連作とするのが一般．季節の移ろいから花へとイメージを繋げる．特にこの 97 は収穫の秋と夫に先立たれた妊婦とを二重写しにしてみごと．作詩の詩座（'The Poet' の立ち位置が夏なのか秋なのか），それに伴って描写の時制の混乱を指摘する批評もある．たとえば Leishman は Petrarch や Ronsard の 'consistency' と比べてこの詩は細密な分析に耐えられぬからある程度距離を置いて鑑賞するほかないなどと言っているが（*Themes and Variations in Sh's Sonnets*），Beethoven の 'mehr Ausdruck der Empfindung als Malerei.' はその Leishman の引いているところ．

1. absence = separation.　**2. the pleasure ... year** 前の thee との appositive phrase. **year!** ！は Q の？の転換（*l*. 4 も）．**year** *l*. 4 の where を主とした rhyming か． cf. 8.6 note.　**3. seen,** Q の punctuation は *ll*. 2, 4 と共に？だが，！への転換はここでは重過ぎるので comma に平坦化する．　**4. every where！** Q の 2 語のまま．⇨ 5.8 note.　**5. removed** i.e. of our separation.　**6. teeming** = prolific. **increase** = ① crops, ② offspring（cf. 1.1 note［同じく 'decease' と rhyming］）．　**7. Bearing** = carrying; pregnant with.　**prime** = spring.　**9. issue** = offspring.　**seemed** 時制を pret. にすることによって *ll*. 6–8 の不安定な描写がいったん 'The Poet' の視点

九十七

君から別れていると季節はまるで冬だ、そうとも、
君は流転の歳月の中の喜びなのだから。
凍てつく寒さは身にしみ、目の前の日々は暗鬱に垂れ籠める、
4 老残極月、満目蕭条。
それでも今度の別離は夏だったよね、多産の秋が
お腹を豊かな収穫でぽっこり膨らませてた、
春のお盛んなお娯しみが重い付になって現れたのさ、
8 亭主に先立たれた後家さんの子宮のように。
その豊饒の子宝が、どうもぼくには
生まれぬ前からの孤児、父なしの果実に思えた、
だって夏も、夏の悦楽も、いつだって君のそば、
12 君が去ってしまえば鳥さえも歌うことをしない。
　いや、歌ったとしても、なんというもの寂しい音色だろう、
　木々の葉は色あせ冬の到来におびえるばかり。

に引き戻され('to me')明確なものになった. 絶妙の pret. の導入.　**10. But =**
only.　**hope of orphans** i.e. destined to be orphans.　**11. his** (= its) = summer's.
12. thou away = when thou art absent.　**13. cheer** = disposition, mood.

98

From you have I been absent in the spring,

When proud-pied April, dressed in all his trim,

Hath put a spirit of youth in everything,

That heavy Saturn laughed and leapt with him.   4

Yet nor the lays of birds, nor the sweet smell

Of different flowers in odour and in hue,

Could make me any summer's story tell,

Or from their proud lap pluck them where they grew.   8

Nor did I wonder at the lily's white,

Nor praise the deep vermilion in the rose,

They were but sweet, but figures of delight,

Drawn after you, you pattern of all those.   12

    Yet seemed it winter still, and you away,

    As with your shadow I with these did play.

---

[98] 97 は 'The Fair Youth' が夏の間ずっと不在だったその秋早々に書かれた，しかし冬が過ぎ春になっても帰らずまた夏が来て，その夏は 'The Poet (= Sh)' にとって冬と同じ心象風景である．この 98 はそういう時系列のもとにある ──．この Wilson の「解説」は病膏肓に入ると評すべきか (*pace* again Great Scholar and Editor)．そもそも愛 (恋) の別離は，Laura と別れた Petrarch の，たとえば *Canzoniere* 310 の絶唱を引くまでもなく，「愛の劇場」の最も重要なテーマの 1 つだ．97, 98 はそれを季節の移ろいに託して歌い上げた Sh の dramatization の見本である．

1. you 97 の thou からの転換，ただし格別の違いはない．　**2. proud-pied** = gloriously multi-coloured. hyphen は Ewing.　**his** April が personify されているから = its とする必要はない (cf. *l.* 4 'with him').　**trim** = array.　**3. spírit** monosyllabic, stressed.　**4. That** = so that.　**heavy** = weighty and gloomy.　**Saturn** [sǽtə(ː)n] ローマ神話の農耕の神サトゥルヌス (Saturnus)，ギリシャ神話のクロノス (Kronos) に当たる．星座では土星．4 elements 説では earth → cold and dry → melancholy → winter (⇨ 44.13 補)．なお土星が laughing and leapingly に水平線上に現れる現象が 1600 年 4 月 4 日にみられたとして，Wilson はこれを 98 の創作年代と

九十八

君と会えずにいたのはあの春の季節、

爛漫の四月が盛装を決めこんで現れれば、

ものみなこれ青春の息吹の乱舞のなか、

4 あの陰気鈍重のサターンの神さまも浮かれて一緒に踊り出す。

ああ、けれども、百鳥歌い花薫る、

香りも色もとりどりに咲き乱れる花々の風も、歌も、

ぼくを快楽の夏物語の語り手に仕立てることはできなかった、

8 騎慢の花堤を踏み荒らす手柄顔の花盗人に仕立てることも。

ぼくは百合の純白に驚嘆したことはない、

薔薇の真紅を賞讃したこともない、

百合も薔薇もただ美しいだけ、喜びの形というだけ、

12 君を写し取っただけのもの、君こそがそれらすべての原型なのだ。

そうとも、周りは相変わらずの冬、君がいないのだから、

ぼくが遊び戯れていたのはつまりは君の影だったのだよ。

共に W.H. = William Herbert 説の1つの証拠としている（cf. 95.3 note）.　**5. nor … nor** = neither … nor. *ll*. 9, 10 も.　**lays** = songs.　**6. different** 'in odour and in hue' に掛かる.　cf. Abbott 419a.　**7. summer's story** Sh 後年の戯曲の題名 *The Winter's Tale* がある.　'A sad tale's best for winter.'（2.1 ［N 618］）　**8. lap** 花の咲く「花床」, 咲かせる花々が美しいので 'proud'.　もちろん裏に sexual な意味.　**9. wonder at** = admire.　**9. lily**, **10. rose** cf. 'As white as a lily.'（Tilley L 296）, 'As red（reddy）as a rose.'（R 177）　念のため──「白い百合とか, 赤い薔薇とかいふのは, 日本では慣習によつて更に平凡なものになつてゐて, 誤解を招かずに訳しやうがない」, この 98 は Sh の *The Sonnets* の中でも「優れたものの一つであるが, これを日本語に直さうとしても, 形をなさない」（吉田健一「飜訳論」）　**11. but, but** 共に = only.　**figures** = forms.　**12. Drawn after** = copied from.　**pattern** = model. 前に being を補う.　**13. still** = always.　**you away** cf. 97.12 note.　**14. As** = as if.　**shadow** Neo-Platonism では Idea の imperfect reflection. cf. 53.2 note.　**play.** Malone は colon. cf. 44.14 note.

99

The forward violet thus did I chide,
Sweet thief, whence didst thou steal thy sweet that smells,
If not from my love's breath? The purple pride
Which on thy soft check for complexion dwells
In my love's veins thou hast too grossly dyed. 5
The lily I condemnèd for thy hand,
And buds of marjerom had stolen thy hair,
The roses fearfully on thorns did stand,
One blushing shame, another white despair, 9
A third nor red, nor white, had stolen of both,
And to his robb'ry had annexed thy breath,
But for his theft in pride of all his growth
A vengeful canker eat him up to death. 13
　More flowers I noted, yet I none could see
　But sweet or colour it had stolen from thee.

---

[99] この 99 は *The Sonnets* 全 154 篇中異例の 15 行構成である（構成上の異例はほかに 126, 145. それぞれの補注／頭注参照）. 99 が 15 行になったのは stanza の面からは最初の 1–5 が quatrain ならぬ a b a b a の cinquain（5 行連句）になっているから. 1590 年代の sonnet sequence の中には 15 行仕立ての sonnet がみられぬわけではない. たとえば Barnabe Barnes の *Parthenophil and Parthenophe* (1593) では sonnets の多くが 15 行, ただしその余分の 1 行は concluding couplet のすぐ前に置かれていて, その分 volta の跳躍板としての機能が補強されている. これに対し Sh の 99 はいかにも *currente calamo* の無造作というか, この cinquain ももうひと工夫あれば, *l*. 1 を除く b a b a, または *l*. 5 を除く a b a b となっていずれも quatrain に納まるところだった. ついでに thou の突然の指示対象の変化 (cf. *l*. 6 note) とか, 同工異曲の 'breath' の二重使用 (*l*. 3 と *l*. 11) とか. それと, この 99 をなんとしても juvenilia（若書き）のいわば draft に見立てたくなる要因は主題の陳腐, あるいは先行からの安易な借用. Henry Constable の *Diana*（初版 1592, 改版 1594）の 1-9 が比較によく引かれる. 仔細に点検してみると相似が目につくことは確かだ（念のためその 1st quatrain

219

九十九

無礼者めの早咲き菫への叱責——

美わしの盗人（ぬすっと）よ、匂い立つその香りをどこから盗みおった、

わが愛する人の息からに相違あるまい、その高貴なる色合い、

汝が柔らかな頬（うね）に麗々しくも宿りおる、それはなんと

5　わが愛する人の血で堂々染め上げたものだな。

そうだ、百合にはその純白を君の手から盗み取ったことを、

マヨナラの蕾には君の髪の色香を盗み取ったことを責めねばならぬ、

それ見ろ、叱責に恐れ戦（おのの）く薔薇どもはひりひりと棘の筵（むしろ）、

9　恥に顔を染める赤薔薇、望みを失って蒼白の白薔薇、

三番目は赤でも白でもなく盗みに二股（ふたまた）かけた斑色（まだらいろ）、

おまけに君の息までも盗品に加えたのでは

絢爛の満開すべてこれ盗みの連続、

13　怒りに燃えた青虫が食べ尽してあわれ葬られてしもうた。

　　花ならばまだまだいくらもある、なんとその甘い香り、

　　その美しい色、どれもこれもみんな君から盗んだもの。

を，'My lady's presence makes the roses red, / Because to see her lips they blush for shame, / The lily's leaves, for envy, pale became, / And her white hands in them this envy bred.'）．ここでその相似を Constable が先かそれとも Sh が先かという貸借関係に持ち込もうとする議論もよくみられるが，それよりはむしろ表現自体を時代の共有財産として認識することの方が本来であろう．ほかにもたとえば *Amoretti* 64，Sh の詩作では *V and A* 1171–82 なども挙げられる．そうした広い地平から眺めると，この 99 はたとえ juvenilia の draft であったとしても，draft は draft としての活気はやはりみごとと言うほかない．いきなりの出だしの軽妙，花から花への常套をものともしない若々しい呼吸，重複もあえて辞さない闊達．訳でもそのリズムをぜひ伝えようと試みたが，そうした見地から本編注訳者はこの 99 を 1590 年代の Sh の魅力溢れる作として珍重したいと思う．

1. forward = ① precocious, ② presumptuous. **víolèt** trisyllabic. **2–5.** quotation marks で囲む編纂が主だが必ずしもその必要はない．*l.* 2 はわざとたどたどしい school-boyish の monosyllable の連続． **2. sweet** (n.) = fragrance. **3. breath?** ↱

220

100

Where art thou, Muse, that thou forgetest so long
To speak of that which gives thee all thy might?
Spendest thou thy fury on some worthless song,
Darkening thy power to lend base subjects light?   4

Return, forgetful Muse, and straight redeem
In gentle numbers time so idly spent,
Sing to the ear that doth thy lays esteem,
And gives thy pen both skill and argument.   8

Rise, resty Muse, my love's sweet face survey
If Time have any wrinkle graven there,
If any, be a satire to decay,
And make Time's spoils despisèd everywhere.   12

　　Give my love fame faster than Time wastes life,
　　So thou prevene'st his scythe and crookèd knife.

Q の punctuation は comma. *l.* 4 行末の ? をここに移した改訂 (Gildon¹). **purple**
必ずしも「紫」だけではなく crimson (血の色) でもある → *l.* 5 の veins, dyed (cf.
R and J 1.1.77 / *JC* 3.1.158), また帝王の色 → 次の pride (cf. 'born in the purple').
pride = magnificence.　**4. for complexion** i.e. to give it (artificial) colour. (Burrow)
5. grossly = ① shamelessly, ② evidently.　**6. The lily** condemnèd の目的語.　**for**
i.e. for having stolen the whiteness from.　**thy** i.e. my love's. ここで thou の指示
対象が *ll* 1–5 での 'the forward violet' から 'my love' にいきなり変化する. *currente
calamo* の勢い.　**7. marjerom** (Q 'marierom') = marjoram. 色の説明に dark auburn
(Dowden) や (probably) golden (Henry Thomas Ellacombe, *Plant-Lore*, 1884) な
どがあるが documentation が不安. その点 Kerrigan が *Herbal* (John Gerard, 1597)
の 'of a whitish colour and marvellous sweet smell' を引いているのは, 色に香り
も加えて, 心強い.　**10. nor … nor** = neither … nor.　**11. his** = the third rose's.
次行でも同様. his = its とする必要はないと思う. **annexed** = added.　**12. for**
= because of. **pride** ⇨ *l.* 3 note. **of all his growth** i.e. of his full bloom.　**13. canker**
⇨ 35.4 note. **eat** (pret.) = ate. **him** cf. *l.* 11 note.　**15. But** = except. **sweet** ⇨
l. 2 note.

百

詩神(ミューズ)よ、お前のすべて霊感の本源たるべきあの大切な主題を語るに

これほど長い忘却の時を置くとは、はて、どこを彷徨(さまよ)っているのか、

無価値な歌のためにその詩的狂熱をあたら費(つか)い果たし、

4 卑しい対象の輝きにみずからの光を無駄に貸し与えているとは。

ああ、帰り来よ物忘れの詩神(ミューズ)よ、ただちに帰り来て、

空しく過ごした時を貴(たっと)き詩によって贖(あがな)え、

歌えよ、お前の詩歌(しいか)を聞く耳をもつ耳のために、

8 その耳の主こそがお前のペンに技(ぎ)と材(ざい)を与えてくれるのだから。

目覚め起てよ怠惰な詩神(ミューズ)よ、わが愛の人の顔(かんばせ)をとくと見極めよ、

時の奴(やっこ)めがその額(ひたい)に醜い皺を刻みおらぬか、

一条たりと見出したならば、老衰を諷する詩をもって

12 時の略奪の暴虐を世の貶(さげす)みの的とせよ。

ああ詩神(ミューズ)よ、わが愛の人に名声を、時による生の破壊に先がけて。

時の大鎌と彼の兇刃を出し抜く方途はそのひとすじ。

---

[100] 100–103 は Muse への呼び掛けの4連作. 99 から多少の間を置いての作とするのが一般だが, 必ずしもこれにこだわることはない. ましてやその期間, 'The Poet' (= Sh)が他の仕事(たとえば劇作)に忙殺されていたなどの詮索は biographical fallacy の最たるもの. **1. Muse** cf. 38.1 / 9 notes. ここではもちろん poetic inspiration of 'The Poet'. *l.* 2 の 'that' は 'The Fair Youth'. **3. fury** i.e. *furor poeticus* (poetic rage). cf. 17.11 note. **4. light?** Q は period. *l.* 2 の ?(Q) に合わせて ? に改訂 (Gildon). **5. straight** = immediately. **6. gentle** = noble. **numbers** = verses. **7. lays** ⇨ 98.5 note. **8. argument** ⇨ 38.3 note. **9. resty** = indolent, idle. **10. If** = whether. **Time** capitalization は Ewing. *l.* 12, *l.* 13 も同様. **graven** = engraved. **11. satire to** i.e. satirist of. **12. spoils** = deeds of plundering. cf. 65.12 note. **despisèd** = held in contempt. **13. faster** = more quickly. **wastes** = destroys. **14. So** = in this way. **prevene'st** Q は 'preuenſt'. Gildon による 'prevent'st' への校訂が長く支持されてきたが, Wells が *OED* の prevene (Chiefly *Sc.* Now *rare* or *Obs.*) = anticipate; prevent を持ち出して Q のままの読み (prevene'st) を主張, ただし 'chiefly Scotish' が不安であるとして近年でも反対の意見が多い (Evans etc.). 本版は基本的 ↱

101

O truant Muse, what shall be thy amends

For thy neglect of truth in beauty dyed?

Both truth and beauty on my love depends,

So dost thou too, and therein dignified. 4

Make answer Muse, wilt thou not haply say,

Truth needs no colour with his colour fixed,

Beauty no pencil beauty's truth to lay,

But best is best if never intermixed? 8

Because he needs no praise, wilt thou be dumb?

Excuse not silence so, for't lies in thee

To make him much outlive a gilded tomb,

And to be praised of ages yet to be. 12

 Then do thy office, Muse, I teach thee how

 To make him seem long hence as he shows now.

に Q に優先を与えるという編纂方針からここでは Kerrigan と共に Wells に従う．**scythe** ⇨ 12.13 note．**crookèd knife** life との rhyming からも scythe を補強する表現．cf. 63.10 note.

[101] 1. truant = ① idle, ② wandering, cf. F. *truand*（= beggar, vagabond）．**2. truth ... dyed** truth と beauty の合一は Neo-Platonism の理想とするところ．**3. love** = lover．**depends** 主語は Both truth and beauty だが，pl. での -s 変化は類例が多い（⇨ 41.3 note）．ただしここでは truth と beauty の一体感を示したという解もありうる．**4. therein** = in that. that は thy dependence on him．**dignified** 前に 'thou art' を補って読む．**5. haply** = perhaps．**6. with his colour fixed** i.e. since truth has its naturally ingrained colour. his（= its）= truth's. fixed の前に being を補って読む．cf. 'Truth needs no colours.'（Tilley T 585）**7. pencil** = paintbrush（cf. 'Time's pencil' [16.10]）．no pencil の前に 'needs' を補う．**lay** = apply colour on (beauty's truth). to-inf. で前の pencil に掛かる．**8. intermixed** = adulterated. 行末の？は *l.* 5 の 'wilt thou not haply say' に応じて（Capell），Q は period．なお *ll.* 6–8 を quotation marks で囲む編纂（Malone）もあるが，そこまでする必要はない．**9. dumb** *l.* 11 の tomb との rhyming ⇨ 83.10 note．**11. gilded tomb** cf.

223

百一

遊惰の詩神（ミューズ）よ、真は美に染め上げられてこそ完璧となる、

この哲理を閑却してきた罪の償いをはてお前はなんとする、

真も美もともにわが愛の人に依存し、お前とて同様、

4 安んじて彼に依存できればこそお前の権威もまた保たれてきている。

ささ、詩神（ミューズ）よ、返答やいかに。と問い詰めたところでお前の言い分は

わかっている、たぶんこんなところだ──真に色など不必要、

とうに自（みずか）らの色が備わっている、美だっても自（みずか）らの真の色への

8 上塗り絵筆はご免だ、最高は混ぜものなしだからこそ最高なのだから。

ほう、そういうものかね、わが愛の人に賞讃など必要ないから黙（だんま）りを決

め込んでいいってわけなのかね、

沈黙の言い訳にそれは止してくれ、いいかい、黄金の墓よりはるかに

永世の生を彼に与えるだけの力が、そうとも、来るべき未来の歳月、

12 彼に賞讃を与え続けるだけの力が、いま沈黙のお前にあるんだぜ。

それだから詩神（ミューズ）よ、お前の務めを果たせ、かの人が今のその姿のまま、

これからも遙かそのままであり続けるための術をお前に授けてやろう

から。

55.1. **12. to be praised** 前行の make him を補う．And で遮られたため to-inf.
になった．**of** = by. **ages yet to be** = ages to come. **14. seem, shows** ここでは
pejorative な connotation が無視されている（次の 102.1, 2 で seeming, show を用
い直すことを予想しながら）．**long hence** = far in the future.

102

My love is strengthened though more weak in seeming,

I love not less, though less the show appear;

That love is merchandized, whose rich esteeming

The owner's tongue doth publish everywhere.   4

Our love was new, and then but in the spring,

When I was wont to greet it with my lays,

As Philomel in summer's front doth sing,

And stops his pipe in growth of riper days.   8

Not that the summer is less pleasant now

Than when her mournful hymns did hush the night,

But that wild music burdens every bough,

And sweets grown common lose their dear delight.   12

 Therefore like her, I sometime hold my tongue,

 Because I would not dull you with my song.

---

[102] Muse は出てこないが，春から夏への愛の移ろいに Philomel の物語を織り込むなど，couplet も軽妙あざやかに決まって，100–103 の連作中最もみごとに技巧的.
1–2. seeming, the show, appear cf. 101.14 note.　**2. appear** *l.* 4 の everywhere との rhyming ⇨ 80.8 note.　**3. whose** That love を受ける.　**rich esteeming** i.e. rich value（esteemed by the owner）.　**5. but** = only.　**spring** = ① beginning, ②「春」　**6. it** i.e. ① our love, ② the spring（前注の二重の意味をこめて）.　**lays** ⇨ 98.5 note.
7. Philomel [fíləmèl] ⇨ 補.　**front** = forefront, beginning.　**8. his** Q. 19 世紀後半来，Philomel を受けるのだから feminine であるべきとの見解から 'her' への校訂がしばしば行われた.　Sh の 'slip of the pen' 説，bibliographical には MS の 'hir' の compositorial（or scribal）misreading 説（r → s）.　これに対し Q 擁護の側は，cock-nightingale を指すとする説，あるいは his = its 説など.　本編注者は，Sh の意識がここでは 'The Poet' と Philomel と重なり（意図的に）masculine の 'his' を用いた（*ll.* 10, 13 では feminine に復する）として Q の 'his' を採る.　**in growth of riper days** i.e. as summer days lengthen.　**9. Not that, 11. But that** = not because, but because.　**10. mournful** cf. *l.* 7（Philomel）補.　**hush** = make quiet

百二

　ぼくの愛は弱まったように見えるのだろうが本当は強くなっている、

　　見かけはいかにも冷めているようにみえて思いはけして冷めてはいない、

　持主がその愛とやらを高値のものに吹っかけて

4 処々方々に宣伝して廻るなど、そりゃまるで商売人のやり口だ。

　　二人の愛が生れたばかり、まだ始まりの春の季節、

　　その春をぼくは胸に抱きしめて歌を歌い続けていたよ、

　　たとえばあの悲しみの鳥ピロメラ、初夏の頃の澄みきった歌声、

8 だが夏の日脚が延びるにつれてその笛の音はぴたりと止む。

　　それはだね、夏の盛りがもう疎ましくなったからではけしてない、

　　夜一面を静寂に浸したあの嘆きの讃歌が聞こえなくなったのは。

　　そうではなくて、森じゅうの枝も撓にけたたましい楽が鳴り響けば、

　　喜びはもはや騒音、妙なる調べどころの話ではなくなるから。

12 　それだから、ぼくも彼女に倣ってときには口を閉じる、

　　なぜってぼくの歌で君に欠伸なんかさせたくないんだ。

(with enchantment). **11. wild music** いわゆる rival poet(s) への当てこすりとする注が多いが，本注者はそこまでかかずらわない．**burdens** = ① weighs down, ② provides a choric refrain from. **12. sweets** i.e. pleasures. **common** = vulgar. **dear** = ① loved, ② precious. **13. sometime** = sometimes. **13. tongue, 14. song** ⇨ 17.10 note. **14. you** Muse への呼び掛け(thou)が消えて you の登場.

7 補. Philomel 辞書的には nightingale の別名．ただし背景にギリシャ神話の転身の「物語」がある (*Metamorphoses* では Procne と Philomela 姉妹の物語 [6.412–674])．Philomela は欺かれて姉 Procne の夫 Thracia 王 Tereus に犯され，口がきけぬよう舌を切られる．姉妹は復讐のため Tereus の子(Procne にとっては自分の産んだ子)を殺して彼に食わせる．追われた姉妹は，姉は swallow に，妹は nightingale に化した(伝によっては逆とも．なお Ovid では鳥の名は示されていない)．*Titus Andronicus* の sources の１つ．Sh はここでは特に舌を切られた Philomela の悲しみの余韻を意識的に計算していたであろうから，本訳は「ナイチンゲール」「小夜鳴鳥／夜鳴鶯」とせず，以上の補注を付した上で，原音を生かしたピロメラとした．

103

Alack, what poverty my Muse brings forth,
That having such a scope to show her pride,
The argument all bare is of more worth
Than when it hath my added praise beside.   4
O, blame me not if I no more can write!
Look in your glass, and there appears a face
That overgoes my blunt invention quite,
Dulling my lines and doing me disgrace.   8
Were it not sinful then, striving to mend,
To mar the subject that before was well?
For to no other pass my verses tend
Than of your graces and your gifts to tell.   12
    And more, much more than in my verse can sit,
    Your own glass shows you when you look in it.

---

[103] いささか持って廻った調子の 'apology for silence'. 4 連作の最後.
1. my Muse i.e. my poetic ability. cf. 100.1 note.　**1. forth, 3. worth** この rhyming
については ⇨ 38.9, 11 note.　**2. That** = in that.　**scope** = opportunity.　**her** Muse
は feminine.　**pride** = splendour.　**3. argument** cf. 38.3 note.　**4. my** her からの
変化.　**beside** = moreover.　**5. write!** ! は Q.　**7. overgoes** = surpasses.　**invention**
= inventiveness. cf. 38.1 note.　**8. Dulling** = making dull.　**lines** i.e. verse.　**9–10.**
striving … well proverbial. cf. 'Striving to better, oft we mar what's well.' (*Lear*
1.4.316–17 note)　**9. Were it not** = would it not be.　**10. well?** ? は Lintott.　**11.**
pass = completion (*OED* sb²†5). cf. 'come to pass.'　**tend** = are directed.　**13–14.**
more … in it i.e. when you look in your own glass it shows much more than there can
be in my verse. (Rowse)　**13. sit** = have a seat; dwell.

百三

ああ、わが詩神(ミューズ)はなんと貧しい作を生み出すことか、
彼女の栄光を誇示する絶好の機会に恵まれているはずなのに。
しかし、考えてみれば、君という主題は、なまじぼくの誉め言葉を無駄に
　　加えたところで、
4 裸そのままの方がはるか価値あるものに光り輝いている。
ああ、ぼくはもう書けない、書けないぼくをどうか責めないでくれ、
鏡を見てみろよ、そこにはぼくの愚かしい着想など
はるかに超えた真実の顔が写っているだろうに、
8 ぼくの詩行のなんとつまらぬこと、なんともまあ恥かしい話さ。
となれば、改良を目ざして努めるはずが、逆に本来の素材の
毀損を結果するのは罪悪というものでなかろうか、
そもそもぼくの詩作の赴くところの目標は、ほかでもない
12 君の豊潤の魅力と君の天与の才能を世に伝えることなのだから。
　　しかしぼくの詩の中に写る君の姿はまるで無に等しい、
　　鏡の中に君が見るであろう君の姿こそがはるかに真実なのだ。

104

To me, fair friend, you never can be old,
For as you were when first your eye I eyed,
Such seems your beauty still; three winters cold
Have from the forests shook three summers' pride, 　4
Three beauteous springs to yellow autumn turned,
In process of the seasons have I seen,
Three April perfumes in three hot Junes burned,
Since first I saw you fresh which yet are green. 　8
Ah, yet doth beauty, like a dial hand,
Steal from his figure, and no pace perceived,
So your sweet hue, which methinks still doth stand
Hath motion, and mine eye may be deceived. 　12
　For fear of which, hear this, thou age unbred,
　Ere you were born was beauty's summer dead.

[**104**] ここに言及される 'three years' からこれを 'dating sonnets' の1つとする
立場があるが，本編注者はもちろんその「3年」に autobiographical な読み込
みを試みることに同じない．それよりもこの数字に sonnet の convention を認
める方が Sh の「愛の劇場」にいかにもふさわしい．Kerrigan は Ronsard, Philippe
Desportes, Sh の同時代では Daniel，さらに Horace の *Epodes*（9.5–6）を analogues
に引いている．なお Wilson は 104 を 'misplaced' とし，97–99 の 'Separation
Sonnets（Sonnets in Absence）' に繋げている．
1. friend 念のため Benson は 'love' に変えている．　**2. your eye I eyed** [ai] を
三重に重ねた．your eye に 'your I (= your identity)' との pun. cf. *R and J* 3.2.45–
49.　**3. winters cold** *l.* 4 の summers' pride と合わせて 'winters' cold' と読む編
纂があるが（Charles Knight）現在は顧みられない（Q はいずれも apostrophe な
し）．動詞は Have，それに summers' pride との並列は型どおり過ぎてむしろ
Sh らしくない．　**4. shook** = shaken. cf. Franz 170.　**pride** ⇨ 103.2 note.　**5.**
beauteous dissyllabic.　**5. turned, 7. burned** ともに p.p.（*l.* 6 の have I seen の
目的補語）．　**6. process** = progression.　**7. perfumes, burned** 香を火に投じる
イメージとする解（Beeching）があるが，そこまで無理をすることはない．　**8.**

百四

美しい友よ、ぼくにとっての君はけして歳をとることをしない、
ぼくの眼がはじめて君の眼を見つめたあのときのまま、
今もあのときの美しさのまま、そうともぼくは見てきたはずなのだ、
4 進み行く季節の歩みに合わせて、三度の寒い冬が
森の木々から三度も夏の華やぎを振い落とすのを、
三度美麗の春が三度黄落の秋に転ずるのを、
四月三度の芳香が六月三度の暑熱に焼かれるのを、
8 だが君は最初に見た青春の姿そのまま、変わらぬ緑のういういしさ。
けれども、ああ、美はまこと時計の針、数字から数字へと忍び足、
美本来の姿から眼には覚られぬ足どりで時々刻々衰えへと進む、
君の美貌もその運命を免れえぬとしたら、今は永遠に見えてはいても
12 じつは束の間のもの、ただぼくの眼が欺かれているだけのことなのか。
そうか、欺かれているのだとしたら、まだ生れぬ世代にぜひとも
聞いてもらわねばならぬ、君たちの生れる前にとうに夏の美は死んで
しまったのだと。

---

which = who. **green** 青春の色. cf. 63.14 note. **9. dial** 花への連想から sundial の解もあるが hand はやはり「置時計」の針（日時計の落とす「影」は苦しい）. cf. 'To move as does the dial hand, which is not seen to move.'（Tilley D 321）ただし 77.7 'dial's shady stealth' は 'shady' からも「日時計」のイメージ. **10. Steal** (v.i.) = steal away. **his** (= its) **figure** = ① beauty's (original) form, ② numeral on the dial. **11. hue** ⇨ 20.7 note. **still** = unmoving, unchanged. **13. unbred** = unborn.

105

Let not my love be called idolatry,
Nor my beloved as an idol show,
Since all alike my songs and praises be
To one, of one, still such, and ever so.   4
Kind is my love today, tomorrow kind,
Still constant in a wondrous excellence,
Therefore my verse to constancy confined,
One thing expressing, leaves out difference.   8
Fair, kind, and true, is all my argument,
Fair, kind, and true, varying to other words,
And in this change is my invention spent,
Three themes in one, which wondrous scope affords.   12
    Fair, kind, and true, have often lived alone,
    Which three till now never kept seat in one.

---

[105] 104 と対. 'The Fair Youth' の「外面」の美はやがては死すべきもの
(104.14), これに対しその「内面」の美はいまだ存在しなかったもの(105.14).
1. idolatry cf. 106 頭注. **2. show** (v.i.) = appear. **3. Since** = because (giving the
reason for the charge of 'idolatry'). **4.** *Gloria Patri*(頌栄)の 'Glory be to the Father,
and to the Son, and to the Holy Ghost. As it was in the beginning, is now, and ever
shall be.' の echo. **still** = always. *l.* 6 でも. **5. love** = beloved. =「愛」とする
こともできなくはないが,それだと自嘲の皮肉の tone になるだろう. **8.
difference** = variety. **9. argument** ⇨ 38.3 note. **10. words** *l.* 12 の affords との
rhyming ⇨ 79.9 note. **11. change** i.e. varying of expression (*l.* 10). **invention**
cf. 59.3 note. **12. Three themes in one** fair, kind, true の一体化. neo-Platonism
の理想.同時にキリスト教の Trinity を示唆し, *ll.* 3–4 に繋がる.なお同時代
の詩人 Nicholas Breton の詩(1600)に '… / Wise, and kind, and fair, and true, / Lovely
live all these in you. / …'(quoted in Rollins)の表現があり,この 105 との関係が,
創作年代もからめて話題になることがあったが, parallel という点では Sidney
やら Spenser やらに見られるところから,特にその詩だけ取り立てて云々す
るほどのことではないと思う. **14. kept seat** = ① resided, ② sat enthroned. **one**

百五

だからと言ってぼくの愛を偶像崇拝と呼ぶのは止してもらおう、
ぼくの愛の人を偶像に見立てるのもご免だ、
それは確かに、ぼくの歌、ぼくの讃辞はみんな同じ、
4 だた一人に向けられ、ただ一人を語っている、いつでもそう、変わら
  ずそう。
ぼくの愛の人は今日の日優しく、明日の日優しく、
常に変わらぬその優しさがすぐれてうれしく、
それだからぼくの詩作も変わらぬひとすじ、
8 歌うはただ一つ、変幻多彩など見向きもしない。
美と、優しさと、誠実と、それがぼくの主題のすべてだ、
美と、優しさと、誠実と、それをいつでも別の言葉に移し換えている、
その移し換えにぼくの詩的創造はすべて使い果たされる、
12 三題目は三位一体、そこにみごとな詩的世界が広がる。
  美と優しさと誠実と、それはこれまで離れ離れに生きてきた、
  一つに合わさって輝かしい存在となるのは、君がはじめて。

---

l. 13 の alone との rhyming ⇨ 6.8 note.

106

When in the chronicle of wasted time
I see descriptions of the fairest wights,
And beauty making beautiful old rhyme
In praise of ladies dead and lovely knights;   4
Then in the blazon of sweet beauty's best,
Of hand, of foot, of lip, of eye, of brow,
I see their antique pen would have expressed
Even such a beauty as you master now.   8
So all their praises are but prophecies
Of this our time, all you prefiguring,
And for they looked but with divining eyes,
They had not still enough your worth to sing.   12
　For we which now behold these present days,
　Have eyes to wonder, but lack tongues to praise.

---

[106] この 106 も Henry Constable の sonnet との親近が話題になるので（cf. 99
頭注）その 1st quatrain を引いておく．'Miracle of the world! I never will deny /
That former poets praise the beauty of their days ; / But all those beauties were but
figures of thy praise. / And all those poets did of thee but prophesy.'（また最後の納
めは 'thou that goddess art, / Which only we without idolatry adore.' こここの 'idolatry'
は 105 の表現に近接する）．この sonnet は *Diana* に収録されているのではな
く MS の形で残されているものなので，年代はまったく不明．したがって Sh
との「貸借関係」は推測のしようがないが，1st quatrain のすぐ後に Petrarch
や Laura への言及があるところからも，話題にするのであればやはり「貸借」
ではなく歴史の「地平」の見地からなされなくてはならないであろう．

1. wasted time = ① time gone by, ② ages turned to ruin by time.　**2. wights** = men
and women（当時すでに archaic word）.　**3. making beautiful old rhyme** old rhyme
が making の目的語，beautiful は目的補語（time [*l.* 1] との rhyming のため）.　**4.
dead** 次の lovely knights にも掛かる．　**5. Then** *l.* 1 の When の繰り返し．**blazon**
（[blǽzn] と読みたい）i.e. description of excellencies after the cataloguing manner.
本来は heraldry 用語で紋章図の詳細な個別的解説を言う．　**6. brow** = forehead.

百六

今は古、時の廃墟の歴史物語を繙くと、

なんとまあ美しい男女の姿に出会うことか、

亡き数の貴婦人や凛々しい騎士たちを讃えるみごとな描写、

4 題材の美が古詩そのものの美をいっそう美々しく引き立てている。

そうなんだよ、最高の美の一つ一つ、手といい、脚といい、唇といい、

目といい、額といい、紋章図さながら述べ尽くされているのを見れば、

古の詩人たちの筆は、じつは、いま君が現に所有している、

8 まさしくそういう美を後世に伝えたかったのだと思いたくなる。

となると、彼らの賞讃はすべてわれらの時代を

予言するもの、なべて君の存在を予表するもの、

ただ彼らは予言の目で見ていたに過ぎぬから

12 君の真実の価値を事実として歌うまでには至らなかった。

だが現在の時代を目の当りにしているわれわれにしたところで、

驚嘆の目を持ってはいても賞讃の舌を持ち得てはいない。

---

7. see = perceive. この see が *ll*. 1–6 を受ける形になる. **their** antecedent は前に出てこないが 'the poets' of the chronicle (*l*. 1) / old rhyme (*l*. 3). **ántique** accent 第1音節. **would have expressed** = wished to express. **8. Ever** [i(v)n] monosyllabic, unstressed. **master** = are master of ; possess. **9. their** *l*. 7 の their antique pen を pl. で受けた. **prophecies** eyes (*l*. 11) との rhyming ⇨ 7.4 note. **10. this our time** = this time of ours(PE なら). cf. 3.12 note. **all you prefiguring** i.e. all of their praises prefiguring you. prefigure には Biblical exegesis(聖書釈義)の背景がある. 旧約の物語を新約での Christ の救済の物語の antitype(対型)とする typology(予表論)がそれである(Neo-Platonism の思想基盤の重要な1つ). この論からすれば 'The Fair Youth' はここで Christ になぞらえられることにもなり, 前作 105 の idolatry とも繋がる. **11. for** = because. **divining eyes** i.e. eyes of prophecies (cf. *l*. 9). **12. still** = as yet.(Sisson)⇨ 補. **13. For we** i.e. for even we.(For は *l*. 11 の for の勢いづいた繰り返し) **which** ⇨ 104.8 note. **14. wonder** i.e. look on with amazement.

12 補. still 18世紀の碩学 Thomas Tyrwhitt の示唆を受けて Capell がこれを skill に校訂. 以来 Malone から現代に至るまでほとんどすべての重要な編纂者た↱

107

Not mine own fears, nor the prophetic soul
Of the wide world dreaming on things to come,
Can yet the lease of my true love control,
Supposed as forfeit to a confined doom.　　　　　　　　　4
The mortal moon hath her eclipse endured,
And the sad augurs mock their own presage,
Incertainties now crown themselves assured,
And peace proclaims olives of endless age.　　　　　　　8
Now with the drops of this most balmy time
My love looks fresh, and Death to me subscribes,
Since spite of him I'll live in this poor rhyme,
While he insults o'er dull and speechless tribes.　　　　12
　　And thou in this shalt find thy monument,
　　　When tyrants' crests and tombs of brass are spent.

ちが skill(= ability / understanding)を支持してきた．still を採りえない理由とし
ては，まず文法的に still では enough に掛かる名詞が不在であること，語義的
に Sisson の still = as yet は時代的に無理であること(*OED* で初出が 1632 年)，
加えて 106 の variant MS ('On His Mistris Beauty') の *l*. 12 でも 'they had not skill
enough thy worth to singe' (quoted in Rollins)と 'skill' になっていること(ただし
本編纂者は問題の variant を本文からの「派生」[cf. 2 補]として編纂上の価値
を認めることをしない)，等々．一方 Sisson の still = as yet は Q 信奉を旨とす
る Wyndham を受け継ぐもので，その分近年では拒否の傾向が強いのもやむ
を得ないが，意味の流れからは，antique pen が君の真価を歌うのにいまだ慣
れていないと読む方がむしろ適切なのではないだろうか．いきなりの skill で
はいかにも身も蓋もない．Sh の若い pen はまず still = as yet で描写のクッショ
ンを置いたあと，次は委細構わず緩急の勢いに乗って enough to sing と突き進
んだ．*OED* での 30 年程度の差はこの際して問題とするに足りない．つい
でに，I and R は secretary hand での k ⇄ t を言い立てようとするがいささか付
焼刃．本編注者としては，やはりここでは，18 世紀的好事家の Tyrwhitt より
は *New Readings in Sh* の C. J. Sisson の文学的良識(あるいは Beethoven の

百七

　ぼく自身がどんなに気づかったところで、いや、この広い世界の

　予言者まがいがいくら未来の夢想に心を労したところで、

　ぼくのこの真実の愛の期限を定めることなどできはしない、

4 それはもちろん人間である以上、限りある命は免れぬとしても。

　そら、消えるかと思われた月だっても、その蝕をりっぱに生き永らえた
　　だろう、

　おかげで眉根を寄せてた占い師だちも前兆が外れて照れ隠しの苦笑い、

　不安不穏の世も、見たまえ、いまや揺ぎない王冠を戴き、

8 平和のオリーブが永遠の繁茂を約束している。

　またとないこの癒しの時代の雫を受けて

　ぼくの愛の姿も甦る、「死」もぼくを屈服させることはできない。

　ぼくには貧弱ながら詩作がある、その詩の中でぼくは死をものともせず
　　に生き続ける、

12 あわれ、言葉を持たぬ愚かな輩は死になすすべもなく嬲られるばかりだ
　　ろうが。

　だから、君にとってこの詩こそが不滅の碑だ、

　暴君の威を誇る青銅の紋章も、墓標も、ただ空しく潰え去るだけ。

‘Empfindung’）に従うこととしたい．なお Tucker (conj.) は ‘style’（‘still’ は style
の obsolete form ［*OED* の年代は 4–6］）．
[107] いわゆる ‘dating sonnets’ の 1 篇（ほかに 104, 123 など）．特にこの 107 は
時事的な topics への allusion が散りばめられていて，その解明が，19 世紀末
から 20 世紀中葉にかけて熱心な研究の対象になってきた．本編注者は必ずし
もその熱心に与するものではないが，編注者の 1 つの義務として，それらの
解明の主要ないくつかを補注として加える．
1. Not = neither. **the prophetic soul** 諸注は Hamlet の ‘O my prophetic soul!’
（1.5.40）を引くことが多いが，それほど大層な表現ではない．　**2. Of the wide**
world prophetic soul に掛かる（prophetic → prophesy の obj. phrase とはしない）．
なお world の後に Q には comma があり，これを生かす編纂もみられるが（近
年では *Riverside*），これだと ‘dreaming ... to come’ が *l.* 1 の ‘mine own fears’ に
も掛かるように読まれるので本編纂者は採らない．**dreaming on** pejorative ↱

(cf. *JC* 1.2.24). **come** doom (*l.* 4) との rhyming ⇨ 17.1 note. **3. lease** ⇨ 18.4 note. **love** 「愛」(= lover とはしない). **control** i.e. set limits to. 以下 law-terms が続く. **4. Supposed as forfeit to** i.e. which (= the lease) had been thought to be subject to. **forfeit** (p.p.) = forfeited / legally owed (次の confined doom と共に law-term). **confined doom** i.e. limited duration (law term としては, cónfine [accent は rhythm から第1音節] = imprison / doom = judgement). **5–8.** ⇨ 補. **5 mortal** = subject to death < L. *mors* = death. **moon** は「蝕」でいったん「死ぬ」. **endured** = bore up against, i.e. revived. **6. presage** n. だが *l.* 8 の age との rhyming からも preságe. cf. Kökeritz p. 335. **7. Incertainties** = uncertainties. **8. olives** 平和の象徴. **9. balmy** = soothing, of healing virtue. (Onions) なお balm (香油) は戴冠式で国王に塗られる (前の crown に繋がる). **10. love** ⇨ *l.* 3 note. **Death** capitalization は Malone. **subscribes** (to) = submits to. cf. 18.11. **11. spite of** = in defence of. **12. insults** = exults scornfully. **13. thy** 念のため, you からの転換. **monument** cf. 55.1 / 81.9. **14. crests** crest = insignia of coat of arms. 墓の飾りになる. **brass** cf. 64.4 note. **spent** = wasted away.

5–8 補. topical allusion はこの 2nd quatrain が中心になる. まず 'the mortal moon' をめぐって. mortal = human と解して moon を Elizabeth 女王に擬する論 (Q では moon は 'Moone' と capitalized). 彼女は月の女神 Diana (あるいは Cynthia) として神型化されていた. her eclipse とは, たとえば侍医 Roderigo Lopez の女王毒殺疑惑 (cf. 本選集 *M of V* xxi–xxii. Lopez の処刑は 1594 年 6 月 7 日), また Essex 伯 Robert Devereux の叛乱とその鎮圧 (1601 年 2 月 8 日, 同月 25 日処刑) を挙げる説も. しかしそれらの政治的「事件」よりも, 大方の支持を得ているのは女王 63 歳の大厄 (Grand Climacteric Year) の 1595–96 年である (63 は mystic number の 7 と 9 を乗じた数). 'Prophets of disaster were very busy in 1596.' (Harrison) 一方 E. K. Chambers は女王の大病, それにスペイン再度来襲への危機感の高まった 1599–1600 年を 'a more plausible date' としている. スペインのそもそもの来襲は 1588 年 7 月末の the Spanish Armada であるが, Sh 関連の数々の新発見で 'literary detective' の異名を取った Leslie Hotson が, Samuel Butler (*Erewhon* の) の *Sh's Sonnets Reconsidered* (1899) を発展させて, mortal moon をその Armada の半月形攻撃艦隊列 (half-moon-shaped battle formation) と解して (mortal = deadly), 107 の創作年代を, 大方の 1590 年代後半から 10 年も早めて 1589 年とした (*Sh's Sonnets Dated*, 1949). これは Sh の伝記の常識への 1 つの挑戦である. それら探索の上にさらに Mr. W. H. 候補の Pembroke と Southampton の life story を重ねれば「物語」はいよいよ百花繚乱・興味津々の様相を呈する. Rollins の variorum 版は, 107 の dating に, 1579, 1588, それに 1592 から 1603 年まで 1597 を除いて毎年, 最後に 1609 を加えていかにも楽しげであるが, 本編注者はその楽しみを自制して, あとは 'Incertainties' (*l.* 7) と 'olives of endless age' (*l.* 8) に関わる紹介にとどめる.

それは Elizabeth が崩御し (endured = submitted to [her eclipse]) 新王 James が

無事その後を襲って意気揚々と London に入京した 1603 年．嗣子を持たぬ女王の後継をめぐってそれまで incertainties があわただしかったが今こそ new crown によって olive の平和が，国内的にも，対外的にも約束されることになった．加えて，Essex の叛乱に連座して辛くも死罪を免れ the Tower of London に幽閉されていた Southampton 伯 Henry Wriothesley が新王によって釈放されるということがあった（*l*. 9 の 'the drops of this most balmy time'，*l*. 10 の 'My love looks fresh'［love はここでは = lover]）．近年では Kerrigan が，Joseph Hall の詩 *The Kings Prophesy, or Weeping Joy*（1603）を確証に引いて，'1603 seems the obvious date' と言っている．もう 1 つついでに，Michael Drayton の *Idea*（written prob. 1605, published 1619）に女王の崩御，新王の入京などを具体的に歌い込んだ sonnet（51）があり，Sh の 107 からの借用を指摘する論も．

　しかしたとえば Drayton の作を見てみても，それはあくまでも具体的な topics の羅列である．Sh では（それらの細目が topical allusion から生じたのだとしても）最後の couplet の「結」へと続く詩的な手立てとして metaphorical に変容している（その変容が果たして十全であるかどうかは別にして）．'Drayton is far more specific and topical; Sh's references—if meant to be non-figurative—have remained too obscure, or cryptic, to be dated.' は J. W. Lever の注記（*Sonnets of the English Renaissance*）．Lever には 'The Friend' の Immortalization を論じて 'One thing is clear, that the sonnet（107）is not a Commentary on the News.' と言い切った明快な論断もある（*The Elizabethans Love Sonnet*）．本編纂者もその基本線に立つ者だ．長々と補注を続けたうえでこの論断では申し訳ないが，Sh の *The Sonnets* は（もちろんあらゆる諸相での作者の経験から生まれたものに相違ないが）あくまでも劇的・詩的な fiction なのであって，そこに作品の成否がかかっている．（念のため，関連の事件，人物を連れ出して「物語」を紡ぎ上げるのも興味津々の文学的「営為」でありうるが，とりわけ Sh の *The Sonnets* の解釈では，それはおのずと次元が異なる．topical allusion の解明も重大な「研究」分野でありうるが，本編纂者はあえてそこに深入りすることをしない．）

108

What's in the brain that ink may character
Which hath not figured to thee my true spirit,
What's new to speak, what now to register,
That may express my love, or thy dear merit? 4
Nothing, sweet boy, but yet like prayers divine,
I must each day say o'er the very same,
Counting no old thing old, thou mine, I thine,
Even as when first I hallowèd thy fair name. 8
So that eternal love in love's fresh case
Weighs not the dust and injury of age,
Nor gives to necessary wrinkles place,
But makes antiquity for aye his page, 12
    Finding the first conceit of love there bred,
    Where time and outward form would show it dead.

---

[108] 1. character = write (in characters [letters of alphabet]). **2. figured** = portrayed. **spirit,** comma は Q のまま. ? への Gildon 来の改訂があるが煩わしい. 発音は *l.* 4 の merit との rhyming から [spérit] か (cf. Kökeritz p. 212 / Wyld p. 82). **3. now** Malone が 'new' に校訂. 現在は Q に復した. **4. dear** = precious. **5. boy** boy の呼び掛けは *The Sonnets* を通じて 2 回だけ(他は 'my lovely boy' 126.1). Benson は Q の 'ʃweet boy' を 'sweet-love' に変えた(126 は彼の edition から削除). **6. o'er** = over again. **the very same** adverbial accusative. **7. thou mine, I thine** cf. 'My well-beloved *is* mine, and I am his.' (*Song of Sol.* 2.16) **8. Even** [i(v)n] monosyllabic, unstressed. **hallowèd** cf. Lord's Prayer, 'Our father which art in heaven, hallowed be thy Name.' (*Matt.* 6.9 / *Luke* 11.2) **9. So that** = in the same way as. **case** = covering, clothing. **10. Weighs not** = does not care for. **11. necessary** = inevitable. **12. antiquity** = old age. **for aye** [ei] = forever. **his** (= its) = love's. **page** = boy servant (youthful and vigorous). *l.* 10 の age との rhyming で多少無理強いした用語か. comma は Q のまま. **13. conceit** = conception, image in the mind. **there bred** 'The *first conceit of love* is still being *bred* where it once was *bred*.' (Kerrigan) **14. Where** 前行の there を受ける形だが関連は薄弱

百八

これまでぼくは、ぼくの真心の姿を丹念に描き続けてきたのだから、

脳髄にはインキで書き記すことなどもうなにも残っていない、

ぼくの愛を、そして君の尊い美点を、いまさら云々しようとしても、

4 新たに語るべきこと、重ねて記録すべきことのあろうはずがない。

美しい若者よ、残るものといえばそれは祈禱の文言さながら、

来る日も来る日もそっくり同じに唱え続けるだけだ、

昔を今に日々これ新た、君はぼくのもの、ぼくは君のものと、ほら、

8 はじめて君の名を尊いものに口にしたあのときと少しも変わらずに。

つまるところ、愛が永遠である限りそれは常に真新しい衣装に包まれる、

老残に吹き荒ぶ塵も芥もものともせず、

老醜の皺の運命も寄せつけず、

12 老齢をまるで血気盛んな従者なみにいつまでも意のまま侍らせる、

見てみたまえ最初の愛の熱い思いがまたそこに生まれ出る様を、

時の経過と外貌の変化が愛の死をどんなにかまびすしく言い立てよう

と構いやしない。

でここでは = whereas ぐらいの意味になっている. **would** = want to.

240

109

O, never say that I was false of heart,
Though absence seemed my flame to qualify,
As easy might I from my self depart,
As from my soul which in thy breast doth lie.   4
That is my home of love, if I have ranged,
Like him that travels I return again,
Just to the time, not with the time exchanged,
So that myself bring water for my stain.   8
Never believe though in my nature reigned
All frailties that besiege all kinds of blood,
That it could so preposterously be stained
To leave for nothing all thy sum of good.   12

   For nothing this wide universe I call,
   Save thou, my rose, in it thou art my all.

---

[109] **2. qualify** = abate, weaken. **3. easy** = easily. **my self** self に意味の強調があるので Q のまま 2 語とする. cf. 4.10 note. **depart** = separate. **5. ranged** = roamed. **6. again** = back. **7. Just to the time** = exactly on time. just に②として = faithful, constant を読み込む注もあるがうるさい. **with the time** = by the period of absence. **exchanged** = changed. **8. So that** = in such a way that. **myself** 次の bring の主語. Q では 2 語(cf. *l.* 3 note). **bring water for my stain** 旅の汚れを洗い流すための「水」を携えて,ということであろう. もちろん stain に道徳的な(性的な)汚れの意味を読み取ることは容易である. それだと water は 'tears of repentance'. しかし作者はそうした裏の意味をわざと仕掛けながら,ここでは直線・単純な愛の「物語」を装っている. 読者はすべからく作者のその「演出」に付き合って,曲線・複雑に向けての裏の読みをあくまでも裏側に心得た上で,大仰に騒ぎ立てるのを慎まなくてはなるまい. 次の 3rd quatrain は読者にその「付き合い」を慫慂する作者の側からの丁重な案内である. **9. reigned** 主語は次行全体の phrase. **10. All frailties** sexual な「弱点」を遠望して. **all kinds of blood** = every sort of temperament. cf. 'Probably "all dispositions", rather than, as Tucker suggests, "persons of every kind of sexual passion", which would

百九

ああ、けして言い給うな、ぼくが心変わりしたなどと、
別れが長ければ愛の炎が弱まるように見えて当然だろうけどね、
ぼくの心は君の胸の中にある、その心を引き離すなど、
4 自分を本当の自分から引き離すも同じこと、できるものか。
君の胸こそが愛のわが家、さすらいの旅に出ても、
旅であるからにはわが家へと戻る、
ぴったりと時間どおり、旅の間に変わるはずもなく、
8 旅の汚れは自分の手できれいに洗い流す。
考えてもみ給え、仮にぼくがだよ、ぼくのこの性根がだよ、人間なら
どんな気質にも必ず付き纏う弱点にまるごと支配されたとしても、
善美の総和たる君を棄てて無と交換するなど、そんな愚かな、
12 後と先との見境もつかぬ判断に汚れるはずがあるものかね。
そもそもこの広い宇宙は無同然、君だけが、
ああぼくの薔薇よ、全宇宙の中でぼくのすべてなのだから。

---

be less relevant here.' (I and R) **blood** *l.* 12 の good との rhyming ⇨ 19.4 note.
11. it *l.* 9 の my nature. **stained** = polluted. わざわざ *l.* 8 の stain を動詞で繰り
返した. **12. To leave** = as to leave. **for** = in exchange for. **13. For** = because. **14.**
Save = except for. cf. *JC* 5.5.68 note. **, my rose,** 前の comma は本版. 後の comma
は意味の上からは semicolon あたりが適当なところだが，リズムの流れを重
視して Q のままとした(近年では *Riverside* が同じ). なお rose は Q では capital.
cf. 1.2 note. **it** = this wide universe.

242

110

Alas 'tis true, I have gone here and there,

And made myself a motley to the view,

Gored mine own thoughts, sold cheap what is most dear,

Made old offences of affections new. 4

Most true it is, that I have looked on truth

Askance and strangely—but by all above,

These blenches gave my heart another youth,

And worse essays proved thee my best of love. 8

Now all is done, have what shall have no end,

Mine appetite I never more will grind

On newer proof to try an older friend,

A god in love, to whom I am confined. 12

    Then give me welcome, next my heaven the best,

    Even to thy pure and most most loving breast.

---

[110] 110–112 に Sh の(下積みの)劇団生活を読み込むのが通例だが，それよりも，この 110 など，前の 109 に続けて，今度は愛の「曲線」の物語として読めばまことに軽妙．
2. motley = fool,「道化役」．fool の衣装の斑模様(motley)から．l. 1 の 'I have gone here and there' (巡業)と合わせて Sh の autobiography を読み込みたくなるところ．　**3. Gored** = ① pierced or stabbed deeply, ② furnished with gores (wedge-shaped pieces of cloth. [cf. *OED* gore *sb* 2.3]), i.e. dressed in motley.　**4. Made ... new** i.e. made new attachments further instances of the same old infidelity. (Kerrigan)
old = accustomed.　**6. strangely—but** Q の punctuation は 'ſtrangely: But'. dash は本版．colon を period に校訂して But は Q のまま capital にする編纂が多い．
by all above = by heaven. 'a milder way of swearing "By God."' (Evans)　**7. blenches** = sideway glances.　**8. worse essays** i.e. experiments with inferior materials.
9. have (imperative) = accept.　**11. proof** = example of experiment.　**try** i.e. test the value of.　**12. A god in love** i.e. who is god-like as far as love is concerned.　**13. next my heaven the best** = my next best thing to heaven. 呼び掛け．　**14. Even** = just. [íːvn] と trochaic に読みたいところ．次の 'to thy púre' を anapaestic に．

百十

　ああ恥かしい話だ、あっちこちと色目を使って動き廻り、
　道化役よろしくだれにもへらへらご機嫌伺い、自分の本心を
　深い傷口の道化模様に、最も大切なものを安売りにして、
4　新しい愛は平然と捨て去って顧みぬ弊履の山。
　まったくもって恥かしい、真実にまともに対座することをせずに
　斜に構えて真実を他人扱い——ああ、けれどもどうか信じてほしい、
　そんな余所見の繰り返しがぼくの愛の心を若々しく甦らせたのだよ、
8　相手がみんな劣っていればこそ君への愛が本当の愛だと知ったのだよ。
　すべてが終わった今、この終りない愛を受け容れてほしい、
　ぼくはもう、新しい相手を砥石代りに欲望を研ぎすまして、
　古い友に切味を試してみるなど、そんな浮気なまねをするはずがない、
12　古い友こそがわが愛の神、ぼくの信仰はその神に限られる。
　　だからさあ、天国に次ぐ最愛の人よ、こんなぼくをどうか受け容れて
　　　よ、
　　君のその清純な、愛のそのまた愛のあふれる胸の中に。

111

O, for my sake do you with Fortune chide,
The guilty goddess of my harmful deeds,
That did not better for my life provide
Than public means which public manners breeds. 4
Thence comes it that my name receives a brand,
And almost thence my nature is subdued
To what it works in, like the dyer's hand.
Pity me then, and wish I were renewed, 8
Whilst like a willing patient I will drink
Potions of eisel gainst my strong infection,
No bitterness that I will bitter think,
Nor double penance to correct correction. 12
　　Pity me then, dear friend, and I assure ye,
　　Even that your pity is enough to cure me.

---

[111] 表現のリズムの上からとりわけリズミカルに連続する 111–113 の 3 連作の中で，特にこの 111 は，'The Poet' = Sh の図式を大写しにして，演劇界に生きる Sh の心境の真率な告白として読まれ続けるということがあった．'The author seems here (particularly in line 4) to lament his being reduced to the necessity of appearing on the stage, or writing for the theatre.' は Malone. その方向は近年にも及んでいて，たとえば *l.* 4 の 'public means' の注記に 'a livelihood won in public (by means of acting and presenting composed play).' と書いたのは Kerrigan. 日本語訳も「(演劇界という) 人気稼業」が多い．Sh はもちろん「人気稼業」として読まれるであろうことを屈折した皮肉をこめて，「裏」の意味として，意識していたであろう．彼の 'private friends' の間でこの 111 も廻し読みされていたとすれば (cf.「補遺」p. 376)，彼らは早速，この 'public means' にせよ，*l.* 5 の 'a brand' にせよ，訳知り顔の含み笑いと共にその裏の意味を囁き合っていたのかもしれない．19 世紀末に Sh の同時代の作品を次々に編纂して名のあった A. B. Grosart は，John Davies of Hereford の *Microcosmos* (1603) と *The Scourge of Folly* (1611?) の中に，この 111 への言及と思われる表現を読み取った．New Variorum の General Editor の J. Q. Adams は *The Scourge*

245

百十一

ねえ君、咎めるならぼくのために運命の女神を咎めておくれよ、

ぼくの悪さはみなあの女神のせいなのだから、

彼女が用意してくれたぼくの生は、結局のところ

4 低俗な生業、その結果としての低俗な品行。

ぼくの名前に恥ずべき烙印が押されたのはそのためだ、

いや、ぼくの本性さえもが仕事の手の色に

染め上げられたかのよう、まるで染物屋の手のように。

8 だからねえ、憐れみとともにぼくの再生を願ってほしい、

ぼくの方も、治療を願う素直な病人として、この強暴な

疫病に抗するため喜んで酢を飲もうから、

どんなに苦くとも苦いと思うまい、

12 懲らしめに繰り返される笞だっても辛いと思うまい。

　だから愛する友よ、どうか憐れみを、憐れみがあればきっと、

　ああきっと、その憐れみだけでぼくの病いは十分に癒される。

---

of Folly の中の問題の表現を 'a reply to 111' とした．だが Sh は「表」の表現として直接「演劇界」を名指しにしてはいない．彼が含意したのは彼の愛の「物語」の中で純粋な「愛」を阻害する要因の 1 つの姿である．その姿の実像は読者の自由な想像に委ねられている．われわれとしては Sh のその意図に素直に従うのが作品への礼儀というものだろう（この程度の解説は最小限の必要として）．それにしても，Sh の手の内にやすやすと乗って，Sh が生活の資を得るために不承不承演劇界に身を投じたなどはまったくのナンセンス．Sh は劇作家としての生をみごとに楽しんでいた．楽しんでいなくてどうしてあれだけの作品がありえただろう．*The Sonnets* もその楽しみの劇作品の一変種だ．先に private friends 向けの裏の仕掛けを「屈折した皮肉をこめて」と言ったのは，この意味においてであった．
1. do you do は imperative（chide）の強調．なお thou から you への転換．**with** chide with = blame として読む．with を伴った形は cf. *Othello* 4.2.165. にもある．⇨補．**Fortune** ⇨ 29.1 note. capitalization は本版．　**2. guilty goddess of** = goddess guilty of; responsible for.　**4. public means** i.e. vulgar way of earning a livelihood. **public manners** i.e. vulgar morals.　**breeds** i.e. leads to. 主語は which = public ⤵

means だが，単数扱い． **5. brand** = stigma, mark of infamy. 重罪人は額に「烙印」を押された． cf. 112.2. **6. almost** is subdued に掛かる． **7. hand.** Q は comma, period は本版．2nd quatrain を 1 行早く切り上げた形で，意味の流れはいったんここで止まる． **10. eisel** [íːzl] = vinegar. cf. 本選集 *Hamlet* 5.1.258 補．当時最も恐れられていた流行病ペストの予防薬とされた．なお酢は頑固なしみを取り除く．ついでに，次の **infection** < L. *inficere* = to poison; to dye. **gainst** = against. **11. No** i.e. there is no. **12. Nor** i.e. nor will I think bitter. **double** i.e. repeated. **13. assúre ye** *l.* 14 の cúre me と feminine（imperfect）rhyme. ye は本来 2nd person pl. の nominative（or vocative）. objective（accusative or dative）にも用いられた．ここでは sing. accusative. **14. Even** monosyllabic, unstressed. **that your pity** = that pity of yours. cf. 3.12 note.

1 補. with with は Q で 'wiſh'. 'with' は Gildon. 以来（Lintott の早速の異議を例外に）この改訂が 2 世紀半にわたってなんら疑義を挟まれることなく安穏に受け継がれてきたが，1963 年の S-Smith 版が Q への回帰の一環として 'with' を主張．*l.* 1 を 'It is for my sake that you wish fortune to scold …' と paraphrase した（この場合 fortune [small] は普通名詞の「運」[cf. 14.5 / 25.3]，*l.* 2 の 'The guilty goddess' の 'goddess' は 'the Goddess of Success'）．校訂の細部の歴史は煩わしかろうがこの際 1 つの例の紹介としてあえて立ち入っておくと，それから 15 年後の 1978 年，The Sh Association of America（アメリカ Sh 学会）で Randall McLeod がはじめて bibliographical な観点から 'wish' を擁護する論（'Unemending Sh's Sonnet 111'）を発表した．Q の wish の 'ſh' は ligature（合字）で印刷されている．この時代の活字ケースでは合字の 'ſh' と，'t', 'h' の活字は別個に離れていたから compositor が組み違いをする可能性はまずありえない，云々（論文の印刷発表は *Studies in English Literature* 21 [1981]）．これに早速反応したのが Booth（'I have belatedly changed my mind.'）である．彼の *Sh's Sonnets* の初版は 1977 年，翌年の版のいくつかの訂正の中で特にこの with → wish を彼は最重要視して，'Additional Notes' 3 ページを費やして McLeod の研究発表を紹介，その 'wish' の解として，これを imperative にとって 'Wish for my sake that Fortune chide'（'Fortune' は capital で「運命の女神」）とした．

Gildon の改訂（というよりは改変）はなんら根拠のない恣意的・独断的なものであった．あらためて Q に基づくそれらの吟味がまずもって *The Sonnets* 編纂の歴史であった．しかるにこの 'with' だけが見逃されてきたのは Sh の本文批評の怠慢ではなかろうかと Booth は言う．非力ながらも Q への回帰を編纂の基本方針に掲げる本編纂者としてはいまの Booth の言にもちろん賛同したいところだが，さて Q の 'wish' に立ち還るとして，その意味の流れがどうにも納得できかねるのである．S-Smith の fortune =「運」の解は出のリズム・勢いからやはり違う．さればといって 'wish' を imperative にとるのは syntactical に無理．McLeod はさらに 'wish' を indicatively に 'You wish Fortune to chide me for my own good'，あるいは interrogatively に 'Surely you don't for my sake wish

Fortune to chide; don't you know what she has done for me thus far ...' の解を示唆
しているが，いかにも持って廻ったこじつけの感がある．Kerrigan は McLeod
説を一応は認めながらも，'None of the senses that can be squeezed from Q seems
quite satisfactory.' とした．その後の Evans も，Wells も，*Folger* も，そしても
ちろん Hammond も，ここでの McLeod–Booth を認めていない．うるさくこ
だわったが，以上のような次第で残念ながら本編纂もここでは Gildon 来の 3
世紀の「慣行」に従うことにする．Q での 'wish' の出現の原因としては，現
在のところ，compositor による copy-text の読み違いを想定するほかないであ
ろう．なお McLeod は Benson が 'wish' を受け容れていることを Q を採る上
での援護としているが，Benson 版は *l.* 2 の 'harmfull' を 'harmelesse' に改変し
て意味の流れを整えようとしてるところからも彼の「誠実」は当てにはなら
ない．

112

Your love and pity doth th'impression fill,
Which vulgar scandal stamped upon my brow,
For what care I who calls me well or ill,
So you o'er-green my bad, my good allow?   4
You are my all the world, and I must strive
To know my shames and praises from your tongue,
None else to me, nor I to none alive,
That my steeled sense or changes right or wrong.   8
In so profound abysm I throw all care
Of others' voices, that my adder's sense
To critic and to flatterer stoppèd are;
Mark how with my neglect I do dispense: 12
    You are so strongly in my purpose bred,
    That all the world besides me thinks y'are dead.

---

[112] 111 の 'that your pity' からそのまま続けて，「恋」の当事者の自信を堂々
と歌い上げる（相手が貴人であるはずがあるものか）．'o'er-green' の coinage に
Sh の greenish な（それだけにせっかちな）若々しさが躍動している．
1. Your love and pity i.e. your pity through love（hendiadys に読んで）．**doth** cf.
101.3 note. **th'impression** brand（111.5）として額に押された傷跡．**fill** はその
跡を「埋める」．   **2. vulgar** = ① public, ② base.   **brow** = forehead.   **4. So** =
provided that. **o'er-green**（hyphen は Q ['ore-greene']）= cover（as with grass）.
（*OED* で例はこの 1 つ．'apparently Sh-ian coinage.'［Booth]）   **allow** = approve.
6. tongue wrong（*l.* 8）との rhyming ⇨ 17.10 note.   **7. None else to me** 行末の
alive が掛かっている．i.e. none else is alive to me.   **nor I to none alive** i.e. nor I
am alive to none. nor … none は double negative.   **8. That** 先行詞は前行の None.
changes の主語．**steeled sense** = hardened sensibility. changes の目的語．**or changes
right or wrong** = changes either right or wrong. right と wrong は adv.   **9. abysm**
[əbízm]（ここでの [m] は non-syllabic）= abyss.   **10. adder's sense** i.e. my deaf
ear. cf. 'As deaf as an adder.'（Tilley A 32 [*Ps.* 58.4]）なおここでの sense は
uninflected pl.（述語動詞は are stopped）.   **11. critic** = censurer.   **flatterer** dissyllabic

249

百十二

その憐れみ、君の愛による、それこそがぼくの額（ひたい）を
深く抉（えぐ）った世間の中傷という烙印の傷跡を優しく埋（うず）めてくれる、
だれがぼくを褒めようと貶そうとぼくはけして気にするものか、

4 ぼくの善を認め、ぼくの悪を再生の緑で覆ってくれるのは君だけの力。
そうなんだよ、君はぼくの全世界、ぼくの毀誉褒貶は
すべからく君の言によらざるべからず、
つまりは天上天下君（てんげ）一人、そして一緒はぼく一人、

8 ぼくの頑（かたく）なな感性を善くも悪くも変える人はほかにいない。
他人の意見など、そんなこだわりはもう奈落の底に
葬り去ったからには、非難の罵声も、
阿諛（あゆ）の甘言も、ぼくにはまるで届かぬ馬耳東風、

12 まずは聞きたまえ、ぼくが奴ら（やつ）を無視するこの言い分を――
君はぼくの生き甲斐と固く結ばれた双生児（そうせいじ）、
この広い世界はぼくと君のためだけにある。

[flǽtrə]．**are** care (*l.* 9) との rhyming ⇨ 13.1 note． **14. besides me** = except me.
⇨ 補． **y'are** [jə] (monosyllabic, unstressed) = you are. ⇨ 補.
14補. besides me、y'are この *l.* 14 も、Malone 以来、Q ('That all the world beſides
me thinkes y'are dead.') の校訂をめぐる *The Sonnets* cruces の 1 つ． 問題となる
のは 2 個所． ① 'me thinkes' の 'me' を 'thinkes' と合わせて 1 語 'methinks' に
読むかどうか． ② 'y'are' について、i) y を削除無視して 'are' とする、ii) y を
OE の thorn 'Þ' (= th. cf. 26.12 補) として th'are = they are と読む． 以上の組み
合わせで幾通りかの校訂が生まれる． うるさついでに近年最も popular なの
は ① + ②i) 'That all the world besides methinks are dead' (*Riverside*, *Folger*. [besides
i.e. other than you])、 (① + ②ii) 'That all the world besides, methinks, they're dead.'
(I and R, *Oxford*, Kerrigan, Evans. they は 'all the world [i.e. all the people in the
world] besides' の繰り返し)． だが、そこまでいろいろ無理な苦心をせずとも、
Q のままの素直な読みで十分以上に意味が通ると本編纂者は考える． Kerrigan,
Evans の後、D-Jones も Burrow も Hammond も Q の読みに還った ('it is to me alone
of all the world that you are truly alive.' [Burrow] / 'the rest of the world besides me
thinks that you have no existence.' [Hammond])． Booth は Q を支持しながら ↱

113

Since I left you, mine eye is in my mind,
And that which governs me to go about
Doth part his function, and is partly blind,
Seems seeing, but effectually is out.   4
For it no form delivers to the heart
Of bird, of flower, or shape which it doth latch,
Of his quick objects hath the mind no part,
Nor his own vision holds what it doth catch.   8
For if it see the rud'st or gentlest sight,
The most sweet-favour or deformèd'st creature,
The mountain, or the sea, the day, or night,
The crow, or dove, it shapes them to your feature.   12
   Incapable of more, replete with you,
   My most true mind thus makèth mine untrue.

'what we have in sonnet 112 is an unfinished poem or one that Sh abandoned in frustration.' となお強面であるが，frustraion どころか，ここでの solipsism の凱歌は愛の劇場の舞台にまさしくぴったりのリズムを伴っている．
[113] 次の 114 との 2 連作.
3. part = divide. (= abandon の解もありうるだろうがこの後の展開から無理) **his** (=its) = eye's. *ll*. 7, 8 の his も同様. **4. out** = put out, extinguished. **6. flower** monosyllabic. **latch** = take hold of. ⇨ 補. **7. quick** = ① living, ② fleeting. **9. rud'st** (Q の spelling [rud'ſt]) = rúdest. monosyllabic. **10. sweet-favour** (adjectival) = sweet-favoured. creature に掛かる. ⇨ 補. **deformèd'st creature** *l*. 12 の feature と共に feminine rhyme. **13. Incapable of** i.e. unable to receive. **14. mine untrue** = my untruth (mine については ⇨ 1.5 note). ⇨ 補.
6. latch, 10. sweet-favour, 14. mine untrue 補. この 113 にも 3 個所特に textual な問題が. 以下にまとめてごく簡単に補注を加える. ① 'latch' は Q では 'lack'. S-Smith は主語の it を = mind として Q を保守するが無理. catch (*l*. 8) との rhyming の上からも compositorial error として Capell の校訂に従うのが一般. ② Q ('fweet-fauor') の hyphen を除いて 2 語とし，favour を creature の対とす

百十三

　君と別れてからというもの、目の在処は心の中、

　処々方々の案内役のはずの目の奴め、

　大事な機能を半分にして、まるで明きめくら、

4　見ているようで実際には見れども見えずなのさ。

　それが証拠に、鳥であれ、花であれ、つかまえる姿という姿を

　その形のまま目は心に伝えるべきなのに、まるで伝えようとしない、

　だから心は、目の前を生き生きと過る物の影に与ることができない、

8　目もまたせっかく捕えた影をそのまま形に留めておくことができない。

　だって考えてもみ給え、目が粗野あるいは優美の極限を見たとしても、

　美の化身、悪の権化を見たとしても、

　山だって、海だって、昼だって、夜だって、そうさ鳥も鳩も

12　見るものはなにもかも目は君の姿に変えてしまうのだから。

　　そうとなればぼくの心は君ではち切れてほかは何も容れられない、

　　なんと、心の真実がぼくの不実の産みの親だなんて。

る校訂が大勢だが，hyphen は adjectival の読みのリズムを示している．③Q は 'mine vntrue'．'mine' を my eye に読みたがって 'm'eye'，'m'eyne'（'eyne' は eye の pl. [古形]）に，あるいは 'maketh mine' を 1 音節にして後に éye をはめ込むなどの校訂が見られるが，untrue は名詞にとれば問題はない（*OED* では 'untrue' は *a.* and *adv.* だけだが）．Malone もはじめは行頭の 'My' を 'Thy' にして 'maketh mine eye untrue' を考えていたが（1780 年版），正式の 90 年版では 'The text（of Q）is undoubtedly right .... *Untrue* is used as a substantive.' とした．近年では Wilson, *Riverside*, D-Jones, Hammond が本版と同じく Q.

114

Or whether doth my mind being crowned with you

Drink up the monarch's plague, this flattery?

Or whether shall I say mine eye saith true,

And that your love taught it this alchumy? 4

To make of monsters and things indigest

Such cherubins as your sweet self resemble,

Creating every bad a perfect best

As fast as objects to his beams assemble. 8

O, 'tis the first, 'tis flatt'ry in my seeing,

And my great mind most kingly drinks it up,

Mine eye well knows what with his gust is greeing,

And to his palate doth prepare the cup. 12

If it be poisoned, 'tis the lesser sin

That mine eye loves it and doth first begin.

[**114**] 113 を受けて，自問自答の構図に alchemy や eyebeam や taster などの 'conceit' をからませて，Sh の若さがいささか劇場の「遊び」に耽り過ぎたか. **1–3. Or whether … Or whether** = whether … or. cf. Abbott 136. 113.14 の 'mine untrue' のそもそもの原因を問うている．*l.* 3 の 'shall I say' は *l.* 1 の whether にも掛かる． **1. being** monosyllabic, unstressed. **2. flattery?** trisyllabic. ? は Q. **3. saith** say の -th 形. **4. your love** = my love for you. **alchumy** = alchemy. Q の '*Alcumie*' の spelling を生かした． ⇨ 33.4 note. ? を *l.* 2 の行末と共に Q. ここの ? を *l.* 8 の行末に移す編纂が多いが，2nd quatrain は alchemy の説明だとしても，描写のリズムは 1st quatrain でいったん切れる． **5. indigest** [ìnd(a)idʒést] = undigested; shapeless, chaotic. **6. cherubins** [tʃérəbìnz] = cherubs. cherub（智天使）は天使 9 階級の第 2. 神の知恵と正義を表し，通例翼ある童子に描かれる. cf. *Macbeth* 1.7.22 note. **8. his**（= its）= my eye's. **beams** = eyebeams. 目から発する光が目の対象に及ぶというのが当時の医学的知識. **assemble** = come together. **9. flatt'ry** dissyllabic（Q は 'flatry'. なお *l.* 2 では 'flattery'，綴りの相異を生かした編纂）. cf.「凡例」1-4. **10. great** = pompous, grandiose. **11. his**（= its）= my mind's. *l.* 12 も. **gust** = taste. **greeing** = agreeing; concordant.

百十四

　いったいそれは、心が君という王冠を戴いて驕りに舞い上がって、

　例の王の病の追従の杯を嬉々として飲み干したせいか、

　それとも、ぼくの目がせっかく真実を言い立てているというのに、

4　君への愛がその目に錬金の術を教え授けたということなのか。

　なにせ錬金の視線を浴びれば、怪異も混沌もたちまちに

　天使さながら、君の美しい姿に変化してしまう、

　目のもとに集まったすべての対象はどんな悪も完璧な善に

8　再創造される──となると責任者はやっぱり目の方なのかね。

　いや待てよ、責任はどうしても追従の方にある、まず追従がぼくの視覚

　　に忍び込む、

　すると舞い上がっていた心は王者然とその杯を飲み干してしまう、

　なにせ目の奴は心の好みをよくよく承知しているから

12　きっとその味覚に合わせて杯を用意するってわけなのさ。

　　ま、それが毒杯だとして、毒見役の目がその味を好んで最初に

　　飲んでみせるとなれば、目は罪一等減ということになるのかね。

---

gree は agree の aphetic form.　**12. to** i.e. to suit.　**14. first begin** あらかじめ主
人の飲食物を毒見するのも召使(taster)の役目.

115

Those lines that I before have writ do lie,

Even those that said I could not love you dearer,

Yet then my judgement knew no reason why

My most full flame should afterwards burn clearer. 4

But reckoning Time, whose millioned accidents

Creep in twixt vows, and change decrees of kings,

Tan sacred beauty, blunt the sharp'st intents,

Divert strong minds to th'course of alt'ring things. 8

Alas why, fearing of Time's tyranny,

Might I not then say, now I love you best,

When I was certain o'er incertainty,

Crowning the present, doubting of the rest? 12

    Love is a babe, then might I not say so

    To give full growth to that which still doth grow.

---

[115] こういう詩を舞台の進行中にひょいと投げ込んでみせる Sh のしたたかな演出感覚. たとえば Pooler は *ll.* 1–2 から 'Can this refer to lost sonnets?' と言っているがちょっと滑稽な気がする. **1. writ** = written. **2. Even** [i(v)n]（monosyllabic, unstressed）= namely. **3–4. why / My** …（Q は 'why, / My …'）. 本版は enjambment（run-on）に編纂. 念のため, この「行跨がり」に sonnet 作家としての Sh の成熟を認める向きもあるが, これぐらいの「技巧」の知恵は詩を書く以上だれにでも備わっているはず. **4. clearer** = more brightly, more intensely. **5. reckoning** [réknɪŋ]（dissyllabic）= considering, taking into account. **Time** Q は small, *l.* 9 でも. capitalization は共に Ewing. **millioned** = multipled into millions. **6. twixt** = betwixt, between. **7. intents** = intentions. **8. Divert** これも念のため, *l.* 5 の 'reckoning Time' を主語（= Time that brings all to their reckoning）にして Diverts に校訂したのが Capell. 近年では Burrow が賛同しているが採らない. Divert の主語は Creep などと並んで 'millioned accidents'. reckoning Time は adverbial. **9. fearing of** PE では of は不要. cf. Abbott 178. **Time's tyranny** fearing の目的語. cf. 'this bloody tyrant Time' 16.2. **10. Might I not then say** i.e. could I not then rightly say. then

255

百十五

以前に上げたあの詩の中でぼくは嘘を書いてしまった、

もうこれ以上の愛はありえないなどとよくも言えたものだった、

あのときのぼくの頭は理解できてなかったのだよ、

4 あれだけ烈しい愛の炎が、後でもっと紅々(あかあか)と燃え上るだなんて。

だが「時」の力に思いを致せば、無数無尽の障害が、

愛の誓いの間に割って入る、王令さえも変わらざるをえない、

聖なる美も醜く黒ずみ、鋭い決意の刃先も赤錆で鈍る、

8 堅忍不抜おのずと流転の流れのまにまに。

ああ、「時」の圧政を怖れるべきであった、その怖れがあって

なお君への愛は今こそ最高などと言いえただろうか、

あのときのぼくには不確かな変化など確かにありえず、

12 未来への不安を抱きながらも、現在こそが絶対と決めつけていた。

　愛のキューピッドは子供の姿だったよね、となればあの宣言はとんだ
　　言い間違い、

　ずっと成長し続けるはずの子供をもう成人だと言い張ったのだから。

は *ll.* 11–12 の When … 以下. **11. certain o'er incertainty** i.e. confident of triumphing over uncertain changes. **12. Crowning the present** i.e. making the present supreme. **doubting of** i.e. uncertain about. of については cf. *l.* 9 note. **rest =** remainder of time, i.e. future. **?** Q は colon. ？は Gildon 以来. 3rd quatrain 全体が rhetorical question だから？が必要になる. なお Gildon は *l.* 14 も ？にしたが, *l.* 13 might I not say so (= I should not say so) は rhetorical question ではないから *l.* 14 の？は不要. **doubting of the rest** ⇨ 補. **13. Love** ローマ神話の Cupid. ギリシャ神話の Eros. 恋愛の結合神, 翼をもった童子の姿で描かれる. **so** i.e. 'now I love you best' (*l.* 10). **14. To give =** thereby giving (cf. 1.14 note), i.e. because to say so was to ascribe. **full growth =** grown up. **still =** for ever. **12 補. doubting of the rest** この phrase に 115 の真髄が隠されているような気がする. これは本来 love's growth を歌う詩である. それが 2nd quatrain で Time's tyranny「負」の力の手なれた例示から, 本来の「愛の成長」とは逆方向に流れてしまった. この phrase はその流れについつい従った形. だがその感慨が love's growth に寄せる Sh の「真実」なのではなかろうか. growth の果ての愛 ↱

116

Let me not to the marriage of true minds
Admit impediments, love is not love
Which alters when it alteration finds,
Or bends with the remover to remove.   4
O no, it is an ever-fixèd mark
That looks on tempests and is never shaken,
It is the star to every wand'ring bark,
Whose worth's unknown, although his highth be taken.   8
Love's not Time's fool, though rosy lips and cheeks
Within his bending sickle's compass come,
Love alters not with his brief hours and weeks,
But bears it out even to the edge of doom.   12
    If this be error and upon me proved,
    I never writ, nor no man ever loved.

の衰頽と「死」．最後の couplet にしてもその裏打ちがあってこその諧謔である．John Donne にも 'Love's Growth' (*Songs and Sonnets*) がありこの 115 とよく比べられるが，Donne のは冬から春への愛の「成長」を，それこそ 'conceit' の華麗な rhetoric で歌い上げて，'No winter shall abate the spring's increase.' の 1 行で閉じる．おそらく 115 と同時期の作だろうが，Sh との相違を思わせずにはおかない．

[116] *The Sonnets* 全 154 篇の中で 18 と共に最も愛誦されている 1 篇．'It is the star to every wand'ring bark.' (*l*. 7) のさわりなどを歌い込んだ Henry Lawes 作曲の歌唱用 variant (6 行 3 連) が残っている．'The Fair Youth' の背信や 'The Poet' の弁明，別離や再会など「連作」用の話題から屹立して「愛」の理念を歌い上げた作とする評価が一般．'a meditative attempt to define perfect love' と I and R はわざわざ注記している．しかし連作としての sonnet sequence の中に話題を自由に劇的に遊ばせる Sh の基本態度からすれば，ときに独立した作が入り込むのは当然のことで，その理念的な独立性をことさらに強調するほどのことではない．そうした sentimental な読み方に Kerrigan が猛然と反撥して 'mawkishly' な読み方だとずいぶん過激な言葉を使っている．本編注者はここ

257

百十六

真実の心と心が結婚するのだから、異議の申し立てなど
あってたまるものか、心変りには変化で即応、
別離には離別で報復、そんなかりそめな関係なら
4 愛の名などおこがましいだろうに。
まったく恥かしくないのかね、いいかね、愛とは不変不動、
荒れ狂う嵐に対峙して微動だにせぬ燈台、
さ迷う小舟がみなみな仰ぎ見る北極星、
8 その高度は測りえてもその真価はけして知りえない。
愛は「時」の道化役ではない、それは確かにあいつの曲がった大鎌が
薔薇色の唇や頬に狙いすまして襲いかかるだろうさ、
だが時間だとか週だとかそんな短い時の流れがなんだというのだ、
12 愛は最後の審判のぎりぎりまでじっと変わらずに愛し続ける。
　違う、その判決は誤りだ、ぼくの行状がその証拠になる、と、そう言
　　いたいのかね、
　ならぼくの書いた詩はありえない、いやこの世に愛の男などもうあり
　　えない。

では当然 Kerrigan に賛同するが, 'mawkish' もまた Sh の仕掛けた脱感傷の 1
つの「罠」に過ぎないことは心得ておきたい.
0.1. 116 念のため, 現在の Q の copies は(1 copy を除き)119 と誤植されてい
る. **1. Let me not** i.e. may I never. **2. Admit** i.e. concede the existence of.
impediments 教会での結婚式の前に牧師はその結婚への異議の有無を公式に
訊ねる. その公式文に impediment が出る. 'If any of you know cause, or just
impediment, why these two persons should not be joined together in holy Matrimony,
ye are to declare't.' (*The Book of Common Prayer*, 'Of Matrimony') **2. love**, **4.**
remove / 13. proved, 14. loved ⇨ 10.10, 12 note. **3. alers**, **alteration / 4. remover**,
remove rhetoric のいわゆる polyptoton. cf. 78.12 note. **4. bends** = deviates.
remove = depart. **5. mark** = seamark; lighthouse. **7. star** = Polestar. **8. his** (=
its) = the star's. **highth** [háiθ] = height. ⇨補. 航海には星の高度の計測が必要.
9. Time's fool Time の意のままの「道化役」. cf. 'But thought's the slave of life,
and life, time's fool.' (*1HIV* 5.4 [N3046])ここの fool はもちろん *Lear* の Fool と ↱

117

Accuse me thus, that I have scanted all

Wherein I should your great deserts repay,

Forgot upon your dearest love to call

Whereto all bonds do tie me day by day. 4

That I have frequent been with unknown minds,

And given to time your own dear-purchased right,

That I have hoisted sail to all the winds

Which should transport me farthest from your sight. 8

Book both my wilfulness and errors down,

And on just proof surmise accumulate,

Bring me within the level of your frown,

But shoot not at me in your wakened hate. 12

 Since my appeal says I did strive to prove

 The constancy and virtue of your love.

はまるで異なる. **10. his, 11. his** (= its) = Time's. **10. bending** = crooked in shape, ②aiming at the victims. cf. 12.13 note. **compass** = range. **come** doom (*l.* 12) との rhyming ⇨ 146.5, 7 note. **12. bears it out** = endures「持続する」. it は indefinite (cf. 'fight it out'). **even** monosyllabic, unstressed. **doom** = doomsday. **13. error** = faulty judgement. 次の proved と共に legal term としての意味を含み, 117への橋渡しの役を担うことになる. **upon me proved** i.e. proved to be error with reference to myself. upon me = against me の解もありうるが平板に過ぎる. **14. writ** = wrote. **nor no** double negative. Kerrigan は 'Grammar says, to grammar who says nay, / That in one speech two negatives affirm.' (*Astrophel and Stella* 63, 13–14) や, *TN* の Feste 'if your four negatives make your two affirmatives' (cf. 本選集 5.1.18–19 補) を引き合いに出してこの couplet の不安定性を言い立てているがそんなに切羽詰まるほどのことではない. いわんや, Yvor Winters の, この couplet を 'a mere tag' と決めつける四角張った論 ('Poetic Styles, Old and New') においてをや.

8補. highth Q は 'higth'. Gildon 以来 'height' への改訂が一般だがこれだと語尾の [θ] の発音が消えてしまう. まん中の 'h' を組み落とした compositorial

百十七

　それではぼくへの告発、以下のごとくあれ──絶大なる

　　君の恩恵に報いるべきをすべて怠ったる罪、

　　日々君とこの身を結ぶありがたき恩愛の絆、

4　その貴い愛への祈念を忘じ去ったる罪。

　　得体の知れぬ連中と馴れ親しんで、当然君の用に捧げるべき、

　　君の高価投資の時間を、あたら無断に費消したる罪、

　　四方八方の媚風にたちまち情の帆を上げて、

8　君の視界からいそいそと遠ざかった船旅の罪。そうとも

　　ぼくの故意の罪、過誤の罪、すべて忘れず調書に書き留めてくれ、

　　正当な証拠のもと、さらなる嫌疑を積み上げるもよし、

　　君の不快な渋面の矢場にぼくを引き出すもよし、

12　ああ、だがどうか、怒りもあらたに必殺の矢を放つのだけはご勘弁。

　　　ぼくはだね、君の変わらぬ愛の強さを試そうとしただけなのだよ、

　　　ぼくのこの抗弁をどうか聞いてやっておくれよ。

---

error を想定して 'highth' としたのが Capell. これを受けて Kittredge, *Riverside* も本版と同じく 'highth'. なお 'heighth' もあるが（近年では Evans）いたずらに煩わしい. *OED* Height '*highth* was also very common in 17th c. and was the form used by Milton.'

[117] 116 の couplet を受けて「愛」の物語に当然伴うであろうはずの「裏切り」を自らの側から話題にする. 120 まで. **1. Accuse** legal term での 116 との繋ぎ. **scanted** = neglected. **2. Wherein** = by which. **deserts** i.e. good deeds deserving repayment. cf. desert < OF. p.p. of *deservir* = deserve. **3. Forgot** i.e. that I have forgot. **upon … call** = invoke. **4. Whereto** = to which. **5. frequent** = familiar. **6. given to time** i.e. wasted. gíven は monosyllabic, stressed. **your own … right** i.e. what should have been your right, because acquired at your large cost. right に②として 'rite' を読み込む注（Kerrigan）もあるが, legal term の連続からそこまで読みが追いつかないだろう. **7. winds** [wáindz] minds (*l*. 5) と rhyme. ⇨ 14.6 note. **9. Book … down** = write down, record. legal term が続く. **10. surmise** = suspicion. **11. level** = range. archery の比喩, 次行の shoot at に続く. **13. appeal** = plea against sentence. ⌐

260

118

Like as to make our appetite more keen
With eager compounds we our palate urge,
As to prevent our maladies unseen,
We sicken to shun sickness when we purge.   4
Even so being full of your ne'er-cloying sweetness,
To bitter sauces did I frame my feeding,
And sick of welfare found a kind of meetness
To be diseased ere that there was true needing.   8
Thus policy in love, t'anticipate
The ills that were not, grew to faults assured,
And brought to medicine a healthful state
Which, rank of goodness, would by ill be cured.   12
    But thence I learn and find the lesson true,
    Drugs poison him that so fell sick of you.

---

13. prove, 14. love ⇨ 10.10, 12 note. **14. virtue** = strength.
[118] 1. Like as = in the same way as. ⇨ 60.1 note. **2. eager compounds** =
pungent-tasting mixtures. **urge** = stimulate. **3. As** = just as. **5. Even, being** い
ずれも monosyllabic, unstressed. **ne'er-cloying** hyphen は Theobald (conj.), Capell.
なお Q の 'nere' を Benson が 'neare (= near)' に改訂, これを採る編纂があり,
近年では Kerrigan が 'ne'er' とした上で ② near の 'possible pun' を認めようと
するが, やはり意味の負荷過重. この時代 'nere' は never の common contracted
form. **6. frame my feeding** i.e. adjust my food (to). cf. 'Sweet meat must have
sour sauce.' (Tilley M 839) **7. sick of** = surfeited of. 前に *l.* 5 の being を補って
読む. **welfare** = well-being, good health. **meetness** = suitableness. **8. To be** = in
being. cf. 1.14 note. **ere that** that は conjunctional. ⇨ 47.3 note. **needing** = need.
feeding (*l.* 6) との rhyming から. **9. policy** = (supposed) shrewd dealing. (*Riverside*)
anticipate = provide against. **10. were not** i.e. didn't exist. **faults assured** i.e. real
illnesses. **10. assured, 12. cured** Q は共に '-ed'. この -ed を syllabic として
読み 'èd' とする編纂 (近年では Burrow) があるが, なにもわざわざ feminine
rhyme にすることはない. **11. medicine** = medical treatment. **12. rank of** =

百十八

　たとえば食欲増進のため、わざわざ辛い薬味を使って
　舌の味覚を刺戟することがある。
　また将来の病気の予防策としてわざわざ下剤を服用、
4　いわば病いを避ける病いに進んで罹ろうとすることもある。
　ちょうどそのように、なんとぼくとしたことが、君という飽きざる
　美味に飽き足りて、わざわざ苦いソースを選んだのだった、
　健康な日常に満ち足りて、まだ必要もない病気療法を
8　みずから時分のものとしたのだった。
　これこそは、愛の手管といいながら、なんと
　虚の凶に備えて実の害を召致するの無知、
　心身健全のままにあえて医療を施術するの蒙昧、病いをもって
12　病いを癒すの術は栄養の過多に悶える体にこそ試みられるべきなのに。
　　だがおかげで勉強、ぼくはまたとない教訓を得たよ、
　　君への仇な満腹病には薬も毒の作用をするということを。

---

gorged with; sickened by.　**ill** = illness.　**13. thence** i.e. from this experience.　**14.
so** = in that way.　**sick of** = ① ill as the result of, ② surfeited of (⇨ *l.* 7 note).

119

What potions have I drunk of Siren tears
Distilled from limbecks foul as hell within,
Applying fears to hopes, and hopes to fears,
Still losing when I saw myself to win?   4
What wretched errors hath my heart committed,
Whilst it hath thought itself so blessed never?
How have mine eyes out of their spheres been fitted
In the distraction of this madding fever?   8
O, benefit of ill, now I find true
That better is by evil still made better,
And ruined love when it is built anew
Grows fairer than at first, more strong, far greater.   12
      So I return rebuked to my content,
      And gain by ills thrice more than I have spent.

---

[119] **1. Siren** [sáiərin] ギリシャ神話のセイレーン(Seiren). Sicily 島に住むと
いう半人半鳥の海の精. 彼女らの美しい歌声に魅せられて船人らは海にとび
込んだ. Odysseus は帆柱に身を縛ってその難所を無事通過する(*The Odyssey*
12). その Siren をここでは crocodile tears (鰐は獲物をおびき寄せるために,
または獲物を食いながら涙を流す)に結びつけた. Act 2 で登場する 'The Dark
Lady' の趣向がこのあたりで姿を見せる.   **2. limbecks** = alembics. ランビキ
(蘭引)のカナ訳はポルトガル語から. **within** 外面の美との対比.   **3. Applying**
= administrating as a medicine. 118 からの医療の比喩. *l*. 1 の potions の縁語.
4. Still = always.   **4. ?, 6. ?, 8. ?** ?はいずれも Q. これを！に校訂するのが
Malone 来の伝統だったが強過ぎる. ここはやはり rhetorical question の連続.
cf.「凡例」1-3. 近年 D-Jones, Burrow, Hammond が Q に復した.   **6. so blessed**
never = never so blessed; as blessed as can be. rhyming で never の位置を行末に回
した.   **7. spheres** = sockets. もちろん Ptolemaic system の縁語. **fitted** = driven
by fits. *OED* は fit *v.*2 *Obs. rare* = to force by fits or paroxysms *out of*（the usual
place), ここを唯一の例に引いている. cf. *Hamlet* 1.5.17 'Make thy two eyes, like
stars, start from their spheres'. なお fitted を 'flitted' に (W. N. Lettsom in Dyce,

百十九

女の涙は魔女セイレーンの涙、心の地獄のランビキで蒸溜された

闇の水滴、その魔薬をぼくはとことん飲み続けていた、

服用すれば恍惚はたちまち不安に、不安は恍惚に、

4 抱きとめたと思えばいつもするりと抜けていく。

今こそ天与最高の至福と有頂天、

だがどっこいそれは心の犯した無残な思い違い。

狂乱、錯乱、熱病の乱調、

8 目の奴も瘧に罹ったように眼窩を飛び出す。

ああ、しかし、悪にも恩恵というものがある、おかげでぼくはようやく

悟ったのだよ、邪悪の試練をへて善はいよいよ至善へと鍛えられると、

愛もまた崩壊と再建をへてこそ醇美の輝き、

12 いよいよ強靭に、いよいよ強大に育ち上がるのだと。

そうさ、ぼくは罰を受けて晴れてわが幸福のもとに立ち帰る、

浪費悪縁利得百倍。

1857）、また Q の 'bene fitted' を 'benefited' に校訂する conjecture（Booth）があるが，それだけここの表記が異様に際立つからであろう． **8. distraction** = delirium. **madding** = maddening. **fever** never（*l.* 6）との rhyming から -e- は short vowel であろう．cf. 47.5 note. ただし never = nere の contracted form からも（cf. 118. 5 note）never の -e- を long vowel に意識したかもしれない．cf. Kökeritz p. 203. **9. find true** = find it true（that）. **10. still** = even. **11. rúined** dissyllabic（[n] は syllabic）. **12. greater** *l.* 10 の better との rhyming から -ea- は short vowel か．cf. Kökeritz p. 201 / Wyld p. 87 **13. my content** i.e. that which contents me. **14. ills** Malone が *l.* 9 の 'ill' に合わせて Q の pl. を sing. に校訂，従う版が多かったが，もちろんその必要はない（cf. 'The poet is here speaking concretely, not abstractly.'［Brooke]）.

120

That you were once unkind befriends me now,
And for that sorrow which I then did feel
Needs must I under my transgression bow,
Unless my nerves were brass or hammered steel.   4
For if you were by my unkindness shaken
As I by yours, y'have passed a hell of time,
And I a tyrant have no leisure taken
To weigh how once I suffered in your crime.   8
O, that our night of woe might have remembered
My deepest sense, how hard true sorrow hits,
And soon to you, as you to me then, tendered
The humble salve which wounded bosoms fits!   12
    But that your trespass now becomes a fee,
      Mine ransoms yours, and yours must ransom me.

---

[120] **1. That** = the fact that.　**unkind** *l.* 5 の 'unkindness' と共に具体的な行為をわざと曖昧にした用語. 訳では少し強いが「裏切り」とする.　**befriends me** = is a kindness to me; benefits me.　**2. for** = as a result of.　**3. Needs** (adv.) = necessarily. must と併用される.　**transgression** i.e. 'unkindness' (*l.* 5). わざと用語を変えている. *l.* 8 の 'crime' も同様.　**4. nerves** = sinews.　**5. For** = because.　**6. y'have passed** = you must have passed.　**hell of time** = hellish time.　**7. have no leisure taken** i.e. have not used the opportunity.　**8. weigh** = ascertain the weight of; think about.　**9. that** 願望の that.　**our night of woe** ここの 'our' が couplet への伏線になっている. せっかくのその our を 'sour' (Howard Staunton, 1860), 'one', 'your' (Beeching) などへの校訂の conjecture がかつてあった.　**remembered** = reminded. なお remembered, tendered (*l.* 11) は Q ではそれぞれ 'remembred', 'tendred'. この綴りを生かして 'rememb'red', 'tend'red' (共に [-rid]) とする編纂 (近年では *Riverside*, Evans, Burrow) があるが採らない. これだと (imperfect) feminine rhyme が強く出過ぎてしまう. なお cf. 3.13 note.　**10. deepest sense** i.e. keenest level of feelings.　**11. tendered** = offered. *l.* 9 の might have に続く.　**12. humble salve** = healing ointment of humility.　**fits** = befits. ! は Q.　**13. that**

百二十

いつかの君のあの裏切り、それが今のぼくの助けになるとはねえ——
あのとき味わった悲しみを思えば、今度のぼくの不行跡、
すぐにも身を屈めて君に詫びを入れなくてはならないところだ、
4 ぼくの体だって真鍮や鋼じゃない、曲げればちゃんと曲がるんだから。
君もぼくの裏切りでぼくと同じ思いをしてるのなら、
きっと今は地獄の責苦のときだろうさ、
けれどもぼくは、傲慢な暴君と言われようと、君に背かれた
8 あのときの苦悩の丈を慈悲ぶかく推し量ってみたりはしない、
ああ、二人にとっての暗黒の夜、あのときの絶望に
切なく思いを馳せれば、おのずと胸をえぐる悲しみが身にしみて、
早速にも、胸の傷にはいちばんの償いの軟膏を、この身を低くして
12 君に差し出すべきなのだろうよ、以前君がぼくにしてくれたように。
しかし、ま、いつかの君の不行跡が今ぼくへの賠償金になっている、
だから今度のぼくの不行跡は君への賠償金、すると君のおかげでぼく
は贖い出されるってわけだ、おあいこ、おあいこ。

---

your trespass = that trespass of yours. cf. 3.12 note. **fee** = payment; compensation.
14. ransoms = pays for. **ransom** = redeem.

121

'Tis better to be vile than vile esteemed,

When not to be receives reproach of being,

And the just pleasure lost, which is so deemed,

Not by our feeling but by others' seeing. 4

For why should others' false adulterate eyes

Give salutation to my sportive blood?

Or on my frailties why are frailer spies,

Which in their wills count bad what I think good? 8

No, I am that I am, and they that level

At my abuses reckon up their own,

I may be straight though they themselves be bevel

By their rank thoughts, my deeds must not be shown. 12

 Unless this general evil they maintain,

 All men are bad and in their badness reign.

---

[121] 117–120 の 'self-accusation' の「物語」を受けて，この 121 は，「物語作者」としての開き直り．つまりは「愛」の相対性（下世話に言えば「浮気」の相対性）の主張．表現の調子が激越なので，その怒りを Sh 自身のものとして，たとえば演劇に対する puritans の偏見をここに読み取ろうとする論がしばしば見られるが，そこまで具体化してしまっては *The Sonnets* 全体の結構のバランスが崩れる．

1–2. cf. 'There is small difference to the eye of the world in being nought and being thought so.'（Tilley D 336）　**3. just** = right, proper. この just pleasure を具体的にたとえば Sh の homosexual experience ととりたがる autobiographical 派の推測があるが，もちろん本注者の採るところではない．**lost** = is lost. **so** i.e. vile. **5. For why** = why. **adulterate**（trisyllabic [ədʌ́ltrìt]）= ① corrupted, ② adulterous. **6. Give salutation to** = greet familiarly, as an equal. **sportive** = ① lively, ② amorous, wanton.（Onion）　**6. blood**, **8. good** ⇨ 109.10 note. **7. frailties**, **frailer** cf. 'Frailty, thy name is woman.'（*Hamlet* 1.2.146）frail = morally weak. **why are** i.e. why should there be. 　8 **Which** = who. **in their wills** i.e. arbitrarily. **9–14.** Q の行末の punctuation は '＿ₓ / ＿, / ＿ₓ / ＿ₓ / ＿, / ＿.'. これを，9–11, 12–14 を

百二十一

悪と見られるくらいなら実際に悪であった方がましだ、

悪くもないのに悪いと非難されるのがこの世の常だから、

じっさい至極正当な楽しみも悪とされてはまるで台なしだよ、それも

⁴ 当人の喜びではなく他人の目で判断されたのでは堪ったものじゃない。

いったいなぜ、ぼくの生が多情な活気に漲っているからといって

虚飾好色の輩から同輩呼ばわりされなくてはならぬのか、

背徳丸出しの詮索の目にぼくの背徳が見張られなくてはならぬのか、

⁸ 連中はただぼくの善を手前勝手に悪と決めつけているだけだというのに。

まっぴらご免蒙る、いいかね、己れという存在は絶対に己れ自身だ、

ぼくの非行とやらに狙いを定める射手は自らの非行を的に仕立てている、

ぼくは直進、向こうは歪曲、

¹² あいつらの卑猥な判断でぼくの行為があぶり出されて堪るものか。

万人悉皆悪の存在、栄華万般悪の所業、

あいつらの信条たるや所詮はこの悪の世界観。

それぞれ tercet の形に読んで，'―×/―；/―：/(or)/―，/―：/―．' とするのが
Gildon 以来最大公約数的な方向だった．しかし本編纂者は 9–12 を quatrain に，
13–14 を couplet に（形は subordinate clause だが意味としては独立している）読
むことを主張して，あえてその主張に沿う punctuation に校訂した．　**9. I am
that I am** cf. 'And God answered Moses, I am that I am.'（*Exod*. 3.14）*The Geneva
Bible* の傍注には 'The God would have ever been, am and shall be.' とある．「文語
訳」では「我は有て在る者なり」．Sh はこの聖句を 3rd quatrain への「転換」
に用いた．　**9. level** [lévl]（[l] は non-syllabic）　**10. At** = take aim at. cf. 117.11
note.　**abuses** = misdeeds.　**11. bevel** [bévl]（[l] は *l*. 9 の level と同じ）= oblique,
crooked; dishonest.　**12. rank** = lascivious.　**13. general evil** i.e. the creed that evil
is general（= universal）．**maintain** = assert.　**14. reign** = prosper.

122

Thy gift, thy tables, are within my brain
Full charactered with lasting memory,
Which shall above that idle rank remain
Beyond all date even to eternity.   4
Or at the least, so long as brain and heart
Have faculty by nature to subsist,
Till each to razed oblivion yield his part
Of thee, thy record never can be missed.   8
That poor retention could not so much hold,
Nor need I tallies thy dear love to score,
Therefore to give them from me was I bold
To trust those tables that receive thee more.   12

    To keep an adjunct to remember thee
    Were to import forgetfulness in me.

---

[122] 77.3, 4 note 参照.
1. Thy you から thou に. **tables** = notebook, commonplace book (cf. *Hamlet* 1.5.107).
table は coated vellum or paper (1.5.98 note). これを綴り合わせて tables (pl.) に
作る. なおこの tables を 77 と結びつけて「物語」化することもできる. ただ
し, たとえば 20 世紀前半を代表する Pooler は, 'perhaps "the vacant leaves" of
77 (*l*. 3), filled with his friend's thoughts in prose or verse, read and remembered by
Sh and now given away.' とすぐに autobiography に寄り添おうとする.　**2. Full**
charactered = fully inscribed, written down.　**3. Which** 先行詞は lasting memory.
that idle rank i.e. the row of mere physical letters in the book which he was given.
(Burrow) **idle** = ineffectual, vain.　**4. date** = end of a term. cf. 14.14 note. **even**
monosyllabic, unstressed.　**5. at the least** = at least.　**7. each** i.e. brain and heart.
razed oblivion i.e. oblivion that razes everything, i.e. death. razed は Sh らしい大
胆な用語. **his** = its.　**7–8. part Of** = share in. rhyme (heart / part) による
enjambment をものともしない Sh の勢い.　**9. That poor retention** i.e. that tables
thou gave to me (*l*. 1).　**10. tallies**「割符」. tally は棒状の木材. 刻み目を入れ
て (score = cut, notch) 勘定を記録しそれを二つに縦割りにしてたがいの証拠と

百二十二

君の贈ってくれたあの手帳、あれは今ぼくの脳髄の中、そこには
けして忘れることのない記憶の数々がびっしり書き込まれている、
だから、あらゆる時の期限を超えてそれは永遠に生き続ける、
4 しょうもない文字の羅列などまるで問題にならぬわけさ。
ともあれ、少なくとも脳髄と心臓とがその天与の
生命力を維持し続ける限り、つまりは両器官それぞれ
君への思いの機能分担を無残忘却の彼方に委ねやらぬ限り、
8 君の記憶はけしてこの世に失われることがない。
残念なことにあの貧しい容れ物にはこれほどの容量は許されない、
それに君の愛の貴さを刻んでおく割符などぼくにはとんと不必要、
それだからぼくは貧弱な方は断然棄ててしまうことにした、
12 君を存分に受け容れることのできる手帳の方を信頼することにして。
君を思い出すのに補助手段を常備するなど、そんなばかな、
それはぼくの忘れっぽさを証拠立てるだけのことじゃないか。

した. **11. give them** = give them away. them = tables（pl.）. **12. those tables** i.e.
my brain and heart. **13. adjunct** = aid, assistant. **14. Were to import** = would be
to imply.

123

No! Time, thou shalt not boast that I do change.
Thy pyramids built up with newer might
To me are nothing novel, nothing strange,
They are but dressings of a former sight.　　　　　　　　　　4
Our dates are brief, and therefore we admire
What thou dost foist upon us that is old,
And rather make them born to our desire
Than think that we before have heard them told.　　　　　　8
Thy registers and thee I both defy,
Not wond'ring at the present, nor the past,
For thy records and what we see doth lie,
Made more or less by thy continual haste.　　　　　　　　12

　　This I do vow and this shall ever be,
　　I will be true despite thy scythe and thee.

---

[123] **1. No! Time,** ！も capital も共に Q のまま．なお！は Q での使用例は 5
回だけ． **change.** Q は comma．文の流れから本版は period．近年は period が
主流か． **2. pyramids** 壮大な建造物全般を指す．特にこの時代の事例への言
及であるとしてこの sonnet の創作年代を探る試みがある．たとえば James 一
世初のロンドン巡幸（1604 年 5 月 15 日）奉祝用の triumphal arches を推した
Alfred Harbage, 'Dating Sh's Sonnets' (*Sh Quarterly* 1 [1950]) がかつて注目され
たことがあった． **3. nothing, nothing** 共に adv. (= in no way)．しかし n. とし
ても読める． **5. dates** = life spans. **admire** = wonder at. **7. them** i.e. the old
things Time brings forth. **born to our desire** i.e. newly created to our taste. born は
Q では 'borne'. Wyndham が Q の綴りのまま = bourn, limit と解したがやはり
無理． **8. told** = talked about. **9. registers** = records, chronicles. **10. past, 12.
haste** この rhyming ⇨ cf. 30.2, 4 note. **11. recórds** accent 第 2 音節．**doth** ⇨
101.3 note．前の 'what we see' に引かれての単数変化と解するのも可能か． **12.
more, less** i.e. magnified, diminished. **thy continual haste** cf. 'swift-footed Time'
(19.6) contínual は trisyllabic. **14. scythe** cf. 12.13 note.

百二十三

断じて断わる、ぼくが心変わりしたなどと、「時」よ、お前ごときに誇ら
　　れてなるものか、
　当世の技術の粋を集めて建造したピラミッドまがいも
　ぼくには斬新でも新奇でもない、
4　どこかで見聞きした眺めのただの衣替え。
　なにせわれわれの生はごく短いものだから、それでお前が
　おれたちにとんだ古物を摑ませてもただただ驚愕驚嘆、
　以前に聞かされていたなどゆめにも思わず、
8　これこそはわれら待望の奇蹟の誕生と頭から信じ込む。
　ところがこのぼくは、お前の歴史など、お前もろとも断固拒否する、
　現在だとか、過去だとか、なにも驚くほどのことではない、
　お前の書き記すもの、お前の見せつけるもの、それはみんな嘘っぱち、
12　いつでもそんな早駆けでは、偉大も矮小も万事お前の足まかせ。
　　だがぼくは誓って変わらない、将来ともけして変わりはしない、
　　お前がいくら大鎌を振おうと、ぼくは真実であり続ける。

124

If my dear love were but the child of state,

It might for Fortune's bastard be unfathered,

As subject to Time's love or to Time's hate,

Weeds among weeds, or flowers with flowers gathered. 4

No, it was builded far from accident,

It suffers not in smiling pomp, nor falls

Under the blow of thrallèd discontent,

Whereto th'inviting time our fashion calls. 8

It fears not policy, that heretic,

Which works on leases of short-numbered hours,

But all alone stands hugely politic,

That it nor grows with heat nor drowns with show'rs. 12

    To this I witness call the fools of Time,

      Which die for goodness, who have lived for crime.

---

[124] Wilson による 'A difficult sonnet' のお墨付きがある(しかしそれは topical な,そして autobiographical な言及をここに読み込もうとするからで,本編注者はそうした言及をもっぱら憶測として処理して difficulties から脱却する).前の 123 と共にいよいよ Act 1 の 'envoy' に向けての準備のリズム. **1. state** = circumstance. これを = status の意味にとり,my love の love を = lover とすれば,'The Fair Youth' の「やんごとない身分」を示唆することになるだろうが,(Sh にその手の「いたずら」の意図があったろうとしても)そこまで踏み込むことをせず表面的な意味のままとする. **2. Fortune's**, **3. Time** Q は共に small. personification と解して capitalize するが,Q のままとする版もある. **5. builded** この時代 built との両形並立. cf. Franz 160. **6. suffers not** = does not deteriorate.(I and R) **7. thrallèd** i.e. servile. 'Sometimes passive participles are used as epithets to describe the state which would be the result of the active verb.'(Abbott 374) Sh らしい大胆な用法. **8. Whereto** = to which. antecedent は一応 *ll.* 6, 7 の pomp と discontent. Kerrigan は antecedent を discontent → melancholy としてこの時代の 1 つの人物タイプ(たとえば *AYL* の Jaques のような)を想定しているが,ここでの Sh はそうした具体例よりも *ll.* 6–7 の contrasting

百二十四

　　ぼくの心からなる愛がただの状況の産物だとすれば、
　　そんな愛は父親知らず、「運命」の女神の父なし子として
　　「時」の愛と憎しみのなすがまま、ときには雑草の中の
4　雑草と貶まれ、ときには名花の中の名花として愛で摘まれる。
　　違うんだよぼくの愛は、そんな偶然の構築とは違うんだ、
　　華麗時めく中にあっても驕り高ぶることなく、
　　失意隷属の逆境にあっても屈することをしない、
8　時の流れに誘われて安易な生に溺れるのが世の常は常。
　　ぼくの愛は便宜主義を排する、わずか一時の契約に
　　うつつを抜かすなど所詮愛の異端者だ、
　　わが便宜は包括的にして賢明、毅然超然として立ち、
12　炎暑の繁茂とも豪雨の溺没ともまるで無縁だ。
　　　それでは以上の証人として「時」の道化どもを呼び出すことにいたし
　　　　ましょうか、
　　　あいつらは常に時めく愛に罪深く生き、いざ死の床での悔悟にはもう
　　　　間に合わぬ。

---

pair の構図に合わせることの方が重要だったはずである．**inviting time** = temptation of today.　time（時勢）は personification としない（Q の small のまま）．**fashion** i.e. way of life.　**9. fears** i.e. is influenced by.　**policy** = expediency.　**that heretic** policy の同格説明．Lee は policy = intrigue として，ここに *Next Succession to the Crown of England*（1594）の著者 Robert Parsons を盟主とする Papists の「陰謀」を示唆する．ほかにも topical allusion としてはたとえば 1605 年の Gunpowder Plot（cf. 本選集 *Macbeth* 2.3.10 補）など．しかし本編注者はそれらの憶測に与することをしない．　**10. leases of short-numbered hours** = short-term contract.　short-numbered の hyphen は Capell.　なお Q の 'numbred' を 'numb'rèd' と編纂する版もあるが特にリズムの上から -ed を音節化するほどのことではないと思う（cf. 120.9 note）．hóurs は monosyllabic.　**11. politic** *l.* 9 の policy の「負」を「正」に逆転させた表現．　**12.** *ll.* 6–7 に則って．**That** = so that.　**13. witness call** = call as witness.　**fools of Time** cf. 116.9 note.　Time は Q では small（cf. *l.* 3 note）．ここでも *l.* 9 の heretic が尾を引いて，Gunpowder Plot や Jesuits たち，↱

125

Were't aught to me I bore the canopy,
With my extern the outward honouring,
Or laid great bases for eternity,
Which proves more short than waste or ruining? 4
Have I not seen dwellers on form and favour
Lose all and more by paying too much rent,
For compound sweet forgoing simple savour,
Pitiful thrivers, in their gazing spent? 8
No, let me be obsequious in thy heart,
And take thou my oblation, poor but free,
Which is not mixed with seconds, knows no art
But mutual render, only me for thee. 12
    Hence, thou suborned informer! A true soul
    When most impeached stands least in thy control.

Mary 女王時代の martyrs, また intrigue の視点から Earl of Essex や Mary, Queen of Scots, はては文学史的に Christopher Marlowe や George Peele などを拉致しようと諸説紛々だが, 'None has been or can be proved.' (Rollins), 'Indeed the more delimited the reference, the less functional it becomes in a poem about uncalculating *love*.' (Kerrigan) **14. Which, who** 共に fools を受けるが, cf. '*Who* indicates an individual, *which* a "kind of person"'. (Abbott 266)

[125] 1. Were't aught to me i.e. would it anything useful to me. 次に if を補って読む. **bore the canopy** 当時君主の行幸時に天蓋を捧持する役目があった. **2. honouring** the outward が目的語. With my extern は honouring に掛かる. extern に outward を重ねて appearance 対 reality のテーマ. **4. Which proves** which の antecedent は great bases. これを単数動詞で受けているについては cf. 41.3 note. **waste** = destruction. **5. dwellers on** = ① these who make much of, ② tenants of (124.10 の leases of short-numbered hours を受けて). **form and favour** i.e. outward shape and appearance. 'The Fair Youth' の身分を想定して i.e. courtly ceremony and (Youth's) good will とする解もありうるが採らない. cf. 124.1 note. **6–7.** Q の punctuation は 'Lofe all, … rent ₓ / … fweet ; Forgoing … fauor,'. この punctuation

275

百二十五

たとえばこのぼくが、見せかけも 恭 しく、まるで寵臣が天蓋を
棒持するように、君の 恭 しい外観を讃美してみせたところで、
それがいったい何の得になる、永遠の礎石を築き上げたところで
₄ 破壊荒廃の前にはわずか束の間の命にしか過ぎぬではないか。
ぼくはいやになるほど見てきたよ、外観外貌にへばりついて
法外な地代の支払いに一切どころか合財を失った愚か者たち、
そいつらは哀れな成金だ、素朴な味わいを顧みず、目を奪われるのは
₈ ただごたごたの見せかけ料理、あげくの果てのすってんてん。
ああ、いやだいやだ、ぼくは君の内なる心に愛の誠を捧げたい、
だからどうか君よ、ぼくのこの貧しいが自由なお供えを
受けてくれ給え、純粋にして混ぜものなし、互 の愛といったところで
₁₂ ただぼくの身を 供 するほかに手練も手管も知らない。
　　ああ去れよ去れ、汝、目先の金で 蠢 く薄 汚き告発者よ、まことの愛は
　　烈しい弾劾に曝 されたときこそ汝の力を超えて厳然としてそそり立つ。

で無理に読むとすれば，*l.* 7 の 2 つの phrases が描写のリズムから外れて意味
が素直に通らなくなる．本編纂者は Q を compositorial error として Malone 以
来の校訂に従う． **6. all and more** = their all and more than their all. **too much
rent** i.e. too high a price. rent は前行の dwellers (= tenants) の縁語．または *l.* 8
の spent との rhyming から． **7. compound sweet** 次の savour と共に食事の味
の比喩だが意味するところは appearance と reality． **8. spent?** ？は Capell． **9.
obséquious** (trisyllabic) = obedient, dutiful. なお裏に = appropriate to obsequies (=
funeral ceremonies, cf. *Hamlet* 1.2.92 note) を読みとれば 'envoy' としての次の
126 のテーマ ('The Fair Youth' の消滅 [= 死]) を予示していることにもなる．
10. oblation 前注参照．'The Poet' の死も． **11. mixed with seconds** = adulterated.
seconds = elements of secondary importance. cf. *l.* 7 compound sweet. **art** = artifice
(of love)． **12. But** = except. **render** = return, exchange. **only** = simply (mutual
の言い直し)． **13. thou** *ll.* 1–12 での thou とは別人格．2 人の愛の「敵」．こ
の「変化」からも thou suborned informer! の！は自然のリズムである (Q は
comma. ！は A. Murden ほかの版 (1741?) での改訂から．ただし standard な校訂
ではなく：とする版もある)．このリズムもまた 'envoy' に向けてのリズム ↱

276

126

Envoy

O thou, my lovely boy, who in thy power
Dost hold Time's fickle glass, his sickle hour,
Who hast by waning grown, and therein showest
Thy lover's withering as thy sweet self growest.   4
If Nature, sovereign mistress over wrack,
As thou goest onwards still will pluck thee back,
She keeps thee to this purpose, that her skill
May Time disgrace and wretched minutes kill.   8
Yet fear her, O thou minion of her pleasure,
She may detain but not still keep her treasure!
Her audit, though delayed, answered must be,
And her quietus is to render thee.   12

だ. **suborned informer** = bribed false witness. autobiography を読み込んで実際
の人物をあれこれ詮索する必要はない. 'The Rival Poet' に擬するなど論外.
すでに Reed (*Yale*, 1923)に 'There is no personal reference in "suborned informer";
it means any false idea or detraction of the poet's devotion.' がある. もちろん Jealousy
や Time などと擬人化を持ち出すようなことでもない. 愛の物語の「敵」は
どんな姿でも現れる. **14. control** = power.
[126] **0.1. Envoy** ⇨ 補. **1. lovely** = ① beautiful, sweet, ② loving. cf. 108.5 note.
lovely boy を Cupid とする注があるがもちろん採らない. **pówer** *l*. 2 の hóur と
いずれも monosyllabic. feminine rhyme ではない. **2. Time** Q は small.
capitalization は Malone. **fickle** cf. 154 FINIS 補 IV. **glass** = sand-glass. **his sickle
hour** i.e. the hour when Time's sickle cuts off life. sickle は adjectival use (Sh らし
い大胆). なお textual な面での異論が 2 つ. ① Q には sickle の後に comma が
あり, これを生かして his sickle と hour (= hour-glass; sand-glass)を別立てにし,
前の glass を = looking-glass とする解. ②Q の 'fickle' の long s を f の compositorial
error として(sickle の強引な adjectival use を避けて) fickle と読む解. しかし①
だと Time が three hands のイメージになるし, なによりも Sh の描写のリズム
からぎくしゃく外れる. ②では同じ形容詞を二度平板に続けるのは Sh の表

百二十六

反歌

ああ、愛する美の少年よ、君は「時」から武器を取り上げてしまった、
刻々と移ろうあいつの砂時計、それに命の期限を刈り取るあの大鎌、
なんと君の美は衰えゆくはずがいよいよいや増し、いや増すその美は
4 君を愛する友の衰えをいよよ残酷にあぶり出す。
「自然」の女神は破壊を司る女帝である、その女神が
前に進むべき君を絶えず後ろに引き戻そうとする、そうまでして
君を操る女神の目的は何か、それは「時」を恥辱まみれに、
8 時の刻みの一点一点を悶死させて、己が技量を誇ろうがため。
けれどもだよ、ああ、女神寵愛の喜びの子よ！
彼女は宝を手元に留めはするが永久に保持することは叶わぬ、
たとえどれほど遅れようと決算は決算、必ず来るのが支払いのとき、
12 そのときになれば、結局女神は君を「時」に引き渡すのだよ——ああ。

現ではない． **3. therein showest** = by this showest up（by contrast）． **4. lover's**
Q は 'louers'．これを pl. に 'lovers' / 'lovers'' と読むことができるが，*l.* 1 の my
lovely boy の呼び掛けからもやはり lover（= 'The Poet'）と読むべきであろう．
5. Nature Q の capital． **wrack** = wreck, destruction．⇨ 65.6 note． **6. still** = always．
8. Time Q は small．cf. *l.* 2 note．capitalization は Thomas Tyler（1890）． **minutes
kill** Q は 'mynuit kill'．pl. は Capell 以来のまずは妥当な校訂（近年では Booth,
D-Jones が異論を唱えている）．compositor は前行の skill への eye-skipping か
ら 'mynuit skill' と組み，correction で 'skill' の 's' を原本どおり 'mynuit' の後
に付けるのを忘れたのか（Evans の推論）．なお *l.* 7 行末も Q は 'skill.' で，period
は明らかに compositorial error． **10. still** = always, forever． **treasure!** ！は Q．Act
1 総括の exclamation． **11. audit** = final account． **answered** = paid． **12. quietus**
= means of final settlement．cf. *Hamlet* 3.1.75 note． **render** = surrender．envoy と
して「死」が示唆されている．
0.1 補. Envoy I．① *The Sonnets* 154 篇中に変則的な form の作が 3 篇ある．99
では行数が 14 ではなく 15．145 では詩脚が pentameter ではなく tetrameter．し
かしこの 126 は行数が 12 行と 2 行少ないだけでなく脚韻が 6 連すべて couplet
と異状が明らかに突出している．Q 版は，本来 14 行であるべき最後の couplet ↱

2行が欠落したものとして2行の空欄（　　）を長さもindentもそれらしくわざわざ印刷しているが（このeditorialもしくはcompositorialな恣意的印刷を踏襲する版が近年でも多い），そこまでのstanzaがcross rhyme（交互韻）のquatrainではなくすべてcoupletなのだから，そこにもう1つ架空のcoupletを加えて14行にしたところでShのsonnetとしての形式が万全に整うわけではない．なお，Benson版からEvans版までは（Lintott版を除き）126を削除．もう1つ，2行の「欠落」を，そこにl. 1の'my lovely boy'の身元を想定するに足る描写があったため憚ってあえて削除したとの説が行われたことがあった．②しかしこの12行の126は12行のままで1つの作品として，広義のsonnet（有韻抒情詩）の1篇としてみごとに完結している．とするならば，この特異なformに寄せたShの意図は何か．おそらくそれは The Sonnets 連作の「中仕切り」という以外にない．Wilsonは'Unquestionably written as an Envoy to the sonnet series addressed to the Friend.'とした．'envoy'（F. envoi < envoyer = send）は中世フランス詩balladeで最後に置かれる結びの短い1連で，献辞あるいは作者の感慨，省察を述べるもの．これをsonnet連作に用いるのは形式的には筋違いだが，中途での総括として転換を示すというところから，Beeching, Wilson，そして近年の諸版でも，注記での1つのstandardな用語となった．The Sonnets を「愛の劇場」全2幕とする本版はこの呼称をあえて126の「題」としてテキストに加え，日本語の訳語では「反歌」をもってした（和歌の歌体の「長歌」に添える「反歌」をenvoyに当てるというのもこれまた筋違いだが趣旨の上から許されるであろう）．③Shは早速l. 1で'The Fair Youth'を'my lovely boy'に格下げして（108での'boy'の「用例」ここで効いてくる），みずからは'The Poet'として演者者の絶対の位置を確保したそのうえで，TimeやFortuneでそのboyを適当にあやしながら，最後にはTimeをDeathに「変身」させて，主役の'The Fair Youth' → 'The Boy'を暗黒の背景の「死」の裏側に消去してみせた．Act 1のみごとな幕切れ．④126を1つの仕切り「幕切れ」とすることは，Qのorderingを積極的に受け容れることに通じる．ここでついでに，雑談としてnumerology（数秘学）上の説を1つ．大厄とされるgrand climacteric（cf. 107. 5–8 補）の63をここで持ち出して，Sonnet 63のテーマにTime the Destroyerの再登場を設定し，さらに63×2＝126のこのSonnet 126の最後のcouplet（ll. 11–12）で'The Fair Youth'の死を示唆していることを The Sonnets 構造上での重要な「意味」の1つとしている「研究」がある．

　II. ともあれこれで'The Fair Youth'はいったん退場することになる．だがもちろん次の幕にまったく現れないということではない．'The Dark Lady'をめぐる泥沼の三角（あるいは多角）関係の当事者としてそれらしく登場せざるをえないはずである．'The Dark Lady'にしてからが，これまでも，たとえば40–42の'liaison dangereuse'の当事者として，その危険な姿をちらちら垣間見せていた．Shの The Sonnets はその無造作な配列から「物語」としての結構を著しく欠いているようにみえて，そこには，意図的というよりはむしろ劇

作家（舞台演出者）としての本能的な操作計算がみごと適切に働いている．そのあたりの呼吸を含めて The Sonnets を 'A Dramatic Sequence' と名づけてみた．さて Act 1 の「前口上」で Mr. W. H. → 'The Fair Youth' の身元探索を話題にしたので（Dedication 注 III），'The Dark Lady' についても，Mary Fitton の紹介に続けて，ここで多少の補足を加えたいところだが，なにせその奔放の性癖さながらに，20 世紀前半のリアリズム批評（伝記的研究）の勢いに乗って，候補は多岐多様にどこまでも広がってしまう．その「打ち止め」の意味をこめてここでは 1 つだけ，1970 年代のセンセーショナルな文学的「事件」を簡単に取り上げることとしたい．なお Samuel Schoenbaum にエッセイ調の小論文 'Sh's Dark Lady: a question of identity'（Sh's Styles: Essay in Honour of Kenneth Muir, 1980）があり，'The Dark Lady' 探索の「研究史」の実相を練達の筆で伝えている．さて，1973 年 1 月 29 日の The Times に大きく 'Revealed at Last, Sh's Dark Lady' の見出しが踊った．発見者は歴史学者 A. L. Rouse. Dr. Rouse は Sh への関心も並々ならず，熱烈な Southamptonite としてのその名は前にも挙げた．彼の Sh's Sonnets（1964）はこれまで注に引いている．彼の発見した 'The Dark Lady' はイタリア人音楽家の娘 Emilia Lanier. Sh の劇団の patron の Henry Carey, Lord Hunsdon の愛人となり，その縁から Sh に繋がった，などなど，興味津々のディテールに引かれて The Times の投書欄はたちまち投書の山に埋まった．投書家の中には Agatha Christie の名もみえる．しかし Sh 学界の反応は冷静で，いくつかの誤りの指摘もあり，一般の興奮も次第に萎んだとしてもやむをえないことだったが，Rouse はなお意気軒昂，Sh's Sonnets: The Problem Solved など，改訂，新著に奮闘して 1997 年没．Schoenbaum はもちろんこの「事件」に詳しくふれたあと，'I wouldn't wish to suggest a simple choice between the Sonnets as autobiographical record and the Sonnets as literary exercises, although critics have been drawn towards these polarities.' と書いた．Sh 学者として彼はまずは前置きとしてこのように書くほかなかったのだろうが，いま The Sonnets に熱中して関わる本編注者としては，こうした日和見的な前置きにはどうしてもなじめない．polarity を言うのであれば 'literary exercises' を超えたその先の 'dramatic creation'，その立ち位置以外にはありえないはずなのである．

　というところでいよいよ 'Shakespeare's Sonnets / A Dramatic Sequence of Love' Act 2（The Dark Lady）の開幕．

Act 2

The Dark Lady

127

In the old age black was not counted fair,
Or if it were it bore not beauty's name,
But now is black beauty's successive heir,
And beauty slandered with a bastard shame. 4
For since each hand hath put on Nature's power,
Fairing the foul with art's false borrowed face,
Sweet beauty hath no name, no holy bower,
But is profaned, if not lives in disgrace. 8
Therefore my mistress' eyes are raven black,
Her eyes so suited, and they mourners seem
At such who not born fair no beauty lack,
Sland'ring creation with a false esteem. 12

    Yet so they mourn becoming of their woe,

    That every tongue says beauty should look so.

---

[127] Act 2 の幕開けはまず Petrarchan ideal の対極としての black 談義．Act 1 の「男性」そして「結婚の慫慂」と同じパターンである．続いて偽りの cosmetics（appearance）をへて 3rd quatrain でいよいよ 'The Dark Lady' の登場となる（彼女の black は appearance に対する堂々の reality である）．Sidney の Stella も black を纏った姿に表現されるが（*Astrophel and Stella* 7），Sh の方が couplet の逆転といいはるかに手が込んでいる．なお *LLL* のヒロイン格の Rosaline も色黒に描写されている（たとえば 4.3 [N1606–14]）．この頃の Sh の劇作との関係については本選集 *MND* 3.2.257 補を参照のこと．
1. fair 前の black を = brunette として，これに対する blonde の意味をこの fair に認めようとするのが一般だが，ここはまずもって black による Petrarchan

281

第二幕

黒い女

百二十七

その昔、黒は美しいとは思われなかった、

そう思う者がいたとしても、美の正統の名は黒のものではなかった、

それが今はどうだ、黒がれっきとした美の相続人だ、

4 それで白妙の美の方はというと、なんと私生児の汚名で恥まみれ。

なにせ猫も杓子も「造化」の力を難なく横領して

借りものの仮面で醜を美に飾り立ててからというもの、

わが白妙の美はその名を失い、その聖なる殿堂を奪われ、

8 あわれ追放も一歩手前、恥辱の肩身の佗住まいときたもんだ。

ま、そんな次第でね、おれの色女の目はうす汚い烏の炭団だが、

当世堂々の黒ってなりゃ喪服悲しみの色ってわけだ、いいかね、

なにが悲しいたって、不器量に生まれついた女がごてごて美を粧って、

12 造化本来の美をあっちが贋ものだなんて開き直ってるんだからねぇ。

　ところがその服喪の姿、いかにも悲しみが魅力的に真に迫って、

　世間が皆して口ぐちに言い立てる、美はあの女の黒でなくちゃならな

　いなどと。

---

beauty の逆転宣言なのだから，一般的な「美しい」の次元にとどめるべきだ
と思う．　**2. name** i.e. sign of legitimate birth.　**3. successive heir** i.e. legitimate
heir by succession.　**5. put on** = usurped.　**Nature** capital は Q. cf. 4.3 note（ここ
での訳は「造化」とする）．　**5. pówer**, **7. bówer** 共に monosyllabic.　**6. art's**
Q は capital で 'Arts'. small は Capell.　**7. Sweet** = beloved.　**name** ⇨ *l*. 2 note.
bower 'a vague poetic word for an idealized abode.'（*OED* 1b）　**8. if not lives in
disgrace** i.e. if not profaned, it lives in disgrace.（'lives' の indicative に注意）　**9.
eyes**, **10. eyes** eyes の繰り返しを訝ってそのいずれかを 'hair(s)' または 'brow(s)'
に校訂する編纂が近年に至るまで跡を絶たないが（I and R, *Oxford*, Kerrigan, ↱

282

128

How oft when thou, my music, music playest
Upon that blessed wood whose motion sounds
With thy sweet fingers when thou gently swayest
The wiry concord that mine ear confounds,   4
Do I envy those jacks that nimble leap
To kiss the tender inward of thy hand,
Whilst my poor lips which should that harvest reap,
At the wood's boldness by thee blushing stand.   8
To be so tickled they would change their state
And situation with those dancing chips,
O'er whom thy fingers walk with gentle gait,
Making dead wood more blest than living lips.   12
 Since saucy jacks so happy are in this,
 Give them thy fingers, me thy lips to kiss.

Burrow), それらの校訂にはすべて bibliographical な証拠, 論理が不在である. それに, なによりも本編注者は, ここでの eyes の repetition に couplet の逆転の諧謔に向けての表現上の1つの確かな布石を認めたい. **10. so suited** i.e. well matched to the present age. **mourners** ⇨ cf. *l.* 13 note. **11. At such** i.e. at the behaviour of those. **12. creation** i.e. Nature. **esteem** = estimation, reputation. **13. mourn** = deplore, grieve. **becoming of their woe** i.e. gracing their mourning appearance. PE なら of は不要. cf. Abbott 178.

[128] 127 の black の逆転宣言に続いて, 128 は 'The Dark Lady' の darkness から一歩引き退がって music を metaphor に. 連作の余裕のリズムである. music は 8.1 で 'The Fair Youth' に用いていた.

1. oft = often. **thou** cf. 131.1 note. **music playest** ここでイメージされているのは virginal, 16–17 世紀に用いられた harpsichord 型の小型鍵盤楽器, piano の前身とされる. virginal の名称は若い女性が弾いたから,「処女琴」の訳語は岡倉由三郎注(研究社版, 1928)からの拝借(それ以前のものかもしれないが). 以下もちろん motion, sound, finger, jack 等の用語と共に sexual な wordplay がある. **2. blessed** = fortunate (proleptic use). **wood** 鍵盤 (key) は木製. **3.**

百二十八

ああ、妙なる楽(がく)の音(ね)の君よ、お前が処女琴(ヴァージナル)の前に座して

その美しい指先で鍵盤にふれると、しあわせな木片(もくへん)めは小躍りして

楽(がく)を奏でる、お前が優しく導く弦の和音、この耳はその音(おと)に

4 震え痺(しび)れて我を忘れる、くり返し、くり返し、ああその度(たび)の羨ましさ、

お前の柔らかな手のひらに接吻しながら嬉々としてとび跳ねる

あの鍵盤どもへの羨望、だってその果報を捥(も)ぎ取るのは

この唇のはずなのだ、なのに哀れな唇は、たかが木の細工物(さいくもの)の

8 はねっ返りの振舞に、顔を赤らめてお前のそばに立ちつくすだけだ。

あの愛撫を受けるためなら、唇だっても、踊り子の木の切れっ端(ばし)と

喜んで身分境遇を交換したくもなるだろうさ、そうら

足どりも軽く、たかが木の上を優しげに歩き回るお前の指の先、

12 死んだ木材の方が生きている唇よりずうっとしあわせにみえる。

ならば図々しい鍵盤どもはその幸福で十分だろうよ、

あいつらにはお前の指先を与えてやればそれでいい、このおれにはどう

か接吻のための唇を！

---

swayest = governest.　**4. wiry** < virginal の wire（弦）.　**concord** = harmony.
confounds = overcomes, stuns（mine ear が object）.　**5. envý** v. では強調が第2
音節もありうる（リズムから）. 'The older accentuation [envái] survives into the
17th c.' (*OED*) cf. 1.4 note.　**jacks** = ① keys of the virginal, ② saucy fellows. ここ
で想定されている key の動きは *OED* 等に照らして必ずしも正確とは言えない
が（'*OED* is probably right in suggesting that Sh erroneously applies the word [jacks]
to keys.' D-Jones）, 特にこだわるほどのことではない（逆に Sh らしい奔放と
も言える）.　**nimble** adverbial use.　**6. inward** = soft palm.（正確には virginal の
key は palm にはふれない. 前々注参照.）cf. *Othello* 2.1.240–41. *WT* にも 'But
to be paddling palms and pinching fingers'（1.2. [N188]）, 'Still virginalling / Upon
his palm!' [N200–01] がある.　**8. by** = beside.　**9. change** = exchange.　**state** =
status.　**11. thy**, **14. thy** Q はいずれも 'their'. their → thy emendation（cf. 26.12
補）. 本版では 13, 14 回目.　**13. saucy** cf. *l*. 5 note.　**14. Give them** i.e. let them
have.

129

Th' expense of spirit in a waste of shame

Is lust in action, and till action, lust

Is perjured, murd'rous, bloody, full of blame,

Savage, extreme, rude, cruel, not to trust,   4

Enjoyed no sooner but despisèd straight,

Past reason hunted, and no sooner had

Past reason hated as a swallowed bait,

On purpose laid to make the taker mad,   8

Mad in pursuit and in possession so,

Had, having, and in quest to have, extreme,

A bliss in proof, and proved a very woe,

Before a joy proposed, behind a dream.   12

    All this the world well knows, yet none knows well

    To shun the heaven that leads men to this hell.

---

[129] この位置が納得できないと Tucker がこれを 147 の後に置き換えている
が，'The Dark Lady Sonnets' に入って，まずは尋常対照の 2 作をへて，3 作目
に，この，性の深淵をスタッカートの強烈なリズムで抉る，連作の流れから
突如離れたような，impersonal な 1 篇をもってきたところにむしろ Sh の「劇
作」の緩急自在の技法を認めるべきだと思う.
1. spirit = ① vial energy, ② semen.　**waste of shame** = shameful wasting. また
waste = ① wilderness, ② 'waist' と homonymic pun.　cf. Kökeritz p. 152 / *Hamlet*
2. 2. 226–30.　**3. bloody,** Q は comma なし. staccato のリズムからも，Lintott
以来の comma がぜひ必要.　**4. crúèl** dissyllabic.　**not to trust** = not to be trusted.
cf. Abbott 359.　**5. straight** = immediately.　**7. bait** cf. 'The bait hides the hook.'
(Tilley B 50)　**8. mad,** Q は period. 2nd quatrain の締めに period, semicolon 等
が一般だが，本編纂者は(近年では Burrow と共に) comma のリズムで続ける.
cf. *l*. 3 note.　**9. Mad in** Q は 'Made In', Gildon の改訂以来.　**10. quest to have**
Q は 'queſt, to haue'. Capell の改訂.　**11. proved a** Q は 'proud and'. 実質 Capell
の改訂.　**12. proposed** = anticipated, looked forward to.　**14. hell** = ① 「地獄」,
② famale genitals.　cf. 'There's hell, there's darkness, / There is the sulphurous pit;

百二十九

精気無間蕩盡恥部轉荒寥、
それが肉欲の行為だ、行為に及ぶまでは
偽誓、殺戮、流血、非道山積、
4 野蛮、過激、凶暴、残忍、不信背信、
　享楽は一瞬にして瞬後ただちに嘔嘔、
　求むるに理なく、終われば憎悪もまた
　理なし、たとえばそれは誘惑の罠だ、
8 呑み込む者を狂気に追い込む活き餌仕掛けだ、
　追うも狂、所有のさなかも狂、
　事後、事中、求むる事前、ことごとくに過激、
　経験中の至福、経験後の悲惨、
12 乗り出す悦楽の恍惚、終われば一場の夢。
　　それはだれでもようく知っているが、ああ、天国へと誘う
　　地獄の穴に男はみんなうかうかと嵌まってしまう。

---

burning, scalding, / Stench, consumption. Fie, fie, fie. Pah, pah!' (*Lear* 4.6.122–24)

130

My mistress' eyes are nothing like the sun,
Coral is far more red than her lips' red,
If snow be white, why then her breasts are dun,
If hairs be wires, black wires grow on her head.   4
I have seen roses damasked, red and white,
But no such roses see I in her cheeks,
And in some perfumes is there more delight
Than in the breath that from my mistress reeks.   8
I love to hear her speak, yet well I know
That music hath a far more pleasing sound,
I grant I never saw a goddess go,
My mistress when she walks treads on the ground.   12
   And yet, by heaven, I think my love as rare
   As any she belied with false compare.

---

[130] Act 2 の第 4 作目は群小 Petrarchists による彼らの 'madonna' 讃美の clichés
への爽快な揶揄の 1 篇（p. 299 図版参照）. 揶揄の対象の表現の具体例として
Richard Linche（Lynche）の *Diella*（1596）がよく引かれるが, 日本ではほとんど
知られていないそうした群小詩人だけでなく, Daniel, Drayton, Chapman, ある
いは Sidney や Spenser など引きも切らず, Patrick Cruttwell（*The Sh-ean Moment*）
はもっと具体的に 130 の全体を Thomas Watson の sonnet 詩集（ただし彼の sonnet
は 18 行）*Hekatompathia, or Passionate Centurie of Love*（1582）7 番のパロディ
としている. ともあれ 3 quatrains 12 行の軽快なテンポの最後 *ll*. 11–12 に逆転
のエネルギーをさりげなく仕掛けておいてみごとな volta, couplet のどんでん
返しに繋ぐあたり, Sh の青春の客気が漲っている. と同時に, ここでの揶揄
の対象の clichés が Act 1 の 'The Fair Youth' のものであることに注目. それは
つまりは Act 1 全体がつねに Sh の劇的裏返しを予期していたということだ.
1. My mistress 訳は 127.9 から「おれの（色）女」で. **nothing**（adv.）= not at all.
2. lips' Q は 'lips'. 所有格の apostrophe は Capell. **3. dun** = dingy brown. **4.
wires** '*pl*. Applied to hairs as resembling shining wires.'（*OED* 11）cf. 'Her long
loose yellow locks like golden wire.'（Spenser, *Epithalamion*, 154）**5. damasked**

百三十

おれの女の目は煌めく太陽などに似ても似つかない、
珊瑚の方があいつの赤い唇よりもずっと赤い、
白さは雪が通り相場だがあいつの胸はどす黒い焦茶色、
4 美女の髪が金の網ならあいつの頭は黒の針金の林だ。
咲きほこる薔薇は色とりどり、紅白斑に真紅に純白、
だがあいつの頬にはそんな薔薇など咲いてるものか、
あいつの吐き出す息よりももっとうれしい香りの
8 香水が、この世にはちゃんとある。
あいつのおしゃべりを聞くのは確かに楽しいが、しかしまあ
音楽の方がずっとずっといい音を響かせるだろうよ、
女神とやらはどこをお歩きなさるのか、
12 とにかくおれの女は土の上をどっかと踏んで歩いている。
　だが、いいかね、おれは天に誓ったっていい、おれの恋人は
　嘘八百ででっち上げたどんな女よりもはるかにいい女なんだ。

= having the hue of the damask rose. (*OED* 4)　damask rose (*rosa damascena*) は
Damascus からもたらされたとされ，色はピンク，または赤と白の斑．本注
者は 99.10 'A third nor red, nor white, had stolen of both' を踏まえて訳に「斑」を
採った．なお damasked = dapple として次の 'red and white' に繋げる解もある
が，99.10 からも *l.* 5 全体でやはり 3 種類に言及しているとする．　**8. reeks** =
emanates. pejorative な意味合いは 18 世紀以降．　**11. go** = walk.　**12. on the
ground** 'The Dark Lady' は reality の女 (cf. 127 頭注)．これまた Petrarchan ideal
の対極．　**13. héaven** monosyllabic, stressed.　**rare** = splendid.　**14. she** = woman
（目的格でも her とはならない）．**belied** = misrepresented.　**compare** = comparison.

131

Thou art as tyrannous, so as thou art,

As those whose beauties proudly make them cruel,

For well thou knowest to my dear doting heart

Thou art the fairest and most precious jewel.　　　　4

Yet in good faith some say that thee behold,

Thy face hath not the power to make love groan;

To say they err I dare not be so bold,

Although I swear it to myself alone.　　　　8

And to be sure that is not false I swear,

A thousand groans, but thinking on thy face,

One on another's neck do witness bear

Thy black is fairest in my judgement's place.　　　　12

　　In nothing art thou black save in thy deeds,

　　And thence this slander as I think proceeds.

---

[131] **1. so as thou art** = even as thou art（not a 'Petrarchan' beauty）. thou は my mistress（130.1）への呼称. 訳は「お前」, 'The Poet' の側は当然「おれ」.　**2. proudly, cruel** いずれも Petrarchan sonnet の 'madonna' のもの.　**2. crúel, 4. jéwel** monosyllabic. feminine rhyme とはしない.　**3. dear**（adv.）i.e. fondly.　**5. in good faith** ① 'The Poet' による expletive, ② 'say' に掛かる adverbial phrase, その両様に読める. Capell が phrase の前後に comma を打つ改訂を行い, Malone 以来これが主流となったが, それだと意味が①に確定されてしまう. 近年では（Oxford を除いて）むしろ①②両様の読みがあり得るよう Q のままに punctuation を置かない（訳も両様に不安定に読めるようにした）.　**6. love** = lover. **groan** 恋人につきもの. cf. *LLL* 3.1 [N970] / *R and J* 1.1.192. もちろん sexual な意味をこめて.　**9. to be sure** i.e. to convince myself that. **that is … swear** i.e. what I swear 'to myself alone' is not false.　**10. but** = only, merely.　**11. One on another's neck** = one after another. **do witness bear** = bear witness. do は リズムの上からの強調. 主語は前行 'A thousand groans'.　**14. this slander** cf. *l.* 6.

百三十一

お前はそんなご面相のくせに、誇り高い高慢ちきな美女そこのけの
残酷な態度をとる、おれに対して、まるで暴君さながらに、
それはお前がよくよく承知しているからだ、おれの溺愛の心には
4 お前が美麗で高価この上ない宝石として君臨していることを。
だが、お前の顔をしげしげと見て、いやまったくの話、あれが
恋人を悶え苦しませる顔かねなどと悪口を言うやつがいる、
ばかな絶対に違うぞと、おれにははっきり口に出して言うだけの
8 勇気がない、ただわれとわが胸にひとりそう誓うだけの話だ。
それで、その誓いがけして誤りのはずはないと自分でも納得したくて
お前の顔を思い浮かべてみるのだが、もうそれだけで、次から次へと
悶えってやつが目の前に勢揃いして、おれの心の法廷の
12 証言台に立ってくれる、お前の黒こそが最高の美であると。
　ま、お前が黒だというおれの判定はお前の行状だけだ、
　その行状のおかげで例の悪口が世間に広まってしまうのだろうさ。

132

Thine eyes I love, and they, as pitying me,
Knowing thy heart torment me with disdain,
Have put on black and loving mourners be,
Looking with pretty ruth upon my pain.   4
And truly not the morning sun of heaven
Better becomes the grey cheeks of the east,
Nor that full star that ushers in the even
Doth half that glory to the sober west   8
As those two mourning eyes become thy face.
O, let it then as well beseem thy heart
To mourn for me since mourning doth thee grace,
And suit thy pity like in every part.   12
 Then will I swear beauty herself is black,
 And all they foul that thy complexion lack.

---

[132] Petrarchan sonnet の 'madonna' に常用される disdain (*l.* 2), pity (*ll.* 1, 12), ruth (*l.* 4), そして madonna に愛を捧げる knight の側の pain (*l.* 4), それら clishés を生まじめな調子で弄びながら, じつは anti-Petrarchan としての black 讃美を裏に仕込んでおいて, 最後をあざやかな volta の couplet で締める. 2nd quatrain の比喩の息継ぎが1行はみ出して5行になってしまったのも逆転の volta への助走の勢い.

1. as i.e. as if they were. **pítying** dissyllabic. **2. torment** = to torment (infinitive). cf. Abbott 349. Benson の 'torments' を採るのがむしろ standard (*Globe*, Kittredge, Alexander) だったが (know の後は that clause が普通. したがって [that] thy heart torments が読みやすい), 近年は Q 尊重が趨勢. なお Malone は 'torment' としたが *ll.* 1–2 の punctuation を '… they, as … me, / … heart, torment …' として torment の主語を *l.* 1 の 'they' に想定した (もちろんその読みはコンテキストから不適当). **4. pretty** = proper, becoming (with ironic undertones). **ruth** = pity. **5. morning** mourning と homonymic pun (cf. Kökeritz p. 130). **5. heaven, 7. even** ⇨ 28.10, 12 note. **6. Better becomes** i.e. is more becoming to. **grey cheeks** cf. 'The grey-eyed morn smiles on the frowning night.' (*R and J* 2.3.1) **east** west (*l.* 8)

百三十二

お前の眼こそわが愛、その眼は憐れみに満ちているかのよう、

それは、心の方がこのおれを蔑み苦しめていると知って、

黒の喪服をまとい愛情の喪に服しているということか、

4 わが苦しみに注がれる目差の憐憫の情。

東の方、朝明けの太陽は悲しみに満ち、

いま灰色の天の頬にいかにもふさわしい、

夕の案内人、宵の明星は、西の方、

8 厳かな暮色にみごと煌めきを添える、だがその太陽も明星も、

お前の顔を悲しく飾る朝の双眸に及ぶべくもない。

ああ、悲しみの衣装がお前に美しさを付与するものならば、

お前の心もせめておれへの悲しみを表わしてくれ、お前の体の

12 どこかしこ、同じ憐憫の情にふさわしく黒の喪服をまとってくれ。

さあ、それでこそ美とはすなわち黒の万々歳、

お前の色と情を欠く女にはすべて醜女の汚名献上だ。

との rhyming で short vowel か. cf. Kökeritz p. 202 / Wyld p. 92.　**7. full star** i.e. Venus（宵の明星）.（full = plentiful, i.e. bright.）　**8. Doth** i.e. imparts（*l.* 7 の 'Nor' に繋げて読む）.　**sober** = ① solemn, ② subdued in colour.　**9. mourning** Q は 'morning'. Gildon が 'mourning' に改訂. 以来 Malone をはじめこれに従うが, morning–mourning の homonymic pun（cf. *l.* 5 note）. ここでは mourning の方を主に立てているに過ぎない. '(Malone) recognizes … the coincidence of sound, without seeing or admitting the legitimacy of a play between words（morning and mourning）.'（I and R, xxvii）　**become** cf. *l.* 6 note.　**10. it** 次行の 'To mourn for me'.　**beseem** = suit, be fitting.　**11. doth** i.e. gives. cf. 'Doth'（*l.* 8）.　**grace** = beauty. v.t. にとることもできるが（doth は先行の auxil. v.）, *l.* 9 の face との rhyming のリズムからも n. とする.　**12. suit** = ① be suitable, ② dress.　**like** = in the same way.　**14. all they foul that** = they are all foul that.　**complexion** = ① skin colour, ②（humours［体液］の配合による）disposition. 'an important quibble'（Kerrigan）

292

133

Beshrew that heart that makes my heart to groan
For that deep wound it gives my friend and me;
Is't not enough to torture me alone,
But slave to slavery my sweet'st friend must be? 4
Me from myself thy cruel eye hath taken,
And my next self thou harder hast engrossed;
Of him, myself, and thee I am forsaken,
A torment thrice threefold thus to be crossed. 8
Prison my heart in thy steel bosom's ward,
But then my friend's heart let my poor heart bail,
Whoe'er keeps me, let my heart be his guard,
Thou canst not then use rigour in my jail. 12
 And yet thou wilt, for I being pent in thee,
 Perforce am thine, and all that is in me.

---

[133] **1. Beshrew** = curses on（ただし mild oath）. **groan** ⇨ 131.6 note. **2. For** = because of. **wound** ⇨ 補. **4. to slavery** i.e. 'to the kind of slavery（that you impose on me）.'（Evans） cf. 57.1 note. **5. crúèl** dissyllabic. **6. next** = nearest, i.e. second. **harder** = more cruelly. **engrossed** = taken exclusive possession of. **7. Of** = by. **8. crossed** = thwarted. **9. Prison** = imprison（imperative）. **ward** i.e. prison. guard（*l.* 11）との rhyming は guard の方が主か. cf. Kökeritz p. 172 / Wyld p. 70. **10. bail**（v.t.）= confine（*OED v.*³ 1. *rare*）. 'my friend's heart' が目的語. これに対し *OED v.*¹ 2 を採った Schmidt の '= set free from arrest by giving security for appearance in court.' の解も行われているが，ここは「心」を「牢獄」に見立ててそれを二重，三重の入れ子にした 'conceit' が主であるからわざわざ持って廻った「保釈」を立てる必要はないと思う. *OED* も前者の用例にこの個所を引いている. **11. keeps** = holds as a prisoner. **guard** = guardhouse. **13. pent** = imprisoned. **14. Perforce** = of necessity. **in me** 後に is thine を補う.
2補. wound *The Sonnets* 全体を通して sexual innuendo をどこまで認めるかは1つの問題である. たとえば Booth はその学識と感性を最大限にしてこの方向でも多くの注を試みているが，中には作者（Sh）の 'intention' から危険に遊

百三十三

ひどいのは女の心、おかげでおれの心はこうも悶え苦しむ、
なにせ友とおれの両方に深い裂目の傷口を味わわせるのだから。
お前はおれ一人を苛むだけで足りぬというのか、
4 わが最愛の友までもおれと同じ奴隷の境遇に追い込もうというのか。
お前はその残酷な眼でおれ自身からおれの全体を抜き取ったその上で、
さらなる残酷を重ねてわが分身たるあの男を丸ごと自分のものにした、
おれは、彼と、おれ自身と、お前から見捨てられた、
8 これほどの孤独は三重苦の三層倍もの責苦だ。
おれの心は、お前の胸の鋼鉄の檻の中、ただしそんならそれで、
哀れなその心の中にわが友の心も幽閉してくれ、そうとなれば
だれがおれを監禁しようとおれの心の中が大事な友の留置場、
12 なにせおれの管理の獄舎にまでお前の酷い手も及ばないだろうよ。
　とは言うもののそうは問屋が卸すまいて、おれはお前に囚われの身、
　おれのものはみんなお前のもの、結局お前のなすがままということに
　なるわけか。

離しているのも稀ではなく本編注者は拠ることができなかった．しかしこの
Act 2 'The Dark Lady Series' に入ると，テーマがテーマであるだけに，sexual
innuendo の隠された裏の意味の方が逆に重要性を持つ場合がある．この wound
がその例，＝①（Cupid の矢による）「心の傷」，② female sexual organ（Partridge.
巻頭の Essay では 'sharp metaphor' としている[p. 25]）．訳でも②の方をむし
ろ表に出した．ただし Booth は *l.* 2 行頭の For を *l.* 1 行末の groan に run-on さ
せて 'groan for i.e. groan to have; sigh after' を示唆しているが，次の 'it gives my
friend and me' との繋がりからそれはおそらく無理というものだろう．もう 1
つついでに，*l.* 5 の 'eye' にも sexual innuendo（cf. 153.9 note）を認めたいとこ
ろだが，すぐ前の 132.1 での eye の描写との連続から本注者はそこまで立ち
入ることをしない．読みの「節度」ということである．

134

So, now I have confessed that he is thine
And I myself am mortgaged to thy will,
My self I'll forfeit, so that other mine
Thou wilt restore to be my comfort still.   4
But thou wilt not, nor he will not be free,
For thou art covetous, and he is kind,
He learned but surety-like to write for me,
Under that bond that him as fast doth bind.   8
The statute of thy beauty thou wilt take,
Thou usurer that puttest forth all to use,
And sue a friend, came debtor for my sake,
So him I lose through my unkind abuse.   12
    Him have I lost, thou hast both him and me,
    He pays the whole, and yet am I not free.

---

[134] 性の取引を商取引に重ねた凄絶な笑い. Act 2 も 10 番近く進んで, いよいよ描写の鎌首をもたげてきた感じ.
1. So 133.13–14 を受けて. **now** = now that. **confessed** = acknowledged. なお, Q の *l*. 1 の punctuation は 'So ... thine,' であるが, I have confessed には *l*. 2 の And 以下の clause にも掛かるはずだから, それを明確にするために本編纂者は So の後に comma を打ち, 行末の thine の後の comma を除いた (近年では Kittredge を受けて *Folger* が本版と同じ編纂). **2. mortgaged** = pledged. 以下商取引にまつわる law term が続く. **will** 以下 *ll*. 4, 5, 9 の wilt と共に 135, 136 のいわゆる 'Will Sonnets' への布石. ただしつとめて平穏にさりげない出し方 (訳でもさりげなく). **3. My self** self が具体的に「物体・肉体」として強調されているので 2 語に編纂する. Q は *l*. 2 でも *l*. 3 でも 2 語. cf. 1.8 note. **so** = on the condition that. **that other mine** i.e. my next self (133.6). **4. still** = always. **6. kind** = ① kind-hearted, gentle, ② affectionate, loving. **7. surety-like** i.e. as guarantor. hyphen は Q. **write** = endorse. **8. Under** i.e. under the terms of. **as fast** i.e. bind him as fast as me. fast = tightly. **9. statute**「法令どおりのもの」cf. 'You will put the statute into execution and claim the letter of your bond, like a very

295

百三十四

ということで、彼はお前の所有物、おれ自身も

お前の思いのままの担保物件と観念したからには、おれの体は

すぐにも没収してくれて結構、ただし条件として、おれの分身の方は

4　素直に返還してくれ、彼こそはおれの変わらぬ慰めなのだから。

だが返してはくれまいよ、彼もきっと自由を望むまい、

なにせお前は貪婪な女だし、彼の方も愛も情もたっぷりときている、

はじめは言われるまま、ほんのかりそめのつもりでおれの保証の裏書き

　　をしてくれたのが、

8　その証文のおかげで、このおれと同じ、お前にもう雁字搦めだ。

お前はその美の法令に基づいて厳格な取り立てを行うだろう、

美しい体のどこかしこ、何から何まで高利にして貪る高利貸、

おれの大事な友は色仕掛で告訴され、おれのおかげで哀れ借財人、

12　おれはといえば、お前の酷い仕打ちで友まで失った大間抜け。

　　おれにはもう友はいない、お前が友とおれと両方を虜にした、

　　友は全額の支払にうんうん唸って大汗を流し、それでもお前はおれの

　　　急所を握って放そうとしない。

Shylock.'（A. W. Verity［1890］）　**10. Thou usurer … use** 前行 thou の同格説明. **use** = ① interest, ② sexual enjoyment. cf. 4.7 / 6.5 notes.　**11. sue** = ① make a legal claim on, ② woo. *l.* 9 の wilt に続く.　**came** 前に who（関係代名詞）を補う.　**12. my** objective genitive.　**abuse** i.e. ill-treatment（of me by thee）. 逆に 'of thee by me'（友人に対する自分の心ない不自然な処遇）と読むことができるが，これだと穏健過ぎて *ll.* 13–14 の意味のリズムに繋がらない.　**13. hast** = possessest carnally.（Partridge）　**14. He pays the whole** i.e. 'he gives you what should be complete sexual satisfaction,（but, insatiable as you are, you want some more from me）.'（Kerrigan）　**whole** hole（= pudenda.［Partridge］）と homonymic pun（cf. *R and J* 2.4.85）.

135

Whoever hath her wish, thou hast thy will,
And Will to boot, and Will in overplus,
More than enough am I that vex thee still,
To thy sweet will making addition thus. 　　　　　　　　　4
Wilt thou whose will is large and spacious,
Not once vouchsafe to hide my will in thine?
Shall will in others seem right gracious,
And in my will no fair acceptance shine? 　　　　　　　　　8
The sea, all water, yet receives rain still,
And in abundance addèth to his store,
So thou, being rich in will, add to thy will
One will of mine to make thy large will more. 　　　　　　　12
　　Let no unkind, no fair beseechers kill,
　　Think all but one, and me in that one will.

---

[135] 135, 136, そして 143 の couplet も加えて 'Will Sonnets' と呼びならわす.
Astrophel and Stella にも, 'Stella' の夫に擬されることになる実在の人物 Lord
Rich のその 'rich' を読み込んだ 3 篇の sonnets（24, 35, 37）があり（「補遺」p. 363
参照), それがここでの Sh の発想（競争心）を刺戟したのかもしれない. 1591
年の初版 (Sidney の死後出版) では, 特に 'rich' が 5 度もしつこく繰り返され
る 37 番が, さすがに実在の名前を憚ってか除外されているが, Sh の場合 Will (iam)
は Sh 自身の名前だから, 自虐のポーズを表に掲げて, あとは存分に名前の
劇化を楽しむことができた. そしてもちろん「語」としての will のもつ意味
の万華鏡的輻輳. proverbial の面でも, 特に women との alliteration を利かせ
た例を Tilley が収録している (*l*. 1 note). Sh は 57.13 で will の可能性にふとふ
れたあと (cf. note), このすぐ前の 134.2 以下で跳躍の準備をさりげなく整え
たうえで, 渠成って水到る, いよいよ 'festivals of verbal ingenuity' (Booth) を
全面展開させた. Burrow の簡便な注を借りて, とりあえず 135 での will の
antanaclasis（異義復用法）を並べれば,（a）what you want,（b）what you sexually
desire,（c）sexual organs（male and female）,（d）the poet's first name. Burrow は挙
げていないが名詞だけでなくほかにも動詞, 助動詞の用法がある. それらは

百三十五

　女はだれしも望みを遂げずにはおかぬとやら、お前にもお前のウィルが
　　ある——ウィルとはすなわち願望欲望万華鏡、燃える心の愛と性、
　ウィルの名前の男もいる、おまけにおれの名前までもウィル、
　お前の悦楽のウィル尽しにおれも一枚加わって、お前を
4　しきりに悩ましている、いやもう結構よとお前も言いたいところか。
　だが、そら、お前のあそこのウィルは広大無辺、
　おれのこのウィルもちゃんと飲み込んではくれまいか、
　ほかの男たちのウィルはそんなに魅力的に見えるというのかね、
8　なのにおれのウィルの方はご嘉納の栄に浴さぬとは解せぬ話だ。
　大海は、それ、満々をもってしてなお雨水の器たり、
　多々益々弁ず、
　だからさ、お前の潤沢のウィルの中におれのウィルをもう一つ、
12　それでお前のウィルはますます豊けくも膨らむのだから。
　　せっかくの優しさだ、どうか大切に、この際嘆願の真心を黙殺するの
　　　は禁物だよ、
　　嘆願者はすべてひとまとめ、このおれもその大きな器のウィルの中に
　　　組み入れてくれ。

　さらに万朶に枝分かれし，読者の反応を巻き込んで乱反射し合ってまことに
Booth の比喩さながら，となっては，日本語訳でそれぞれの will に 1 つの訳
語を当てることはまるで無理無体なことだ．本訳では will はあえて「ウィル」
のカナ書き，さらにいわば禁じ手の注釈的説明を dash の後に加えることにし
た（l. 1）．
　なおテキスト編纂について．135 での will は全部で 13 回（wilt が 1 回），う
ち Q では capital italics が 7 回（wilt は行頭の capital）．これをどう編纂するか．
①Q をそのまま生かす方向（近年の版では I and R, *Riverside*, Hammond），①-2
として *Globe* が italics の代りに quotation marks で囲んで 'Will'，①-3 は italics
では強過ぎるから romans にして capital を生かす方向（Kittredge, Alexander を
はじめ，近年でも *Oxford*, Kerrigan, Evans, D-Jones, Burrow）で，これが本流に
なっている．しかし，そもそも Q の印刷事情は必ずしも全面的信頼が置けな
いのだから（cf.「凡例」1-2, 3）総じて①の方向は本編纂者には乱暴に過ぎるよ ↱

うに思われた．一方①に対し，②として，will の 13 語をすべて small romans で統一する方向．単純にして明快．近年では Booth と *Folger*．しかしこれもまた，William の名前を 'Will Sonnets' の発想の出発に想定した場合，作者の intention を無視することになりはしまいか．以上のような次第で本編纂者は（たとえ 'intentional fallacy' と言われようと）will に人名が意図されていると推測される場合に限って capital romans の Will とする（具体的には *l*. 2 の 2 語だけ）．これは Wilson と同方向（ただし Wilson は Will を quotation marks で囲み（'Will'），*l*. 2 の 2 語だけでなく *l*. 14 最後の 'Will' を加えて 3 語としている）．

1. Whoever = whatever woman.　**Whoever … wish** cf. 'Women will have their wills.' (Tilley W 723)　**2. Will, Will** Q は共に capital italics．作者はまず人名を優先的に意図していたと推測して Q の capital を残す．後者は 'The Poet' の名前，前者についてはたとえば 'The Dark Lady' の夫の名とか「妄説」がいろいろ，あるいは 2 人の Will は 'The Poet' を除いた男たちとも．本編纂者は作者自身の名前（William）から出発した読者による劇的想像の展開をとりあえず作者の意図とする．**to boot** = in addition.　**in overplus** = in excess.　**3. vex** = harass, afflict. **still** = always.　**5. will, 6. will** 共に sexual connotation（前者は vagina, 後者は penis）．以下この connotation が揺曳して続く．**5. spácìous, 7. grácìous** 共に trisyllabic による rhyming.　**6. hide** = contain.　**6. thine?, 8. shine?** Q の punctuation はそれぞれ comma と colon．? への校訂は Gildon, Lintott.　**7. gracious** = attractive.　**8. And … shine** i.e. 'And my will not be greeted with a kind reception.' (*Norton*)　**in** 行末の shine (= beam) に続く．なお shine には前行の Shall が掛かっている．**fair acceptance** = courteous reception.　**9. The sea … still** cf. 'The sea complains it wants water' / 'The sea refuses no river (is never full).' (Tilley S 179 / 181)　**still** ⇨ *l*. 3 note.　**10. his** = its.　**11–14. will** Q は *l*. 12 の前者の will を除き残り 4 語はすべて capital italics. cf. *l*. 2 note.　**13. no unkind,** unkind (n.) = unkindness. 実質的に行末の kill の主語だから unkind の後の comma はない方が読みやすいが，Q のままあえてこれを残したのは 'no unkind' の表現の勢いを示したいため．なお，この no を capital にして quotation marks で囲み，拒否の expression とする I and R があるが（Let 'No', unkind, …），なにもそこまで無理をすることはない．**fair** = gentle, honest.　**beseechers** = suppliants.

Sonnet 130 の絵画化？

　Petrarchan Beauty の metaphors を具体的に絵に画いてみるとすればこのような奇怪な姿になるだろう．フランスの anti-romance, Charles Sorel (1582?-1674) の作 Berger extravagnt が 1654 年 The Extravagant Shepherd, or The History of the Shepherd Lysis の題名でロンドンで出版され，そこにこの絵が挿絵として添えられた．画家の名は John Davies とされる．Benson の Sh's Poems の出版が 1640 年だから (cf.「凡例」1-6) 画家が Sonnet 130 を参考にすることは十分に可能であった——というような推察よりはむしろ 17 世紀半ばでは Petrarchism のパロディはもはや 1 つの常識と化していたということか．

136

If thy soul check thee that I come so near,
Swear to thy blind soul that I was thy Will,
And will thy soul knows is admitted there;
Thus far for love, my love-suit sweet fulfil.   4
Will will fulfil the treasure of thy love,
Ay, fill it full with wills, and my will one,
In things of great receipt with ease we prove
Among a number one is reckoned none.   8
Then in the number let me pass untold,
Though in thy store's account I one must be;
For nothing hold me, so it please thee hold
That nothing me, a something sweet to thee.   12
  Make but my name thy love, and love that still,
  And then thou lovest me for my name is Will.

[**136**] 編纂・訳の方針は 135 に準ずる. なお 136 での will は前半 6 行に 6 回
と最終行の最後に 1 回. Q では capital italics が 3, 残り small romans の 4 のう
ち複数が 1, 助動詞が 1.
1. check i.e. arrest, stop. **so near** 135.14 を受けて. near は there (*l.* 3) との
rhyming から [néə] か. cf. 84.10 note. **2. blind** i.e. ignorant. soul は体の内部に
あるから視力がないなどなにかと理屈があるが本注は単純明快をよしとする.
Will Q は capital italics. 人名を第 1 の「意図」として capital romans に. (以
下の will の解は本編纂者のもの. もちろん異見, 異訳がありうる.) **3. will**
man's carnal desire が第 1 義. **thy soul knows** 挿入節として前後に commas を
打つ編纂が一般だが, ここはむしろ前の will に掛かる説明の clause として i.e.
whose real nature the soul knows ぐらいに流して読むのが作品のリズムに忠実だ
と思う (Q は punctuation なし). **there;** Q は comma. しかし意味の流れが切れ
るから quatrain の 3 行目だが; に校訂. **4. for love** = for love's sake. **love-suit**
hyphen は Q. **sweet** fulfil に掛かる adverbial として読む. 前後に commas を打
ち vocative の挿入とする編纂が一般だがリズムの上から採らない. my love-
suit の後置 adj. とする解もリズムに外れる. なお my love-suit は fulfil の object.

301

百三十六

おれがお前の器に近づくのをお前の心が阻止しようとしたら、

その訳知らずの心にちゃんと言ってやれ、おれはお前の以前のウィルな
のだと、

心だっても男のウィルの本性はとくとご存じ、ま、無事開門ということ
になるだろうさ。

4 だからさあ、ここは愛に免じて、おれの求愛を優しく叶えておくれよ。

お前の愛たっぷりの宝庫をたっぷりと満たすのはウィルのウィルだ、

さ、ウィルで満々満たせよ満たせ、おれのウィルもウィルの一つ、

だがでっかい容器の満々の中では、どなたも早速ご了解、

8 ひしめく数に囲まれて一の数などゼロに等しい。

お前の男の棚卸しではおれも一人の男なのだろうが、

ものの数に数えられずともそれで結構、

だがゼロはゼロでも、そのゼロのおれをめでたく

12 受け容れてくれる以上、すこしは楽しい味があるのだろうよ。

ともあれおれの名前をお前の恋人に、いついつまでもお前の恋人に、

それでおれもひと安心、おれの名前こそウィルの中のウィルだから。

---

fulfil = grant.　**5–6.** 2nd quatrain に入って will の antanaclasis（*l*. 5 の 2 語目は助動詞）に加えて -(i)ll の語尾の rhyme が弾んで続く．Sh の若々しい筆がリズムの楽しさで躍り出すよう．　**5. Will** Q で capital italics. 人名と *l*. 3 の will を二重にかけた．**fulfil** = fill up; fill full. 前行の fulfil と antanaclasis（念のため Q では *l*. 4 が 'fullfill', *l*. 5 が 'fulfill'）．**treasure** = ① treasure-chest, ② woman's 'secret parts' (Partridge). **love** prove (*l*. 7) との rhyming ⇨ 10.10, 12 note.　**6. Ay** = yes. **6. one, 8. none** rhyming ⇨ 8.13, 14 note.　**7. things** thing は sexual organ (cf. 20.12 note / Partridge).　**receipt** = ① receptacle, ② capacity.　**with ease** = easily. **prove** = demonstrate.　**8. one is reckoned none** ⇨ 8.14 note.　**9. untold** = uncounted. **10. be**; Q の comma の校訂. cf. *l*. 3 note.　**11. For** = as.　**hold** = consider (imperative).　**so it please thee hold** = provided that it please thee to hold; if you please to hold. この hold は = accept（前の hold から意味をずらして）．　**12. That nothing me** i.e. that nothing which is me. 前行末の hold の object.　**a something** 前に as を補って読む．**sweet to thee** 前の something に掛かる．sweet を，↱

137

Thou blind fool Love, what dost thou to mine eyes,
That they behold and see not what they see?
They know what beauty is, see where it lies,
Yet what the best is, take the worst to be.   4

If eyes, corrupt by over-partial looks,
Be anchored in the bay where all men ride,
Why of eyes' falsehood hast thou forgèd hooks,
Whereto the judgement of my heart is tied?   8

Why should my heart think that a several plot,
Which my heart knows the wide world's common place?
Or mine eyes, seeing this, say this is not,
To put fair truth upon so foul a face?   12

    In things right true my heart and eyes have erred,
    And to this false plague are they now transferred.

---

sweet（n.）として vocative とする編纂があるが採らない. **13. but** = only. **still** =
always. **14. Will** Q は capital italics. 135, 136 の will を small romans で通して
きた Booth, *Folger* も，この1語だけは 'Will sonnets' の締め括りとして capital
に編纂している. なお，William を anagram 式に前後を入れ替えると 'I am Will'
となる. この「謎かけ」が *The Book of Merry Riddles*（1629）に入れられている
ところからみると，Sh の時代にも広く知られていたのかもしれない.
[137] 'Will Sonnets' をへてこの vituperative sonnet に至る. この ordering はま
ことに順当. たとえば 113 に続けるなどは空しい試みというべきである.
1. fool 愚かとは言っても，むしろ *MND* の Puck を思わせる. **Love** i.e. Cupid.
cf. 115.13 note. Q は small. Cupid は emblem で目隠しされた小児に描かれる.
cf. *MND* 1.1.235. / 'Love is blind.'（Tilley L 506）　**2. see?** Q は colon. *ll.* 8, 10 の
? は Q.　**4. what ... to be** i.e. take the worst to be the best.　**5. corrupt** = corrupted
（p.p.）. cf. Abbott 342（-ed omitted after d and t）. **over-partial looks** i.e. looking
too favourably upon the worst. over-partial の hyphen は Q.　**6. ride** = ride at anchor.
もちろん bay と共に sexual innuendo.　**8. Whereto** = to which.　先行詞は前行の
hooks.　**9. that** 次行の Which 以下. **several** = separated, private i.e. enclosed.

百三十七

キューピッドよ、お前は盲のおっちょこちょい、おれの目になんという
　　ことをしてくれた、
　おかげでこの目はちゃんと見ているつもりで正体を見ていない、
　美の本質、美の在処を見て知っているはずなのに、
4 最悪を最高と取り違えている。
　贔屓目の僻目から、男ならだれでも
　乗り入れる入り江に錨を下ろしてしまったのも、
　お前がおれの目の錯覚を釣針に仕立てて、
8 おれの心の判断力を釣り上げてしまったから。
　まったく、心ともあろうものが、広い世間の共有地と知りながら、
　それをちゃんと囲まれた私有地だと思い込んでしまおうとは、
　それとも目のやつが見たままを逆の姿に言いくるめようと、
12 これほど醜悪なご面相に真正の美を装わせたということか。
　　おれの心も、そして目も、事物の真贋の判定に誤りを犯した、
　　おかげで今はもう両方揃って虚妄の疫病神のなすがまま。

---

10. knows（to be）. **11. Or**（why should）. **is not**（so）. **12. To put** = in order to
put. **13. In** = with regard to. **right true** 前 の things に掛かる（right は adv.）.
14. false plague = plague of falsehood. **transferred** = handed over.

138

When my love swears that she is made of truth,
I do believe her though I know she lies,
That she might think me some untutored youth,
Unlearnèd in the world's false subtleties.   4
Thus vainly thinking that she thinks me young,
Although she knows my days are past the best,
Simply I credit her false-speaking tongue,
On both sides thus is simple truth suppressed.   8
But wherefore says she not she is unjust?
And wherefore say not I that I am old?
O, love's best habit is in seeming trust,
And age in love loves not to have years told.   12
    Therefore I lie with her, and she with me,
    And in our faults by lies we flattered be.

---

[138] 144 と共に *The Passionate Pilgrim*（「補遺」p. 377 参照）に収録されている sonnet. *PP* version とかなり字句表現に相違があり，補注を用意した．Sh は（特に若い Sh は）相当に速筆の人であったろう．その分推敲も当然のことだった．*The First Folio* の編纂者たちによる序文の中の有名な一節 'we have scarce received from him [= Sh] a blot in his papers.' にもかかわらず．

1. made maid (= virgin) と homonymic pun.　**2. do believe** i.e. pretend to believe (do が効いている).　**lies** ここでは ② = copulate with men の意味はまだ隠されている（隠されたままで読んでやらなくてはならない，concluding couplet での起爆力のために）.　**3. untutored** = unsophisticated.　**4. subtleties** *l.* 2 の lies との rhyming ⇨ 1.4 note.　**5. vainly** = in vain.　**5. thinks me young, 6. my days are past the best** *The Passionate Pilgrim* 出版時（初版 1599）においても Sh は 35 歳，創作力いよいよ充実の男盛り．*The Sonnets* を autobiographically に読むの愚を証して余りある．　**5. young, 7. tongue** PE でも perfect rhyme だが，Sh では [-ɔ̃ŋ] もありえただろう．cf. 17.10 note.　**7. Simply** i.e. like a simpleton.　**8. simple** = self-evident.　**suppressed** = not expressed.　**11. habit** = ① dress, ② custom.　**12. told** = counted.　**13. lie, 14. lies** Sh の wordplay の中でも最も単純にして

百三十八

おれの女が、わたしって真実の生娘よと誓ってくれれば、
おれは真っ赤な嘘と承知しながらそれを信じてやる、
信じてやればあいつの方でも、このおれをまだ初心な若者で、
4 世間のずる賢い手練手管などには不案内と思ってくれようから。
いやはやとんだ空頼み、あいつがおれを若いなどと思ってるものか、
とっくに盛りを過ぎたくたびれ果てた男なのさ、おれなどは、
あいつの真っ赤な舌先を信じ込むなど間抜けもいいとこだ、
8 つまりは男も女もこうした分りきった真実を曖気にも出そうとしない。
それにしても、あいつが己れの不実を言おうとしないのはなぜだ、
おれの方も己れの老齢を言おうとしないのはいったいなぜなのだ、
ああ、愛の習慣の晴着は見せかけだけの信頼の上着、
12 老いらくの恋は歳を数えられるのを好まない。
それだから、おれとあいつとは嘘と真のからみ合い、
おたがい弱味の裸を嘘で塗り固めて抱き合っている。

しかも最も痛烈，痛切な pun.　**14. faults** = weaknesses.　**flattered** = pleasurably beguiled.

補.　*The Passionate Pilgrim* での相違を行単位に抜き出し(テキストは本編纂者による編纂)相違の個所を italics で示す.

> *l.* 4　*Unskillful* in the world's false *forgeries*.
>
> 6　Although *I know* my *years* be past the best,
>
> 7　*I smiling* credit her false-speaking tongue,
>
> 8　*Outfacing faults in love with love's ill rest.*
>
> 9　But wherefore says *my love that* she is *young*?
>
> 11　O, love's best *habit's in a soothing tongue*,
>
> 13　Therefore *I'll* lie with *love*, and *love* with me,
>
> 14　*Since that* our faults *in love thus smothered* be.

相違点の検討の前にまず前提として，① 138 は *PP version* の Sh 自身による推敲後の作であること(推敲の時期は *The Sonnets* 全体の創作年代[1592–96]に準ずる)，② *PP* 版も Thorp 版もその印刷は Sh の意図を忠実に再現している ↱

139

O, call not me to justify the wrong

That thy unkindness lays upon my heart,

Wound me not with thine eye but with thy tongue,

Use power with power, and slay me not by art.   4

Tell me thou lovest elsewhere; but in my sight,

Dear heart, forbear to glance thine eye aside.

What needest thou wound with cunning when thy might

Is more than my o'erpressed defence can bide?   8

Let me excuse thee, 'Ah, my love well knows,

Her pretty looks have been mine enemies,

And therefore from my face she turns my foes,

That they elsewhere might dart their injuries.'   12

    Yet do not so, but since I am near slain,

      Kill me outright with looks and rid my pain.

こと，の2点．その上で以下に主要な改訂についての注記を． *l*. 4. Unskillful ⇨ Unlearnèd.「世間知らず」の強調． *l*. 6. I know ⇨ she knows.「嘘」は女の側に． *l*. 7. I smíling ⇨ Símply I. より残酷(リズムも iambus から trochee へ)． *l*. 8. 全行書き直し．*PP* では意味が通りにくい ('Not satisfactorily explained.' [*Riverside*])．一応の注を試みるとすれば，Outfacing = defying. love = lover. with love's ill rest *i.e.*「恋とは不安定なものと割り切って」くらいの意味か． *l*. 9. my love … young ⇨ she … unjust. 女の「不実」に移行．なお tongue / young の rhyming の重複(*ll*. 5, 7 との)の修正ということもあったろう． *l*. 11. soothing tongue ⇨ seeming trust. rhyming の修正を通して男女の愛の虚実の駆け引きに至る． *l*. 14. Since that ⇨ And in. 理屈の張った固さから円滑へ(that は conjunctional affix [cf. 47.3 note])． smothered ⇨ flattered.「自慰」の滑稽へ．

[139] 1. call not me = do not ask me. **justify** 切ない恋の対象である女性の unkindness を，逆に unkindness を受けている詩人の側から justify してみせるその詩的工夫が Petrarchan sonneteer の1つの要目であった．*ll*. 9–12 の 3rd quatrain, 'Let me excuse thee …' 以下にその要目が屈折した形で表現される． **1.**

百三十九

ああ、お前の手酷い仕打ちによるこの心の傷の深さ、詩人たるもの
その仕打ちの正当化のため美辞麗句を工夫しなくてはならぬところだが、
　それは願い下げだ、
傷つけているのはお前の目ではなくあけすけのその舌だからね、
4 おれとお前とは暴力対暴力、おれを殺すのに愛の技法など要るものか。
わたしの愛の行先はもう別の場所よと、そう言ってくれて結構、
だがどうかお願いだ、おれの目の前で流し目を泳がせるのは堪えてくれ
　ないか。
もう降参降参、大したものだよお前の攻撃力は、いまさら
8 手練手管でおれをこれ以上傷つけずともよいだろうに。
そうだ、ここでお前の正当化とやらをひとつやってみようか「ああ、
ぼくの恋人はその美しい目差がぼくの敵であることを承知しています、
それだからその強敵をわざとぼくの顔から遠く引き上げて、
12 別の戦場で必殺の矢としてそれを用いようというのです」──
　よしてもらおうそんなご親切は、おれは死にかけている身だ、
　その目差とやらでひと思いに殺して苦痛からおさらばさせてくれ。

---

wrong, 3. **tongue** ⇨ 17.10 note.　**2. heart** [h] が落ちれば art (*l.* 4) と homonymic pun. cf. 24.14 note.　**3–5.** *l.* 1 に続けて imperative 反復のみごとなリズム.　**3. eye** Petrarchan sonnet の最も重要な小道具.　**4. pówer, pówer** 共に monosyllabic, stressed.　**art** たとえば Ovid の *The Art of Love* (*Ars Amatoria*) の第 3 巻などが思い浮かぶ.　**5. elsewhére** リズムから iambus か.　**; but** ここで imperative の勢いが軟化する.　：は Q の punctuation を生かした.　**7. What** = why.　**8. o'erpressed** = too hard pressed.　**bide** = withstand. 愛の攻防の戦闘の比喩.　**9 Let me excuse thee** ⇨ *l.* 1 note.　**9–12.** 'Ah, … injuries.' 'The Poet' による 'justification' (⇨ *l.* 1) の例として quotation marks で囲む.　**10. looks** = glances. 目のもつ killing power は sonnet clichés の 1 つ. cf. *l.* 3 note.　**11. from** = away from.　**my foes** i.e. her pretty looks.　**12. elsewhére** cf. *l.* 5 note.　**injuries** = damages.　**13–14.** couplet でのあざやかな再逆転.　**13. near** (adv.) = nearly.　**14. rid** = put an end to.

140

Be wise as thou art cruel, do not press

My tongue-tied patience with too much disdain;

Lest sorrow lend me words, and words express

The manner of my pity-wanting pain.   4

If I might teach thee wit, better it were,

Though not to love, yet love to tell me so,

As testy sick men when their deaths be near,

No news but health from their physicians know.   8

For if I should despair I should grow mad,

And in my madness might speak ill of thee;

Now this ill-wresting world is grown so bad,

Mad slanderers by mad ears believèd be.   12

    That I may not be so, nor thou belied,

    Bear thine eyes straight, though thy proud heart go wide.

---

[140] 1. wise as = as wise as. crúèl dissyllabic. press = oppress. 次行の tongue-tied patience, too much disdain と併せて *peine forte et dure* (F. = severe and hard pain)「苛酷拷問」(あくまでも沈黙を守る重罪人に死に至るまで苛酷な拷問を加え続けること)への言及. 2. tongue-tied hyphen は Lintott. 4. my pity-wanting i.e. ① thy *lack* of pity for me, ② my *desire* for thee to pity me. want の double-meaning による wordplay. hyphen は Gildon. 5. wit = practical wisdom. better it were = it would be better. it は次行を指す. 5. were, 7. near (Q の spelling は 'weare', 'neere') [-ɛə] の rhyming か. cf. 77.1/136.1 notes. 6. not to love i.e. unable to love me. yet (to) love 前の to love の意味をずらした繰り返し (antanaclasis). この love を vocative にとって ', love,' とする編纂が実質 Capell (前後は comma ではなく paren)以来 standard になっているが, リズムの上から無理だと思う. 本版は(Q 尊重の Harrison, S-Smith と共に)Q の punctuation のままに. 近年ようやく D-Jones では love = take pleasure (in telling)と注記して Q に復した. so i.e. that thou lovest me. 8. know i.e. hear 11. ill-wresting (hyphen は Lintott) = interpreting everything in a bad sense. 13. so i.e. slanderous. 14. straight i.e. towards the mark. archery の比喩. wide i.e. of the mark. 同じく

百四十

　お前は残酷な女だが、せめて賢くわかってくれないか、もうこれ以上
　虚仮にされ続けると、じっと口をつぐんで耐えてきたのが
　悲しみに耐えきれず言葉になって洩れて出てしまうかもしれない、
4 憐憫を知らぬお前の仕打ち、その憐憫を空頼みするおれの苦しみ。
　ああ、教えてやりたいよその手管を、たとえ愛していなくとも
　ちゃんと愛してますと喜んで言ってくれればそれでいい、
　たとえば死期が迫って不安にいらだつ病人には
8 大丈夫ですよという医者の言葉のほか耳に入りやしない。
　おれだっても絶望の余り狂乱状態になれば、
　狂った頭でお前の悪口の言いたい放題、
　するとなにごとも悪く捩じ曲げる世間のことだ、近頃はいよいよ
12 悪意を剥き出しに、狂人の悪口を狂人の耳で信じ込む。
　　おれだって悪口屋にはなりたくないさ、お前も悪口まみれの女になり
　　　たくなかろうに、
　　それだから目はまっすぐおれを的に見据えること、高慢な心が的から
　　　遊んで出ようとも。

---

archery.

141

In faith, I do not love thee with mine eyes,
For they in thee a thousand errors note,
But 'tis my heart that loves what they despise,
Who in despite of view is pleased to dote. 4
Nor are mine ears with thy tongue's tune delighted,
Nor tender feeling to base touches prone,
Nor taste, nor smell, desire to be invited
To any sensual feast with thee alone. 8
But my five wits nor my five senses can
Dissuade one foolish heart from serving thee,
Who leaves unswayed the likeness of a man,
Thy proud heart's slave and vassal wretch to be. 12
    Only my plague thus far I count my gain,
    That she that makes me sin awards me pain.

---

[141] 2. errors = ① deviations from 'beauty', ② transgressions, misdeeds. error <
L. *errare* = wander. cf. 140.14 'go wide'. **4. Who** (= which) i.e. my heart. **view**
= visual impression. **6. tender** = sensitive. **7. desire** taste と smell を主語にし
た複数動詞. **9. my five wits** 前に neither を補う. (nor に先立つ neither の省
略. cf. 86.9 note.) **five wits** five senses との analogy から intellectual faculty を
5 に分類することが行われた ⇨ *Lear* 3.4.53 note. five senses の意味で使われる
こともある ⇨ *R and J* 1.4.47 note. **10. serving** courtly love の, そして Petrarchan
sonnet の基本. **11. Who** ⇨ *l.* 4 note. **unswayed** = uncontrolled. **the likeness of
a man** i.e. mere semblance of a man. 文法的には leaves の目的語 (unswayed が目
的補語). **12. slave, vassal wretch** cf. *l.* 10 note. **to be** 結果の infinitive. 主語
は 'the likeness of a man', 'Thy proud ... wretch' が補語. **13. Only ... thus far**
= to this extent and no farther. **count** = consider. 次の gain から利得「勘定」のイ
メージ. **14. pain** = ① punishment (sin の対語), ② torture (emotional な, ま
た physical な). Samuel Butler は①に力点を置いて *ll.* 13–14 の couplet を 'I shall
suffer less for my sin hereafter, for I get some of the punishment coincidentally with
the offence.' と paraphrase している (I and R はこの解を猛烈に推賞している).

百四十一

正直言って、おれはお前を眼でもって愛しているのではない、
眼の観察するところ、お前の不足は容姿行動ともに数えきれぬほど、
それが、眼の蔑視するすべてを心のやつが愛してしまう、
4 見た目などどうでもいい、ただもう溺愛ひと筋。
耳はお前の舌の奏でる調べを喜ばぬ、
繊細な触覚も卑猥な接触を容易に受け付けぬ、
味覚も、嗅覚も、お前ひとりの
8 官能の饗宴に招かれることを求めぬ。
にもかかわらず、五知五覚を総動員しても、
お前にどこまでも尽そうとする愚かな心を説得できずにいる、
心による統率を失っては体の方はまるで蛻の殻、
12 お前の高慢な心を新しい主人に、哀れ恋の奴、恋の奴隷と成り果てた。
　しかしまあ、おれに取りついた疫病も、損得勘定してみりゃ得の方か、
　女が罪に誘い込む、そのご褒美が罰の責苦ってわけだから。

これはいかにも（*Erewhon* の）Butler らしい厳かな思弁であるが，Sh の 'intention'
は，①をまず表面に据えた上で，愛の masochism の現世的なドラマを②の意
味を通して劇的に浮かび上がらせることにあった．physical pain にはもちろ
ん venereal disease による黒い笑いも含まれているだろう．141 を通してのリ
ズムは重厚ではなく軽快．

312

142

Love is my sin, and thy dear virtue hate,

Hate of my sin, grounded on sinful loving;

O, but with mine compare thou thine own state,

And thou shalt find it merits not reproving.   4

Or if it do, not from those lips of thine,

That have profaned their scarlet ornaments,

And sealed false bonds of love as oft as mine,

Robbed others' beds' revenues of their rents.   8

Be it lawful I love thee as thou love'st those

Whom thine eyes woo as mine importune thee;

Root pity in thy heart, that when it grows

Thy pity may deserve to pitied be.   12

    If thou dost seek to have what thou dost hide,

      By self-example mayst thou be denied.

---

[142] 141.14 からまっすぐ続けて. **1. dear** ironical. **hate** 前に is を補って読む. なお *l*. 1 は, love–virtue / sin–hate の rhetoric で言う chiasmus（交錯配列）. この技巧は以下 'The Poet' と 'The Dark Lady' との罪の「交錯」の展開に照応する. **2. loving, 4. reproving** feminine rhyme. cf. 10.10, 12 note. **3. but** = only. **mine** = my state. **4. it** i.e. my love. my state とする注が多いが, love の方が *ll*. 1–2 に直截的に繋がる. **merits** = deserves. **6. their scarlet ornaments** cosmetic painting による唇の赤を聖職者の典礼時の緋色の衣服に譬えた表現. ornament = attire. **7. as mine** i.e. as mine (= my lips) have done. cf. *l*. 1 note. わずか 2 語での鮮やかな「交錯」. **8. revénues** pl. 土地などから生じる総収入. *OED* 4 には *fig*. としてこの個所が引用されているが,（beds'）revenues で 'estates yielding income'（Kerrigan）ぐらいが適切. なお 'The stressing revénue, common or usual 17th and 18th centuries.'（*OED*）**of** rob… of… の構文. **rents** = fees paid by tenants.（Kerrigan） **9. Be it lawful** = let it be considered lawful that. be it は [bit]（syncopated monosyllabic, unstressed）. **10. impórtune** 2 音節目の stress は Sh で普通. **13. what thou dost hide** i.e. pity. ここでの pity はただの「憐れみ」から sexual favour の意味に進んでいる. **hide**

百四十二

　ほほう、愛がおれの罪、憎しみがお前のお大切な美徳、
　おれの罪への憎しみは罪深い愛によるものだというのかね、
　ではひとつおれの立場とご自分のとを比べてみてはどうかね、
4　万が一にもおれの愛が非難に価するとなったらお目にかかるよ。
　その万が一の非難がありうるとしても、お前の口からは無理だろうよ、
　だいたいがその真っ赤な唇は聖なる緋色への冒瀆、偽りの愛の証文に
　べたべた接吻の押印を繰り返してきたのだから——とはいうもののその
　　点おれも同罪か、
8　おれもお前も他人さまの寝床の権利を横取りしてその喜びの収入を掠め
　　てきたのだから。
　ならばおれがお前を愛したからとて、お前と同じ、罪とは言えまい、
　違いはお前の目は相手構わずの流し目、おれのはお前にただひと筋、
　だからさあ、お前の胸におれへの憐れみを深く根づかせてよ、
12　大きく育ってくれれば相思相憐の相思相愛。
　　お高くとまってつんと澄ましてても心はうずうずしてるだろうに、
　　どうかね、この際罪滅しに男には全部引き取っていただこうかね。

---

i.e. refuse to show.　　**14. self-example** = example of what thou hast done.　　hyphen は Gildon². **mayst** optative にとりたいところ.　*ll.* 13–14 の couplet 全体下世話に くだけた調子を隠している（訳ではその調子を強調した）.

143

Lo, as a careful huswife runs to catch
One of her feathered creatures broke away,
Sets down her babe and makes all swift dispatch
In pursuit of the thing she would have stay.   4
Whilst her neglected child holds her in chase,
Cries to catch her whose busy care is bent
To follow that which flies before her face,
Not prizing her poor infant's discontent.   8
So runn'st thou after that which flies from thee,
Whilst I, thy babe, chase thee afar behind;
But if thou catch thy hope, turn back to me,
And play the mother's part, kiss me, be kind.   12
   So will I pray that thou mayst have thy will,
   If thou turn back and my loud crying still.

---

[143] **1. careful** = full of cares; busy. cf. 'busy care' (*l*. 6). **huswife** (Q の spelling) = housewife. [hásif] の発音で裏に hussy を利かせている. **2. feathered creatures** 「家禽類」(本訳では「鶏」に). もちろん hussy ('The Dark Lady') の lovers を指して. なお feathered に当時の流行の feathered headgear (もちろん pejorative) を利かせてある. cf. 'What plume of feathers is he that indited this letter ?' (*LLL* 4.1 [N1074–75]) **broke** (p.p.) i.e. that has broken. cf. Franz 167. **4. púrsuit** 強調第 1 音節. **5. holds her in chase** = chases her. hold … in の periphrasis が baby の状況をリズミカルに伝えている. **7. before her face** すぐ目の前 (in the sight of her) だがなかなか追っかけが届かない (ahead of her). **8. Not prizing** = disregarding. **13. will … will** cf. 'Women will have their wills.' ⇨ 135.1 note. 行末の will は Q では capital italics. ただ人名ということだけではなくここでは 'Will Sonnets' の will の多義を総括している. cf. 135 頭注.

百四十三

　たとえばだね、大忙しのかみさんの目を盗んで
　鶏が一羽羽根を派手に拡げて逃げ出したとする、
　女は抱いていた子供を地面に下ろすや、
4　逃してなるものかと一目散に追っかける。
　置いてきぼりの子供はだね、母親に縋りつこうと
　泣き声をあげて走り続けるが、女の気持ちはもう追っかけ一途、
　すぐ目の前を飛び跳ねている洒落者にかかりっきり、
8　哀れ子供の悲しみを思いやる余裕などまるでない。
　お前とても同じこと、お前から遠のいていく男のあとをひた走り、
　一方のおれはお前の子供だ、遠くからお前を追っかけるだけの子供、
　だが望みを捕まえ果たしたそのときは、お前はきっと戻ってくるよね、
12　また優しい母親の役を演じて接吻で抱きかかえてくれるよね。
　　ならばおれも願おうよ、お前のウィルが首尾よく捕まるのを、
　　ちゃんと戻ってきて子供の大きな泣き声を静めてくれるのなら。

144

Two loves I have of comfort and despair,

Which like two spirits do suggest me still,

The better angel is a man right fair,

The worser spirit a woman coloured ill. 4

To win me soon to hell my female evil

Tempteth my better angel from my side,

And would corrupt my saint to be a devil,

Wooing his purity with her foul pride. 8

And whether that my angel be turned fiend,

Suspect I may, yet not directly tell,

But being both from me both to each friend,

I guess one angel in another's hell. 12

Yet this shall I ne'er know but live in doubt,

Till my bad angel fire my good one out.

---

[144] *The Passionate Pilgrim* に収録された2篇の中の1篇. 詩集冒頭に置かれた 138 に続いて2番目の位置. 詞句の異同は 138 ほど多くはない. ここでは異同の質で類別して最後にまとめて補注とする.

1. loves = lovers. **2. spirits** spirit は人間を導く霊的存在. 中世の道徳劇(morality play)では中心に位置する「人間」を「善」と「悪」の spirits が奪い合うというのが1つの pattern. Marlowe の *Doctor Faustus* にも Faustus を説得しようとする Good Angel と Bad Angel が登場する. **suggest** = prompt. **still** = constantly. **4. worser** double comparative. **spirit** [spírt] *l*. 2 では dissyllabic だったがここでは monosyllabic, stressed. **5. evil, 7. devil** 'This rhyme, extremely frequent in English long before Sh, must in his day have been traditional.'(Kökeritz p. 188)[-ívl] か [-í:vl] か, 両方ありえたが, ここでは前者か? cf. Wyld p. 118. **6. side** ⇨ 補. **8. foul** ⇨ 補. **pride** = heat, sexual desire. cf. *Othello* 3.3.408 note. もちろん = splendour, show の意味もありうるが Sh の intention はあくまでも sexual の方向. foul の補注(fair → foul)参照. **9. whether that** = whether. that は conjunctional affix(⇨ 47.3 note). **9. fiend** Q の 'finde' の spelling から推して *l*. 11 の friend と [-índ] で rhyming か. fiend と friend は Sh 時代おそらく [i:], [i], [e] での rhyming

百四十四

おれの恋人は二人、慰撫の恋人と絶望の恋人と、

二人ともおれを常時誘ってやまないいわば守護天使だ、

善天使はまことに美麗な男、

4 悪天使は禍々しい色の女。

邪悪の女はおれをすぐにも地獄の苦しみに連れ込もうと

まず善天使をおれのそばから引き離しにかかる、

女の醜悪な欲情を武器に彼の純潔を誘惑して、

8 聖者を悪魔に堕落させようとの魂胆だ。

おれの大事な天使が悪魔に転じてしまったかどうか、

あるいはとは思うものの、にわかに断定はできない、

だが二人ともおれから離れてたがいに睦み合っているのを見ると、

12 男の天使はもう女の天使の地獄の穴の中なのかもしれぬ。

おれはといえば暗中模索の不安の中、悪天使が地獄の病いの炎で

善天使を穴から燻り出すまで、この生地獄は当分続くのだろうさ。

が可能であった（Kökeritz p. 192）. **10. directly** = immediately. **11. from me** = away from me. 補注参照. **12. hell** *l*. 5 の hell が, ここでいよいよ = female genitals に. cf. 129.14 note. **14. fire … out** = ① drive out by smoking. 狐を穴から燻り出すイメージ. cf. *Lear* 5.3.22–23. ② infect with a venereal disease. cf. 'One love drives out（expels）another.'（Tilley L 538）

補 *The Passionate Pilgrim* の version（テキストは本編纂者による編纂）からの変更（推敲）. ①意味の上で特段の変化がみられぬ異同（参考までに）. *l*. 2 That（*PP*）→ Which（Sonnet 144）, *ll*. 3, 4 My → The, *l*. 13 The truth I shall not → Yet this shall I ne'er. ②変更に Sh の意図が明確に想定できる個所. *l*. 8 fair → foul, *PP* の「巧言令色」の appearance が「醜悪」の reality に向けてむき出しに, これに伴って次の pride の意味が変わってくる. *l*. 11 being both to me（二人ともおれの親しい友人であり［またたがいに友人である］）→ being both from me, 三角関係の状況がより切実に. ③*PP* のテキスト優先. *l*. 6 side（*PP*）← sight（Q は 'fight'）, *l*. 8 の pride との rhyming からも *PP* version の side に就く編纂が standard. Q は compositorial error とするほかないか.

145

Those lips that Love's own hand did make
Breathed forth the sound that said 'I hate',
To me that languished for her sake.
But when she saw my woeful state,   4
Straight in her heart did mercy come,
Chiding that tongue, that ever sweet
Was used in giving gentle doom,
And taught it thus anew to greet: 8
'I hate' she altered with an end
That followed it as gentle day
Doth follow night, who like a fiend
From heaven to hell is flown away.   12
    'I hate' from hate away she threw
    And saved my life, saying 'not you.'

[**145**] 全 154 篇の sonnets 中これだけが iambic pentameter ではなく軽快な tetrameter (4 詩脚). tetrameter の sonnet は当時の sonnet 流行の中でもなかなか見つからない. 加えて主題があまりに単純, 措辞もまた稚拙. それでこれを Sh の作から除外しようとする流れがひと頃盛んだった. しかし除外しようにもそれを証する手段はないから, 次に Sh の juvenilia (若書き), または trivia (不本意の仕事) として無視しようとする批評が一般に. trivia ということではたとえば Samuel Butler (1899) の 'Probably a translation, made by request, for some occasion; but without any connection with the sonnets.' / 'An occasional sonnet, having no connection with the series.' (Beeching) を引いておく. juvenilia ということでは *Essays in Criticism* 21 (1971) に Andrew Gurr の 'Sh's First Poem: Sonnet 145' がある. 'Sonnet 145 is arguably the worst of all the Sh sonnets.' で始まり, ついには *l.* 13 の 'hate away' が Sh の結婚相手の姓 Hathaway の pun であるとして創作年代を結婚の年 1582 年に遡って想定しようとする (Anne Hathaway の pun なら, Gurr も認めているように, Joyce の 'Anne hath a way' が Sh よりもおみごと). この 'intriguing hypothesis' (*E.C.* Editorial Postscript) に Booth や Kerrigan までひとまず好意的に対応しているのはやはり juvenilia を

百四十五

あの人の唇は「愛」の女神《めがみ》手ずからの作品、

その唇が愛に悶え顰《やつ》れたこのぼくに向かって、ふと

「あなたは嫌い——」と洩らした、ああその残酷な響き。

4 だがぼくの悲嘆の姿を目にするや

すぐさまあの人の胸に憐れみが溢れ、

舌を叱りつけてあらたな挨拶のやりようを教えた、

なにせその舌は愛に優しく

8 情《なさけ》ある愛の判決を下すのが常だったから。

そこで彼女は「あなたは嫌い——」のすぐ後に

逆転の結びを加えたのだ、それはあたかも

暗い夜に続く明るい朝、夜の悪魔は

12 たちまちに天国から地獄へと退散する。

「あなたは嫌い」の挨拶を「嫌い」から遠く引き離して

ぼくの命を救ってくれたそのひと言、「——じゃない」。

認めようとする心情からか．Booth に至っては *l*. 14 の 'And saved my life' に 'Anne saved my life' の pun を示唆する始末で，'Et tu, Brutè?' の感なきにしもあらず．

しかし本編注訳者はこの 145 をむしろ Sh の満を持した意欲作と積極的に評価したい．Sh はここで 127 来の anti-Petrarchismo の「解毒」を意図している．あるいはここまで dark な面を強調し過ぎてきた 'The Dark Lady' というヒロインの「常識化」「平凡」化．そのためには描写自体に naiveté が求められるであろう．彼はわざわざ下手に（童謡調で）書くことを心がけた．ただし解毒とはいってもそこはあくまでも擬態というか，dark な毒素はちゃんと残してある．*ll.* 11–12 の fiend, heaven, hell, あるいは *ll.* 5, 14 の mercy, saved．*l*. 7 の used in giving gentle doom は前行の sweet と共に多情多淫の裏返しの表現である．この解毒の擬態，あるいは Brecht の唱える Verfremdungseffekt（alienation effect）を逆手に取ったアクロバットは，主題を変えて次の 146 でも試みられ，*The Sonnets* Act 2 はいよいよ終幕へと向かう．

以上のような次第で，訳の調子もこれまでの「お前」「おれ」から「あなた」「ぼく」に変えた．↵

146

Poor soul the centre of my sinful earth,

[   ] these rebel powers that thee array,

Why dost thou pine within and suffer dearth

Painting thy outward walls so costly gay?   4

Why so large cost, having so short a lease,

Dost thou upon thy fading mansion spend?

Shall worms, inheritors of this excess,

Eat up thy charge? Is this thy body's end?   8

Then, soul, live thou upon thy servant's loss,

And let that pine to aggravate thy store;

Buy terms divine in selling hours of dross;

Within be fed, without be rich no more.   12

   So shalt thou feed on Death, that feeds on men,

   And Death once dead, there's no more dying then.

---

1. Love 人称化. Q の capital roman をそのまま採用. ここでは Cupid (⇨ 115.13 note) よりは Venus の方であろう. Cupid (ギリシャ神話では Eros) は Venus (Aphrodite)の子.   **2. 'I hate'** quotation marks は本編纂者. *ll*. 9, 13, 14 においても同様.   **1–3.** 3 行で 1st quatrain を終わらせたのももちろん意図的. 2nd は当然 5 行.   **5. Straight** = immediately. **in** = into.   **5. come, 7. doom** ここでは [uː] の rhyming か. cf. 17.1 note.   **6. sweet** adverbial.   **7. Was used in giving** = was used to give. **doom** = judgement, sentence.   **11. fiend** end (*l*. 9) と rhyme. end に合わせた [fénd] か. あるいは逆に end の方を fiend (Q の spelling はここでは 'fiend') に合わせた rhyming もありえたか. cf. 144.9 note.   **10–11.** cf. 'After night comes the day.' (Tilley N 164)   **11. who** = which, i.e. night.   **12. is flown** = has fled.   **13. from hate** = to a long distance from hate. **hate** i.e. the concept of 'hate'.   **14. 'not you'** quotation marks は本編纂者. rhyme の関係もあるが, 'The Dark Lady Sonnets' の thee ではなく you であることに注目. 頭注(後半)参照.
[146] 145 に続く「解毒」第 2 弾は sub specie aeternitatis の教訓への接近. 訳の調子もその「接近」の意図に沿った. ⇨ 13, 14 補. *l*. 2 の [　] をめぐる textual な問題も補注に.

百四十六

わが罪深き肉の土塊、その真中に座する哀れなる魂よ、

汝を包囲するは官能の軍勢……、

汝、外面なる城壁をかくも贅を尽して飾り立てながら、

4 いかなれば内にかくも衰え飢餓に苦しむ。

その館とて所詮は朽ち果つるが運命、まこと束の間の

借用に、いかなれば汝、かくも巨額の費用をもって臨む。

虚飾の浪費の果てを相続するはすなわち蛆虫、

8 仮の世の借りものの肉を食い尽すとなれば、もっと瞑すべきか。

さればこそ魂よ、いまは汝が僕たる肉の犠牲のもとに生きよ、

彼をして窮乏に痩せ衰えせしめて汝が魂の資産を増やせ、

うたかたの時を売り払い永遠の祝福を購え、

12 内面の食に豊けく外面の飾に窮せよ。

かくして汝、諸人を餌食とする「死」をば逆しまに餌食とする、

「死」ひとたび死すれば永世の時ただちに来たる。

---

1. centre i.e. mind, **earth** i.e. body（cf. ‘The Lord God also made the man of the dust of the ground’ [*Gen.* 2.7]）. cf. *R and J* 2.1.2 note. **2. [ ]** ⇨ 補. **these rebel powers** もちろん soul に反逆する官能・肉欲を意味するが，イメージは「反乱の軍勢」. **array** i.e. besiege. **3. pine** = waste away. **4. outward walls** 城郭のイメージ. outward はたとえば 69.5 参照. **5. lease** excess（*l.* 7）との rhyming から [lés] か. cf. Kökeritz p. 202 / Wyld pp. 92–93. **7. excess** = extravagance. **8. thy charge** = ① what has been entrusted to thee, i.e. thy body. ② として what thou hast spent, i.e. expense の意味もありうるが，この先の展開からも①が優先. **9. thy servant** i.e. thy body. **10. that** i.e. thy servant. **pine** ⇨ *l.* 3 note. **aggravate** = put weight upon, increase. **11. terms divine** = heavenly periods of time, i.e. eternity. **12. rich** Samuel Schoenbaum（cf. 126 補 II）はこの rich にも Penelope Rich の可能性に言及している（cf.「補遺」p. 363）. **13–14.** もって廻った理屈の couplet だが，下敷きにされているのは *1 Cor.* 15.54–55. 少し長くなるが引用する. ‘So when this corruptible hath put on incorruption, and this mortal hath put on immortality, then shall be brought to pass the saying that is written, Death is swallowed up into victory. O death, where is thy sting! O grave, where is thy victory!’ なお Donne の ↱

Holy Sonnets 10, 有名な 'Death be not proud' も同じ理屈の展開であるが ('And death shall be no more; Death, thou shalt die.' [*l.* 14]), Sh に比べてより直截的な正攻法の感がある. **13. Death, 14. Death** 共に Q は small. capitalization は Ewing. ⇨補.

2補. [ ] *l.* 2 は Q で 'My ſinfull earth theſe rebbell powres that thee array,'. 出の 'My sínful eárth' は *l.* 1 の最後の繰り返しである. ともあれ Q のまま読むとすれば, 出の繰り返しは強調, 次の these rebel powers は My sinful earth の同格的説明, それを関係代名詞 that で受ける, ということで意味はとれなくはないが, いかにも強弁というか, そもそも my sinful earth の繰り返しは Sh らしい流暢に欠ける. だいいちそれでは *l.* 2 の全体が 12 音節の hexameter で pentameter ではない. そこでこの繰り返しを compositorial error による重複として疑問視する編纂が当然生じた. 144.6 でも side → sight のまことに careless な error があったばかり. Malone が次の these も加えて, ここを 'Fool'd by those' に編纂することを提案, その後も錚々たる編纂者たちが, もちろん Sh の他の作品の中の表現からここの補充の提案を行ってきた. ついでに Q の hexameter を pentameter に整えるべく that thee を削って *l.* 2 を 'My sinful earth these rebel powers array' と読む Gerald Massey (1888) も加えておく (近年では Wilson がこれを採用). なおそれらそれぞれの編纂によって rebel powers のイメージ, array の語義が変わってくるのは当然である. だが, いかに精緻な議論を展開したとしても, それらはいずれも編纂者の conjecture に基づいていることは否めない. 144.6 の場合は, 幸運にも *The Passionate Pilgrim* の中に異本があり, その version をまずは確実な理由とすることができた. しかるに 146 では conjecture はなんとしても conjecture. その不安から *Globe* は問題の 4 音節の個所を '†..........' とし, この方向がその後有力な指針となった. 近年では Booth, *Oxford*, Kerrigan, Evans, *Riverside* 等, Hammond も. 本編纂者もこの方向を堅実妥当なものとして [ ] とした. 訳はその [ ] を消化した形に工夫してある.

13, 14補. Death の capitalization はほかにも 18, 107 など Act 1 にも. Death に勝利するのは Act 1 では「詩」であった. 'The Fair Youth' の永遠の生は 'The Poet' の「詩作」によってもたらされるとされた. だが Act 2 に「詩」が登場することはない. 代りにここで Death の棘に対峙するのは, sinful body を抑えた soul である. 'Had it (= 146) been anonymous, and met with elsewhere, it would have been regarded as a purely religious composition.' と Tucker は comment している. Soul と Body の 'debate' は文学史的には中世以来の tradition. Sidney の sonnet (*The Arcadia*, appendix に収録) の出の 2 行, 'Leave me, O Love, which reachest but to dust, / And thou, my mind, aspire to higher things.' が 146 に直接影響を与えたとしてよく引かれる. 先の Tucker の 'purely religious' がらみでは, その「思想性」を orthodox Christianity として位置づけようとした Charles A. Huttar の熱烈な論文 'The Christian Basis of Sh's Sonnet 146' (*Sh Quarterly* 19-4

［1968］）がひとしきり共感の話題となった．ただし，これに対し 'The gloominess of this sonnet（= 146）has little of the radiance of Christian hope.' の Helen Vendler の言もここで引いておくべきだろう（*The Art of Sh's Sonnets*［1997］）．いずれにせよ，'Sonnet 146 is generally acknowledged to be one of the great sonnets.'（Evans）の 'generally' は 146 の批評の趨勢を正しく言い当てていると言っていい．

　本編注者はもとより 146 の思想性，宗教性，あるいは教訓性の 'greatness' を認めるにやぶさかではないが，それはあくまでも Sh の「異化」の作意によるものであることをここで言い添えなくてはならない．Sh は前の 145 でわざわざ trivia ふうに下手に書くことを心がけた，ちょうどそのように 146 ではわざわざ上手に（あるいは大仰にと言ってもよいか）書くことを心がけた．先の 13–14 の note で Donne との比較に Donne の正攻法を言い立てたのもこのことと関連する．つまりは 145 も，146 も，'The Dark Lady Sonnets' という舞台のリズムの上に乗せられ，その大きなリズムの波に奉仕しつつ，結局はその波に収斂されていく．突飛なことを言い出すようだが，Sh の double-plot (multi-plot) の絶妙をここで引き合いに出してみてもいい，たとえば *TN* や *Lear* の作劇はおそらく *The Sonnets* の実験をへてはじめて到達されたというような言い方．Sh の天才はやはり詩人のものというよりは断然劇作家のものだった．

147

My love is as a fever, longing still
For that which longer nursèth the disease,
Feeding on that which doth preserve the ill,
Th'uncertain sickly appetite to please.   4
My reason the physician to my love,
Angry that his prescriptions are not kept,
Hath left me, and I desperate now approve
Desire is death, which physic did except.   8
Past cure I am, now reason is past care,
And frantic mad with evermore unrest,
My thoughts and my discourse as madmen's are,
At randon from the truth vainly expressed.   12
    For I have sworn thee fair, and thought thee bright,
    Who art as black as hell, as dark as night.

---

[147] **1. longing**, **2. longer** long- を重ねた antanaclasis の遊びに，145, 146 の中断をへて，またリズムに乗った Sh の喜びが踊り出すかのよう． **1. still** = incessantly. **2. nursèth** dissyllabic. pentameter のリズムからも次の the に強調がある． nurse = ① tend（as a nurse tends a patient），② nourish, foster（as a wet-nurse）．①から②に転ずる軽快な意味のリズム． **3. ill** = illness. **4. uncertain** = capricious, wavering. **5. love**, **7. approve** ⇨ 10.10,12 note. **7. approve** = make proof that. **8. Desire is death** cf. 'For the wisdom of the flesh is death; but the wisdom of the Spirit is life and peace.' 「肉の念(おもい)は死なり，霊の念は生命(いのち)なり，平安なり」（*Rom.* 8.6） **physic** = medical art. **except** = object to. **9. Past cure … past care** cf. 'Past cure past care.'（Tilley C 921）/ *LLL* 5.2（N1915）． **10. frantic**（adverbial）= frantically. **12. At randon from** i.e. wandering insanely away from truth. randon（= random）は Q の spelling（*OED* で年代は 4–7）． **13. For … fair** 152.13 にも． cf. 152.13–14 補．

百四十七

おれの愛はまるで熱病だ、病気を癒すどころか
当の病気を養い長びかすものをひたすら求め続ける、
食欲も気まぐれ、まるで病的、
4 食べれば病いがますます募るばかり。
こんな愛の主治医たるわが理性は、せっかくの処方を
守ろうとせぬこのおれに腹を立て、おれを見放してしまった、
それでもうおれは自暴自棄、肉欲の念は死であるとの教えを
8 実証するのに余念がない、医術が肉欲を禁じたのも蓋し道理か。
まことに理性の看護なくてはこの身の治癒もありえぬからには、
果てない不安にただもう狂い乱れて、
思うも、語るも、すべて狂人のそれ、
12 真実もなにも行き当たりばったりのただ上の空。
　考えてもみろよ、おれはお前を美しいと誓い、お前を明るいと信じて
　　きた、
　だが実際は地獄のように黒く、夜のように暗い。

148

O me, what eyes hath love put in my head,

Which have no correspondence with true sight!

Or if they have, where is my judgement fled,

That censures falsely what they see aright? 4

If that be fair whereon my false eyes dote,

What means the world to say it is not so?

If it be not, then love doth well denote

Love's eye is not so true as all men's 'no'. 8

How can it? O, how can love's eye be true,

That is so vexed with watching and with tears?

No marvel then though I mistake my view,

The sun itself sees not till heaven clears. 12

    O cunning love, with tears thou keepest me blind,

    Lest eyes well-seeing thy foul faults should find.

[**148**] love–madness / blindness のテーマで 147 から続く.
1. love Cupid (または Venus) をイメージして capital とする版が主流だったが
(*Globe*, Kittredge, Alexander, *Riverside*) 近年はQのまま small.　**2. correspondence**
= relation.　**sight!** Qの *ll.* 1–2 の punctuation は 'O Me! … head, / … fight,'.　*ll.* 3–4
と対にして 'sight?' とする編纂もあるが，ここはまず *ll.* 1–2 を感嘆文で始め
て続いて *ll.* 3–4 を疑問文で畳み込んでいく調子.　**4. censures** = judges.　**5.**
whereon = on which. 先行詞は that.　**6. to say** = by saying. cf. 1.14 note.　**8. eye**
ay (e) (= yes) との homonymic pun. 行末の 'no' に対応する.　**all men's 'no'.** ⇨
補.　**10. vexed** = disturbed.　**watching** = staying awake at night.　**11. mistake my**
view i.e. misinterpret what I see.　**12. The sun** cf. 'the eye of heaven' (18.5)　**13.**
cunning = crafty.　**14. well-seeing** hyphen は本版.　**thy** もちろん *l.* 13 の love を
受けるが，ここでは love = mistress ('The Dark Lady') に重なってきている.
8 補. all men's 'no'. Q は 'all mens: no,'. Q の punctuation には問題が多いが，
特に: は不安定である. ここでは: をどう編纂するかで読みが2つに分れる.
①は: を period にして (⇨ all men's. [i.e. all mens' eyes.])，次の 'no,' (⇨ 'No,')
を *l.* 9 の 'How can it?' に続ける読み. Gildon² から Wyndham, Pooler, 近年では

百四十八

いや、まったくもう、愛はおれの顔にとんだ眼をくっつけたものだ、
真実とはまるで関係のない映像を写してるではないか、
それが真実だとしたら、おれの判断力はどこへ隠れてしまったのか、
4 眼の正しい映像に誤った裁断を下しているのだから。
もしもだよ、眼が誤って溺愛する相手が本当に美しいのだとしたら、
世間が違うって言っているのはいったいどういうことなのだろう、
それならそれで愛の正体などまるで支離滅裂、
8 愛の眼は嘘っぱち、世間全体の否定は愛の肯定ってことになるわけか。
だがまあそれも致し方あるまいて、愛の眼に真実などありえない、
夜も寝ねず、涙にかきくれている眼などまるで盲目も同然、
となればそんな眼の持ち主たるこのおれが見誤るのも不思議はない、
12 あの太陽だっても雲に覆われれば天の眼の用をなしえない。
　　ああ、狡猾なる愛よ、お前は涙でおれの眼を盲にした、
　　よく見える眼にお前の醜い過ちを見咎められぬように。

Oxford. しかしこの読みだと行末の foot が caesura で 2 分されてリズムが乱れるし、なによりも 1st, 2nd と続いてきた quatrain の構造が崩れる。意味の上でも 'No,' が極端に強調され Sh の意図から外れてしまうだろう。これに対しもう 1 つ②の方は、: を単なる息継ぎの記号ぐらいに無視して、次の no を quotation marks で囲み、comma を period にして sentence を *l.* 8 で切る（⇨ all men's 'no'.）。W. N. Lettsom (1860), Dyce[2] から *Globe*、近年では Kerrigan, *Folger*. これならリズムの上での不都合が解消され、さらに重要なことに、この 'no' ではじめて行頭の Love's eye-ay(e) の homonymic pun が成立する。これは 'eye' を主題にした 148 では、2nd quatrain を締める上で最も適切、最も重要な wordplay でなくてはならない。①だとせっかくのその wordplay が成立しない。以上の理由から本編纂者は②の編纂を行った。

　もう 1 つ付け加えておく。Q の : は①と②の双方の読みを許容しうる、いわば Sh 的 ambiguity の表現であるとして、ここを Q のままとする編纂（'We believe that Sh may have intended two readings of the line to be possible.' [I and R], 'Q's pointing … seems more likely to reflect manuscript copy than compositorial interference.' [Evans]）。Empson 流の批評傾向を受けて近年ではこの編纂が ↱

149

Canst thou, O cruel, say I love thee not,
When I against myself with thee partake?
Do I not think on thee when I forgot
Am of myself, all tyrant for thy sake?   4
Who hatèth thee that I do call my friend?
On whom frownest thou that I do fawn upon?
Nay, if thou lourest on me, do I not spend
Revenge upon myself with present moan?   8
What merit do I in myself respect,
That is so proud thy service to despise,
When all my best doth worship thy defect,
Commanded by the motion of thine eyes?   12
 But, love, hate on, for now I know thy mind,
 Those that can see thou lovest, and I am blind.

一般的で，上記の引用の 2 編纂者をはじめ，*Riverside*, Booth, D-Jones（注では
②を支持），Burrow, Hammond と続々．しかし読みの自由はテキストの明確を
待ってはじめて許される．ここの：はテキスト成立以前の曖昧の中にある．そ
の曖昧をそのままにして解釈の曖昧（ambiguity）を推奨するというのは，編纂
の自殺行為ではなかろうか．

[149] 1. crúèl（dissyllabic）= cruel one.　**2. with thee partake** = take thy side.　**?**
は Q の：の転換，standard.　**3–4. I forgot Am** = I have forgotten. forget は v.i.
cf. 79.3 'are decayed' note.　**4. , all tyrant** i.e. complete tyrant（to myself）．この読
みは Q の punctuation．これに対し '‚ all tyrant‚' と前後を comma で囲み，*l*. 1 の
'‚ O cruel‚' と同じく 'The Dark Lady' への呼び掛けと読む解（Malone）があるが，
ここでの vocative はリズムの上から無理．近年の読みは Malone の方向に偏し
ているが．　**4. sake?, 5. friend?, 6. upon?** Q で ? は *l*. 4 のみ．あとは comma.
しかし rhetorical question の連打がここでのリズム．なお *l*. 8 の ? は Q.　**5.
Who** i.e. who is there who.　**6. frównest, 7. lóurest** monosyllabic（-est は [-st]）．
cf.「凡例」1-4.　**6. upon, 8. moan** 'The rhyme may rest on long 'o' or a short
vowel; either way, a full rhyme was available.'（Kerrigan）　cf. 5.7 note.　**7. lourest**

百四十九

ああ残酷な女よ、このおれがお前を愛していないなどとよくもまあ言え
　　たものだ、
　己れを敵に廻してまでお前に味方しているというのに。
　おれはお前のためなら、まるで暴君さながら、喜んで己れを忘れてきた、
4 なのにそのおれを、思いの丈を尽さぬとでも言うつもりか。
　お前の憎しみの対象をおれは友と絶対に呼びはせぬ、
　お前が顔を顰める相手におれは追従の笑いを送ったりはせぬ、
　いやさ、お前にちょっとでも睨まれれば、おれはたちまちに
8 呻き声、われとわが体に懲罰の鞭を与え続ける始末だ。
　おれには誇りなどない、お前への献身を蔑むような、
　どこをどう探したってそんな誇りのひとかけらも見つかりやしない。
　なにせお前の眼の動きひとつでおれはもう唯々諾々、
12 お前の欠陥さえも、おれの全能力を動員して誉め称えているのだから。
　　だがそれでいいんだよ、最愛の人、おれを憎み続けて結構、お前の気
　　　持ちはようくわかったから、
　　お前の愛は眼の明るい目先だけの献身、なのにおれは哀れ盲の献身。

---

on　lour on = scowl at, frown upon.　**spend** i.e. vent; wreak.　spend revenge は 'most unidiomatic' と Booth は言う．rhyming のためもあるか．　**8. present** = immediate. **9. respect** = discern.

150

O, from what power hast thou this powerful might
With insufficiency my heart to sway,
To make me give the lie to my true sight,
And swear that brightness doth not grace the day? 4
Whence hast thou this becoming of things ill,
That in the very refuse of thy deeds
There is such strength and warrantise of skill
That in my mind thy worst all best exceeds? 8
Who taught thee how to make me love thee more,
The more I hear and see just cause of hate?
O, though I love what others do abhor,
With others thou shouldst not abhor my state. 12
 If thy unworthiness raised love in me,
 More worthy I to be beloved of thee.

---

[150] **1. pówer**, **pówerfùl** monosyllabic と dissyllabic. **2. insufficiency** i.e. unworthiness (*l.* 13). **3. give the lie to** = charge with lying; call a liar. **5. becoming of things ill** i.e. the power to make ugly things beautiful. become = adorn, beatify. **6. refuse** = rubbish. **7. warrantise** = the state or fact of being guaranteed. (*OED*, この個所が用例に引かれている.) **10. hate?** Q は 'hate,'. ? は Gildon 以来 (*ll.* 4, 8 の ? は Q). 149 の rhetorical question の連打のリズムが続いている. **11. abhor** = ① despise. 裏に ② = use as a whore が仕掛けてある. cf. *Othello* 4.2.160 note. **12. abhor** もちろん前行の abhor の sexual な残響が. ただし Booth は abhor my state に②として = make me cuckold-like を suggest しているが, そこまで innuendo の意味を無理に発展させるほどのことではない. **13. raised** こ こにも当然 sexual innuendo. その innuendo は次の 151.12 の 'stand' に繋がる. **14. worthy** *l.* 13 の raised の sexual innuendo があって unworthiness からの worthy の繰り返しが生きる.

百五十

　ああ、卑しさが逆におれの心を支配するとは、いったいお前は
　その途方もない力をどんな途方もない存在から授かったのか、
　おかげでおれは、真実を写す眼を嘘つき呼ばわりして、
4　昼の美しさは明るい光のせいではないなどと口走る始末だ。
　醜悪を美麗に見せるその技をお前はどこから仕入れた、
　お前の試みる紙屑のようなばかばかしい仕草さえもが
　まるで天下御免の力強い才能の発揮のように思われ、
8　おれはついついその最低を比類ない最高と信じてしまう。
　お前を愛さずにはいられなくなるその術をお前はだれに教わった、
　見るにつけ聞くにつけ嫌って当然のお前をますます愛してしまうとは、
　ああ、おれの愛の女は世の常識の蔑み嫌う女、だからといって
12　まさかお前までも皆と一緒におれを蔑み嫌ったりはすまい。
　　おれの愛をにょきにょき奮い立たせたのはお前の卑しい価値だ、
　　ならばその分、おれにはお前に心底まで愛される価値がある。

151

Love is too young to know what conscience is,
Yet who knows not conscience is born of love?
Then, gentle cheater, urge not my amiss,
Lest guilty of my faults thy sweet self prove.   4
For, thou betraying me, I do betray
My nobler part to my gross body's treason;
My soul doth tell my body that he may
Triumph in love, flesh stays no farther reason,   8
But, rising at thy name, doth point out thee
As his triumphant prize, proud of this pride,
He is contented thy poor drudge to be
To stand in thy affairs, fall by thy side.   12

    No want of conscience hold it that I call
    Her love, for whose dear love I rise and fall.

---

[151] 19 世紀，滔々たる Bardolatry の流れの中で，この obscenity は Sh のものとは認め難いとされてきた 1 篇．だがなんという若々しい eros のリズムの躍動.

1. Love is too young 目隠しされた Cupid (cf. 137.1 note) のイメージ．cf. 'Love is without reason.' / 'It is impossible to love and be wise.' (Tilley L 517/558) **conscience** = moral consciousness「良心」． **1. is, 3. amiss** ⇨ 59.1 note. **2. conscience** = consciousness「意識」．conscience の両義はしばしば問題になる (*Hamlet* 第 3 独白の conscience [3.1.83] はその典型)．ここでは特に *l.*1 の conscience について Latin tag '*Penis erectus non habet conscientiam.* (= Erected penis has no conscience.)' がよく引かれる． **love?** Q は comma. ? は Gildon 以来. **2. love, 4. prove** ⇨ 10.10, 12 note. **3. urge** = stress. **amiss** = misdeed. **4. prove** = turn out to be. **5. For** = because. **thou betraying** = when thou betrayest. betray = deceive. 行末の betray (= deliver) と antanaclasis. 念のためこの行の 2 つの betray を同意(「裏切る」)とする解が一般だが，それでは文意が素直に通らない． **6. My nobler part** i.e. my soul. **7. he** (= it) = the body. 以下同様. **may** i.e. is possible that he will. **8. Triúmph** 'stress on the second syllable.'

百五十一

　愛の青春は盲目、善悪を意識することなどあるものか、

　意識は意識でも愛から生れるのは鬱勃たる性への意識。

　だから優しい詐（いつわ）りの女よ、ここでおれの過ちを言い立てると、

4　かえって美しいお前がその罪の元凶と言われることになる。

　いいかね、おれを誘惑すれば、おれの方でも、ま、多少とも高貴な

　この魂を、卑しい肉の反逆に売り渡さざるをえない。

　魂は肉をおだてて愛の勝利はすぐ目の前と唆（そそのか）す、

8　ほてった肉は否（いや）も応もあるものか、お前の名前を聞いただけで

　もうむくむくと立ち上り、よき敵ござんなれとお前を刺し殺す、

　これぞみごとな戦利品、この逞（たくま）しい戦果を見よとばかり、

　ああだが結局はお前のご用のために立ち上がっただけの

12　哀れな奴隷の役回り、お前の傍らで崩れ落ちてあえなく息絶える。

　　これを善悪の意識の欠如などと決めつけるのはまるで筋違いだろう、

　　おれの女はまさしく愛人なのだ、おれはその貴い愛のために立って崩

　　れて死ぬのだから。

（Kökeritz p. 397）**stays** = waits for.　**reason,** = reasoning（comma は Q）. 2nd quatrain で勢いが止まらずに次行に続く. *ll.* 11–12 の 'be To', *ll.* 13–14 の 'call Her' の enjambment も同様. そろそろ 'The Dark Lady Sonnets' の幕切れに向けてのリズムの疾走が始まる. これを 'produce an effect of jerkiness strange to an ear accustomed to the usual movement in the sonnets' と否定的にとらえた Tucker は, その文の出だし 'This composition (= 151) is one which, from the nature of its contents, might well be let die.' からも, 20 世紀前半という時代の限界を背負っていた.　**9. rising at thy name** 魔術では棒で円を描き霊（spirit）を名指して呼び出す. rising はその霊の立ち上がりであるが, もちろん spirit = penis の erection. cf. *R and J* 2.1.23–26.　**point out thee** 「戦場での single-combat で相手を指名する」が表面の意味だが, point は剣の先 i.e. penis. cf. *LLL* 5.2〔N2195–96〕.　**10. triumphant prize** = spoils of victory.　**pride** 戦場のイメージの連続. もちろん sexual innuendo. cf. in pride = (of animal) in heat.（Partridge）　**11. drudge** i.e. (sexual) slave of the mistress.　**12. stand** cf. 150.13 note.　**fall by thy side** 戦場のイメージ, 「君側に死す」. 戦いと性との二重写し. 「戦死」は東西ともに sexual ↱

152

In loving thee thou knowest I am forsworn,
But thou art twice forsworn to me love swearing,
In act thy bed-vow broke, and new faith torn
In vowing new hate after new love bearing.   4
But why of two oaths' breach do I accuse thee,
When I break twenty? I am perjured most,
For all my vows are oaths but to misuse thee,
And all my honest faith in thee is lost.   8
For I have sworn deep oaths of thy deep kindness,
Oaths of thy love, thy truth, thy constancy,
And to enlighten thee gave eyes to blindness,
Or made them swear against the thing they see.   12

   For I have sworn thee fair; more perjured eye,

   To swear against the truth so foul a lie.

---

innuendo. cf. die = experience a sexual orgasm.（Partridge）なお Kerrigan は fall に Adam と Eve の「転落」のイメージを見ようとしている． **13. want** = lack. **conscience** ⇨ *l.* 1 note. **hold** = consider（imperative）. **it** 次の that 以下． **14. Her** call の direct object. **love** = lover（objective complement）. **for** = for the sake of. **rise and fall** cf. *l.* 12 notes（stand, fall）. Donne の 'We die and rise the same, and prove / Mysterious by this love.'（'The Canonization' 26–27）に Sh に対峙しようとする Donne の客気が見え隠れしているか.

[152] Act 2, 'The Dark Lady Sonnets' の最後. gran volta の<ruby>大業<rt>おおわざ</rt></ruby>による鮮やかな幕切れ.

1–4. ⇨ 補. **1. I am forsworn** = I have forsworn. forswear はここでは v.i.（cf. 149.3-4 note）. *l.* 2 も同様. cf. *l.* 13. **2. to me love swearing** = having sworn love to me. **3. act** i.e. sexual act. cf. 'lust in action'（129.2）. **bed-vow** hyphen は Q. **broke**（p.p.）= being broken. **torn** = being torn. legal document のイメージ. **4. bearing** = cherishing. 裏に bearing the weight of a new love（= lover）in bed（sexual innuendo）. **6. twenty?** cf. 2.1 note. ? は Gildon 以来の standard（Q は colon）. **most** *l.* 8 の 'lost' との rhyming から short vowel か. cf. Kökeritz p. 233 / Wyld

335

百五十二

お前を愛することで、おれは知ってのとおり誓いを破った、

だがお前の方は、おれに愛を誓ったことで二度も誓いを破っている、

まず婚姻同衾の誓いを破る姦通、次に新しい愛の約束を反故にして

4 あらたな恋に汗みどろ、昔の恋など新しい憎しみと誓ったその背信。

だからと言ってどうしてお前の二度が責められよう、その十倍も

百倍もおれは破っている、誓い破りの破廉恥漢がこのおれだ、

おれの誓いという誓いはすべてお前を別の女に仕立てるためのもの、

8 おかげでお前への愛を通しておれの人格は滅茶苦茶になってしまった。

おれはお前の深い情を心の奥深くから深く誓った、

お前の愛を、お前の誠実を、お前の貞節を誓い続けてきた、

お前を完璧に輝かせようとこの両眼をあえて盲にした、

12 盲が無理なら、眼に写る醜とは真逆の清純をあえて眼に誓わせた。

　ああ、お前を美しいと誓ったとは、これほど醜い嘘を、美醜・善悪の
　真理に逆らってまで

　誓言したおれの眼の、いやわれとわが身全体の、なんという怖しさ。

---

pp. 97–98. **7. misuse** 読者としては mistreat, deceive, debauch 等の意味が思い浮かぶが，*ll.* 9– に至って = lie about, misrepresent に行き当たる．*OED* は Schmidt を採って †5 = speak falsely of. misrepresent として用例にここ 1 個所を挙げている．Sh としては *l.* 5 の 'accuse thee' との rhyming への工夫があったであろう．　**8. my honest faith** i.e. my integrity.　**in thee** i.e. in loving thee.　**9. deep** = sincere. deep kindness の deep は ironical.　**11. enlighten** < en + light + en. 語源のまま．　**12. the thing** cf. 136.7 note.　**13–14.** ⇨ 補．　**13. more perjured eye** i.e. eye is (I am) all the more perjured. eye は 'I' との homonymic pun.　**14. To swear** = in swearing. cf. 1.14 note.

1–4補. *l.* 1 の I (= 'The Poet') の forswearing の内容は，わざわざ 'thou knowest' と断っておきながら，*ll.* 6–12 での逆転（小逆転）のサスペンスを狙ってわざと曖昧にしてある．*l.* 3 の 'bed-vow' からも 'The Poet' 自身による妻への背信を読者に誤って想像させるのがおそらく作者の intention，つまりその方が逆転に効果的だから．念のためここで 'The Poet' = Sh の図式から Sh の妻 Anne を持ち出すなどは（おそらく Sh の術中？にはまった）autobiographical fallacy の ↱

最たるもの．*l.* 2 の thou（= 'The Dark Lady'）の forswearing の方は *ll.* 3–4 で（これまた微妙なぼかしを入れて）説明されている．twice とあるように 'In act … broke', と 'new faith … bearing' の 2 本立て．（Q の punctuation では *l.* 3 行末の 'torne' の後に comma があるが，本版は「2 本立て」を明確にするためにその comma を取り，代りに broke の後に comma を補った［これが近年の編纂の standard］）．*l.* 3 の new faith は本注訳者はこれを 'The Poet' との姦通の約束ととる．*l.* 4 の new love は，多情多淫な 'The Dark Lady' のこれまでの描写からも，'The Fair Youth' の介入ととるのがやはり自然だと思う．あるいは，この new love を *l.* 3 の new faith の繰り返しととれば（つまり 'The Poet' とだけの姦通愛）new hate は夫に対する 'The Dark Lady' の嫌悪ということになるだろう．このあたりの ambiguity を先に「微妙なぼかし」と言ってみたのだが，そうした「ぼかし」で舞台を不鮮明に覆ったうえで，その紗幕の陰に 'The Fair Youth' を登場させるというのがここでの Sh の演出意図であったろう．第二幕の幕切れともなれば主要人物の勢揃いといきたい．Sh は劇作家であり演出者なのだから．

13–14 補. 幕切れのみごと鮮やかな逆転の couplet．逆転はまず *l.* 6 の 'I am perjured most,' から *ll.* 7–12 の小気味よい連打のリズムを経て，いよいよ *ll.* 13–14 の couplet で大逆転の大詰を迎える．*l.* 13 の出の 'For I have sworn thee fair' は 147.13 ですでに計算づくで用意されていた表現である（同所参照）．'The Dark Lady Sonnets' のいわば主旋律．しかしそれはあくまでも 'The Dark Lady' の 'darkness' を責めるためのものだった．それが次の 'more perjured eye' で，責めは 'The Poet' 自身にかかっている．ここで 'eye' と 'I' との homonymic pun（cf. *l.* 13 note）が絶妙の効果を発揮する．この wordplay の tour de force によって eye は I へと大きく広がる．Q の 'eye' を Malone が 'I' に校訂，以来その編纂が standard 化されてきたが（*Globe*, Kittredge, Alexander, それに Wilson も），それでは eye から I へと拡がっていく驚きと感動を劇的に伝えることができない．ここは当然テキストに 'eye' を立てて，'I' への大逆転を示唆するべきだろう．その示唆があってはじめて *l.* 14 の fair と foul をめぐる 'truth' の問題が強烈脚光を浴びて浮かび上がってくる．これまで本編注訳者は，'fair' について，注の上でも，訳の上でも，きわめて粗略に扱ってきたが，ここでその fair はいよいよただの「美しい」だけではすまない底深い表現になる．この couplet の最後の逆転に gran volta（It. 大回転，大車輪）を付したのはその大いなる怖れのため．かくしてこの第二幕最終の concluding couplet は，'The Dark Lady' の第二幕のことだけではなく，'Shakespeare's Sonnets / A Dramatic Sequence of Love' 全 2 幕全体のみごとな幕切れとなり，はるかにたとえば *Macbeth*（1.1.9）の舞台を遠望する．

[153, 154　Additional Twins—Epilogue] *The Sonnets* の最後に置かれた 153, 154
の 2 篇は，題材も，また表現スタイルも，これまでとは異様に様変わりして
いる．そのためこれを *The Sonnets* から切り離そうとする批評がこれまで主流
を占めてきた．Malone は Sh の juvenilia の習作と決めつけ，おそらく Sh は発
表したくなかったはずとまで酷評した．その後も酷評の連続で，やがて 19 世
紀から 20 世紀前半にかけての Sh の正典吟味の時代になると，まずこの 2 篇
が除外の槍玉に挙がったのも勢いというものだった．その代表にたとえば
Oxford の詩学教授 J. W. Mackail の 'Judging from style I am inclined to think that
they are not by Sh at all.'（*Lectures on Poetry*, 1911）を挙げることができる．辛
うじて Sh の作と認めたとしても，'impersonal cadenza' とか 'Anacreontic' と
か，斬捨て御免の簡単な評言．そうした批評態度は，*The Sonnets* と作者の体
験の「切実」との不等式をなんとか消去しようとする，autobiograpical fallacy
の言わば裏返しというものだろう．そこで特にこの 2 篇について autobiography
とは関係のない literary source の探索が文学的好事家たちの関心の的になった．
　その「発見」は 1870 年代のドイツからもたらされた．それは 10 世紀末コ
ンスタンティノープルで編纂された浩瀚な詩華集 *Anthologia Palatina*（『パラ
ティナ集成』）の中の温水縁起の 6 行のエピグラム詩である．作者とされるの
は 5 世紀のビザンティウムの Marianus Scholasticus（文人マリアノス）．その温
水と愛の結びつきの「物語」が，趣向の面白さもあって，ルネサンス期のヨー
ロッパに広く流布し，やがて Sh にも伝わった．その間の錯綜した事情は James
Hutton の 'Analogues of Sh's Sonnets 153–54: Contributions to the History of a Theme'
（*Modern Philology* 38, 1941）に適切に纏められている．Ben Jonson もラテン語
版からの一部英語訳を試み，その草稿が Sh の source になったとする推測も
あるにはあるが，それだとラテン語版の出版自体が 1603 年だから Sh の創作
はその後にならざるをえない．結局のところこの手の witty で erotic な「物
語」は 1590 年代の嗜好にもかなって，当時の文芸界では 1 つの「常識」だっ
たとみるべきだろう．Hutton の結論も 'His (= Sh's) immediate source still eludes
us.' であった．それでは，Sh の創作の工夫を確認するためにも，Hutton によ
るその epigram のギリシャ語から英訳を次に引く——

> Beneath these plane trees, detained by gentle slumber, Love slept, having put his
> torch in the care of the Nymphs; but the Nymphs said one to another: 'Why wait?
> Would that together with this we could quench the fire in the hearts of men.' But the
> torch set fire even to the water, and with hot water thenceforth the Love-Nymphs fill
> the bath.

　Sh はこの source から彼の 2 篇をどのように展開させたか．彼は 153, 154 の
いずれにおいても基本の「物語」をほどよく切り上げ，すかさず 'The Dark
Lady' のテーマに結びつけた．だがその語り口は 2 作でものの みごとに相違
している．さて問題は，せっかくの *The Sonnets* の閉幕に際して，同一の母 ↱

Additional Twins—Epilogue

153

Cupid laid by his brand and fell asleep,
A maid of Dian's this advantage found,
And his love-kindling fire did quickly steep
In a cold valley-fountain of that ground.   4
Which borrowed from this holy fire of love
A dateless lively heat still to endure,
And grew a seething bath which yet men prove
Against strange maladies a sovereign cure.   8
But at my mistress' eye love's brand new-fired,
The boy for trial needs would touch my breast.
I, sick withal, the help of bath desired,
And thither hied a sad distempered guest.   12

    But found no cure, the bath for my help lies
    Where Cupid got new fire—my mistress' eyes.

胎から生れた，しかも性格のまるで異なる 2 篇の 'twins' を，なぜわざわざ追
加として最後に登場させたかということだ．ともあれ本版で 'Additional Twins'
と題したその 'Epilogue' の 2 篇をまずはていねいに読んでみる．
[153] 1. Cupid ⇨ 115.13 note. しばしば brand を持つ姿に描かれる．brand は
もちろん phallic symbol. **2. Dían** (= Diana. 念のため Diána だとリズムがずれ
る) ローマ神話の月の女神．virginity と狩猟の守護神．ギリシャ神話の Artemis
に当たる．of Dian's は double possessive. **3. love-kindling** hyphen は Q. **4.**
valley-fountain hyphen は Q. 裏に = female genitals. cf. *V and A* 233–34. **of that**
ground i.e. in that vicinity; nearby. found (*l.* 2) との rhyming ということもある
が，ここでの ground の用語は異様に際立つ．154 では by の 1 語 (*l.* 9). **5.**
Which 先行詞は valley-fountain. **love** これを Cupid ととり capitalize する版が
多いが (近年では *Riverside*, Kerrigan) そこまでこだわらずとも Q のままでよい
と思う (近年では Booth, *Oxford*, D-Jones, Burrow, Hammond が small). *l.* 9 も同
様．**5. love, 7. prove** ⇨ 10.10, 12 note. **6. still** = perpetually. **7. grew** = became.

追録二篇によるエピローグ

百五十三

キューピッドが松明（たいまつ）を脇に置いたまま眠りこけていると、そこに
　現れたのがダイアナに仕える純潔の乙女、ようし、今だわと、
　愛の焔を燃やすその太い火柱を、すぐそこ手元の谷間の
4 冷たい泉の中、ずぶりびしゃりと突っ込んだよ。
　これぞ聖なる愛の焔、泉がそこで受け容れたのは、衰えを知らぬ
　永遠の命の熱気、かくして泉は熱さも熱し蒸風呂（むしぶろ）と化し、
　例の外来の病いはもとより奇病難病の治療に霊験あらたか、
8 それはそれそれ知る人ぞ知る。
　さあて愛の松明の方だよ、おれの女の濡れたお目々にまたもやむくむく
　　燃え上がる、
　するとあの小童（こわっぱ）め、ようし試さずにおくものかとおれの胸をひと摩（さす）り、
　おかげでおれは病いを得て、頼りはもはや蒸風呂治療、
12 件（くだん）の湯治場に哀れな病人姿で駆けつけた次第。
　　それがなんと治療どころか、おれの向かった温泉は
　　キューピッドの焔のあらたな火元、おれの女の「さあさお出（い）で」のお
　　　目々ときたものだ。

---

seething bath ここでは特に 'sweating tub'. 当時 venereal disease 治療のために
盛んに行われた. bath についてローマ時代からの温泉地 Bath への言及とする
古く Steevens の示唆があるが, Bath が 'Beau Nash'（Richard Nash）の手腕に
よって有名になるのは 18 世紀初頭. **yet** = still i.e. to this day. **prove** = experience
to be. **8. strange** ここでは = foreign の意味を含める. strange disease i.e. venereal
disease（海外からの病気. cf. *MND* 1.2.80 note). また strange woman i.e. harlot.
なお Q の 'strang' を strong と読む示唆（Thomas Tyler［1890］, C. C. Stopes［1904］）
もあるが今日では省みられない. **9. eye** 裏に（ここではむしろ表に）= vagina.
'because of the shape, the garniture of hair, and the tendency … to become suffused
with moisture.'（Partridge） **10. The boy** i.e. Cupid. **needs would** = must needs.
needs は adv. ⇨ 120.3 note. **11. withal** = with that; with the touch of the brand. **12.
sad** adverbial. **distempered** = diseased. **14. eyes** ⇨ *l*. 9 note. 加えて ay（e）= yes ↱

154

The little Love-god lying once asleep
Laid by his side his heart-inflaming brand,
Whilst many nymphs that vowed chaste life to keep
Came tripping by, but in her maiden hand   4
The fairest votary took up that fire,
Which many legions of true hearts had warmed,
And so the general of hot desire
Was sleeping by a virgin hand disarmed.   8
This brand she quenchèd in a cool well by,
Which from love's fire took heat perpetual,
Growing a bath and healthful remedy
For men discased, but I, my mistress' thrall,   12
 Came there for cure, and this by that I prove:
 Love's fire heats water, water cools not love.

FINIS.

との homonymic pun. cf. 148.8 補. なお Q は 'eye' と単数であるが, Benson は 'eyes'. lies (*l.* 13) との rhyming から Benson を採る. Q の 'eye' はおそらく 152 の couplet での eye / lie の rhyming の残像に引かれた compositorial error であろう. D-Jones の 'The imperfection of the rhyme matches the poem's theme of disappointment and disillusion.' はいささか強弁が過ぎる.

[154] **1. The little Love-god** = Cupid. **once**「物語」の描写への回帰. **2. heart-inflaming** hyphen は Capell. **3. many nymphs, 4. Came tripping by**「物語」の陽気な解放感. **4. hand** quatrain による区切りを無視した闊達. **6. legions** = hosts. *l.* 7 general, *l.* 8 disarmed と軍隊の軽快なイメージが続く. **warmed** disarmed (*l.* 8) に合わせた rhyming か ⇨ 133.9 note. **9. well** 153.4 の valley-fountain のイメージからの変更. **by** = close by. cf. 153.4 'of that ground' note. **10. perpétuàl**（four-syllables）, **12. thráll** imperfect eye rhyme か？ **11. remedy** *l.* 9 の by との rhyming ⇨ 1.4 note. **13. prove, 14. love** ⇨ 10.10, 12 note. **13. prove** ⇨ 153.7 note. **14.** この「雅歌」による納めは *The Sonnets* 全体の納めで

百五十四

そのむかし、愛の小童神が、恋心を燃え上がらせる
松明を脇に置いたまま眠り込んでいると、
そこに通りかかったのが生涯不犯の誓いを立てた妖精たち、
4 足どりも軽いその一行の中でいちばん美しい聖なる妖精が、
早速その清らな手で松明を取り上げた。
この焔こそこれまで幾千万もの愛の真心を熱してきたもの、
かくして愛の狂熱の総大将は
8 不覚の眠りのうちに処女の手で武装解除された。
さてその松明を彼女は傍らの冷たい泉にひたしたが、
泉は愛の焔から永久の熱を受け取って温泉と化し、
病いに苦しむ人びとを癒す健康の湯治場が
12 そこに生まれた。ああしかし、このおれはあの女の奴隷、
治療のために出かけたはいいが、つくづく身にしみて悟るばかり、
熱愛は冷水を沸騰させるが冷水に熱愛の冷却は叶わぬのだと。

「ソネット詩集」終り

もありうる．'for love is strong as death: jealousy is cruel as the grave: the coals thereof are fiery coals, and a vehement flame. Much water cannot quench love, neither can the floods drown it.'（*Song of Sol.* 8.6–7）

FINIS. Q.（L.）= end. *The Sonnets* 全体の「終り」の表示．⇨ 補．

153, 154 補．まずこの2作の前後関係から．先にも引いた Malone は，juvenilia は juvenilia として，153 と 154 のどちらを残すか Sh 自身見当がつかず，結局双方を残す羽目になったなどとまるで頼りない．その後の批評も同工異曲というか，1つだけ紹介するとすれば C. C. Stopes (1904) から，Sh は優劣の判定を 'The Friend'（Stopes の Friend は Earl of Southampton）に委ねたが決着がつかなかった．'There is more thought in the former (153), more music in the latter (154).' では何のことやらまるでわからない．一方習作は習作として，その前後関係の推定では Hutton が 154 の方を先．Evans がこれを受けた形で，154 は 'an early piece of prentice work'（したがって '154's inclusion in the collection would have to be considered as accidental.'）——まずはそのあたりが近年でも ↱

342

最大公約数的推定になるであろう.

しかし本編注者は 153, 154 の 2 作とも *The Sonnets* 全体を締めくくるにふさわしい Sh 自身の若々しい自信の連作だと考える. 創作の前後関係ではやはり 153 の方が先. Sh はまずマリアノスのエピグラム詩の物語をほとんど好色詩もどきに仕立て上げた (brand, valley-fountain はだれしも想像がつくだろうが, 本編注者は特に *l.* 9 の 'eye' にこだわっている [note 参照]). そして 154 では一転, スタイルを素の「常識」に引き戻す (*l.* 1 の 'once' が「物語」のスタイル回帰の合図である). 思うに, Sh は 152 でいったん *The Sonnets* の幕を閉じたあと, この連作を addition にして, *The Sonnets* 全体の読み方を開示してみせたのだ——この「詩集」を 153 ふうに読みたければどうぞ読みたまえ. しかし 154 ふうの読みの方がきっと世間的には安全なのだろうよ. あるいは作者として自信の誇示——自分は書こうと思えば 153 ふうにいくらでも奔放に書くことができる, しかし 'gentle' の世評どおり, 154 ふうの円満常識の作家としてもちゃんと書き続けることができるのだよ. Sh は今いよいよ Lord Chamberlain's Men の座付作家として *R and J, MND, RII* とヒット作を飛ばし続けようというあたりである. Romeo と Juliet の純愛の悲劇を早速 Pyramus と Thisby の 'very tragical mirth' にパロディ化してみせる満々の才気と自信 (本選集 *MND* p. xxix 参照). かくして 153 と 154 は *The Sonnets* 全舞台の「挨拶」代り, みごと witty な epilogue として, *MND* と同じく満々の才気と自信をもって最後に付け加えられた. 'If we shadows have offended, / Think but this, and all is mended: / That you have but slumbered here / While these visions did appear.' ここに 'Additional Twins' などと, 外題ふうの title をあえて用意した所以である. 訳の方も, 特に 153 の方は, 154 との相違を意識してことさらに煽情的な表現スタイルをとった.

FINIS. 補. しかし補注にはじつはまだ先がなくてはならない. Q (1609) には sonnets 154 篇, 65 ページの 'FINIS' の後に, ページを変えてなお 11 ページに及ぶ narrative poem (物語詩) 'A Louers (= Lover's) complaint' の印刷があり, その終りにあらためてもう一度 'FINIS' の表示. この重い 11 ページの作品の存在をどう理解したらよいか.

I. John Kerrigan 編の *The Sonnets* (New Penguin Sh, 1986) はこれまで本書の注記でしばしば引いてきているが, 154 篇の sonnets の後に Q どおりに 'A Lover's Complaint' の全文を加え, もちろん本体の sonnets の場合と同じく詳細な注解を整備して, 書名を 'THE SONNETS AND A LOVER'S COMPLAINT' と, 2 作品を対等に並列する編纂をあえてした. それはこの物語詩にとって画期的な処遇であった. それまでは, 作品の評価にしても, まずは Malone の 'simplicity and pathetic tenderness' といったお座なりの誉め言葉がせいぜい, その後もその程度のセンチメンタルな紋切り型が精一杯で, 20 世紀の半ばでも, Oxford 版英文学史の 16 世紀 (詩と散文) を担当した C. S. Lewis は, Sh らしからぬ出来損ないとしてわずか 3 行の軽蔑で切って捨てた. 出版者 Thomas Thorpe

への信頼度の問題とからめて Sh の作ではないとする説も，J. W. Mackail（153，154 頭注参照）をはじめ現在に至るまで跡を絶たない（たとえば Brian Vickers は作者として John Davies of Hereford をあくまでも主張する）．そうした趨勢の中にあって，1983 年，Katherine Duncan-Jones の論文は 1 つの文学的「事件」でありえた（Title-page 注，p. 3 参照）．彼女のテキスト（3rd Arden, 1997）も書名は *The Sonnets* だが 'A Lover's Complaint' のテキスト・注解を整備し，Introduction ではこの物語詩を 'a carefully designed component of the whole（= *the Sonnets*）.' と位置づけている．

彼女が注目したのは，1592 年出版のソネット詩集，Samuel Daniel の *Delia* に，'The Complaint of Rosamond' と題する物語詩がやはり併載されていたことである．Sh の時代，「嘆きの歌」'complaint'（< L. *com* [intensive]- + *planctus* = beating the breast [as a sign of sorrow]）の典型とされるのは，たとえば，王侯の転落物語集 *A Mirror for Magistrates*（『為政者たちへの鑑』）第 2 版（1563）に収録された 'Shore's Wife'（「ショーの妻女」），しがない身分の人妻が Edward IV の愛妾に「出世」して栄華に時めくが，果ては乞食に転落する懺悔の物語で，作者 Thomas Churchyard が *Delia* 出版の翌年 1593 年にこれを増補，単行本として出版した．おそらく *Delia* の好評にうながされての出版だったろう．同じ 1593 年には Thomas Lodge のソネット詩集 *Phillis* が出版され，そこにも物語詩 'The Tragical Complaint of Elstred' が併載された（Rosamond も Elstred も時の国王の愛妾である．Elstred の国王はブリテン伝説の Locrine 王［Locrine は Sh の apocrypha の 1 つ *Locrine* の主人公］．Rosamond については次にやや詳しくふれる機会がある）．sonnet sequence と 'complaint' との結合のパターンはその後流行のように繰り返された．D-Jones を受けてこのパターンに熱心に取り組んだ Kerrigan は Spenser の 'Amoretti' + 'Epithalamion'（「補遺」pp. 364–65 参照）までも例に含めて，この流行を 'the Delian tradition' と名付けた．ソネット詩集における sonnets と物語詩との「二重構造」．しかし Kerrigan にとってそれは二重というだけではすまないことになった．*Delia* では二重のちょうどその中間に 12 行の ode が 2 篇組み込まれていた．*Phillis* にも同種の連結用の短詩があった．Spenser では「求婚」の sonnet sequence 87 篇（'Amoretti'）と「祝婚」の物語詩 24 連 434 行（'Epithalamion'）とが 4 篇 9 連の短詩によって結ばれていた．'tradition' はこの際二重ではなく三重でなければならないと Kerrigan は主張する．Sh の *The Sonnets* もこの三重パターンのもとに書かれていたとするなら，153, 154 の 'additional twins' は，152 篇の sonnets と嘆きの歌 'A Lover's Complaint' とを結ぶための「連結用」として解釈されるのではないか──その指摘は，2 篇を 'epilogue' として解釈した本編纂者にとって少々厄介な問題になってくる．

Kerrigan は，彼の「画期的」テキストの序文代りに，いかにも当時弱冠 30 歳の俊才らしく，Paul Ricœur の *La Métaphore vive*（『生きた隠喩』）の 1 節ほか 5 点の引用句を全 1 ページに掲げていた（わたしはこうした「仕掛け」を殊の ⌐

ほか喜ぶ）．その最後の motto は *Cymbeline* から ‘One, two, three. Time, time!’ の Iachimo のせりふ（2.2.51）．Iachimo はそのせりふで大仰な見得を切って大型の旅行用トランクの中にいそいそと身を隠す．笑劇の滑稽．Kerrigan も，いよいよ画期の編纂に乗り出そうとする自分を，照れ笑いの自意識をこめて，ここで異化してみせようとしたのだろう．なるほど，いかにも俊才らしい自意識．しかしその自意識は自意識として，本編纂者の方としては，ここでしばらく立ち止まって，彼の「画期」の当否を点検してみないわけにはいかない．ということでまずは外枠から．

II. Samuel Daniel の ‘The Complaint of Rosamond’ のヒロインは 12 世紀 Henry II の寵姫で，その美貌から ‘Fair Rosamond’ の伝説で名高かった．生れは，後年の Earl of Cumberland の名門 Clifford 家である．その名門の美女が，と Daniel は彼の物語詩を語りはじめる．国王の寵姫とはいえ，性の汚辱の伝説にまみれ，いまだに天界の浄福に与れぬまま，なのに卑しい身分の，たとえば Shore’s wife の方は，物語詩に哀切をこめて語られることによって，読者の憐れみを贏ち得て天界に昇ることができた．しかしここで，さいわい美徳の Delia にこの物語を繙読していただけたなら，数多くの読者の同情もこれに加わって，その功徳によって Rosamond の霊も天界を許され，またこれを語る自分も詩人としての栄誉に与ることができるであろう．

Daniel が *Delia* に擬したのは，当代の大パトロネス Mary, Countess of Pembroke（Dedication 注 III 参照）その人だった．Delia は ideal の anagram である．詩集の冒頭には彼女に宛てた恭しい献辞が掲げられている．Daniel は Sh の 2 歳（もしくは 1 歳）年長，Oxford で学びイタリアでは pastoralist Battista Guarini と出会うなど，やがて Countess of Pembroke の眷顧を受け，彼女の長男 William Herbert の tutor になった．William Herbert は W. H. 候補に喧伝されている例の貴公子である．sonnet sequence *Delia* の Mary への献呈は当然の路線だったろう．一方の ‘The Complaint of Rosamond’ は rhyme royal（ababbcc）7 行 104 連 714 行．この長さは本体の sonnet sequence 50 篇 700 行と同等以上である．それほどの長篇詩によって Daniel は恥辱の Rosamond を世界の美の薔薇 rosa-mundi に変身させようと試みた．おそらく彼は，現在の 3rd Earl of Cumberland, George Clifford に乞われて，あるいは彼からの格別の眷顧を期待して，彼の sonnet sequence にこの長篇詩の併載をあえてしたのであったろう．それからぬか，そのうち彼は Countess of Pembroke のアカデミア Wilton House を離れ，George Clifford の娘 Anne の tutor になる．この Anne は Richard Sackville, Lord Buckhurst（のちに Earl of Dorset）と結婚するが夫と死別，再婚の相手が Countess of Pembroke の次男 Philip Herbert だった．Philip の名は伯父の Philip Sidney に因むもの．もちろん W. H. 候補の貴公子の弟，この兄弟が Sh の The First Folio の被献呈者であることは断るまでもない．

詩人 Daniel の時代は，かくして，大いなるパトロンの時代だった．*Delia* の二部構成は，Kerrigan の主張する ‘Female Complaint’ の文学的伝統などより

345

も，このパトロンの時代という accidental な背景がより重大な要因だったとわたしは思う．とすればテーマといい，詩のリズムといい，完全に異質の両者を「結合」させるためには，最小限 ode 数篇の息抜きも当然必要になるだろう．それがおそらく「三部構成」の理由だった．類例として連れ出された Spenser の場合，暦の日付のみごとな操作からも，彼の「三部構成」はあくまでも詩人独自の発想である（中間の短詩4篇を Spenser らしからぬとして拒否する向きもあるようだが，その「らしからぬ」作風が逆に結合のための「息抜き」を容易にしてくれている）．これを 'a tripartite Delian structure' (Kerrigan) とするなどは文学史に対するそれこそ Iachimo 的僭越ということになりはしまいか．Spenser は，三部作の縛りなど自由闊達にすり抜けて，'Epithalamion' の題名を早速に 'Prothalamion' (< Gk. *pro-* = before + *thalamus* = bridal-chamber) に綴り変えて，それこそパトロンの時代に合わせて，Earl of Worcester の令嬢2人のための「祝婚前歌」をみごと流麗に詠じ上げた．その令嬢たちの同時結婚の日付は 1596 年 11 月 8 日，Sh はその頃すでに彼の 'A Lover's Complaint' をさっさと仕上げていたであろう．

III. Sh にとっての Spenser は，ひと廻り年上の，それこそ「詩人中の詩人」であったろうが，劇作家としての彼の方向は，作品についても，人生についても，親しく相交わるところがなかった．'Sweet Thames, run softly, till I end my song.' の流麗のリズムは今の彼にはおそらく無縁である．たまたま sonnet sequence で時期的に同行しているにせよ，相手は poet，彼は dramatist，求愛と結婚の poetic な二部構成に対して，彼の方には，あくまでも彼自身による Act 1, Act 2 という dramatic な二部構成がある．なにもいまさら別種の構成美に驚くことはない．だが，と，そこまできて，彼の心をふとよぎるものがあった．それは sonnet sequence での 'Female Complaint' 併載の「流行」である．併載と言っても彼のみるところ本体のテーマの本質とは関わりのないたんなる「付録」．独立独歩の彼の二部構成の「詩集」では無視して当然だが，本質に関わらぬのであれば，それだけ逆に，ここで試しに実験してみるのも悪くない．彼は劇作家としての生涯を通して，徹底して負けず嫌いの実験好きだった．いま 30 代に入って劇作にいよいよ忙しいその最中，かえってその負けず嫌いに火がついた．

Delia の title-page には，'Delia' の題名の後に 'The Complaint of Rosamond' の題名が続けられ，その下にローマの恋愛詩人 Sextus Propertius からの引用が印刷されてあった．'*Aetas prima canat Veneres / postrema tumultus* (= Let youth sing amours of Venus, but last days sing love's tumults)'．Sh はその '*tumultus*' を見つめながら早速 *currente calamo* の pen を執った．

IV. 詩型は 'The Complaint of Rosamond' と同じ rhyme royal．Sh は *The Rape of Lucrece* 265 連で使い慣れている．ヒロインは当然，*The Sonnets* 本体ですべてが名前なしなのだから，ここでも身元不明のままの 'a fickle maid' とする．'fickle' の形容は，*R & J* で Fortune (3.5.60 / 62) に，ついこの前の sonnet 126 ↱

では sand-glass に，そして *Venus and Adonis* では love（*l.* 114）に使った．この，頼りない，移り気の「娘」の性格はいずれこの先舞台での冒険の予定の 1 つだが，fickle である以上今の物語に悔悟，懺悔の結末はありえない．娘の語りの聞き役に牛飼いの老人を登場させる．この人物を 'Father' と呼ばせるのも 'ambiguous' への仕掛け．彼にはいつの間にか描写から消えてもらうことに，これまた舞台演出の呼吸である．彼女を誘惑する若い男の求愛の語りの中に，男の直接話法を組み込むのは舞台での劇中劇に当るだろう．さらにその直接話法に男に求愛するたとえば修道女を盛り込めばさしづめ性の倒錯の劇中劇中劇ということになるか，これもいずれ舞台での冒険の予定の大きな 1 つだが，その「求愛」の重層性は恋の 'Complaint' の重層性に連なる，となれば，題名は 'lover' に女と，そして男の両方を利かせて，'A Lover's Complaint' がいい．とにかく切り上げは引きずらずに——といまペンを措くと，全 47 連の 329 行，本体の sonnets 154 篇のほぼ 7 分の 1 ほどで足りた．

'A Lover's Complaint' の創作年代は，Sh のいくつかの劇作のテーマ，またイメージや使用語の比較統計などから多くの推定が行われているが，まずは Gary Taylor の 1603–04（*A Textual Companion*, Oxford, 1987）あたりが最大公約数的なところであろう（Taylor の *The Sonnets* は 1593–1603）．しかしわたしは，154 篇の注釈を通して，*The Sonnets* の年代を（推敲も含めて）1592–96 から動かすことをしない．となれば 'A Lover's Complaint' の方は（わたし自身の「物語」的想定からも）ぜひとも 1596 年．Sh は，おそらく 32 歳をもう半ばを過ぎた頃，目の前に劇作への野心を山と抱えて，手稿の筐をぱたんと閉じた．

「いいかね」と Sh はそれから 10 年以上もたってから，Thomas Thorpe にその筐を開かせながら言った．「もう 1 つの方はただの付録のつもりだったからね．印刷するなら印刷してもいいが，本体とは別に関係なかったんだ．扉に麗々しく題を載せたりするのはお断りだよ」

「ちょっともったいないなあ」と Thorpe は答えた．

補遺──わがソネット

1. モリエールからダンテへ

　わたしのソネットとの出会いのそもそもはモリエールである。それは不幸な出会いと言うべきなのかもしれない。旧制高校の寮のだれかの本にモリエールの翻訳が混じっていた。実際の舞台に接する機会など、敗戦後の地方都市にあろうはずがなかったが、それでも演劇・戯曲の類いがわたしの雑多な読書の範囲内にあった。翻訳ものでは、『シラノ』に魅せられたのが縁で、それにその頃再上映されていた 30 年代のフランス映画に入れ上げていたせいで、フランスの戯曲がなんとなく気になっていた。モリエールの代表作とされるその戯曲が、原題直訳の『人間嫌い』ではなく、副題からの『怒りっぽい恋人』でもなく、軽佻浅薄な「現代」に昂然と背を向ける主人公の孤影を寂しく映し出す『孤客』となっているのが、その頃のわたしには共感をこめて好もしく思えた。

　第 1 幕第 2 場は有名な「ソネ（ソネット）の場」である。主人公アルセストと彼の友人を前に、宮廷の軽薄才子で恋仇のオロントが自作のソネを意気揚々と披露する。辰野隆訳ではルビつきの「小曲（ソンネ）」、4 行が 2 連、3 行が 2 連、4.4.3.3. の 14 行。いやらしい謙遜の文句を並べながら内心自信満々のその朗唱を、友人の方は適当なお世辞で聞き流していたが、アルセストはこらえにこらえ続けてこらえきれず、ついに怒りを爆発させてオロントと喧嘩別れになってしまう。となるとここでのソネは、主人公の誠実な生と対立する偽善虚飾の舞台的表現ということになるだろう。ついでに、辰野訳の流麗な措辞も相俟って、主人公が愚かしくも恋してしまう社交界の美女への比喩的描写ということにもなるだろう。

　思い出ばなしをもう少し続ける。それから 20 年以上たって、わたしはコメディ・フランセーズに 1 週間通いつめる機会に恵まれた。パレ・ロワイヤル大改修前の 1970 年、うまいこと *Le Misanthrope* もレパート

[347]

リーに入っていた。その頃には、劇作家シェイクスピアにソネットを154篇集めた *The Sonnets* があり、いずれはその詩集を考察の対象にしなくてはならないことを自覚していた。60年代を過ぎると、コメディ・フランセーズにもさすがに演劇革新の世界的な波が及んでいて、たとえば4年前にはイヨネスコの不条理劇がレパートリー入りしていたし、その翌年にはアントワーヌ・ブルセイエ新演出の「強制収容所から出て来た坊主頭の」『ドン・ジュアン』がセンセーションを巻き起こしていたが（因みにその『ドン・ジュアン』は1976年のコメディ・フランセーズ3回目来日公演の演目の1つだった）、わたしのお目当ての *Le Misanthrope* は、3世紀にわたる「モリエールの家」の舞台伝統を現代に生かして届けようという理念のもとにあったから、わたしにはまことにありがたいことだった。パンフレットには、1666年6月4日初演以来1898回目の上演とある——歴史への敬意。

　演出は劇団の重鎮ジャック・シャロン。オロント役は喜劇のヴェテランのルネ・カモワン（これもついでにカモワンは3度の来日に3度とも付き合っている）。アルセスト役のまだ若い俳優の脇にこうしたヴェテランを当てるというのはいかにもこの劇団らしい。

　で、そのカモワンが絶品であった。'Sonnet …. C'est un sonnet.'「ソネ、ま、ただのソネですが」の慇懃無礼のせりふ廻し。そこでちょっと間を置いて上目づかいにアルセストを見つめ、'L'Espoir …' と甲高い調子で彼のソネの出だし（辰野訳で「のぞみこそ」）を吟じ上げる。初演時のアルセストはモリエールだったのだから、このオロントにはモリエールの演出が確実に伝承されているに違いない、そう思って、その貴重な伝承をぜひとも記憶に焼きつけておかなくてはと、翌日のマチネの1899回目の舞台にもわざわざ出かけたほど。ここで断っておくが、そのソネット自体が詩としてことさらに劣悪な出来だというのではない。たとえばハムレットのオフィーリアへの恋文の、いかにもお粗末な詩のような仕掛けが、作劇上そこに施されていたわけではない。モリエールは、彼の生涯の傑作を書くに当って、朕は国家なりの太陽王の宮廷の流行に、多少の戯画化は当然としてもまずは忠実に則って、このソネットを劇中に挿入したはずである。初演の観客席である詩人がオロントの朗唱を聞いてそれが自作の詩を模したものと思い込み、みごとな詩だと自慢げに叫

補　遺　　　349

んだはいいが、やがてアルセストの猛然たる批判のせりふに狼狽したという いささか作りばなしめいたエピソードが伝わっているが、これなどは、オロントのソネの評価の問題はむしろ怒りっぽい恋人のアルセストの側にあったことを物語っている。Le Misanthrope は、結局のところ、アルセストの劇的性格をめぐる一種の「問題劇」なのである。それにしても、ダンテから数えて4世紀ほどになるか、愛の定型詩の定番のはずのソネットは、いつの間にやら皮相な遊戯の域に衰えて、いま舞台の人物描写のためのまるで小道具並みになってしまった。モリエール同様根っからの劇作家シェイクスピアにも、たとえば『ヘンリー五世』にソネットをほんの小道具扱いに言及した例がみられる（第3幕第7場フランス軍陣営の場）。

　ただしシェイクスピアとモリエールとの違いは、そんな小道具を、何食わぬ顔で154篇も連作に並べて提示してみせたその恐るべく闊達な文学的才覚にある、その愛の連作 'sequence' をいわばひとつの「劇作品」として。

　ダンテのソネットとの対面は明治学院の夜間部の学生のとき、ダンテの全訳者中山昌樹が学院の人だったので全集が図書館の書架に 恭 しく揃えられていたが、『新生』はなんとなく自分の手元で手塩にかけたくて、後註の分厚い山川丙三郎訳の文庫本でていねいに読んだ。ここでも思い出ばなしのついでに、同じく学院の縁から藤村の『新生』にまつわる諸事情に思いが及ぶことがあって、あまりにいじましく、自分でも恥かしくなったことを覚えている。それに比べてこちらは、ベアトリーチェへの愛の詩31篇を引き具した愛の抒情の物語の体裁でありながら、その「愛」の表現のなんという烈しさ、あるいは異様。

　ベアトリーチェは実在の女性だという。フィレンツェの名門の娘で、19歳で銀行家に嫁しその5年後24歳で亡じた、となればダンテの恋は、まず彼女の結婚によって阻まれ、ついには彼女の夭逝によってもはや絶対に遂げられることはない。宮廷風恋愛の fin'amor「至純の愛」の条件はこうして完璧に整えられた。『新生』第2章、ダンテは9歳の終りの頃にはじめてベアトリーチェを見た。彼女は9歳になったばかり、高貴な紅色の衣の姿だった。続いて第3章、それからちょうど9年たって（ということはベアトリーチェは18歳、伝記的にはその翌年が彼女の結婚

の年)、時刻もその日の第9時(現在の午後2時から3時)、今度は純白の衣装を纏って彼の前に現れた。年かさの婦人2人と一緒だった。ダンテははじめて彼女からしとやかな会釈の挨拶を受け、彼女の声を耳にすることができた。あらん限りの至福に茫然となった彼は部屋に帰って夢を見る、その夢の詩が『新生』第1ソネットである。2連目4行の最後、「〈愛〉ふとわれに現れぬ、／そのさま憶ひ出づるも恐ろし」が山川訳。『文學界』の縁もあってやはりその頃愛誦していた柳村・上田敏の『海潮音』にもダンテからそのソネットだけが訳されていた、「〈愛〉の御姿うつそ身に現はれいでし不思議さよ。／おしはかるだに、その性の恐しと聞く荒神も──」。ここに擬人(神)化された Amore の圧倒的な存在感。オロントの 'L'Espoir' の平板な比喩表現とはまるで位相が違う。荒神の腕には紅の薄物のまま裸のベアトリーチェが眠っていた。手にはダンテの燃える心臓があった。その心臓をベアトリーチェに食べさせると、荒神は泣きながら彼女を抱いて天に向かって立ち去った。山川訳の後註には、心臓を食う、あるいは食わせるというのは、フランス、プロヴァンス地方、イタリア等中古の物語にみられ、ここでは二つの心の合一を表している、泣きながら立ち去ったのはベアトリーチェの早世を予示するものだとある。それは確かに寓意の描写は寓意の描写として、しかしこの烈しさは寓意の域を超えて、ひとつのリアリティと言うか、すでにしてダンテはソネットという定型詩の許容範囲にはとうてい納まりきれぬ世界を表現している。

　それにまた42の章に鏤められた31の詩は、何度かページを繰ってよくよく調べてみると、ゴシック建築を思わせる均斉のもとに整然と配置されているのだった。詩型による内訳はソネットが25、カンツォーネが5、バルラータが1(カンツォーネとバルラータは簡単に言うとソネットよりも長さが自由な長篇詩型)。さてその第1カンツォーネ(第19章)と第4カンツォーネ(第31章)を明らかな区切りにして、『新生』は、ベアトリーチェの死を中心に置いて前・中・後の3部に分かたれる。「前」はソネット9とバルラータ1、「中」はソネット7とカンツォーネ4、「後」は「前」と対になってソネット9とカンツォーネ1、これを数式にすれば、9+1、7+4、9+1。「中」の '7+4' はともかく、ソネット数を芯にして対の「前」と「後」を数式に書き直せば '3²+1'。この構築は『神

補　遺　　　351

曲』の 1 + 33, 33, 33 への展開を予想させるに十分である。そのときは
E. R. クルティウスの存在はまだほど遠く、彼の『ヨーロッパ文学とラ
テン中世』に付された「補遺」の 'Zahlenkomposition'（「数による構成」）
など知る由もなかったが、それでも、そうか、3 は父・御子（みこ）・御霊（みたま）の三
位一体、キリストの在世年数は 33, プトレマイオスの天動説では $3^2 =$
9 の九天層、ダンテがソネットの詩型にあきたりず『神曲』のために創
出した新しい詩型に terza rima（3 行韻）、そしてベアトリーチェのこの
世での存在は $3^2 = 9$ の「神秘」に包まれている。ダンテが彼女にはじめ
て出会ったのは双方 9 歳のとき、はじめて至福の会釈を受けたのはそれ
から 9 年後も終りの頃の第 9 時、それに salute（永遠の救い）はダンテの
時代 saluto（会釈）の意味にも用いたと山川註にある。ベアトリーチェと
は即ち「祝福を授ける女性」（Beatrice < L. *beatus* [= bringing happiness,
blissful] < *beo* [= to make happy, to bless]）, さればこそダンテは彼女の
導きによって九層の天空を超えていよいよ完全数 10（『神曲』は 34 +
33 + 33 = 10^2）の至高天エンピレオの神秘と一体になることができた。
Frauendienst（女性崇拝）は「宗教との融合を成し遂げると、ダンテのよ
うに心の平安が回復され、愛は全身全霊の厳粛をかち得ることができる」
（C. S. ルイス『愛のアレゴリー』）。こうしてわたしの貧しい読書は『新
生』を畏れとともに読み進めるうち、いよいよ第 29 章ベアトリーチェ
他界の描写になって、その日付の 1290 年 6 月 8 日が、まず 1290 の 90
は 13 世紀の完全数 10 が 9 回繰り返されたその年、そして 6 月 8 日の 6
と 8 は、いずれも、シリアとそれにアラビアの暦法を繰り出せばみごと
に 9 と合致する——ダンテがこう平然と説明し去るのに驚嘆しながら、
わたしはその思考の神秘の回路、あるいはその先中世ヨーロッパ文学の
全宇宙的に暗闇めいた底知れぬ恐ろしさに思わずたじろいで、ああここ
を過ぎて進めば苦悩の市（まち）へ、まだ人生の半ばに達していないはずの暗く
貧しい机の上に（アケロンテの川を渡るダンテのように、それとも泣き
つつ語るフランチェスカの語りを聞いたその人のように）ほとんど失神
しそうになって顔を伏せた。

2. ラウラ、カサンドル、エリザベス女王

　ソネットの起源を尋ね求めるのは難儀なことだが、一般には、シチリア島の民衆歌謡をその起源としている（sonetto < s(u)ono［< L. *sonus* = sound］+ -etto［diminutive］）．13 世紀前半、シチリア王国を統治していたのはフェデリコ二世である。やがてシュタウフェン朝最後の神聖ローマ皇帝に推されてフリードリヒ二世となり、「中世最後の薔薇」、また「黙示録的怪物」とまで呼ばれた。広く民衆間に流布した皇帝フリードリヒ不死伝説の主である。その怪物の宮廷がシチリアのパレルモに営まれ、そこに集ったプロヴァンス地方ゆかりの文学的才能が、民衆の俗謡を吸収して、カンツォーネ、ソネットなど、俗語による詩型を誕生させた。念のため、ここに言う「俗語」とはラテン語に対するイタリア語の文章表現のことである。わが国の漢詩に対する「やまと歌」の歴史を思えばよいか。「シチリア派」と名づけられたこのパレルモ宮廷の文学的才能のうち、ソネットの考案者として文学史はヤーコポ（ジャーコモ）・ダ・レンティーニの名を挙げているが、やがて 13 世紀半ば、フリードリヒの死とともに、俗語詩の流れは優美斬新のスタイルを唱える dolce stil novo「清新体」のトスカナ地方に移った。この派によって、「愛」は、宮廷恋愛の封建制を脱した fin'amor 本来の姿をとって立ち現れる。精神的美徳、魂の浄化のための愛。『新生』の成立は 1292 年から 93 年である。ただし愛の定型詩としてのソネットの王座は未だしと言うか、ダンテが愛の主題を含めて崇高な主題を扱うための最高の詩型としたのは、抒情の感傷に流れやすい 14 行のソネットではなく、理論的展開に自由のきく長さのカンツォーネの方だった。『新生』でソネットとされている 25 篇のうち第 2 と第 4 は 4. 4. 3. 3. の 14 行ではなく 6. 6. 4. 4. の 20 行の大型（二重）ソネット（sonetto doppio），畢生の大作『神曲』のために彼が創出した詩型は terza rima だった。ソネットの完璧な完成者はペトラルカである。「ソネットの詩型はひとつの天才的な発明であった。単一のエロティックな主題を何百ものソネットによって無限に転調することはペトラルカの魅惑的な発明であり、16 世紀にはソネット熱となって伝染病の広がりをみせた」（E. R. クルティウス）。

補　遺　　353

　ペトラルカは7歳のときピサの街頭でダンテに会ったことがあると回
想している。そのときダンテは46歳、政変によって故郷のフィレンツェ
から追放された流浪の身にあり、折から『神曲』の「煉獄篇」を執筆中
だった。ペトラルカ一家も同じくフィレンツェを追われてピサに在った。
40に満たない年齢差がソネットにこれほどの変貌をもたらしたことに、
2人の天才の資質の差を思わずにはいられない。

　ペトラルカのベアトリーチェはラウラである。Laura——それはたと
えば lauro（月桂樹）、その枝と葉で飾られた laurea（月桂冠）を36歳の
ペトラルカはローマのカピトリウムの丘で授けられている。彼にとって
の生涯の栄誉の象徴。しかしまた lauro の実は噛めば噛むほどに苦く、
それは人間世界の愛の現実の metaphor でありうるだろうが、こうした
愛の俗性にダンテは完全に無縁である。またたとえば l'aura は「微風」、
aureo は adj. = golden. そよ風にゆらぐ豊かな金髪のイメージは、ボッティ
チェリに1世紀以上も先駆けて、ルネサンスの「春」を演出する。ある
いは駆けて行くその姿はオウィディウスのダプネの物語。クピド（Cupid,
ギリシャ神話の Eros）の恋の矢に射抜かれたポエボス（太陽神アポロン）
は川の神ペネイオスの娘ダプネをひたすら追い求める。ダプネの方は恋
を退ける矢を受けていたからどこまでも逃れに逃れて、父ペネイオスに
願って月桂樹（Gk. daphne）に変身した。この、『変身物語』最初の愛の
物語（第1巻452–567）は、ダプネをラウラの純潔に移せば、クピドの宿
命の矢とともに、ペトラルカの愛の切実と、不安と、絶望と、そして絶
望を超えたネオ・プラトニズムの愛の至福を歌い上げるための恰好の導
きになるだろう。ダンテを導いたのはマントヴァの大詩人だった。ウェ
ルギリウスからオウィディウスへの転換はおそらく二人の天才の質の相
違を適切に示すに足りる。つまりはこのように、ペトラルカ生涯の詩集
『カンツォニエーレ（抒情詩集成）』の全366篇（詩型の分類ではソネッ
トが9割弱の317，カンツォーネが29，ほか）は、男と女の地上の愛の
喜びと苦しみ、そのもろもろの感情を、ゆらめく天上の光と影のもと、
優美、繊細、流麗、そして知性と敬虔の極みを尽して、余すところなく
表現することに成功した。

　もちろん366篇のすべてが愛の詩というわけではない。中にはたと
えば戦禍に喘ぐイタリアの平和のために諸侯に蹶起を促す愛国のカン

ツォーネがある、かと思えば友人に書物の借覧を懇請する日常茶飯の諧謔のソネットがある。しかしそれら fragments のそれぞれはそれぞれに所を得て、愛のテーマの「連作」(sequence)に奉仕している。この詩集本来の題名はラテン語で *Rerum Vulgarium Fragmenta* (= Fragments of Vulgar Matters)、即ち折々の世俗雑事の断簡零墨集。*Canzoniere* は、抒情の愛誦措く能わざるこの詩集の信徒たちによる自然発生的題名なのである。当然のことながら、ペトラルカには時代の人文主義者という文学史上重要な側面があった。全6巻の大作『凱旋』(*Triumphi*, 題名はラテン語)は、完成には至らなかったけれども、terza rima の詩型といい、ダンテの『神曲』を多分に意識した「愛」の寓意詩で、ここにもラウラが純潔の象徴として登場している。ほかにもラテン語による厳粛な著述も数多く、彼が桂冠の栄誉を授けられたのは「偉大な詩人にして歴史家」としてであった。彼が最も影響を受けたはずの著者はキケロとアウグスティヌス。彼は古典の学識とキリスト教の倫理の上に両脚を跨げた「思想家」だったのである。だが、さもあらばあれ、いまシェイクスピアの *The Sonnets* に関わっているわたしにとっての興味は、まずもって『カンツォニエーレ』の愛の描写の具体的な相手方(*The Sonnets* で言えば 'The Fair Youth' あるいは 'The Dark Lady')の「正体」でなければならない。

　ペトラルカがラウラと出会ったのは、詩人22歳の1327年4月6日の聖金曜日、アヴィニオンの聖クララ教会の礼拝のときだったという。これは彼自身『凱旋』で述べているところだ。しかしその日は正確には月曜で、ペトラルカはおそらくダンテに倣ってその日をキリスト受難の記念の日と一致させようとした(これを愛の苦難の予示とする註釈がある)。そして彼女の死は、やはり詩人によれば、出会いの日からきっかり21年後の同月同日、これまたベアトリーチェ昇天の神秘を思わせるものがあるが、ふと気がつくと、その年1348年はボッカッチョが『デカメロン』の物語枠に利用したペスト大猖獗の年だった。彼女もその黒死病の犠牲になったのであれば、ベアトリーチェの9という数の神秘が彼女を両腕に神々しく抱いて天に昇っていくのに対し、ラウラの方は14世紀の現実の地上の屍臭に生々しくまみれている。そしてその生々しさが、『カンツォニエーレ』の愛の豊潤な描写の事実性を疑わせることも十分にありえただろう。

じっさい彼女の実在は当初から疑われることがあったようである。ボッカッチョの義理の母親という人はベアトリーチェに擬された女性と遠い姻戚関係にあったのだという。その縁もあって、ボッカッチョは、ダンテのベアトリーチェの実在を、その出自、結婚、夭折の生涯も含めて、彼の『ダンテ伝』で示唆することができた。そしてその実在への示唆が「祝福の女性」「天上の女性」という彼女の象徴性を裏返しにして保証する言わば担保となりえた。それがラウラの場合は表現の力学が逆方向に作用してしまう。ここでもう一度ボッカッチョに登場してもらうと、彼はペトラルカより9歳年少で（なんというトレチェント[1300年代]三文豪の年代の身近さ）、ペトラルカを文芸上の師として尊敬し親交を結んだ。その彼がラウラは詩人の獲得したlaureaのアレゴリーだと、いかにも商人階級の出身らしく散文的に言い切った。ほかにもラウラの実在を疑う詩人仲間がいた。ペトラルカはこれに対し猛然と反駁する、愛の溜息は見せかけだけでつけるものではないのだと。この反駁を詩人の強弁と解して、ここから詩人の虚勢あるいは虚偽を意地悪く引き出す必要はない。彼は、ゲーテとともに、詩 Dichtung における真実 Wahrheit を語っているのだから。「詩は業なり、虚に似て実なり」は柳村・上田敏。そしてもちろん、ルネサンスの時代、愛の抒情詩としてのソネットの描写を支配することになるのは、天上に坐する厳粛なベアトリーチェではなく、地上に明確の影を落とす（あるいは天上の光にかろうじて縋ろうとする）生々しく豊潤なラウラの方である。少々先走ってシェイクスピアの劇作を見てみると、ともあれラウラへの言及は見られるが、ベアトリーチェの方は、ベアトリーチェはベアトリーチェでも登場人物のビアトリス（Beatrice の英語読み）。彼女はまことに「現代的な」（われわれの時代の意味での）ヒロインで、彼女の恋人のベネディックに、憎むべき男を「殺して！」とまで言い放つ（Benedick も語源的に＜benedicus［= to be blessed]だから Beatrice と対になる受身形）。ともあれルネサンスがいよいよ爛熟への傾斜を深めていくにつれて、『カンツォニエーレ』の優美と調和、流麗と均斉の面がもっぱら技巧的に抽出され、表現的に模倣されて（たとえばクピドの恋の矢などの metaphor，それに「溜息の嵐」「涙の雨」などの cliché），Petrarchismo（ペトラルカ詩風）として、クルティウスの言う ansteckende Krankheit さながら、大陸を席捲すること

になった、ここでもやはりペトラルカのために弁ずるとすれば、彼のアウグスティヌス的敬虔の面は無視され、無視されぬまでもただの解説の域にとどめられて。

ついでに付け加えると、Petrarchismo の流行とともに、15 世紀後半から 16 世紀にかけて、ラウラの実在の探索が熱心にむし返された。中でもアヴィニオンの名門サド家（18 世紀、例のマルキ・ド・サドを生んだ家系）のノーヴ家に嫁いだラウラが有力で、1533 年に調査団が編成され、死亡記録や墓碑から証拠らしきものが発見されたというが、必ずしも信の置けるほどのことではなかった。ここでもまた先走って、やはり 19 世紀後半から 20 世紀にかけて、The Sonnets の 'The Fair Youth'，'The Dark Lady' の身元探索に学界が狂奔したのを思わせる話である。

フランス 16 世紀後半、昴七つ星の「プレイヤード派」を Petrarchismo の名のもとに括ってしまうのは、この派本来の名称 'brigade'「部隊」の精神に反するのかもしれない、この青年部隊の掲げる目標は詩作における自国フランス語の革新にあったのだから（ダンテも 'dolce stil novo' からの出発だった）。その颯爽の隊長役がピエール・ド・ロンサール。ソネットの導入にはペトラルカの訳を手がけた先達クレマン・マロがあり、またペイターの『文芸復興』で 1 章を与えられたロンサールの盟友デュ・ベレーがあるが、次にはいよいよロンサールが 184 篇の抒情詩を集めた『愛の詩集』でソネット作者としての名乗りを上げた、ロンサール 28 歳の 1552 年である。それから彼の死までの 30 年ほどが文学史的にフランス・ソネットの最盛期ということになるか。モリエールの 'L'Espoir' の 1 世紀前。

ここでもわたしにとってのソネットへの興味はまずもってマドンナ像である。そこでロンサールでもまずカサンドル。彼は宮廷に仕える青春の詩人だ。王子の近習としてロワール河畔の名城での舞踏会に随行して、リュートを弾いて歌う 15 歳のカサンドルを見る。「〈愛〉がカサンドルの美しい眼でわたしを撃った」と彼は歌った。しかし彼女はその翌年の末に結婚、これもまたみごと叶えられぬ愛である。Cassandre（ギリシャ名ではカサンドラまたはアレクサンドラ）はトロイアの王女。彼女もアポロンに愛され予言の力を授けられたが、体を与えることを拒んだためにその予言はけして信じられぬという呪いを負った。パリスの妻ヘレネー

を迎える際にも、ヘクトールの無謀の出陣の際にも、木馬を愚かにも城内に引き入れる際にも、彼女の予言は聞き入れられることなくトロイアは滅亡する。シェイクスピアは『トロイラスとクレシダ』で狂女のカサンドラを2度ほどほんの短く登場させて、さすが劇作家のみごとな効果を上げているが、ロンサールのソネの彼女は、予言は予言でも、ニンフの姿でこの愛の不可能と絶望を残酷な優しさで詩人に語りかける、これまたみごと詩人の筆である。

　さてそこで、確かにみごとな詩人の筆であるとして、ここでもこのカサンドルは実在の女性なのだろうか。20世紀に入って彼女についても実証的探索がしきりに行われ、フランスに移住したイタリア名家の娘（母親はフランス人）と突きとめられた。ロンサールが彼女をはじめて見た舞踏会の日付は1545年4月21日（この日付には特別意味はない）、ロンサールは21歳にまだ5か月の20歳、彼女の嫁ぎ先は彼と同郷の名門の城主だったとされる。この探索の成果をラウラの場合と比べて確かなものとわたしなども信じてしまうのは、たとえばノーヴのラウラの16世紀と、いまその20世紀の探索との考証の質の差ということがあるにはあるが、それ以上にやはりロンサールによるカサンドルの描写が、天と地の間に踏み惑うペトラルカに比べて、確実に地上のものであるということ、それが証拠に、やがて詩人のマドンナは、カサンドルから2番目のマリに移ってしまうのである。ホラティウスに還ってのcarpe diem「今この時をこそ楽しめ」のテーマ。地上的、あるいは肉体的愛。いや愛と言うよりはこのあたりでもう「恋」と言った方がいい。それは中年の詩人の恋だ。明るく広がる田園風景の中の若々しいマリMarieの登場である。だが五月の枝に咲く薔薇とソネで歌われた彼女も、朝の露を受けてはかなく地上に落花してしまうと、今度は3人目のマドンナとして、宮廷の美女エレーヌが現れた。Hélèneの名はもちろんトロイアのヘレネーであるが、カサンドラに続くせっかくのこの名前をロンサールは劇的に利用することをしない（シェイクスピアのソネットならきっと舌なめずりしただろうに）。もはや老年の恋の切実を詩人は過ぎ行く時の足音を聞きながら悲哀をこめて歌うだけだ。

　田園のマリも、宮廷のエレーヌも、カサンドルと同じくその実在についての考証がある。ただし、ロンサールの詩作の実際はもう一歩踏み込

んでみると、詩集『マリの死を悼む』（ソネットが 11 篇ほか 5 篇）のマリは、マリはマリでもアンリ三世の愛人のマリで、詩集は彼女の早逝を嘆くための王の依頼による編纂だったというし、またエレーヌの方も、他の女性のためのソネットを『エレーヌへのソネ集』の中に加えたとエレーヌ本人が不服を唱えていたなどの事情が明らかになってくる。もっともこれをもってロンサールの不誠実を咎め、彼の多情の恋の遍歴を暴き出そうとするのは、ペトラルカの虚偽を意地悪く摘出すると同じく、文学の創作の秘儀を心得ぬまこと哀れな話だ。われわれはロンサールの 3 人のマドンナがいずれも地上に確かに実在した生きた女性であることを確かめれば足りるのである。

　付け足しにここでだれしもが気になるであろうロンサールの結婚に言及しておくと、彼は聖職禄の権利をもつ僧籍の人であったから結婚はしていない。子供もいない。同じく僧籍のペトラルカも教皇から妻帯の特赦を示唆されたが、みずからの詩作の理念に殉じてそれを断ったという。子供は男子と女子、生母が同一女性かは不明。ダンテは正式の結婚による子供が 3 人もしくは 4 人。もう 1 つ、ソネットの詩法の問題は次節のテーマであるが、ここでも少々先走ってロンサールのソネットのリズム（韻律）についてふれておく。彼のマドンナがカサンドルからマリに移る前後に、中世以来の伝統の 1 行 10 音節のデカシラブ（decasyllabe）から、抒情の表現をよりのびやかに展開してくれるであろう 1 行 12 音節のアレクサンドラン（alexandrin）に移行した。脚韻配置も含めて、このロンサールの詩型がフランス・ソネットのスタンダードになる。

　イギリスでのソネット最初の印刷は、リチャード・トテルの *Songes and Sonettes*, 通称『トテル版雑詠集』（*Tottel's Miscellany*）である。ロンサールの『愛の詩集』出版の 5 年後の 1557 年。そしてその翌年の 1558 年 11 月 17 日はエリザベス女王即位の日付だ。やがてこの処女王のもと、イギリスが世界の「一等国」に駆け上がるにつれ、彼女は、至高天のベアトリーチェとは位相を異にする玉座に燦然と坐して詩壇に君臨する。スペンサーの『妖精の女王』（*The Faerie Queene*）の「栄光の女王」Gloriana. この大いなるマドンナのもと、詩人たちは、それぞれが安んじて、Laura ならぬ地上現実の小マドンナを工夫都合して、それぞれの連作ソネット sonnet sequence に丹精をこめた。因みに *Gloriana*

補　　遺　　　　359

は現在のエリザベス二世戴冠に際してベンジャミン・ブリテンが作曲した不運なオペラの題名である。しかしせっかくここで名前に立ち入るのなら、時代を 17 世紀初頭に引き戻して、その頃の舞台に、Gloriana の名前の美女の髑髏が唇に毒を塗られ、その唇に好色の支配者が接吻して悶死する、そういう芝居が上演されて喝采を博していたことを付け加えた方がいい。もちろん女王崩御の数年後。その戯曲の印刷・出版者がシェイクスピアの The Sonnets の印刷者というのも因縁である。

3.　gran volta──4.4.3.3. から 4.4.4.2. へ

　Gloriana エリザベス登場のその前に。

　イギリスのソネットは『トテル版雑詠集』のサー・トマス・ワイアットとサリー伯ヘンリー・ハワードによって始まるとするのが文学史の常識だが、それはソネットの詩型の移入という次元に留まって、愛の連作 sequence にまで及ぶものではなかった。両人とも詩人である以上に宮廷人、つまり政治の世界の人であった。それも、ロンサールのフランスとはわけが違い、イギリスは薔薇戦争の昏迷混沌をようやく抜け出したばかり、絶対王政に向けての急展開を冒険しつつあるヘンリー八世の宮廷人であった。

　ここでとりあえず例を 1 つだけ、ワイアットのソネットを引いてみる──'Whoso list to hunt, I know where is an hind, / But as for me, helas, I may no more; / The vain travail hath wearied me so sore, / I am of them that farthest come behind.'（「狩をお望みの諸氏よ、わたしは雌鹿の居場所を知ってはいるが、残念ながらわたしとしては、もう追うことをしない、熱心に追い求めても結局は無駄な骨折り、いまは狩のどん尻で疲れ果てている」）、これが最初の 4 行。求愛を狩に譬えるのは恋愛詩の常套だが、読み進めるうちにここでの雌鹿はどうやらアン・ブリンを意図しているとわかってくる。Anne Boleyn──やがてヘンリー八世の 2 番目の王妃となり、Gloriana エリザベスの母となる女性。ワイアットとはたがいに領地が近かったから幼い彼女と知り合う機会があったかもしれず、それから時をへて、いまの彼女は、長いフランス王宮の滞在で才と色

とを兼備した美女中の美女、現王妃キャサリン付の女官として宮廷に煌き輝いている。物語ふうを続けるなら、群がる好色の狩人の群れ、しかしたちまち王ヘンリーが彼女の最も熱心な狩人となった。ワイアットのソネットの最後の4行は 'And, graven in diamonds, in letters plain / There is written her fair neck round about : / 'Noli me tangere, for Caesar's I am ; / And wildè for to hold, though I seem tame.' (「雌鹿の美しい首には、ダイヤモンドにしっかと刻まれた文字でこう書かれている、ワレニ触ルナ、わたしはもうシーザーのものだから。捕まえようとすれば、優しげにみえてもちょっと暴れてみせますよ」)。このソネットは『トテル版』ではなく草稿の形で伝わったもので、内容的にはペトラルカの翻訳(というより翻案)の作である。イギリスのソネットも、フランスと同じく、まずペトラルカを自国語訳に鋳直すことから始まった。さてペトラルカの原作(『カンツォニエーレ』190番)では雌鹿はもちろんラウラ。カタカナ訳で示したラテン語は聖書 John 20.17 のキリストの言葉から。したがってペトラルカのシーザーは「神」の含意だからそこでのラウラは天上の神聖な愛の対象ということになるだろう。それがワイアットだとシーザーはヘンリー八世。求愛の狩は、なんと惨めな、地上の権威への腰をかがめた卑屈な保身で抛棄されるのだ。

　もう少し物語ふうを続ける——アンは王妃の座を得て王女エリザベスを出産するが、なにせ相手は「六人の妻」の国王ヘンリーである、姦通の罪の暗黒裁判の末、ロンドン塔で断頭台の露と消える。姦通の相手とされた4人に加えて、アンの兄ジョージも姦通の手引きとして処刑された。ワイアットは幸いにも処刑を免れたものの、ロンドン塔に幽閉され、その窓からアンの斬首を見たという。『トテル版』ソネットのもう1人、サリー伯ヘンリー・ハワードもアン・ブリンの従弟に当る。彼がアンの裁判を見たとすればまだ20歳であった。ヘンリー八世の5番目の王妃キャサリン・ハワードとも従兄妹関係。彼女もやはり姦通の罪で処刑される。ヘンリー・ハワード自身も、彼の奔放な言動も災いして反逆罪で処刑されたが、その日付がヘンリー八世の死の1週間前というのも運命の残酷である。彼の父親のノーフォーク公の方は逆に処刑の予定が王の死の翌日だったため間一髪で死を免れた。

　そういう時代であり、そういう宮廷であった。これではいくら詩ごこ

補　遺　　　　361

ろにあふれていたとしても、愛の詩の連作などとうてい叶うものではない。しかしそういう時代、そういう宮廷であったればこそ、マドンナの選別も、表現ともども厳しく鍛えられて、やがて大いなるマドンナとして君臨するエリザベス女王の大いなる傘のもと、サー・フィリップ・シドニーの愛のソネットの連作が安んじて地上に花咲いたとも言えるのである。

　フィリップ・シドニーで最も有名なのは、例の 'Thy necessity is yet greater than mine.' の名せりふだろう。オランダの戦場で颯爽の馬上のその脛にマスケット銃弾を受け、出血の渇きから飲み水を求めながら、傍らの重傷の一兵卒のためにその水を与えた話。もう1つはオフィーリアのハムレット評、'The courtier's, soldier's, scholar's, eye, tongue, sword' (*Hamlet* 3.1.147)、これがシドニーにそのまま当て嵌まるとしてよく引かれる。それは確かにシドニーは、その名門の出自はもとより、この時代を代表する文武両道の理想の貴公子ではあったが、脛の傷というのもわざと脛当てを外したダンディズムによるものだったし、(名せりふ自体にしてから彼の親友フルク・グレヴィルの筆でおそらくプルタルコス[『プルターク英雄伝』]からの孫引きだったらしいことは今は問わないにしても、)それにオフィーリアのせりふの方も、わざと chiasmus（交錯配列）を三重にしてちぐはぐな違和感を強調したいかにもシェイクスピアらしい工みなのだから、引く方でもそのちぐはぐな交錯をどこかで意識しているに相違ない。そういう chiasmus が、32歳まで1か月残して脛の傷から敗血症で死んだシドニーだけのことでなく、ほかにもたとえばシドニーの未亡人フランセスと結婚することになる第二代エセックス伯ロバート・デヴェルー――彼の場合もその政治的行動での正義感と思慮分別とのアンバランスが chiastic に現れ出て、なにせ権謀術数の渦巻く女王の時代のこと、新興の文官政治家連に遅れを取ることになったとしてもまたやむをえないことだった。だが文学の魅力はむしろそのちぐはぐな chiasmus にこそ懸っている。セシル親子の側からでは詩はけして生れはしない。シドニーのソネット連作『アストロフェルとステラ』も、Petrarchismo への対応の chiasmus によってイギリスのソネットの魁となりえたのだった。

　アストロフェルは「星を愛する人」(Astrophel < Gk. *astron* = star + *phi-*

los = loving. 念のためギリシャ語の綴りに忠実に Astrophil とする版も
あるが、一般には -phel)．ステラ (Stella < L. *stella* = star) は「星」、つ
まり題名からして Petrarchismo を拳々服膺しているようにみせかけて、
その Frauendienst の身構えをわざとギリシャ語、ラテン語の古典語混淆
で知的に乾かしてずらしたところが、そもそもアイロニカルな仕掛けに
なっている。ソネット 108 篇に長短のソングを 11 篇まぶしたその詩集
から、例を 1 つだけ、ソネット 71 番をここに引いてみる、これまた『カ
ンツォニエーレ』248 番を模したもの。'Who will in fairest book of na-
ture know / How virtue may best lodged in beauty be, / Let him but learn of
love to read in thee, / Stella, those fair lines which true goodness show.'（「だ
れしもが望むのは自然の最も美しい書物、そこには美徳が最もふさわし
い姿で美の中に宿っている。だからこそ皆争って愛の教えを読み取ろう
とするのだよ、だってステラよ、あなたの美しい 1 行 1 行にまことの
善が示されているのだから」）。これが最初の 4 行。このあとも、善と美
とが調和して一身に備わったステラという教訓の書物への讃美が恭しく
続けられたあと、最後の 14 行目に 'But ah, desire still cries, "Give me
some food".'（だが、ああ、欲情はいつでも叫んでいる「肉の食べもの
を与えてくれ」）。この 1 行によってラウラもどきの天上のステラはもん
どり打って地上に転げ落ちて生身の肉の女に交錯配列されるのだ。天上
から地上への明朗闊達 sportive な「回転・転換」(It. *volta*)．それがシ
ドニーの新境地である。ここの sportive には = amorous, wanton (Onions)
の意味をぜひ加えてほしい。

　彼のマドンナの方も、その実生活上 sportiveness にかけてはひけをと
らなかった。彼女は初代エセックス伯の娘ペネロペ・デヴェルー（つま
り先に名前を挙げた第二代エセックス伯の姉）である。フィリップ・シ
ドニーが宮廷に出仕しはじめた頃に、たがいの父親同士の間で 2 人の結
婚の話が持ち上がったものと思われるが、ペネロペは父親の死後 19 歳
でロバート・リッチ卿と結婚してしまう。シドニーだって、その 1 年半
後にサー・フランシス・ウォルシンガムの娘、まだ 14 歳のフランセス
と結婚するのだから、おあいこというか、宮廷を舞台にしたこの時代の
結婚は両家の政治力、経済力（財産）をたがいに計算し合った上での駆け
引きだったのだ。さて天上の「星」に擬せられたペネロペ・デヴェルー、

われわれはペネロペというと 'Penelope's web' のオデュッセウスの貞淑な妻を思い浮かべるが、これがなかなかの女性で、夫のロバート・リッチと相性が悪かったというべきか、やがてマウントジョイ卿と公然の愛人関係になった。シェイクスピアの 'The Dark Lady' 候補に取り沙汰されたこともある。豪奢華麗の美の誉れも高かったようで、ヘンリー・コンスタブルのソネット集『ダイアナ』の1594年版には 'To Lady Rich' の題名(編者 M. F. Crow による)の1篇(1–10)がある。

シドニーの連作はおそらくペネロペの結婚(1581年11月)後の創作だったろう。ペネロペの夫ロバート・リッチに恋仇の役を振って、『金色夜叉』の富山唯継ではないが、Rich に rich を読み込んだ 'Rich Sonnets'(24, 35, 37番)をシドニーは連作の中に平気で加えているのだから。シェイクスピアの 'Will Sonnets' はこのシドニーを先達にして、若さにまかせてさらに奔放自在の筆を遊ばせた結果なのかもしれない。連作は手稿の形で彼の親しい文学仲間の間で廻し読みされていたはずである、彼にはロンサールたちのプレイヤードと同じく自国語による詩歌の発展を志したグループ「アレオパガス」(Areopagus は古代ギリシャ最高法廷のアテネの丘の名)があった。あるいは、当のペネロペも含めて彼女の周辺の人たちの間で隠れた形で喜んで読まれていたかもしれない。出版はシドニーの死後の1591年。最初はまことに杜撰な海賊版、続いて改訂版。その頃にはシドニーの未亡人フランセスは再婚していたことだし、先夫シドニーのステラへの愛の「話」が世間の目にふれることになったとしても、彼女にはさして気にするほどのことではなかった。というより、そもそもシドニーとペネロペの間には、愛のソネットの連作を可能にするような恋愛感情が存在していたかどうか疑わしい。天上のステラに絶対の愛を捧げるアストロフェルという人格は、ソネットの連作のための作者のペルソナというか、連作自体が知的な遊びなのだ。シドニーの『詩の弁護』(The Defence of Poesy)に恰好の1節がある——'truly, many of such writings (= lyrical kind of songs and sonnets), as come under the banner of unresistable love, if I were a mistress, would never persuade me they were in love.'(「実のところ、そういった諸作品[= 歌やソネットなどの抒情詩]のほとんどは、いかにもこの恋ひとすじといった真剣な様子で書かれていますが、相手の女性にしてみれば、そんな恋って本当に

あるのかしらと思うようなものばかり」)。こうした知的な遊戯性、地上の明朗性へのずらしを今もシドニーの「新境地」と言ってみた。

ともあれ 1591 年の『アストロフェルとステラ』の出版から 16 世紀の終りまでの 10 年間、イギリスの文芸界に愛のソネットの連作ブームが起る。百花繚乱、あるいはむしろ雨後の筍の比喩の方がふさわしいか。これほどの爆発的な流行は、世界文学史上、わたしには(もちろん詩作以外の分野も含めて)すぐには類例が思い浮かばない。シェイクスピアは、時代の流行にみごとに敏感な若者(彼の作家としての career からすれば 30 代に入っても負けん気の「若者」)だったから、早速この流行の中にどっぷりと漬かった。彼には特に、ちょうど 10 歳年上のフィリップ・シドニーの、感傷を sportive に処理したペルソナの遊びの感覚が魅惑であったろう。それともう 1 作、百花繚乱の中から、彼がわけても先達(あるいはむしろ同行)とした確実な例があった。エドマンド・スペンサーの Amoretti である。

スペンサーは、シェイクスピアと同じく貴族の出ではなく、一介のロンドンの衣服職人の子である。しかし地方出身のシェイクスピアと違って初等教育に恵まれ、さらに給費生としてケンブリッジで学び、詩作の世界に乗り出してこの時代を代表する一大長篇寓意物語詩 The Faerie Queene (未完)をはじめいくつかのめざましい詩作を残して、英文学史上、チョーサー以来の大詩人、'Poets' Poet'「詩人中の詩人」と謳われるに至った。出発はフィリップ・シドニーの文学サークル「アレオパガス」である。彼の最初の単独出版『羊飼の暦』(The Shepheardes Calender [sic], 1579)はシドニーに捧げられている。その後アイルランド総督の秘書の役を得て生涯の大半を都から離れて詩作に打ち込むことになったが、赴任前にロンドンで結婚した妻と 10 年以上も連れ添った末先立たれた。それが、再婚の相手にのちのコーク伯の従妹に恵まれる。40 歳を過ぎての愛であった。その結婚に至るまでの約 1 年間を 89 篇のソネットの連作に詠じたのが Amoretti (< It. amore = love + -etti [pl. of diminutive -etto])、題名訳は『恋愛小曲集』でよいと思うが、念のため付け加えると、amore を愛の神 Cupid (Eros)の意味にとれば『小さなキューピッドたち』の訳もありうる(16 番ソネットにはその意味の表現がみられる。The Faerie Queene には美と愛の象徴の女性に Amoret の名が与えられ

補　遺　　　365

ている）。

　再婚の相手はエリザベス・ボイル。エリザベスの名前は彼の産みの母、そしてもちろん時代の愛の大いなる栄光の女王の名でもある。彼はその栄光の大マドンナ Gloriana に *The Faerie Queene* 第 1–3 巻（1590）を献じてともあれ 50 ポンドの年金の下賜を彼女から恭しく捥ぎ取った。'Ye three Elizabeths, for ever live, / That three such graces did unto me give.' は 74 番結びの 2 行（「わたしに三つの恩寵を与え給いし三女神エリザベスよ、御身（おんみ）らの上に弥栄（いやさか）を祈り奉る」）。みずからの愛のソネットの中に女王への追従を忍び込ませたみごと戦略の表現。しかしそうした戦略は戦略として、連作 *Amoretti* はペトラルカをそのままなぞるかのように、愛の苦しみ、愛の悲しみ、愛の恍惚と不安、それらすべての感情の起伏を歌い続けて、いよいよ 3 分の 2 を過ぎたあたりで、婚約の喜びの 68 番になる。その日はなんと暦でも復活祭の日だった。罪と死を征服し給いしイエス・キリストの愛がわれらすべてに満ち溢れる日、'So let us love, dear love, like as we ought ; / Love is the lesson which the Lord us taught.'（「だから愛し合おうよ、愛する人よ、愛は主の尊い教えなのだから」）——ここでの「尊い教え」とは「わが誡令（いましめ）は是（これ）なり、わが汝らを愛せしごとく互に相愛（あい）せよ」（*John* 15.12）。この結びの 2 行に至って、amour courtois の不毛の愛は、キリスト教の夫婦の愛、地上の性愛へと、完璧な転換をとげて着地する。なんとも鮮やかな volta 回転の呼吸。スペンサーはこの呼吸を、さらに 4 篇 9 連の songs の中仕切りでゆっくり整えたうえで、愛の成就の結婚式当日を、これまたなんと夏至の日に当ったが（ただし現代の暦の日付とは違う）、その一日の夜明けから深更までを、24 連 434 行の長篇詩で華麗に歌い上げて、ギリシャ詩以来の伝統の *Epithalamion*（< Gk. *epi-* = at, upon + *thalamos* = bridal-chamber）『祝婚歌』と題した。求愛と結婚の一体化。スペンサーの愛の詩集全 1 巻は、結婚の翌年 1595 年に、'Amoretti and Epithalamion. Written not long since by Edmunde Spenser.' の title-page で出版された。翌 1596 年 *The Faerie Queene* 第 4–6 巻出版。

　Epithalamion 24 連の 24 はもちろん 1 日 24 時間の 24 に通じる。そうした簡単明瞭の常識的数だけのことでなく、そもそも古代中世の詩作品での Zahlenkomposition についてはクルティウスが「補遺」でわざわざ

取り上げていたが、その後特にスペンサーを例にして numerological study の成果が相次いで現れた（A. K. Hieatt, *Short Time's Endless Monument*, 1960 / A. Fowler, *Triumphal Forms*, 1970）。それらの成果に親しく分け入ってその詳細にいちいち感嘆しながら、しかし、学生の頃、暗くおぼつかない灯りのもとで繰り返し繰り返し『新生』のページを繰ってはその構造の神秘を発見した（と思った）あのとき、畏怖と絶望の余り貧しい机の上に突き伏したあのときのようではありえなかった。わたし自身の読みの感性の進歩（あるいはむしろ退化）のせいということか、しかしこの際当の作家の側に問題を移せば、中世の切迫とルネサンスの余裕との相違、作家精神の対象への距離感覚の差――とすればここでのスペンサーは Zahlenkomposition の神秘を「近代」の作家として完璧合理的に利用し尽しているということになる、たとえば先に小さな例に挙げたエリザベス女王への追従をソネットの 1 篇にしたたかに忍び込ませたように。つまりは実在のマドンナを確かな基盤とした愛の「物語」の dramatization ということだ。

　スペンサーはシェイクスピアのひと廻り年長である。シェイクスピアは、その 12 歳年上の、*The Faerie Queene* の畏敬すべき先達と、いまはソネットで同行しながら、彼とても本来血気盛んな dramatist である以上、先達の水際立った 'dramatization' の次元をさらに引き上げて、drama 本来の二幕の舞台に sequence を纏め上げる試みに当分熱中した、もちろん彼本来の劇作の合間合間を縫うようにして。

　ここで遅まきながらソネットの詩型の変遷についてその概略をまとめてみる。

　ソネットの起源を 13 世紀シチリア島に想定するとして、その地の民衆歌謡を代表するストランボット（strambotto）のリズムはイタリア詩に一般のエンディカシラボ（endecasillabo）11 音節だった。脚韻は a b a b の crossed rhyme（交互韻）だから、これが 2 回繰り返されて前半の 8 行になり、後半 3.3. の 6 行についてもストランボットの異型の脚韻 c d の 3 度のリフレイン c d / c d / c d が c d c / c d c に移行した――これがおそらく sonnet form 4.4.3.3. について最も納得しやすい説明だと思うが、なにせ民衆歌謡からの詩型発生の問題だから多様な異論があって当然である。前半 4.4. から後半 3.3. への「転換」については、そもそもが楽器

の演奏を伴った民謡である以上しごくもっともなことと納得できる。

　ダンテの『新生』には 14 行ではなく 6.6.4.4. の 20 行の sonetto doppio が 2 篇含まれることは先でもふれた。詩型のうえでも、Italian sonnet form の安定した完成者はやはりペトラルカなのである。1 行のリズムは 11 音節におのずと定着し、脚韻の配置はまず前半の 4.4. が a b b a / a b b a の enclosing rhyme（閉鎖韻）の繰り返し（『カンツォニエーレ』全体の 96％, ほかは a b a b の交互韻など）、後半 3.3. は c d e / c d e または c d c / d c d が 75％（ほかは c d e / d c e 等）。この詩型をペトラルカは典雅流麗の抒情に飼いならして Petrarchismo の「規範」とした。

　フランスの場合──ロンサールのソネのリズムは 1 行 10 音節のデカシラブから 12 音節のアレクサンドランに定着したことは前述のとおり。脚韻配置は、ペトラルカの抒情を地上のマドンナで難なく引き継いで、前半が a b b a の閉鎖韻の繰り返し、後半が c c d / e d e（または c c d / e e d）. これがその後の標準になった。

　さてイギリスのソネット──リズム（韻律）については、ワイアットもサリー伯も、ロンサールの場合と同じく、イギリス詩で最も使いならされてきた iambic pentameter（弱強 5 詩脚）に自然に納まった（この用語については本選集 1–10 の「シェイクスピアの詩法」参照）。だが脚韻配置となると、英語はラテン語系のフランス語とは違って、同一韻そのままの繰り返しが容易なことでないし、特に 3 行韻／3 行連句の工夫がきわめて困難である。前半 4.4. の a b b a / a b b a が脚韻を変えて a b a b / c d c d に、後半 c d c / d c d が c d c d / c d → e f e f / g g に移行するのも、ゲルマン系の英語の特性に加えて、やはり「一等国」に駆け上がった新興国の開き直りというか、文芸の面でも時代の勢いを思わせる。その流れの中にあって、シドニーがこと脚韻配置についてはペトラルカの規範の Italian form を守り通したというのは、さすが水筒の水を欣然として傍らの一兵卒に与えるダンディズムである。一方のスペンサーは *The Faerie Queene* を引っさげた 'Poets' Poet'、その大作の詩型（a b a b b c b c c）は彼の名を採って 'Spenserian stanza' と呼ばれ、その後の名だたる詩人たちの物語詩に踏襲されることになる。ソネットでもペトラルカの「規範」を離れるのになんの逡巡もあろうはずがなく、それも 4.4.4. の脚韻配置となると前の脚韻をリレー式に次に繋げる工夫、たとえば a b ab/bcbc/cdcd/というように韻がおのずと流れ出る天成の詩作ぶりだった。

　しかしシェイクスピアはそうした工夫にまるで拘泥しようとしない。 abab/cdcd/efef/gg の form が、舞台での当然の所作のように、おのずと彼のソネット詩作に備わった。この 'English form' を（Italian form を Petrarchan form と呼び慣わすように）文学史上 'Shakespearean form' と呼び慣わすのはいかにももっとものことのように思われる。しかしとりわけそう思わせる格別のものは、わたしには、efef から gg への転換の呼吸である。スペンサーの場合も先に引いた *Amoretti* 74, 68 は転換の鮮やかな例としてであったが、シェイクスピアの転換は、さらに dramatic に、舞台の「決めぜりふ」の呼吸、あるいは花道の「見得」の一瞬。

　sonnet form ではその「転換」を 4/4/4//2 のように特に // で示すことがある。名称としてはこれまでもしばしば先走って使ってきたイタリア語の volta（英語では turn）を用いる。この際シェイクスピアの転換の volta は、volta は volta でも、これを athletic 用語（鉄棒）に用いた gran volta の「大回転」、その大車輪の勢いで、登場人物を実在に擬するなどの小細工は、感傷もろとも、遠心分離で雲散霧消にけし飛んだ。

　最後に Italian（Petrarchan）form と English（Shakespearean）form の構造と脚韻配置、それに付随する各名称を図示すると──

Italian form				
4（a b b a） /	4（a b b a）	//	3（c d e） /	3（c d e）
1st quatrain	2nd quatrain	volta	1st tercet	2nd tercet
（第1・4行連句）	（第2・4行連句）	（転換）	（第1・3行連句）	（第2・3行連句）

English form				
4（a b a b） /	4（c d c d） /	4（e f e f）	//	2（g g）
1st quatrain	2nd quatrain	3rd quatrain	volta	couplet
				（2行連句）

4. シェイクスピアの 'Sonnet Trilogy'

1582年11月、シェイクスピアは生れ故郷で結婚した。18歳だった。相手は8歳年上の26歳。翌年5月に長女が、その翌々年2月に双子の長男と次女が、誕生の洗礼を受けた。しかし彼は人生をそのまま故郷に落ち着かせることをしなかった。単身ロンドンに出て演劇界に身を投じる。その頃のロンドンはなによりもまず演劇の都だ。新興のエネルギーに滾（たぎ）り立っていた。その坩堝（るつぼ）に呑み込まれるようにシェイクスピアは故郷を出たとしか言いようがない。時期も、経緯も、結局のところ不明のままである。伝説めいた話にはこと欠かないし、そうした伝説に基づく研究も多様になされているが、推測の域を出ないのはやむをえない。時期については1587年が最大公約数のあたりか。とするとシェイクスピアは23歳。その翌年の1588年はスペイン無敵艦隊(the Spanish Armada)来襲撃退の年である。日本の明治期の日本海海戦ではないが、グラヴリーヌ沖海戦の大勝利によってこの国は世界の「一等国」に名乗りをあげることができた。舞台での歴史劇流行の要因をこの勝利による民衆の愛国の熱狂と結びつける論もなされている。それに、1588年はエリザベス女王即位30周年に当っていた。この王国こそはわが夫君と宣した大いなるマドンナ Gloriana が詩人たちの頭上にひときわ燦然と光り輝いて、ソネット連作の流行をうながしたとする論だってもこの際できなくはない。時代が様式を推進する。English form の volta の勢い。

シェイクスピアの上京をその1年前とするのは、彼の dramatic な跳躍への助走に適切な余裕期間を想定できるから。そして実際、想定された上京から5年後、1592年の夏過ぎに28歳のシェイクスピアはロンドンの舞台を鳴り止まぬ喝采で搖り動かすほどの人気作家として、われわれの前にその姿を現すのである。その頃までに彼は確実に歴史劇の4連作を彼自身の作品として書き終えていたであろう。ほかにも喜劇や悲劇を物していたかもしれない。さしたる教育を受けていない地方からのぽっと出の若者の、なんという文学的出世のスピード、そのスピードをさらに加速させようというところで障害が1つ彼の前に立ちはだかった。ロンドン市当局による演劇興行禁止令である。1592年6月11日の夜テム

ズ南岸に喧嘩騒ぎが起り同月 23 日から興行が禁止されていたが、その措置が解除されるいとまもなく今度は本番のペストの大流行が始まった。死亡者数が危険水準を超えると枢密院が介入して娯楽のための集会が禁止される。ペストは翌年にも猛威を揮い、翌々 94 年に入ってようやく終熄、劇場の正式の再開は 6 月に入ってから。つまりロンドンの演劇界はまるまる 2 年間にわたってほぼ全面的に活動の停止を余儀なくされた。劇団は地方巡業などでほそぼそと食いつなぐほかない。

　その間シェイクスピアは何をしていたか。彼はなんと長篇物語詩を書いていた。「錦きて畳のうえの乞食かな」は江戸寛政期、五代目団十郎の句だが、演劇など所詮は河原者の世界、脚本はあぶくのようなもの、詩こそが文学の本筋と、まだ 20 代の終りの彼は気負ってかかったのかもしれない。『ヴィーナスとアドーニス』Venus and Adonis, 『ルクリースの凌辱』The Rape of Lucrece の 2 篇がそれぞれ 1593 年、94 年に出版され（これがシェイクスピアを作者とした最初の出版、なお出版者はシェイクスピアの同郷人）、ともに読書界から好評をもって迎えられた。特に前者は熱狂的に。そしておそらく、いったん詩の世界に入り込んだこの若者は当然ソネットの連作にも激しい意欲を燃やさずにはいられなかった。1591 年はシドニーの『アストロフェルとステラ』出版の年である。Petrarchismo への一等国的文芸界の反応、なかんずく gran volta のシェイクスピアの反応。

　長篇物語詩 2 作を通しての驚きは題材を自家の薬籠中にとらえこむす早く貪婪な理解力・創作力である。一方はオウィディウスの『変身物語』から材を得た愛の女神ヴィーナスの美少年アドーニスへの恋物語、他方はローマ前史（たとえばリウィウス）に名高い貞女ルクレティア（ルクリース）の性の受難の物語、そのいずれもが、いまはとりあえずソネットの伝統という視点からすれば Petrarchismo からのもののみごとな反転である。前者は女性（女神）の欲情、後者は凌辱の暴力、もちろん実際の描写をみていけば、前者の軽快・流麗、後者の重厚・切迫、それなればこその読書界の好評であったのだろうが。ここで長篇詩というその長さを紹介しておく。V and A は iambic pentameter, a b a b c c の sesta rima（6 行韻）199 連の 1194 行、Lucrece は iambic pentameter, a b a b b c c の rhyme royal（7 行韻）265 連の 1855 行（因みにシェイクスピアの戯曲は、

もちろん詩作品と比べても意味をなさないだろうが、大ざっぱ計算で平均2900行ぐらい、念のため The Sonnets 154篇の総行数は2155行）。

しかしここでの驚きの本来は、その2作が、その時点で女王の宮廷で最も洋々の前途を嘱望されていた颯爽の青年貴族、サウサンプトン伯ヘンリー・リズリーに献呈されている事実でなくてはならない。1573年10月6日生れだからシェイクスピアの9歳半下。それにしても、しがない劇作家風情がどのような伝手でこれほどの縁に辿り着いたのか、しかもその献呈の辞たるや、2作のいずれも、措辞・文飾ともに完璧に恭しく、書き手自身がおそらく滑稽を意識せざるを得ないほどに恭しく、その厳粛な滑稽への意識からも、いま彼がこの2作を書き上げて、あるいはこの2作と同時進行の形で、彼の sonnet sequence に取り組んでいたとすれば、その「愛」の対象にストレートにこの青年貴族を擬するなどとうてい不可能のはずである。（ここでついでに付け加えておく、もしも彼がこの時点で彼の The Sonnets の出版を意図していたとすれば、われながら前の2作の献呈の辞の罪滅ぼしに、擬似献呈のパロディ版を心ひそかに試みていたに相違ない。）ともあれ彼の「愛」の対象は、シドニーのペネロペやスペンサーのエリザベスなど錚々たる「実在」とは次元を異にして、やがては再開されるであろう舞台を見据えた上での、非実在の登場人物に設えられて当然だった。

長篇物語詩2作はもちろんサウサンプトン伯のご嘉納に預った。伯爵は目の前に現れたこの驚嘆すべき才能への格別の愛顧のしるしとして、とうてい信じられぬ金額だが（この話の記録者自身信じられぬと断っているほどだが）、シェイクスピアに気前よく1000ポンドを与えたとする話が伝わっている。1000ポンドというとアントーニオが胸の肉1ポンドを抵当にしてシャイロックから借用した3000ダカットに相当する額だ（本選集 M of V 1.3.1 補注参照）。シェイクスピアはロンドンの演劇再開後あらたに結成された劇団に加わり、これを設立資金に提供したという尾鰭のついた話も。しかしそうした珍重すべき anecdote は anecdote として、やはりここでぜひとも言及しておくべきなのは、彼の sonnet sequence の創作に直接関わっていたはずの劇作品のことである。それはまず『恋の骨折り損』Love's Labour's Lost. かつて（1930年代）、これをサウサンプトン伯に敵対するグループを揶揄嘲笑するために書か

れたバーレスク劇で、実際に 1593 年のクリスマスに公爵邸で上演され
たとする説が熱心に行われたことがあったが（本文 86 補注参照）、わた
しとしては、この戯曲の年代推定の困難を承知した上で、これをともか
く演劇禁止期間に書かれたものとして、その主題を、バーレスクはバー
レスクでも Petrarchismo のバーレスクと見てみたい。

　ナヴァールの若い国王が 3 人の廷臣たちを引き込んで学問への精進を
誓い合う。色恋沙汰はもちろん禁止。そこに才色兼備のフランス王女が
外交上の使命を帯びて、いずれ劣らぬ才色兼備の 3 人の侍女たちと共に
来訪する。たちまち男性 4 人は恋に落ち、それぞれ秘密裡に恋の詩をつ
くる。ソネットが 3 作（もちろん Shakespearean form，ただし 1 作だけ
リズムが alexandrine），それと couplet 10 連 20 行のオードが 1 作。い
ずれもモリエールの 'L'Espoir' と違って Petrarchismo の表面をなぞっ
ただけの仕掛けだから、それだけでもう Petrarchismo のバーレスクは
完成である。さらに脇筋に大言壮語のスペイン武人も登場してくる。彼
の名前の Armado はもちろん the Spanish Armada から、その「無敵艦隊」
殿が田舎娘に恋をしてソネットまがいの誇大妄想的詩をつくり、相手を
妊娠させてしまう。主筋の 4 人もそれぞれ恋の秘密が露見して、それで
は一同揃ってひとまず Petrarchismo から脱却したその上で地上の恋の
攻撃をとなるが、相手方の才色兼備にとうてい太刀打ちできるわけがな
い、いよいよバーレスクの大騒ぎ、というところでシェイクスピアはそ
の大騒ぎのソネットだらけの舞台をどう納めたか。

　彼はフランス王崩御の報せを最後に用意した。1 年間の恋の服喪。し
かし廷臣の 1 人が言うように 'That's too long for a play'，もはや舞台で
の処理を超えている。彼らのソネットの愛の labour は永遠に失われた
ままで終る。Petrarchismo のバーレスクどころか、この大詰は、1590
年代のほかの sonneteers ではとうてい踏み込みえない Petrarchismo の
死の宣言である。舞台の最後に付け加えられた「春」と「冬」のみごと
な songs は、シェイクスピアの言わば「照れ隠し」の観客サービス。シェ
イクスピアの The Sonnets がこの 'Petrarchismo's Labour's Lost' とお
そらく確実に同時進行していたであろうことは、たとえばもうはやばや
と開幕 7 行のせりふに歴然たるものがあった。ナヴァール王が 3 人の
廷臣たちを学問精進に誘い込むその冒頭——'Let fame, that all hunt after

補　遺　　　　373

in their lives, / Live registered upon our brazen tombs, / And then grace us in the disgrace of death; / When, spite of cormorant devouring Time, / Th'endeavour of this present breath may buy / That honour which shall bate his scythe's keen edge, / And make us heirs of all eternity.' (「人間たるもの生ある間だれしも追い求める名声、／その名声をわれらは真鍮の墓に刻み込み永遠の生を与えることとしよう、／さすれば死の醜悪とて醜を脱してわれらの美の飾りとなる。／時が貪婪鵜のごとくであろうとも、／生ある今こそ精進にあい勤めようなら、それ／みごと栄誉を贏ち得て、時の大鎌の鋭い刃先を鈍らせ、／われらは永遠の生の世継ぎに納まるであろう」)、ここの 'brazen tombs' といい、'cormorant' そして 'devouring' といい、あるいは 'scythe's edge' といい、The Sonnets の主役 Tempus の暴虐をそのまま裏返しにして喜劇の筆に乗せた――その currente calamo のリズムはまさしく青春の爽快そのもの。

　もう 1 つ、おそらく断続的に執筆されていた The Sonnets と時期的に進行を共にしていた戯曲があるとすれば、『ロミオとジュリエット』Romeo and Juliet を加えなくてはならない。これは anti-Petrarchismo のテーマを、今度は LLL とは真逆の方向から、純愛の悲劇として舞台の上に演出的に立体化してみせようとした果敢な実験作（失敗作）だった。Love's Labour's Lost と The Sonnets（これも sonnet sequence のドラマ化という実験作）と、そこに Romeo and Juliet を加えて、シェイクスピアの言わば 'Sonnet Trilogy'「ソネット三部作」とすることができる。

　Romeo and Juliet の「物語」には、バーレスク仕立ての LLL と違って、れっきとした source（材源）が知られている。アーサー・ブルックの The Tragicall Historye (i.e. sotry) of Romeus and Juliet (1562). これは若い男女の放埒な恋愛（性愛）を戒める 3020 行の長篇物語詩である（なお「物語」自体の来歴、また作者のブルックについては本選集 R and J「創作年代と材源」参照）。この偏狭な訓戒から、先に Amoretti の紹介で引いた John 15.12 の聖句への自由闊達な飛翔。いまも anti-Petrarchismo と言ったのはそのことを指していた。最初に舞台に現れる Romeo は冷たい恋人への恋に苦しむ Petrarchismo 通俗版の人形である。彼の口にする 'cold fire' やら 'sick health' やら (1.1.172)、表面を撫でただけの oxymoron（撞着語法）にしてから Petrarchismo のパロディになっている。その Romeo

を 14 歳の Juliet が純愛の結婚へと力強く率先する（ブルックの Juliet は 16 歳、シェイクスピアはその年齢を 2 歳引き下げた）。Romeo にとっての Juliet は、天上のラウラではなく、地上の太陽なのだ（2.2.2–3）．しかしその二人は運命の星に阻まれて（Prologue 1.6）悲劇の死を迎える。シェイクスピアは、これほどまでに正面切って anti-Patrarchismo の地上愛を臆面なく純粋に舞台に立ち上げることで、いま進行中の *The Sonnets* の、屈折に屈折を重ねた愛の諸相の表現への言い訳をしているかのようだ、いくばくかの照れた笑いを浮かべながら。

　R and J 第 1 幕第 5 場、仮面舞踏会での Romeo と Juliet の出会いの描写は、*The Sonnets* との同時進行を示唆して余りある。これはもう徹頭徹尾ソネット漬けの場面である。まず 2 人の対話自体が Shakespearean form のソネット詩型。1st quatrain が Romeo の求愛、2nd quatrain が Juliet の一応の拒否、3rd quatrain で Romeo と Juliet の掛け合い——三重の quatrains が冗漫の繰り返しに陥らぬこと、それが English form の第一の要諦である。シェイクスピアは舞台ならではの「起・承・転」の呼吸でそれを完璧に解決してみせた。ついでながら Romeo の求愛は pilgrimage に、Juliet は saint 像にイメージされる。この religious metaphor によって amour courtois の宗教的な伝統が取り込まれるが、Juliet の性格には積極的な愛のコケトリーを忍ばせてあるので舞台が貧相な愛の描写に感傷化される危険はない。3 quatrains が終って一瞬見つめ合う二人、ここの舞台演出こそが volta の dramatic moment である。そして「結」の couplet での接吻。ソネットの詩型と演技との合一。ソネットの詩型はなおも sonnet 2 へと加速されて、軽くコミカルな演技をまぶした新しい 1st quatrain での 2 度目の接吻、すぐさま 2nd quatrain に移ろうというところで Nurse の Juliet への呼び掛けが入る。中断の小さなサスペンス。ここで二人ははじめて相手が敵方の家と知って愕然と、それぞれがソネットの rhyming の余韻を引きずるように、couplet を重ねた名せりふを歌舞伎の厄払いもどきに吟じ上げて、ソネットの舞台化の第 1 幕は愛惜のうちに終る。続いて Chorus による Prologue（序詞）の 2，もちろん Shakespearean form のソネット詩型での。

　シェイクスピア劇の Chorus は、ギリシャ悲劇のコロス（合唱隊）と違って 1 人だけの口上・解説役である。*R and J* では開幕冒頭にも Shake-

補　遺　　375

spearean form の Prologue 1 があった。ただし近年の舞台では演出のリズムから双方とも省略されるのが一般である。テキスト編纂の面でも特に Prologue 2 はその成立自体が問題視されることが多い。だが実験の野心満々の若いシェイクスピアには、開幕でのソネットの口上がぜひとも必要だったはずである。それがなくてはソネットによる出会いの場はありえなかった。きっと彼はこの後も、Chorus による Prologue を要所要所に配置して、最後を Epilogue で締める語りものふうの舞台展開を予定していたのかもしれなかった。10 数年後の『ペリクリーズ』はそういう悠然たる展開のロマンス劇である（ただし Chorus の詩型はソネットではない）。もっと近く 1599 年（推定）の『ヘンリー五世』では Prologue による叙事詩ふうの朗誦が舞台の進行を司る（Epilogue だけが Shakespearean form のソネット）。だが、いま彼の目の前、10 代のひたむきな純愛の物語は、ソネットの出会いを終えると、もはや作者の思惑など頓着せずに、彼ら二人の悲劇の結末への疾走を開始する。Prologue 2 に続くバルコニー・シーン（第 2 幕第 2 場）はその疾走に向けての華麗な序曲である。次の第 3 場、Friar Laurence と Romeo の heroic couplet（2 行連句）の連続で舞台は息を整えると、あとはもう Liebestod（愛死）目ざしてまっしぐら、その ‘two hours’ traffic’（Prologue 1. 12）のスピードにソネットなど文字どおり出る「幕」がない。勢いにつられるように、今度は作者自身の負けず嫌いの筆がまっしぐらにひた走る。脇に控える Nurse と Mercutio、その猥雑なエネルギーの饒舌。たとえば Mercutio, ‘Laura to his lady was but a kitchen-wench’（「ラウラなんざあいつの女に比べればただのおさんどん」2.4.36）の啖呵も anti-Petrarchismo の威勢よさ（念のため、シェイクスピアで Laura の名前が出てくるのはここ 1 個所だけ）、第 3 幕第 5 場バルコニーの後朝^{きぬぎぬ}の別れでは、出会いのソネットとはまた違った工夫でのソネットの展開がほしかっただろうに、いまはとりあえず nightingale と lark の duet にほんの申し訳程度の couplet を組み入れた blank verse ですませるほかはない。近年の舞台で Prologue を省略してしまう演出のリズムとはこうした事態を指していた。ともあれ、ようやく閉幕もぎりぎり、Montague と Capulet のそれぞれ未練の couplet の後、ヴェローナの領主 Escalus が Shakespearean form の最後の 6 行（quatrain と、volta の思い入れを置いた納めの couplet）を

吟じ上げることで辛うじてソネットの面目が保たれたということか。こうした結果を、舞台の圧倒的な成功にもかかわらず、わたしは先に「失敗」と表現しておいた。シェイクスピアはきっとこのあたりで、若さにまかせて急激に膨らませてきたソネットへの興味を次第に涸ませていった。*LLL* と *R and J* の後の劇作にはソネットとの関わりがほとんど、あるいはまったく見当らないのである。*R and J* のわたしの推定創作年代は 1595 年（本選集 *R and J*「創作年代と材源」参照）、一方 *The Sonnets* のわたしの提案年代は 1592–96 年。

　ここで *The Sonnets* の年代推定の一般についてふれておく。いわゆる internal evidence とされるたとえば 107 の topical allusion については本文の補注にそれぞれ紹介してある。一方 external evidence として通常話題になるのは次の 2 つの出版物である。1 つは 90 年代のシェイクスピアの劇作というと必ず持ち出される *Palladis Tamia* (Gk. = The Treasure of Pallas Athene, the goddess of wisdom)，副題 *Wit's Treasury*（『知恵の宝庫』）。これは一種の文学的雑録で、著者はフランシス・ミアズという神学者であるが、文学好きのディレッタントとして当時の文芸界の消息に通じていた。シェイクスピアはイギリスの劇作家としてローマ喜劇のプラウトゥス、悲劇のセネカに匹敵する。詩の分野でもオウィディウスの優麗巧緻な詩作はシェイクスピアの蜜のしたたる甘い舌に宿っている。その例に *Venus and Adonis*, *The Rape of Lucrece*, それと 'his sugred Sonnets among his priuate friends'（「彼の親しい友人の間で廻し読みされている砂糖のようなソネット」）を挙げていた。*Palladis Tamia* の出版登録は 1598 年 9 月 7 日、つまりこれはその時点でシェイクスピアのソネットが存在していた証拠となる。この時代には、特に詩は出版されずとも手稿の形で読まれるのが普通であった。なお「蜜のしたたる」(mellifluous) や 'sugared' の形容は詩人としてのシェイクスピアへの名声が、一般の読書人には、*V and A* の甘いエロティシズムに懸っていたことを示している。その、700 ページに近い小型本に満載された「知識」の程度からみて、ミアズはいかにもディレッタントらしい低俗な文学愛好者だった。

　もう 1 つは *Palladis Tamia* からややおくれて、おそらく 1598 年末から 1599 年に出版された恋愛詩集『情炎の巡礼者』(*The Passionate Pil-*

grim). 出版年がいまひとつ明らかでないのは、出版登録がなされていないことと、現存する初版本が title-page を欠いた一部分だけだから。これは紙質の程度に加えて、おそらく購入者が愛読するページをばらばらにして持ち歩いたせいである。再版は 1599 年、title-page にその出版年の記載がある。大きく 'THE / PASSIONATE / PILGRIM' の題名の下に麗々しく 'By W. Shakespeare' と印刷されているが、収録の全 20 篇のうちシェイクスピアの作は 1, 2, 3, 5, 16 の 5 篇に過ぎなかった。1 と 2 は *The Sonnets* 138, 144 の別 version. 細かな字句表現の相違についてはそれぞれの補注で詳しく紹介した。他の 3 篇は *LLL* からの「戴き」。*LLL* の Q1(第 1 四つ折本)が 1598 年に出版されたばかりだった。残りの 15 篇についても作者の問題(たとえばマーロウ)などに立ち入れば際限がないが、特にここで注意しておきたいのは、4, 6, 7, 11 が *V and A* のエロティックな模倣作であること、因みに 1595, 96 年には *V and A* の第 3, 4 版が好評裡に立て続けに出版されている。生き馬の目を抜くロンドンの出版界のことだ、シェイクスピアの「甘い」名声を利用してひと儲けを企む出版者が出たとしても無理はない。*The Passionate Pilgrim* の題名も *R and J* のソネットの出会いをあて込んだものだろう。出版者はシェイクスピアより 5 歳年少のウィリアム・ジャガード。トマス・ソープによる真正の *The Sonnets* 出版 3 年後の 1612 年にも、あらたにトマス・ヘイウッドからの 9 篇を加え、同じ題名のまま第 3 版を出版して、ヘイウッドから手厳しい非難叱責を浴びせられた。このジャガードが、やがて息子のアイザックとともにシェイクスピアの第 1 二つ折本の印刷出版を手がけるのだからこの時代の出版界は面白い(詳しい事情は本選集それぞれの付録「シェイクスピアの First Folio」参照)。この手の無駄話は切りがなくなるが、もう 1 つだけ書き留めておかなくてはならぬのは *The Passionate Pilgrim* の印刷所原本のことである。ジャガードはかねてなんらかのルートを通してシェイクスピアのソネット 138, 144 を手稿の形で手に入れていて、それを基に出版の機会を狙っていたのだろうが、印刷されたものは補注でふれたようにソープ版の「真正」とは字句表現にかなりの相違のある別 version だった。その相違は原本での写し違い(scribal error)とか印刷での植字の間違い(compositorial error)とかでは説明しきれない性質のもので、ここでわれわれは「真正」

に至るまでの作者シェイクスピア自身による推敲を想定することになる。

　以上、dating をめぐる 2 つの external evidences は、90 年代末までにシェイクスピアのソネットが確実に存在していたことを示すに足るが、154 篇の sequence の全体に及ぶものではない以上、わたしの年代 1592–96 年には、証拠は証拠でもまるで役立たない証拠である。あとは結局各研究者各様、それぞれの推測を強弁するほかない。わたしの 1592 年の terminus a quo（上限）については、107 の注記のような異論がかつて唱えられたりもしたが、まずは大方の最大公約数的推定だと思う。しかし terminus ad quem（下限）の 1596 年にはなかなか賛同が得がたいのかもしれない。特に 'The Dark Lady Sonnets' にはたとえば『トロイラスとクレシダ』との関連から、次の世紀に多少とも踏み出す推定がまずは常識である。

　しかし下限の推定ということで、わたしが心情的にどうしてもこだわってしまう日付に 1595 年 3 月 15 日がある。1592 年夏からまるまる 2 年間のペスト大流行がようやく終熄してロンドンの演劇が再開されると、新しい劇団 Lord Chamberlain's Men 宮内大臣一座が結成され（サウサンプトン伯からの資金の「話」は先にもふれた）、早速上演活動が開始された。その年のクリスマス・シーズンには 2 回宮廷上演を行い 20 ポンドの奉仕料を下賜されているが、その受取人として 3 人の劇団幹部の名前が翌 95 年 3 月 15 日の王室会計簿に記録されている。その中の 1 人がシェイクスピア、つまりその時点で彼は新興の劇団の命運を握る座付作家だった。そこに R and J の空前の大成功である。それはソネットにこだわった実験が「失敗」したからこその舞台での成功だったろう。彼の熱心がソネットから離れて舞台専一に向かったとしても無理はない。あるいはむしろ、このあたりで彼は sonnet sequence の表現の可能性のすべてをしゃぶり尽くしてしまったと言った方がいい。彼のすぐ目の前には、R and J のパロディ版の劇中劇を組み入れた喜劇がある（本選集 MND pp. xxviii–ix 参照）。歴史劇の新展開も控えている。リチャード二世、フォールスタッフ、そして、その先シャイロック、ロザリンド、やがてハムレットも続々と。いまさら 14 行の表現の世界にかかずらってはいられない。『ヘンリー五世』でのソネットの小道具化についてはモリエールのソネと一緒に冒頭でふれた。

補　遺　　　379

　シェイクスピアは、1596 年、おそらく 32 歳の誕生日を過ぎたいつの頃かに、これまで時には推敲の筆を加えることもあったソネット 154 篇の手稿の筐を、ぱたんと勢いよく閉じた。

5.　「補遺」の補遺

　「ぱたんと勢いよく」の張り扇調は、比喩的表現のつもりもあった。シェイクスピアは sonnet sequence の表現の可能性をしゃぶり尽したと今も書いたばかりだが、彼の The Sonnets はやはり文学史（詩史）の上での 1 つの区切りとなる達成だったと思う。anti-Petrarchismo も Petrarchismo の裏返しなのだから、イギリスでの Petrarchismo の影響はシェイクスピアによって終焉を迎えたと言ってみてもいい。それは確かにシドニー以来の百花繚乱はみごと繚乱の華やかさで、その一花一花はそれぞれ丹精こめられた咲きようだが、シドニーとスペンサーの強大な大輪を別にして、わたしには皆それぞれが小ぶりに過ぎて、文学史上同種に見えてしまう。雨後の筍の失敬な比喩も是非もない次第だった。シェイクスピアが 13 年ののちに手稿の筐を開いてソープに出版を委ねたのは、彼の The Sonnets の意義をともあれ自分にだけでも整理して残しておきたかったためかもしれなかった。Dedication の注記 II で旧作の整理・決着などと言い立てたのはつまりはこうした事態を指していたつもりである。

　ソネットはもちろん sequence だけではない。個としてのソネットとなると、この時代ではまずダンの名前を挙げるだけで十分だろう。次の時代ならミルトン、そして大ざっぱに 18 世紀を飛び越えてロマン派のワーズワスにキーツか。L'Art poétique『詩法』のボワローは、その忌憚ない毒舌から Le Misanthrope のアルセストのモデルに擬されることがしばしばだった。モリエールと親交を結び、Le Misanthrope を最初に絶讃したのもボワローだった。その『詩法』の中の 1 行 'Un sonnet sans défaut vaut seul un long poème.'（「完璧なる 1 篇のソネはそれのみにて長詩の 1 篇に匹敵する」）は、70 年遡って、sonnet sequence 流行後のイギリスでもソネット作法の指針でありえただろう。詩人たちにとってソネットの厳格な詩型は逆に野心になった。English から Italian への form

の回帰が起こるのもまずはその均斉美のため、キーツに対しインスピレーション一本のシェリーにはソネットはわずらわしいだけのことだった──などなど、ともあれイギリスに限って補遺をまとめようとしても話はどんどん膨らんでいく。

　話題を sonnet sequence に戻せば、19 世紀も進むとエリザベス・ブラウニングの『ポルトガル文のソネット詩集』(Sonnets from the Portuguese)，D. G. ロセッティの『生命の家』(The House of Life)がある。前者は夫ロバート・ブラウニングとの愛の道行をポルトガル女性の物語とした 44 篇のソネット詩集、後者はいかにもラファエル前派の人らしく自身の愛の体験と神秘を 103 篇のソネットに託したもの、どちらも愛の主題は主題として、もちろん Petrarchismo からは遙けくも遠い。ことのついでに 20 世紀の詩人たちの中から 1 人取り上げるとすれば、やはりディラン・トマスあたりか。彼にはソネット 10 篇を並べた「薄暮、聖壇の方に」('Altarwise by Owl-Light')がある。題名からも、おそらく現代における信仰の意味をみずからの納得の内にとらえ込もうとする真剣が読み取れるが、一応は iambic pentameter のリズムに加えて、なによりもソネットの 14 行の stanza (「連」、ただしここでは脚韻がない)による整頓への意志が、奔放な用語とイメージの自己陶酔的な主題の展開を辛うじて救い上げて、この作品を現代の sonnet sequence としての成功へと導いている。

　ボワローの『詩法』はフランス古典主義の教本としての権威を保ち続けた。やがてその教条主義が逆に批判の的になる。だが先のソネに関する 1 行、'Un sonnet sans défaut vaut seul un long poème.'──この 1 行は、'Altarwise by Owl-Light' の「成功」の背景を十分に説明してくれている。トマスの代表的詩集『死と入口』(Deaths and Entrances)に含まれる諸作にも、14 行連をはじめ連構成に苦心の試みがみられ、それはなにもトマスだけのことではない。20 世紀のイギリスで言えば T. S. エリオットにせよ、W. H. オーデンにせよ、詩人たちは、いつの時代でも、おそらく皆みなソネットにあこがれる、ソネットの自己規制の厳格を 1 つの理想に仰ぎみているというような意味合いで。

あ と が き

　これは謝辞のための跋文である。

　前著『銀幕の恋―田中絹代と小津安二郎』（晶文社刊）が殊のほか機嫌よく進捗したので、余勢を駆って、これまた小説仕立ての『わたしは、オフィーリア』に取りかかってしばらくしたあたりで、The Sonnets 編注訳のことがちょっと気になった。2 年後の 2016 年 4 月 23 日はシェイクスピア没後四百年に当る。かねて、「対訳・注解　研究社シェイクスピア選集」に別巻を補うとすれば The Sonnets をと思っていた。それには今度の記念の日付が恰好の機会かもしれない。ならばこの際にと、研究社に話を持ち込んだのが 14 年の 6 月頃だったろうか。それで、オフィーリアにはしばらく中断の段取りをつけた上で、本書の稿を起こしたのが 9 月の初め、Hamlet や King Lear などの難物に対処した経験から、没後四百年までの期間はまずは十分な余裕のようにそのときのわたしには思われた。

　それがなんと 2 倍どころか、この跋文までに 3 年半もかかってしまった。研究社にはお詫びのしようもない。わたしはこれまでシェイクスピアを主に劇作で読んできているので、いざ詩の編注訳となると戸惑うことが多かったのかもしれない。だがそんなジャンルの別よりも、なによりもまず The Sonnets という作品自体が、英文学史上最大の謎の作と言われるだけあって、予想をはるかに超えて難し過ぎだ、というよりはむしろ多岐亡羊に面白過ぎてたちまち時間のことなど忘れさせた。どこからどう攻めても攻め残りが出てくる。その攻め残りの連続が 4 世紀にわたる The Sonnets 受容の歴史である。攻めの残りの大きさがそのまま攻めの意義の大きさに比例するというのは The Sonnets 研究史のアイロニーである。Hamlet も謎の作の折紙つきだが、いまのわたしには、舞台上演の物語的枠組を設定することで（たとえばオフィーリアを脇に大きく配するなどして）その謎に挑戦的な攻めの冒険をしてみようという思い

[381]

がある、ローゼンクランツとギルデンスターンの対を舞台の主役に連れ出した戯曲のように。*The Sonnets* についてもわたしは二幕構成の劇作品としてこれに対峙することとした。攻め残しはあらかじめ覚悟の上であった。ただし、研究社本来の求めである編纂・注解・翻訳の面では、わたしはわたし自身の納得のいくまで、攻め残りのない万全の徹底を志した。それがわたしの3年半であった。

　納得のいくまでというわたしの我儘に、研究社は社長・関戸雅男氏をはじめ寛容をもって接してくださった。初めに謝辞の跋文をと言ったのはこのことである。特に編集部長・吉田尚志氏は遅延に次ぐわたしの遅延を逆に激励の機会に転じてくださり、わたしはその度に勇気をあらたにすることができた。編集を担当してくださったのは、既刊からのご縁の髙橋麻古氏である。わたしはいまだに原稿用紙に万年筆という執筆スタイルを墨守しているので、髙橋さんは乱雑極まる手書き原稿をワープロで打ち直し、それをまたわたしが朱筆で真っ赤にして返すという、今どきまずはありえない訂正稿の往復を、場合によっては5、6回も根気よく重ねてくださった。ようやく印刷に持ち込むことができたのはひとえに髙橋さんの忍耐ぶかいお助けによる。

　Last but not least——ここでもまた、わたしは大学の外国文学研究室を離れて久しく、必要な資料の入手に難渋することがしばしばだった。その都度、明治学院大学・新谷忠彦、慶應義塾大学・井出新の両氏を煩わすことになったが、この 'Last but not least' のような由緒ある謝辞の枕言葉が、一事が万事、70年前友人たちと交し合った「雲人」（Unsinn）などの懐しい用語とともに弊履のごとくに顧みられぬ昨今の風潮はどうしたものだろう。せめてもここは昔ながら、わが愛誦の2行を最後に引いて、オフィーリアの再開への出立を精一杯気取ることとするか。

　　　　At last he rose and twitched his mantle blue;
　　　　Tomorrow to fresh woods and pastures new.

　2018年2月23日

　　　　　　　　　　　　　　　　　　　　大　場　建　治

〈図版出所〉

The Sonnets Q1, Title-page（p. 2）By permission of the Folger Shakespeare Library / *The Sonnets* Q1, Dedication（p. 4）By permission of the Folger Shakespeare Library / Miniature of Henry Wriothesley, 3rd Earl of Southampton, 1594（p. 15左）© The Fitzwilliam Museum, Cambridge / Portrait of a Young Man Leaning against a Tree（p. 15右）© Victoria and Albert Museum, London / 'Time'（Crispijn de Passe the Elder, *Deliciarum Juvenilum Libellus*）（p. 53上）© The Trustees of the British Museum / 'Time's injurious hand'（Otto van Veen, *Emblemata Horatiana*）（p. 53下）By permission of the Folger Shakespeare Library / Hans Holbein the Younger, Jean de Dinteville and Georges de Selve（'The Ambassadors'）（p. 63）© The National Gallery, London / Arthur Golding 訳 *Metamorphoses*, Title-page and p. 189（p. 136）© The Bodleian Libraries, The University of Oxford（Mal. 321, title page and p. 189）/ Soest Portrait of Shakespeare（p. 209左）© Shakespeare Birthplace Trust / Chandos Portrait（p. 209右）© National Portrait Gallery, London / *The Extravagant Shepherd*, p. 25（p. 299）© Houghton Library, Harvard University（FC6.So683.Eg653da）

大場建治(おおば・けんじ)
1931年7月新潟県村上市に生れる．
1960年明治学院大学大学院修士課程(英文学専攻)修了後
　同大学文学部英文学科に勤務．文学部長，図書館長，
　学長を歴任し，現在同大学名誉教授．

KENKYUSHA
〈検印省略〉

研究社 シェイクスピア選集
別巻　ソネット詩集

2018年5月31日　初版発行

編注訳者　　大　場　建　治
発 行 者　　関　戸　雅　男
発 行 所　　株式会社　研　究　社
　　　　　　〒102-8152 東京都千代田区富士見2-11-3
　　　　　　電話　　03-3288-7711(編集)
　　　　　　　　　　03-3288-7777(営業)
　　　　　　振替　　00150-9-26710
　　　　　　http://www.kenkyusha.co.jp
印 刷 所　　研究社印刷株式会社

©Kenji Oba 2018
ISBN 978-4-327-18011-9 C 1398　　　Printed in Japan
装丁：広瀬亮平

対訳・注解

研究社 シェイクスピア選集 [全10巻・別巻1]

● 大場建治〔テキスト編纂・翻訳・注釈・解説〕

日本のシェイクスピア研究の金字塔

●テキストを原文で楽しみながら日本語訳を参照できる対訳版 ●日本人学者による画期的なテキスト編纂 ●原文のリズムに則した流麗の日本語訳 ●貴重な図版数点と懇切丁寧な注釈・解説を収録

1	**あらし** *The Tempest*	B6判 上製 274頁 ISBN978-4-327-18001-0 C1398
2	**真夏の夜の夢** *A Midsummer Night's Dream*	B6判 上製 276頁 ISBN978-4-327-18002-7 C1398
3	**ヴェニスの商人** *The Merchant of Venice*	B6判 上製 310頁 ISBN978-4-327-18003-4 C1398
4	**宴の夜** *Twelfth Night*	B6判 上製 298頁 ISBN978-4-327-18004-1 C1398
5	**ロミオとジュリエット** *Romeo and Juliet*	B6判 上製 372頁 ISBN978-4-327-18005-8 C1398
6	**ジューリアス・シーザー** *Julius Caesar*	B6判 上製 314頁 ISBN978-4-327-18006-5 C1398
7	**マクベス** *Macbeth*	B6判 上製 280頁 ISBN978-4-327-18007-2 C1398
8	**ハムレット** *Hamlet*	B6判 上製 436頁 ISBN978-4-327-18008-9 C1398
9	**リア王** *King Lear*	B6判 上製 382頁 ISBN978-4-327-18009-6 C1398
10	**オセロー** *Othello*	B6判 上製 382頁 ISBN978-4-327-18010-2 C1398
別巻	**ソネット詩集** *The Sonnets*	B6判 上製 402頁 ISBN978-4-327-18011-9 C1398